KB062319

짐승백과사전
BEASTS

짐승백과사전 2

2023년 5월 23일 초판 1쇄 인쇄
2022년 5월 26일 초판 1쇄 발행

지은이 연달아
발행인 강준규

기획 편집 이해인 이은정
마케팅 지원 배진경 임혜솔 송지유 장선영 김다운 조진숙

발행처 (주)로크미디어
출판등록 2003년 3월 24일
주소 서울특별시 마포구 마포대로 45 일진빌딩 6층
편집 문의 (02)6365-5170 **구입 문의** (02)3273-5134
홈페이지 rokmedia.blog.me
E-mail romance@rokmedia.com

© 연달아, 2023

값 9,000원

ISBN 979-11-408-1056-7 04810 (2권)
ISBN 979-11-408-1054-3 04810 (세트)

BEASTS

짐승백과사전

연달아 장편소설

2

C O N T E N T S

*Chapter*7. 짐승니

"여울 씨!"

주진호 대리가 출근한 여울을 다급히 찾았다.

"네?"

무슨 일이람. 그런 표정으로 여울이 쳐다보자 주진호 대리가 절박하게 호소했다.

"여울 씨, 내게 자비를 베풀어 줘."

"대리님? 무슨 말인지 통 이해가 안 되는데요?"

긴박함이 서려 있는 표정에 여울은 의아함보다 불길함을 먼저 느꼈다. 아니나 다를까.

"오늘도 이룩 팀장님하고 외근 나가게 생겼어."

"죄송하지만, 제가 해결할 수 있는 일이 아닌 것 같아요."

하고자 하는 뒷말을 여울이 황급히 막자 주진호 대리의 목소리가 거칠어졌다.

"아니! 여울 씨만이 해결할 수 있는 일이야. 내가 오죽하면 이러겠어! 따지고 보면 여울 씨 때문이잖아. 왜 화를 자초해서 나까지 피해 입게 해!"

부탁하는 입장을 잊고선 여울의 탓으로 본다.

"주진호 대리님."

여울이 정색하자 곧바로 주진호 대리가 비굴하게 꼬리를 말았다.

"미안해. 내가 너무 막 나갔다. 정말 미안한데 나 살려 주라. 여울 씨가 몰라서 그러는데 그날 숨 막혀 죽는 줄 알았어. 팀장님 눈치 보느라. 그리고…… 이런 말까지 안 하려고 그랬는데 두 사람 사귀었다며."

여울의 얼굴에 후회가 어렸다. 자리에 없었던 주진호 대리가 알 정도면 사내에 다 퍼졌다고 해도 무방했다.

"여울 씨와 다시 잘해 보려는 게 눈에 보이잖아. 팀장님 기분 풀어 줘."

"주진호 대리님."

여울은 낮은 목소리로 기분을 표했다. 여울이 한마디 하기 전에 주진호 대리가 얍삽하게 선수 쳤다.

"알아. 내가 남의 개인사에 참견하고 있다는 거. 하지만 내가 죽게 생겼는데 어떡하냐. 팀장님에게 같이 간다고 해. 솔직히 두 사람 사이에 아무 잘못 없는 내가 끼인 거 아니야? 아니라고 말할 수 있어?!"

또다시 적반하장으로 주진호 대리가 여울을 몰아세우자, 여울의 눈동자가 흔들렸다.

"두 사람이 알아서 해결하란 말이야. 애먼 나를 잡게 하지 말고."

"……몇 시에 나가세요?"

그득히 터지는 한숨을 삼켰다. 그러느라 여울은 어깨를 두드리는 손길을 피하지 못했다.

"고집을 부리면 어쩌나 했는데 착한 여울 씨가 그럴 리가 없지. 2시간 후에 나가. 여울 씨만 믿는다."

정확히 30분이 지나자 주진호 대리가 여울에게 눈치를 주었다.

"여울 씨."

깊숙한 곳에서 올라오는 탄식에 입술 끝을 짓씹은 여울이 작은 소리로 이록을 불렀다.

"팀장님."

발달한 감각을 여울에게 항시 두고 있는 이록이었다. 못 들을 수 있는 목소리 크기에도 이록은 내리깐 시선을 들었다.

이록의 시선에 긴장될 수밖에 없는 여울이 아랫입술을 깨물었다가 뗐다.

"잠시 시간을 내주셨으면 합니다."

"말해요."

"미팅실로 자리를 옮겼으면 합니다."

고작 두 마디를 내뱉는 것도 여울은 용기를 쥐어짜야 했다.

"나가죠."

여울은 뒤를 의식하면서 걸었다. 다수의 시선이 따라붙었지만 이록의 기척만이 여울의 감각을 뚫고 있었다. 비어 있는 미팅실이 열렸다가 닫혔다.

"말해."

둘만 있을 때 쓰는 어투에 여울은 모순적이게도 안도했다. 이록이 부하 직원 대하듯이 했으면 내심 심장이 아팠을 것이었다.

이록도 이런 마음이었을까. 본인의 감정보다 이록의 감정을 우선시하지 말자고 해도 여울은 이록이 어떤 심정이었을지를 생각하고 말았다. 이록의 마음에 이입해 버린 여울은 살짝 뜸을 들이다 말끝을 동강 잘랐다.

 "……외근 나간다고 알고 있어. 주 대리님 대신 내가 가면 안 될까."

 탐색하는 눈빛에 여울은 모종의 내막이 까발려질 것 같아 표정에 특히 신경 썼다.

 "마음에 없는 소리 하지 마."

 맹수의 눈은 집요했고 날카로웠다. 예리하게 여울의 속내를 파고든 이록은 전말을 들추어냈다.

 "네가 원해서 결정한 일이 아니잖아."

 절삭하는 소리처럼 날카롭게 들리는 목소리가 여울의 심장을 과감히 벴다. 생각 외로 고통이 컸다. 이록으로 인해 상처받지 않겠다고 다짐했는데 소용없는 짓이 돼 버린 것 같아 여울은 분하고 또 억울했다.

 "대리님이 부탁한 일 맞아."

 이 기분을 그도 느껴 보라는 듯이 여울은 유치한 마음으로 시인했다. 그러자 이록이 그럴 줄 알았다는 듯이 가볍게 웃으며 말했다.

 "원치 않은 일에 나서지 마."

 여울은 칼날을 겨누는 듯한 대치를 씁쓰레하게 곱씹었다. 인간이 아닌 자와 인간인 자. 다른 평행선을 걷게 된다는 암시 같아서 여울이 암담하게 웃을 때였다.

 "네 마음을 착각하게 되니까."

이록의 목소리가 주저 없이 뻗어 나갔다.

"오해하고 싶어져."

거친 성정처럼 일직선의 시선은 오로지 한 방향만을 가리키고 있었다. 너를 가지고 싶다.

"……어디까지 원하는데?"

"알면 줄 수 있고?"

대답하지 못하는 여울을 보면서 이록이 붉은 입술선의 호를 짙게 그었다.

"그럴 각오도 안 되었으면 묻지 마."

통째로 집어삼킬 것처럼 두 눈이 번득거렸다.

"무슨 말인지 알겠어?"

숫제 침이 뚝뚝 흘러내릴 것 같은 눈빛은 모를 수가 없이 뚜렷했다.

"기대하게 하지 말라는 소리야."

폭주하려는 감정을 억누르듯이 이록이 뒤로 물러나며 말했다.

"넌 내가 어찌하길 바라?"

그 물음에 여울의 심장이 쿵쾅거렸다.

"널 용서하고 싶지 않아. 하지만……."

극에 달한 심장의 울림을 인정하며 여울은 입을 뗐다.

"네 마음까지 강제하지 않겠어."

그녀의 마음 한 자락을 얻어 낸 것으로 만족한 이록은 샐 듯한 웃음을 집어넣고선 고분하게 경청했다.

"어차피 피할 수도 없고…… 그렇지만 공과 사는 구분해 줬으면 좋겠어."

"업무가 끝나면 들이댈게."

11

"그 말이 아니라……. 하아. 알아서 해."

어찌 보면 체념에 가까운 목소리에 이록은 이해했다는 듯이 웃고는 문을 열었다.

"가방 챙겨서 나와."

"아직 시간 남았잖아?"

"빨리 일 치우고 사심 채우게."

짐승답게 본능적인 욕망을 숨기지 않는 이록 때문에 여울은 긴장의 끈을 놓을 수가 없었다. 몇 분 사이에 이록의 표정이 한층 부드러워져 있자 사방의 시선이 여울에게 향했다.

'잘하는 짓일까.'

치켜든 후회감에 내뱉은 말을 주워 담고 싶은 여울은 어쭙잖은 언동을 반성했다.

'왜 그랬을까.'

감정을 속이고 싶지 않아 저질렀는데 막상 이록의 성정을 인지하고 나니 걱정되었다. 꽁꽁 묻어 둔 봄날의 뜨거움이 되살아날까 봐 겁이 난다. 겹겹이 싸인 성에를 녹일 열기가 두렵고, 불태울 것 같은 뜨거움에 결국 데일 것 같아서 여울은 몇 분 전으로 돌아가고 싶었다.

"여울 선배님."

여울을 부른 사람은 지원이었다. 용무가 있다는 듯이 넌지시 복도를 눈으로 가리켰다. 따라오라는 눈짓에 여울이 가방을 챙겨 나갔다. 그러자 휴게실로 들어간 지원이 따라오는 여울의 팔을 확 끌어당겼다.

"선배님. 이러시면 어떡해요? 하던 말과 다르잖아요."

남을 시기하는 마음이 가득한 지원의 용심에 여울이 미간을 좁혔다.

"지원 씨가 뭘 걱정하는지 알겠어."

"아시면서……!"

"그런데 내가 왜 지원 씨에게 책망받아야 하는지 이해가 안 되네."

"제가 말씀드렸잖아요. 이록 팀장님이 좋다고요. 제 감정을 알고 있으면서 팀장님에게 다가가는 건 반칙이죠. 그렇게 안 봤는데 이기적이네요."

"지원 씨가 뭔데 날 평가해? 주제 넘는다고 생각되지 않아?"

"사실이 그렇잖아요. 팀장님에게 관심 없다는 듯이 굴면서 뒤에서 딴짓하는데 연적을 곱게 볼 사람이 어디 있어요?!"

"그렇게 보였다면 할 말이 없지만 팀장님을 좋아하라고 내가 강요했어? 지원 씨 마음이잖아. 그러니까 알아서 팀장님에게 관심 표현해. 난 말리지 않아. 내게 이러지 말고 팀장님 마음을 돌리란 말이야."

"출발선이 다르잖아요! 팀장님은 여울 선배님을……!"

말하기도 싫은지 입을 다문다. 도를 자꾸 넘어서는 치기 어린 감정을 여울은 유하게 받아 줄 수가 없었다. 여울이 싸늘하게 되받아쳤다.

"자신 없으면 포기하든가."

"싫어요! 제가 왜 팀장님을 포기해요? 무슨 일이 있더라도 내 것으로 만들 거예요."

"최선을 다해 봐."

그 말을 끝으로 여울은 돌아서려고 했다.

"……도와줘요."

살벌한 표정과 매치되지 않는 말에 여울이 비죽거렸다.

"언제는 안 도와줬었어? 지원 씨가 해 달라는 대로 해 줬잖아."

여울의 지적을 비꼴 수 없는 지원이 다문 입술을 힘겹게 떼어 냈다.

"이번만 도와주세요. 저도 같이 대동하게 해 줘요."

"도와준 감사도 듣지 못하는데 내가 왜? 지원 씨가 알아서 해."

여울은 부탁을 들어주지 않아 저를 노려보는 지원의 시선을 무시하고선 휴게실에서 나왔다. 그러는 여울을 지원이 앞질렀다. 지원이 여울을 힐긋거리더니 복도에 있는 이록을 보고는 삽시간에 눈매를 휘었다.

"팀장님."

건조한 이록의 시선조차 좋아죽는 지원은 두 뺨을 밝히며 말했다.

"저도 동행하면 안 될까요?"

"할 일은 끝냈습니까."

"네!"

"따라와요."

"네에!"

지원은 제 감정에 취해 있느라 이록의 입가에 맺힌 웃음의 저의를 파악하지 못했다. 비소를 머금은 이록이 상황을 지켜보던 여울에게 속살거렸다.

"내가 어떡했으면 좋겠어?"

"네 마음이지, 왜 나한테 물어?"

"질투하는 것 같은 표정이길래."

딱딱하게 굳은 표정을 여울이 급히 풀다가 멈칫했다. 이록의 말을 인정하는 꼴이었다.

"네가 잘못 본 거야."

"내가 잘못 본 것 같네."

속내를 들켰다는 생각에 벌게진 얼굴을 이록은 사랑스럽게 쳐다보았다. 저 순진함이 어여뻤다.

이록은 여울을 품 안에서 놓아주고 싶지 않았다. 연약한 그녀를 지켜 주고 싶었다. 세상의 풍파를 받지 않게 그의 한 몸으로 막아 줄 것이었다. 평생 행복하게 해 줄 테다. 유일하게 그만이 해 줄 수 있고, 자신만이 허락된 의무였다.

"아래로 내려가 있어."

"넌?"

"할 일이 있거든. 물론 내 마음이 시키는 대로 하는 거야."

이록의 미소는 결코 선하지 않았다.

독이 있을 것 같은 붉은 입술을 보며 여울이 말했다.

"토 달지 않겠습니다."

그 말에 이록은 짓궂게 웃었다.

"마음에 두고 있었나 봐?"

대답하기 싫은 여울이 고개를 돌렸다. 기어코 제게 벗어난 시선 앞에 이록이 얼굴을 들이밀며 싱긋 웃었다.

"날 피하려는 말만 아니면 돼. 그 외 말대답은 환영이야."

"……할 말 없네요. 알아서 하고 오세요."

엇나가듯이 언행과 일치하지 않게 심장이 울리고 있었다. 이 소리를 그가 들을까 염려된 여울이 뜀박질하는 속도로 멀어졌다. 그게 이록의 눈에 깡충깡충 뛰는 토끼 같았다. 지그시 웃던 이록은 가까워지는 기척에 돌아보았다.

"지원 씨."

"네, 팀장님."

"잠깐 둘만의 시간을 가지죠."

"어디서요?"

둘만의 시간. 결속력을 주는 어감에 지원은 기쁘게 화답했다.

"어디였으면 좋겠습니까."

내게 보내는 신호가 아닐까. 설레발을 치면서 지원은 욕망을 드러냈다.

"소회의실요."

그리고 지원은 그녀가 원한 둘만의 장소에서 이록의 두 눈을 본 순간 기절하고야 말았다.

"어─"

아래로 떨어지는 몸에 이록은 손대지 않고 서늘하게 쳐다보기만 했다. 기울어지는 몸은 어느새 양호실 침대로 옮겨졌다. 지원을 그렇게 둔 이록은 부서로 진입했다. 그리고 그에게 쏠리는 시선을 마주하며 태연하게 말했다.

"지원 씨는 양호실에 있습니다. 정신 차리면 조퇴하라고 하세요. 그리고 내일 회의는 모레로 변경하겠습니다. 각자 업무를 보시고 퇴근하세요."

이록을 의심하지 못한 직원들은 그가 나가자 작당하듯이 속닥거리기 시작했다.

"지원 씨 요새 무리했지. 뺄 살이 어디 있다고 다이어트를 해. 그러니까 쓰러졌지."

"그러게. 좀 안됐다. 어깨춤까지 추면서 나가더니 쓰러질 게 뭐람."

❖ ＊ ❖

여울은 이록과 시장 조사로 화장품 로드샵을 몇 군데 둘러보
았다.

"먹고 싶은 건?"

마지막으로 들른 로드샵에서 나온 여울이 이록의 말에 퉁명스
럽게 대답했다.

"근처에서 해결해요. 저긴 어때요?"

무난하게 프랜차이즈 식당을 고르자 이록이 고개를 끄덕였다.
그러면서 여울의 손을 잡는다. 뿌리칠 새 없이 잡힌 손에 당황하
는 여울을 보며 이록이 웃었다.

"밥 먹으면서 일할 건 아니잖아."

"그렇다고 멋대로 손을 잡을 건 뭐야."

몇 마디 더 하려던 여울은 제 체온보다 월등히 높은 손에 이내
입을 다물었다. 단편적인 과거가 멋대로 여울의 머릿속을 침입하
고 있었다.

'굉장히 힘들어했었는데…….'

그 당시의 이록의 모습이 선연해지자 여울은 저를 구한 후 떠
나 버린 이록을 쳐다보았다.

'아직도 발열기에 시달리고 있나? 그래서 나를 찾아온 거고?'

이록이 어떻게 발열기를 겪었는지 모르는 여울은 이록의 진심
을 곡해하기에 이르렀다.

'그러다 내가 쓸모없어지면?'

생각하고 싶지 않았던 지난 일이 떠올라 여울은 인상을 구겼
다. 그런 채로 이록을 쳐다보았다. 감정이 드러난 표정에 이록이

잡은 손을 떼자 여울의 눈동자가 요동쳤다.

'이렇게 바로 멀어지겠지.'

불신이 담긴 두 눈을 이록은 피하지 않고 똑바로 마주하면서 말했다.

"잡고 싶어서 이래 본 거야. 다음부터 물어보고 잡을게."

저 말에 속지 말자는 내면의 소리가 아우성을 쳤다. 차오르는 회의감에 여울은 흔들리려는 속을 다잡았다.

'힘들든 말든 내가 상관할 바가 아니야.'

체감으로 전해진 열기를 모르는 척하듯이 여울이 이록의 시선을 외면하며 분주한 식당으로 들어섰다. 종업원이 다가와 메뉴판을 건넸다.

"주문 정하시면 벨 눌러 주세요."

"바로 시킬게요."

"네. 손님."

"까르보나라하고……."

이록을 힐긋거린 여울은 새우 필라프와 콜라 한 잔을 시켰다.

"다른 것도 시키지."

"다 못 먹어. 시킨 것도 남길 판인데 무슨."

"남으면 내가 먹으면 돼."

"더럽게 남이 먹던 걸 왜 먹어."

질색하는 여울을 향해 이록은 느물거리는 웃음을 지어 보였다.

"네가 남긴 거라면 먹을 수 있어."

그래 주길 바라는 시선에 여울은 갓 만들어져 나온 음식들을 전투적으로 먹기 시작했다. 그러다 움직이지 않는 이록의 시선에 여울이 한마디 했다.

"먹는데 쳐다보지 말지?"

"너만 보여서."

"끕."

사레 걸릴 뻔한 여울이 입을 가리고는 이록을 째려보았다.

"……편하게 먹자."

"입 다물고 있을게."

믿음을 안겨 주겠다는 듯이 이록은 여울이 다 먹을 때까지 묵묵히 기다렸다. 그러나 검은 두 눈은 쉴 새 없이 움직이는 입술에 꽂혀 떨어질 줄 몰랐다.

"몇 번의 횟수까지 허용돼?"

식사를 마친 여울은 본론을 꺼내었다. 둘만 연관된 문제였다. 자신만이 알아들을 수 있는 내용에 이록이 희열이 담긴 목소리로 말했다.

"기간 안이라면 맞힐 때까지 던져도 돼."

잠시 생각의 시간을 가진 여울이 슬쩍 던졌다.

"여우?"

"내 유혹이 먹혔나 보네."

"무, 무슨 말도 안 되는 소리를 하고 있어!"

당황한 여울이 물수건으로 입을 닦는 척하며 벌어진 입술을 가렸다. 그제야 이록이 시선을 입술에서 뗐다.

"자각하고 있었네."

이록은 제 시선이 머무른 곳을 여울이 의식하고 있었다는 몸짓에 화사하게 웃었다. 그렇지 않다고 오기 부리듯이 여울이 얼른 계산서를 들고 일어났다.

"내가 낼게. 법카로."

이록이 여울의 뒤에서 팔을 뻗어 계산서를 쥐었다. 누가 내든 자리만 벗어나면 되는 여울은 빠르게 식당 밖으로 나가 볼을 식혔다.

　"어서 말을 걸어 봐."

　"있어 봐. 심호흡하고. 후아."

　근처에서 파생되는 소리에 방향을 파악하던 여울은 교복을 입은 학생들을 발견했다.

　"이리로 오고 있어. 어떡하지?"

　"자신감 가져. 연락처라도 알아내야지."

　본의 아니게 깜찍한 계획을 듣게 된 여울은 묘한 기분으로 제 옆으로 다가서는 이록을 쳐다보았다. 그러자 눈꼬리를 휜 이록이 손을 내밀었다.

　"못 맞혔으니 내 손 잡아."

　"뭐? 그런 말 없었잖아. 알았다면 안 말했어!"

　"그래서 나도 말 안 했고."

　무엇을 잘못한지 모르는 아이처럼 이록이 당당하게 웃자 여울은 화를 내려던 것도 잊고 말했다.

　"힌트라도 줘. 내게 너무 불리해."

　쉽게 알려 줄 마음이 없다는 듯이 이록이 말을 멈추었다.

　꼭 자기 불리할 때만 저런다.

　여울은 지긋하다는 시선으로 이록을 째려보고는 그의 손을 잡았다. 이록의 입꼬리가 올라가며 재깍 열렸다.

　"알아낼 방법 알려 줬어."

　"언제?"

　황당한 여울이 목소리를 높였다. 따지듯이 묻는 말에 이록이

20

장난치듯이 손을 슬쩍슬쩍 흔들면서 일렀다.

"회식 날."

"……그날이라고?"

"우리가 무슨 이야기 했는지 떠올려 보면 될 거야."

곰곰이 기억을 더듬어 보던 여울은 별안간 어이가 없다는 듯한 표정을 지었다.

"자자던 그 말?"

정답이라는 듯이 이록이 옅게 웃자 여울은 기가 막힌 헛웃음을 토해 내고는 힐난했다.

"하. 그게 어떻게 힌트야?"

수작 부리지 말라는 여울에게 이록이 겹쳐진 손가락을 틈 없이 밀착했다.

"관계를 가지면 알 수 있어."

'어떻게?'

입안에 맴도는 말을 밖으로 내보내지 않으려 여울은 입술을 꾹 닫았다.

"왜 그런지 알고 싶지 않아?"

"별로."

하지만 그렇게 말하는 여울은 알고 싶어 하는 눈치였다. 거울처럼 투명한 속내에 이록은 여울의 손바닥을 야릇하게 긁었다. 윽, 여울이 소리를 내자 그에 맞춰 말한다.

"알아야 끌릴 테니까 말해 줄게. 수인은 결국 인간의 탈을 쓴 짐승이야. 흥분하면 일부가 드러나게 돼."

손금을 따라 그의 손이 살살 움직이자 여울은 슬쩍슬쩍 몸을 떨었다. 야릇한 접촉이 성적인 감각을 끌어내고 있었다.

"이렇게."

이록의 시선이 자잘한 솜털이 솟아난 여울의 팔에 머물렀다.

"절정에 달한 나를 보면 알게 될 거야. 내 본모습을."

성감을 들킨 것처럼 여울은 황급히 다른 손으로 오돌토돌한 팔을 벅벅 비볐다. 그러지 못하게 이록이 여울의 손목을 잡아챘다. 그러고는 제 손으로 부드럽게 그녀의 팔을 쓸어내렸다.

"날 어떻게 해야 할지 알겠지?"

해 달라는 은밀한 재촉에 여울은 팔 위로 올라가는 그의 손을 움켜쥐었다. 홀라당 잡아먹을 듯 눈빛이 위험스러웠다. 목숨을 내놓는 것처럼 리스크가 커 여울은 쉽사리 짐승의 입에 자신을 내놓지 않았다.

"자지 않아."

"기분 좋게 해 줄게."

"이……."

"또 자고 싶게 최선을 다할게."

"야!"

"하고 나서 내가 좋아질 수 있도록."

"나쁜 놈."

"더 심한 말 해도 돼. 개도 붙여."

험한 말을 대신하듯이 여울이 최대한 항의로 이록을 노려보았다. 그러한 눈빛이 오히려 이록의 흥분 지수를 높인다는 걸 알았더라면 시도하지 않았을 것이다.

"개새끼라고 해."

이대로 끝낼 짐승이 아니었다. 집착의 끝판왕인 이록은 여울의 마음을 끈질기게 물어 흔들었다.

"개새끼인 걸 알고 싶지 않아? 확인시켜 줄게."

"안 시켜 줘도 돼."

울긋불긋한 얼굴이 세차게 움직인다.

"정말로 개면 어쩔 건데?"

비밀을 말하는 것처럼 한껏 낮아진 목소리에 여울은 생각지 못한 봉변을 맞은 것처럼 눈을 끔뻑거렸다.

"맞는데 내가 아니라고 하면 어떡할 거냐고."

"그럴 리가 없어."

"뭘 믿고?"

덜미를 붙잡을 듯이 이록이 이를 드러내며 여울을 몰아세우자 여울의 심장이 한순간 내려앉았다.

"날 믿어?"

여울이 말을 잇지 못하고 있자 그럴 줄 알았다는 듯이 이록이 말했다.

"믿지 못하잖아. 직접 확인 절차를 거쳐야 하지 않겠어? 속으면 난 책임만 질 거야."

여울의 미간이 우그러질 듯이 중앙으로 모였다. 이록은 그녀가 미워하도록 작정한 것 같았다.

"안녕하세요."

긴장감으로 팽팽한 분위기가 발랄한 목소리로 인해 깨졌다. 두 사람 사이에 끼어든 목소리에 여울만 고개를 돌리자, 여학생이 이록을 쳐다보고 있었다.

"혹시 여자 친구인가요?"

당돌한 질문에 여울이 아니라고 하기 전이었다. 이록이 여울과 이어진 팔을 들어 올려 보였다. 따라 올라가는 힘에 여울은 이록의 큰 손에 쏙 들어가 있는 손을 인지했다. 이록은 여울의 손을 놓지 않고 있었다. 결코, 그녀를 포기할 생각이 없음을 알려 주듯이 꽉.

이록은 그녀의 불신을 알아차렸던 것이다.

"저……."

포기하지 않고 말 걸 순간을 노리는 여학생을 이록이 쳐다보았다. 검은 밤바다처럼 아무것도 보이지 않는 시선에 여학생은 흠칫거렸다.

실망한 얼굴이 사색이 되기까지 몇 초도 걸리지 않았다. 미소를 뺀 이록의 인상은 지나치게 서늘해 도리어 소름 끼치게 했다.

이록은 관심이 없는 것에는 한없이 무관심했고 냉정했다.

"죄, 죄송합니다."

여울을 향해 웃는 모습만 보고 이록에게 고백할 마음이 들었던 여학생은 호되게 혼난 듯이 울먹이며 내달렸다.

이를 지켜보고만 있던 여울에게로 이록의 시선이 돌아갔을 때 그는 그냥 바라보고만 있어도 좋은, 그런 미소로 웃고 있었다.

회사에서 보이던 가식을 던진 표정에 적어도 이록의 본모습을 알고 있는 여울이었다. 여울은 믿고 싶게끔 하는 미소를 직시하며 말했다.

"속아도 네 탓 안 해."

그가 거짓말을 할 리가 없다는 믿음에서 나온 말에 이록은 진심 여부를 식별하듯이 여울을 지그시 보다가 짙게 웃었다.

"좀 속아 줬으면 하는데."

그녀에게만 보이는 표정이었다. 그러므로 여울에게는 가히 좋지 않은 웃음이었다.

❖ * ❖

외지인들의 방문이 뜸한 두메에 곰 발자국이 새겨졌다. 자욱한 안개가 낀 변두리에서 수 마리의 곰이 흙바닥에 코를 대며 냄새를 맡았다.

"강욱 님. 발견했습니다."

파헤쳐진 땅굴에서 탈피된 껍질을 발견하자 강욱의 굵직한 미간이 우그러졌다. 뱀 수인은 탈피를 두 번 한다. 1차는 성인이 될 때, 2차는 발정기 때.

"사영, 네가 감히."

한발 늦었다. 진즉 이곳을 벗어난 사영을 떠올린 강욱이 굵은 목울대를 울리고는 급히 몸을 돌렸다.

"서울로 돌아간다."

❖ * ❖

'여울아.'

그와 마주 보며 웃던 자신을 부르는 소리에 여울은 잠에서 깼다.

"……."

느닷없이 찾아온 꿈은 지난날의 모습을 투영하고 있었다. 왜인지 눈물이 날 것 같아 살짝 부은 눈을 문지르며 여울은 출근 준비를 했다.

빠앙.

대로변으로 빠지는 골목길을 걷는 여울의 뒤에서 클랙슨이 울렸다. 그 때문에 생각이 끊긴 여울의 고개가 저절로 움직였다.

그러자 어제 본 차가 그녀의 옆에 멈춘다. 앞좌석 문이 열리자 여울이 말했다.

"내리지 마."

대거리해 봤자 시간만 끌 뿐, 결국 이록의 뜻대로 될 것을 아는 여울은 한 차례 한숨을 내쉬며 탑승했다.

"나 보지 말고 출발이나 해."

여울의 무뚝뚝함에도 이록은 굴하지 않고 과도하게 밀어붙였다.

"같이 퇴근하자."

"적당히 해."

바랄 걸 바라야지. 면박을 주는 눈빛에 이록의 입가에 맺힌 음영이 짙어졌다.

"마음까지 강제하지 않는다고 했잖아."

그 말에 여울이 턱을 치켜들며 코웃음을 쳤다.

"행동으로 실천하잖아. 너도 내 마음을 강요하지 마."

"다음에는 허락해 줄 거야?"

"운전이나 똑바로 해."

운전하면서 말을 거는 이록 때문에 불안해진 여울이 벨트 끈을 쥐었다.

"보지 않아도 운전 가능해."

이록이 핸들에서 손을 뗐다. 그러자 곡예를 보듯이 여울은 기함했다.

"너 잘난 거 아니까 핸들 잡아!"

여울의 말을 잘 듣는 이록이 한 손으로 운전하면서 쿡쿡 소리를 냈다.

"휴우."

웃음소리에 대조되는 한숨이 겹쳐진다. 차 창문을 열면서 여울이 고정했던 고개의 방향을 틀었다. 머리카락이 바람에 날려 얼굴을 간지럽히자 여울은 가방을 뒤져 끈을 쥐었다.

"내가 해 줘도 돼?"

"뭘?"

"머리 묶는 거."

"될 것 같아?"

영역 침범하는 짐승처럼 그은 선을 넘으려고 하는 이록을 여울이 노려보았다.

"안 될 것 같네."

여울의 시선을 그에게 돌리는 것이 목적이었던 이록은 기껍게 웃었다. 이죽거리는 웃음이 진짜 얄미워 여울은 탐탁지 않게 말했다.

"정문에 내려 줘."

차가 멈추자 이록이 선수 쳐 여울의 안전벨트를 풀었다.

"이건 내가 해 줘도 되지?"

"물어보기도 전에 해 놓고서는."

"거절할 것 같아서."

이록이 가볍게 웃으며 여울의 손목을 쥐었다.

뭐 하는가 싶어서 여울이 지켜보자.

"……!"

비명이 소리를 갖추기 전에 그녀의 손톱이 이록의 얼굴을 긁었다. 여울의 얼굴이 시퍼렇게 질렸다.

"뭐 하는 거야!"

느슨하게 풀어 준 손아귀에서 손을 빼낸 여울이 소리를 내지르자 이록이 담담히 고했다.

"나 때리고 싶은 눈치던데. 그러라고."

"미쳤……! 누가 그렇다고 얼굴에……."

"네가 주는 상처라면 기껍게 받을 거야. 이렇게."

"……내가 너랑 무슨 말을 하겠어."

이록의 얼굴에 난 붉은 선을 본 여울은 속상한 마음에 눈살을 찌푸렸다. 화풀이하면 이록이 무방비하게 제 몸을 내어 줄 것 같아 화가 치밀어 오른다.

"자학하려면 안 보이는 곳에서 해."

여울이 차에서 내리자마자 이록의 얼굴에 나 있는 손톱자국이 순식간에 사라졌다.

"내가 원하는 것도 모르면서."

잊히는 것보다 미움이 낫다. 동정을 받으면 더 환영이고.

사랑까지는 바라지 않아도 가엽게 여겨 품어 줬으면 했다. 어떤 감정이 깃들든, 그녀의 마음이 제게로 떨어지길 바라는 이록은 편의점에 들러 깨끗한 피부에 반창고를 붙였다.

✤ ＊ ✤

엘리베이터가 열리고 있었다. 이록을 생각하느라 앞을 제대로 살피지 못한 여울의 앞에 그림자가 생겼다. 그러나 여울은 움직임을 멈추지 않았고 기어이 단단한 물체에 이마를 부딪쳤다.

"읏!"

반사적으로 이마에 손을 댄 여울이 고개를 번쩍 들다 눈을 크게 떴다.

"오랜만이네."

"……문사영?"

"내 이름 기억하고 있네."

"왜 여기에?"

여울은 사영처럼 웃을 수가 없었다. 사영이 그녀에게 한 짓이 있기 때문에 의구심이 들 수밖에 없어서였다.

'무슨 목적으로 온 거지?'

그러한 의심이 들기 무섭게 과거의 목소리가 머릿속에서 재생되었다.

'간단해. 필요 없으니까.'

'한 번도 의문을 품어 본 적이 없어? 왜 네게 다가왔는지 말이야.'

'우리는 인간의 감정을 먹는 종족이야. 이록 님의 입맛에 맞는 감정이 뭘 것 같아. 절망이야.'

마치 잊지 말라는 것처럼.

'그 때문에 네 곁에 있었던 거야. 인간들이 말하는 사랑은 애초에 없었어. 사랑이 식어서가 아니라 네 쓸모가 다했기 때문이지.'

사영과 여울의 접촉은 극히 짧았다. 사영은 짧게 제 말만 하고 쪽지를 건넨 채 사라졌으니까.

'XX동 OOO카페에서 만나.'

'널 만나야 할 이유가 없어.'

'할 말이 있어. 네가 오고 싶어질 때 와. 그때가 되면 이 메모지에 적힌 번호로 연락해. 매일 밤 기다리고 있을게.'

여울은 반으로 접었던 쪽지를 펴며 생각했다.

'문사영을 만나야 할까.'

세간을 떠들썩하게 하고선 자취를 감췄는데 순순한 마음으로 모습을 드러냈을 거라고 생각하지 않았다. 더욱이 그가 홀연히 사라지기 전날 만났기에.

특별하거나 기억에 남을 만한 만남은 아니었다. 2년 전 겨울. 새로 구한 알바를 마치고 집에 가던 중 우연히 그를 마주했었다. 모르는 사람처럼 지나가려던 그녀를 그가 붙잡았고.

'겨우 이록을 떠올리지 않게 되었는데 그의 존재를 상기시키는 사영 때문에 분풀이를 해 버렸지……. 그리고 화를 내는 내게 뭐라고 그랬더라…….'

"……너를 다르게 만났더라면 좋았을 걸…… 아."

저도 모르게 내뱉은 말에 여울이 입술을 우물거리며 이록에게로 시선을 던졌다.

여울의 시선을 눈치챈 이록이 선명한 웃음을 지었다.

'아마 이록과 관련된 이야기겠지. 나와 문사영의 접점이 있다면 이록밖에 없으니까.'

그렇다면 사영을 피하려고 고민하는 건 시간만 질질 끌 뿐이었다. 그러한 도출에 여울은 낯선 번호로 메시지를 보냈다.

[네가 말한 카페로 갈게. 8시 반 무렵에 도착할 거야.]

[혼자 와.]

그럴 것이다. 이록은 그녀와 관련된 것이라면 작은 일도 놓치지 않았다. 알겠다고 답장을 보낸 여울은 이록을 쳐다보며 쪽지를 버렸다.

'몰래 사영을 만나 봤자 바로 들킬 거야.'

안 보이는 곳에 숨어서 저를 지켜볼 짐승을 떼어 내야 했다. 그러할 수 있는 방법은 정면 돌파밖에 없었다.

'나와. 할 말 있어.'

여울은 남몰래 이록을 불렀다. 예쁜 입 모양에 이록이 웃음이 맺힌 입술을 적당한 크기로 벌렸다가 닫았다.

'어디로?'

'미팅실로.'

잠시 후, 아지트가 된 듯한 장소 문이 간격을 두고 열렸다.

"나 왔어."

먼저 도착한 여울이 이록을 보았다. 기대에 찬 목소리에 여울은 사람 형상을 띤 눈을 마주하며 시험했다.

"오늘 날 따라오지 마."

그 말에 이록이 잠시 생각하는 듯이 입을 다물고는 고개를 한 번 까닥였다.

"안 따라갈게."

"네가 한 말 지켜."

따랐는지 안 따랐는지 확인할 수 없는 여울은 이록의 의지에 맡기기로 했다. 돌연 이록의 몸이 여울에게로 기울었다.

"맨입으로?"

테이블에 한 손을 짚은 이록이 입꼬리를 반달처럼 휘었다.

"당연히 해야 하는 일에 뭘 원하는 거야."

"내겐 당연하지 않아. 너도 알다시피 난 인간이 아니잖아."

그 삐딱한 모양새가 억지를 부리는 건달 같아 보였다. 잘난 얼굴에 반창고까지 붙여져 있는 탓일까. 악당 같은 미소에 여울은 속에서 땀이 차는 듯해 마른침을 삼켰다.

"……그래서 원하는 게 뭐야?"

"네가 생각해야지. 내가 말하면 넌, 감당 못 해."

그의 확신 서린 말도 감당되지 않아 여울이 창가로 자리 잡고 선 밭은 숨을 끊었다.

"당장 말해야 하는 건 아니지?"

"네가 주는 거라면 예외 없이 좋지만 그래도 신중히 생각하고 말해. 허투루 내뱉었다간 너만 힘들어지니까."

진심으로 즐거운 모양이었다. 방심할 수 없는 처지를 알려 주는 이록의 표정을 여울은 꿋꿋이 마주하며 자신의 운명을 예감했다. 뒤돌거나 도망치면 물린다.

✧ * ✧

여러 말소리가 번지는 한 도심의 카페. 약속한 시간에 맞춰 도착한 여울이 사영의 앞에 앉았다.

"목적이 뭐야?"

살갑지 않은 여울을 보며 사영은 쓰게 웃었다.

"나를 보자고 한 이유가 있을 거 아니야?"

같이 있고 싶지 않다는 듯이 여울이 본론을 재촉하자 사영은 미리 시켜 놓은 커피를 바라보며 입을 뗐다.

"이록 님을 믿어?"

"그 말 하려고 불렀어?"

"하고 싶은 말 중에 있지."

그 말에 여울은 일어서려던 것을 멈추고 도로 앉았다. 그러자 사영이 의뭉스러운 말을 던졌다.

"시험해 보고 싶지 않아?"

무슨 속셈인지 알아보려는 여울의 눈빛에 사영은 미소 없이 말했다.

"이록 님의 마음이 진심인지 아닌지 확인할 방법 알려 줄게."

"그래서 네가 얻는 게 뭐야?"

여울의 입장에선 이록과 사영, 둘 다 다를 바 없이 신뢰할 수 없었다.

"내가 이록을 믿든 안 믿든 네가 무슨 상관이라고."

"이제 상관있으니까. 얻는 것도 있고……."

검은 액체에서 시선을 뗀 사영이 웃음기 없이 고백했다.

"나랑 사귀어."

"말이 되는 소리를 해. 너랑 사귀는 게 방법이라고?"

"우리가 사귄다면 이록 님은 괴로워하겠지. 적어도 변치 않는 진심이라면, 그리고 새끼를 얻는 게 진짜 목적이라면 말이야."

"……!"

이록과 그녀밖에 모르는 것을 사영이 알고 있자 여울의 숨소리가 거칠어졌다. 짐승의 청각으로밖에 알아차릴 수 없는 미세한 변화.

여울은 숨소리를 달리하면서 물었다.

"그래서 내가 너와 사귀면 네가 얻는 건 뭐야."

대답에 따라서 여부가 달라진다는 속뜻에 사영은 자신의 말을 흘려듣지 못하게 된 여울에게 속마음을 보였다.

"은여울. 너."

사영은 늦게 깨달아 버린 감정을 속일 수 없었다. 어느새 깊어진 감정을 외면할 수도 없어졌다.

"……못 믿어. 내게 왜 이러는 거야."

부정하는 목소리가 사영의 귓전을 아프게 때렸다.

"알잖아."

"몰라."

"이해하고 싶지 않은 게 아니고?"

"……."

"모르고 싶은 거잖아. 정말 모른다면 알려 줄게."

그녀의 마음속을 들여다본 사영의 지적에 여울은 냉큼 고개를 저었다.

"그래. 알고 싶지 않아. 그러니까 하지 마."

여울은 이록을 상대하는 것도 벅찼다. 이록의 감정만 감당하기도 버거운 여울은 망설이지 않고 사영의 마음을 거절했다.

"못 들은 거로 할게."

"생각이 바뀔 수 있잖아. 그때 내 말을 들어 줘. 듣고 나서 결정해. 받아 주지 않아도 되니까."

사영은 황급히 돌아서는 여울의 등을 바라보았다. 그에게 해가 되지 않을 작은 몸이 주는 위력은 사영을 압도하고 있었다.

여울을 잡지 못하고 바라보기만 하였을 때처럼 복잡한 감정이 휘몰아친다. 그 삭막한 감정에서 피어난 건 포기할 수 없는 사랑이었다. 차라리 오롯이 육체적인 이끌림만 존재했다면 이토록 괴롭지 않았을 것을.

감정을 자각하지 못했던 이전으로 돌아갈 수 없는 사영은 멈취지지 않는 마음을 짓밟지 못해 애달피 웃었다.

❖ ＊ ❖

여울은 통 만나지 못한 혜설을 점심시간에 불러냈다.

"일이 있어서 주말에 못 갔어. 어머님하고 뭐 했어?"

혜설의 얼굴이 좋아 보이자 여울은 빙그레 웃으며 물었다.

"집에만 있었어. 홍구 씨하고……. 아, 홍구 씨는 엄마를 찾아 준 분이야."

잘못한 것처럼 혜설이 괜히 눈치를 보자 여울의 입가가 해죽 벌어졌다.

"오!"

"그런 거 아니야! 식사만 대접하려고 했는데 엄마가 졸라서……."

"나 아무 말 안 했는데."

"윽."

얼굴을 잔뜩 붉힌 혜설이 우물쭈물 망설이다 결국 실토했다.

"좋은 사람이지만 잘될 마음은 없어."

"못 믿어서?"

"……착한 사람이라서. 그 사람이라면 내 모습을 봐도 배척하지 않을 것 같아. 그래서 부담감을 주고 싶지 않아. 이런 맘 처음이야."

혜설은 사람을 사귀는 데에서 서툴렀다. 그럴 수밖에 없는 사정을 아는 여울은 애잔하게 혜설을 쳐다보았다.

"혜설아. 네 감정을 밀어내려고만 하지 마. 알아보는 단계도

35

필요하잖아. 그 사람하고 같이 있으면 즐겁지?"

"재미있었어……. 나한테 잘 보이려고 하는 위선이 아니라는 게 느껴지고."

"나하고 있을 때와 다르지?"

"응……. 설레. 행복하면서 두려워. 그래서 그냥 이대로만 있고 싶어."

나아가길 거부하는 혜설의 마음을 여울은 충분히 이해할 수 있었다. 그녀 또한 자신의 마음도 타인의 마음도 모른 채로 시간만 흘러갔으면 했으니까.

"그거면 됐어. 마음이 이끌리는 대로 해."

스스로에게 말하듯이 여울은 결연하게 말했다. 여울의 말에 혜설이 헤실거렸다.

"역시 말하길 잘했어. 언니 덕분에 마음이 한결 가벼워졌어. 잘되길 바라는 것보다 잘 지내고 싶은 마음으로 매순간 최선을 다할래."

다시 밝아진 혜설의 표정을 보니 여울의 마음도 보다 가벼워졌다. 여울은 사영의 개입으로 그렇지 않아도 복잡한 마음을 굳이 정리하려고 들지 않았다. 그저 어수선한 감정이 자연스럽게 흩어질 수 있도록 두었다.

❖ ＊ ❖

"제시된 안건을 절충해서 새로이 업무를 분배하겠습니다. 회의 기록은 지원 씨가 담당하세요."

1시간에 걸친 회의가 끝나자 여울은 이록과 함께 홈쇼핑 사전

촬영 현장으로 출발했다.

"생각해 봤어?"

계단을 오르던 이록이 말했고, 그에 여울의 표정이 굳어졌다.

'오늘 날 따라오지 마.'

'안 따라갈게.'

사영을 만나러 가는 저를 따라오지 말라고 했었다.

'맨입으로?'

'당연히 해야 하는 일에 뭘 원하는 거야.'

'내겐 당연하지 않아. 너도 알다시피 난 인간이 아니잖아.'

그 말을 들어주는 대가로 이록은 그녀에게 요구한 것이 있었다.

'……그래서 원하는 게 뭐야?'

'네가 생각해야지. 내가 말하면 넌, 감당 못 해.'

걸음을 멈춰 뒤돌아본 이록은 다소 늦게 제가 한 말을 이해한 여울을 보았다. 이록이 가벼이 웃었다.

"상상에 맡길게."

"무슨 상상?"

"네 상상대로 해 보라고. 나를."

"안 할 거야!"

딱딱한 표정이 잔뜩 붉어지면서 일그러졌다.

"나는 했는데."

여울을 내려다보는 이록의 표정은 야릇한 기대감에 차올라 있었다.

"뭘, 뭐를 했다는 거야. 아냐. 말하지 마."

냉큼 고개를 저은 여울이 한 칸 아래로 내려가자 이록은 소리까지 내어 웃었다. 픽, 웃은 이록이 한 발을 내렸다.

"조심해 넘어질라."

"너만 움직이지 않으면 돼."

여울은 앞으로 뻗은 두 손으로 이록의 야해 보이는 얼굴을 가렸다. 조심성 없게 뒤로 몸을 빼는 순간 그녀의 몸이 휘청거렸다. 수욱, 아래로 내려가는 느낌에 여울은 저도 모르게 비명을 내질렀다.

"아!"

그와 동시에 여울은 이록에게 잡혔다.

"조심하라고 했잖아."

낭창한 허리가 이록의 팔에 감겨 있었다. 이록의 가슴팍에 이마를 댄 여울은 숨을 어떻게 쉬어야 할지 일순 까맣게 잊어 버렸다.

"내 상상은 이랬어."

우드 향에 가려지지 않는 본연의 살냄새와 전해지는 뜨거운 숨결에 여울의 정신이 어질어질했다.

"이렇게 몸을 붙이라는 명령도 들어 보고."

이보다 가까울 수 없는 접촉에 여울은 아슬아슬하게 들린 다리를 아래 판에 두었다. 그리고 고개를 드는 여울을 보며 이록은 과감히 웃었다.

"물론 침대 위에서."

건전하지 않은 어감에 여울은 이록의 어깨를 때렸다.

38

“말하지 말라고.”

“그런 명령은 상상해 보지 않았는데.”

방심은 금물이라는 듯이 이록은 여울의 옆구리를 스치듯이 건드리며 손을 뗐다.

“윽.”

“내 머릿속에서 듣던 신음이네.”

“꿈도 꾸지 마.”

1%의 여지를 주지 않으려 여울은 안전거리를 확보했다. 빠르게 아래로 내려간 여울이 완강하게 자기 의사를 표하자 이록이 허전한 손을 엎어 쥐었다.

“상상은 자유잖아.”

“날 두고 망상하는 거잖아. 그런 쪽으로!”

“그런 쪽이 어떤 건데.”

“자꾸 그럴 거면 너 혼자 가. 놀릴 사람이 필요한 거면 다른 사람 구하란 말이야.”

“기대감을 충족시켜 주지 않으니 별수 있나. 계속 상상할 수밖에.”

여울이 웃음을 맺힌 입술로 약을 올리는 이록을 노려보는 것을 그만두지 않자, 위로 살짝 들린 입술이 한일자로 다물어진다.

“좀 기다려. 하루밖에 안 지났어.”

말을 알아듣는 짐승에 맞는 훈련법을 시전하자 이록의 입가에 이형의 미소가 걸렸다. 유전이 아예 다르듯이 고혹적인 미소를 머금은 이록이 곤두세운 목소리를 냈다.

“어떤 상이든 중도에 무르기 없어.”

“마음에 안 드니 뭐니 너도 딴말하지 마.”

"그러다 받을 것도 못 받게 되는데 누구 좋으라고."

계단참으로 올라가 고개를 끄덕거리는 이록을 응시하면서 여울은 다소 충동적으로 말했다.

"일요일, 어때?"

시간을 할애하겠다는 말에 이록의 얼굴 위로 선명한 감정이 떠올랐다.

"최고의 상이야."

본래의 짐승 눈동자 빛깔처럼 환하게 보이는 미소가 아찔해 여울은 그만 눈을 감아야 했다. 그렇지만 감아도 보이는 이록의 잔상이었다. 먼지처럼 눈앞에 떠오르는 것을 잊으려 여울은 그날 밤, 별별 시도를 다 해 봐야 했다.

❖ * ❖

아침부터 여울의 핸드폰이 연방 울렸다. 멍한 기운을 달고 여울이 욕실로 간 사이에 4인방의 톡이 오랜만에 활성화됐다.

현아: [애들아. 너네 내일 시간 돼? 나 내일 쉬는 날이지롱!]

선아: [올. 좋겠다. 나도 쉬고 싶다. 애 보는 것도 일이야. ㅜㅜ 강하 봐 줄 사람이 없어서 주말만 가능한데 주말로 미루면 안 될까?]

지효: [형. 나 주말에는 바빠서 안 돼.]

현아: [그러지 말고 강하 데리고 와.]

지효: [강하 본 지도 오래됐다. 사진으로 봐도 많이 컸던데 데리고 와. 얼마나 컸는지 보자.]

선아: [나야 좋지! 강하가 좋아하겠다. 얘가 예쁜 여자만 보

면 환장해.]

현아: [화장 안 하려고 했는데 해야겠네ㅋㅋㅋㅋ 낮에 나와. 나랑 놀고 있자. 너희 집 근처로 갈게. 근방에 맛집 없어?]

선아: [주꾸미 먹으러 가자. 맛있고 가격도 싸. 우리 매운맛 잘 먹잖아. 어린이 메뉴도 있어.]

지효: [쓰읍, 침 나오네. 오늘부터 굶는다.]

현아: [여울이 일정만 맞으면 되네. 안 되면 다음 주에라도 만나자.]

지효: [예얍!]

선아: [오케이]

샤워하느라 가장 마지막으로 확인한 여울은 대화창을 빠르게 읽고서는 답장을 보냈다.

[낼 퇴근하자마자 갈게. 조금 늦을 수도 있으니까 먼저 식사하고 있어. 오늘도 현생에 치이러 갑니다.ㅠㅠㅠ!]

✤ * ✤

바쁜 하루를 보낸 다음 날 저녁, 여울은 몇 달 보지 못한 친구들을 만났다. 만나면 기본 4시간 떠는 수다는 선아의 남편이 왔을 때 소강되었다.

"이모가 주는 5만 원. 너 쓰지 말고 강하 맛난 거 사 줘."

"나를 뭘로 보고. 우리 아들 좋겠네. 이제 나보다 돈이 많아. 강하야, 감사 인사 해야지. 현아 이모 고마워요. 그리고 이모들 안녕!"

선아가 두 살인 아들의 손을 잡고 흔들었다. 그러자 강하가 헤웃었다.

"빠빠!"

심장 폭격 미소에 성인 여자들이 고사리 같은 손을 만지작거리며 작별 인사를 했다.

"강하 잘 가."

"이대로만 쑥쑥 크자. 엄마 말 잘 듣고."

"강하 바이바이. 다음에 만날 때 이모가 강하 장난감 사서 올게."

선아와 헤어진 여울은 지효가 택시를 타는 것까지 보고선 저와 같은 방향인 현아와 택시를 잡았다. 그리고 집으로 가는 택시 안에서 여울은 현아의 고충을 들어 주느라 바빴다.

"어으으. 대학 때로 돌아가고 싶어. 내일 선배 기자를 봐야 한다고 생각하니 오늘 먹은 게 올라올 것 같아. 우웩."

"선배 기자가 갈궈?"

"말도 마. 기삿거리 가져오라고 수시로 쪼아 대서 노이로제 걸릴 것 같아. 내가 왜 기자를 한다고 설쳐서는."

현아가 취재 수첩의 양쪽 커버를 찢듯이 잡아당겼다. 그러다 몇 달 밤 지새워 가며 얻어 낸 것들이 아까워 힘을 풀었다.

"내가 이러고 산다."

"조금만 참아. 두 달만 있으면 수습 뗀다며."

"그날만 고대하면서 악착같이 버티고 있잖아. 흑흑. 내일도 뻗치기 해야 하는데 돌아 버리겠다. 여울아. 뭐 특보할 거 없어? 이 불쌍한 친구를 위해서 사소한 거라도 말해 주라."

현아가 우는 소리를 내며 여울의 어깨에 기댔다.

"개인적인 제보가 있기는 한데."

언제까지 비밀로 할 수 없다는 생각에 여울이 첫말을 떼자 현아의 두 눈이 반짝거렸다. 기울어진 자세를 재깍 고친다.

"뭔데뭔데?"

취재 수첩 스프링에 끼운 볼펜을 꺼내 든 현아가 기운찬 눈동자로 여울을 바라보았다.

"이록이 기억하지? 내 상사가 됐어."

"……그래. 상사가…… 뭐?! 이록? 소리 소문도 없이 사라진 네 전 애인?"

격분한 현아가 볼펜을 세게 움켜쥐었다.

"와. 안 좋은 기자 촉 발동했다. 네가 그 회사에 있다는 걸 알고 간 거구먼!"

"아니라고 말해 주고 싶은데 맞네."

"후, 하. 완전 개자식 아냐."

후, 할 때 뿜어져 나온 입김에 현아의 앞 머리카락이 위로 들썩거렸다.

"낯가죽이 아주 두껍다. 뭐, 심심한데 우리 다시 사귀어 볼까 시전하든?"

확신에 가까운 음성에 여울이 놀라워하면서 고개를 끄덕이자 현아가 수첩 한 페이지를 찢어 구깃구깃 구겼다.

"이야. XX. 신박한 개소리를 들었더니 욕이 나온다. 넌 뭐라고 했고? 받아 줬다면 너 진짜 나한테 맞는다."

"주먹 집어넣어. 안 때려도 돼."

"이거라도 먹여 주지 그랬냐."

위로 올라간 가운뎃손가락을 여울이 고이 접어 주었다. 거기에서 감이 팍 온 현아가 여울의 가슴 중앙을 가리켰다.

"견적이 나온다. 너 마음이 약해지고 있네!"

신들린 듯한 지적에 화들짝 놀란 여울이 가슴 어림에 손을 올

43

리자 현아가 제 이마를 탁! 소리 나게 쳤다.

"이 맹추야! 나도 보이는데 그 나쁜 놈이 모르겠어? 그런 미온한 태도로 대하니 널 만만하게 보잖아. 비속어를 섞어 가면서 뺨이라도 올려붙여야지!"

날 하찮게 생각하는 것 같지는 않은데. 그렇게 대답하면 이록을 비호하는 것 같아 여울이 달싹거리는 입을 다물자 현아가 부정하듯이 물었다.

"왜 말이 없어? 설마 해서 묻는데 다시 사귈 마음이 드는 건 아니지?"

"아니야. 그건 아니고…… . 내가 보기엔 반성하는 것 같아서…… . 하아. 미안. 나도 내가 무슨 말을 하는지 모르겠다."

풀리지 않고 꼬이기만 하는 감정에 여울이 발치를 응시했다. 고개를 들지 못하는 여울을 가만히 보던 현아가 작게 한숨을 내쉬며 말했다.

"용서해 주고 싶어?"

"없어."

"그 마음은 변함없지?"

"응."

"그렇다면 다시 연애해 보는 건 어때?"

무슨 뜻이냐는 듯이 여울이 고개를 쳐들자 현아가 취재 수첩을 가방 안에 넣고선 뒷말을 속사포로 이어 붙였다.

"기간 정해 놓고 사귀어 보는 것도 나쁘지 않다고 생각해서. 연애하면 네 마음이 좀 더 명확해지지 않을까? 너 이록이한테 아예 마음이 없지 않잖아. 과거에 네게 한 짓 때문에 밉고 그로 인한 상처로 망설이는 거지. 내 말 틀려?"

"⋯⋯으응. 아니야. 맞아. 과거의 감정과 추억 때문에 나아가지도 내치지도 못하고 있는 거였어."

"그래서 하는 말이야. 몇 달 연애하면 마음이 정리되지 않을까 싶어. 너나 개나. 계속 못 미덥고 용서되지 않으면 깔끔하게 내쳐. 사귀는 동안 그 자식의 감정도 감수해야겠지만."

도중 말을 끊은 현아가 여울만 들을 수 있게 음량을 낮췄다.

"근데 잊지 말아야 할 것이 있어. 몸정은 들지 말아야 해."

"몸⋯⋯!"

택시 기사를 의식한 여울이 다급히 입을 다물었다. 흔들리는 여울의 눈앞으로 좌우로 한 번 까딱이는 손가락이 보였다.

"몸정은 무서운 거다. 미워 죽겠다가도 몸만 맞추면 좋아지는 게 몸정이야. 아주 무서워."

화끈거리는 여울의 얼굴을 보며 현아가 아쉽다는 듯이 종알거렸다.

"아, 똥차 가고 벤츠로 갈아탈 남자가 딱! 나타나면 좋은데."

현아가 두 손가락을 마찰해 튕겼다. 탁! 소리에 웬일인지 여울의 머릿속에 떠오르는 사람이 있었다. 문사영이었다.

'내가 무슨 생각을 한 거람.'

속으로 경악한 여울은 얼른 고개를 내저어, 사영을 지워 냈다.

✥ ＊ ✥

여울로 인해 발정을 맞이한 사영은 택시에서 내린 여울을 몰래 지켜보았다. 꺼지지 않는 열기가 광인처럼 속살거린다. 그녀를 취하라고.

45

그녀를 갈망한다. 그녀의 마음을 원한다. 강력한 라이벌을 무너뜨려서라도 사영은 여울의 진심을 원했다.

"절 잡으러 왔나 보네요."

빙글 몸을 돌린 사영은 어느샌가 제 뒤에 서 있는 이록이 열 받게 웃어 보였다.

"그런 것치고는 너무 절 내버려 두는 것 같은데. 살려 주실 생각인가요?"

"살고는 싶은가 보군."

"살기 위해 발악하는 중이죠. 간절히 원하는 것이 유일무이하니까 포기할 수 없는 거죠."

발정기는 본능이다. 본능은 숨길 수 없었다. 이록이 감열을 경험했듯이 사영 역시 여울을 향한 감정을 자각하고부터 발열에 시달렸다. 물론 여울이 인간이기에 수인에게 성적 충동에 시달리는 것보다야 증상이 덜하기는 했다.

덕분에 사영은 어떤 루트를 통해 얻은 약으로 운신할 수 있었다. 하지만 관계를 맺지 않으면 평생 약물에 의존해야 했다.

"약점을 휘둘러서라도요."

그리고 둘의 약점은 은여울이었다.

"죽고 싶어서 안달하는 거로밖에 안 보이는군."

"절 죽이러 왔으면서 새삼스레."

독사의 입이 음흉하게 벌어졌다. 이내 사영의 몸체에서 황록색이 발산되었다.

들이마시는 순간 생명을 앗아 가는 독기가 퍼진다.

"정정당당, 그딴 게 우리에게 있었나요. 살기 위해서. 원하는 것을 얻기 위해서 뭔들 못 하겠어요. 약육강식이 법칙이고 적자

46

생존이야말로 우리의 존재를 증명하는 길인데."

　이록에게는 통하지 않는 독기였지만, 이록의 옆에는 그림자처럼 따라붙는 수족이 있었다. 점점 시야를 가리는 독기에 강욱이 숨을 참고선 말했다.

　"제게 맡겨 주십시오."

　사영을 처단하려 강욱의 신형이 빠르게 사라졌다. 달려드는 거센 스피드가 사영의 시야에 잡혔다. 가뿐하게 도약한 사영이 낮은 담을 밟았다. 그리고 다닥다닥 붙은 주택지에서 그나마 높은 탑옥에 안착했다.

　"너랑은 다음에 결전 짓지. 그날이 올 때까지 무탈하게 지내십시오. 나의 왕."

　"어딜……!"

　"놔둬라."

　강욱이 쫓으려고 하자 이록이 차분하게 말했다.

　"예."

　마음만 먹으면 뱀을 죽일 수 있는 이록의 말에 강욱은 절대복종했다. 산재하는 발정의 잔향이 매우 불쾌해 이록의 미간 중앙이 우그러졌다. 공기 중으로 퍼진 독기를 흡수하며 이록이 숨을 참고 있던 강욱에게 명했다.

　"사영의 뒤를 밟지 않아도 된다. 인간만 계속 감시하도록."

　이록에게 의미가 되지 못한 홍구를 지칭하는 말이었다.

✤　＊　✤

　이록과 시간을 보내기로 한 날, 여울은 출근하는 것도 아닌데 이른 아침에 눈이 떠졌다.

"……더 자자."

그러나 늑장을 부리지 못하게 이록이 현관 벨을 눌렀다.

딩동.

결국 끌려 나가다시피 몸단장한 여울은 현관문을 두고 이록을 마주했다.

"어디 갈 건데."

그 말에 이록이 손을 내밀었다.

"착각하는 모양인데 다정한 연인 콘셉트 아니야. 신체 접촉은 금지야. 잊지 마."

여울은 이록과 있게 되면 필시 마주하게 될 야릇한 분위기를 차단하듯이 냉랭하게 굴었다.

"차로 이동하면 멀어서 그래. 잡아 봐서 알잖아."

"그런 건 빨리 말해!"

하지 않아도 될 군소리를 했다는 생각에 부끄러워진 여울이 앙탈을 부리듯이 쏘붙였다. 그러고선 이록의 손을 잡았다. 그 순간 여울은 지그재그 기울어지듯이 어긋난 공간에 빨려가는 듯한 느낌을 받았다.

급격한 어지러움이 덮치자 여울은 눈을 감은 채로 비틀거렸다. 그러자 이록이 몸을 가누지 못하는 여울을 자신의 가슴팍에 기대게 했다.

청량한 자연의 냄새가 어질한 정신을 진정시키자 여울은 슬그머니 눈을 떴다. 사방이 자연적인 색채로 뒤덮인 산 중턱에 둘은 이동해 있었다. 아름다운 경치에 한 걸음씩 움직이던 여울은 문득 딸려 오는 느낌에 이록을 쳐다보았다.

"……또 이동해?"

"정상에 오를 거야. 힘들 테니까 잡고 있어."

"안 잡아도 갈 수 있어. 길잡이 역할에만 그쳐."

부쩍 가까워지는 심적 거리감에 여울이 선을 그었지만 이록에게 허용되는 것이 많아지고 있었다. 허물어지는 귀퉁이를 도로 세운 여울은 단단하게 얽힌 손가락을 떼어 냈다.

하지만 얼마 못 가 여울의 숨소리가 거칠어졌다.

헉헉.

숨을 가쁘게 몰아쉬는 여울의 얼굴이 땀으로 젖어 가는 반면, 이록은 지친 기색 없이 평온했다.

"후, 우. 멀었어?"

"한참 더 걸어야 해."

"하악. 잠시 쉴래."

여울은 울퉁불퉁한 석괴에 걸터앉아 이록이 준 물을 벌컥벌컥 마셨다. 그러는 여울의 다리가 후들후들 떨리고 있었다.

이록이 여울의 앞에 무릎을 꿇었다. 그리고 그의 허벅지에 여울의 다리를 놓았다. 다음으로 이어질 행동을 짐작한 여울이 입을 벌리는 순간, 종아리에 적당한 힘이 실렸다.

"안 해도…… 훗."

힘 조절해 가며 지그시 다리를 주무르는 손길에 야릇한 아픔이 올라와 여울은 다급하게 외쳤다.

"하지 말라니까."

여울이 햇살에 노출된 이록의 팔을 급하게 움켜쥐었다. 그러자 여울의 다리를 주시하던 이록이 고개를 들었다.

"해 주고 싶어."

이록의 눈꼬리가 잔망스럽게 내려가 있었다. 저 얼굴이 주는 위험성에 여울은 눈을 감고선 말했다.

"……손이나 빌려줘."

손을 내주고 만 여울이 눈을 뜨지 않은 채로 이록의 허벅지에 놓인 다리를 발치로 가져오자, 이록의 손이 여울의 손등을 감싸 부드럽게 당겼다.

그렇게 여울은 이록이 맞춰 준 페이스로 1시간 정도 더 걸어서 산 정상에 오를 수 있었다. 청량한 기운을 품은 바람이 얼굴에 고인 더위를 식혔다. 구불구불한 강을 품은 전경에 눈을 뗄 수가 없는 여울이 편하게 구경할 수 있도록 이록은 돗자리를 폈다.

이록에 의해 생성된 인공적인 그늘 아래 여울은 편안하게 쉴 수 있었다. 솔솔 부는 바람에 여울의 눈꺼풀이 천천히 닫혔다.

"평생 힘들지 않게 해 줄게."

귓가에 댄 듯한 나직한 말소리가 잠들락 말락 하는 정신을 일깨웠다.

"원하기만 한다면 다 해 줄 수 있어. 나를 허락해 준다면."

허락해 줘. 그렇게 말하는 눈을 마주한 여울은 진심에서 우러난 목소리로 말했다.

"내가 진정 원하는 건 힘들 때 기댈 수 있는 거야."

요동치는 내면이 드러나듯이 이록의 눈동자에 푸른빛이 섬광처럼 스쳤다.

"왜 날 떠났던 거야. 이유를 말해 줘. 내가 알고 싶은 건 그 하나야. 내게 진심이라면 네 진심을 보여."

순간 흔들렸던 이록의 두 눈을 마주한 여울이 무릎을 짚고 일어났다.

"그래야 나도 솔직하게 마음을 표출할 수 있어. 미움이든 용서든, 진심으로 너를 대할 거야."

입을 열지 않는 이록을 등지며 여울은 앞으로 움직였다.

"네가 없어도 나는 두 발로 걸을 수 있어."

증명하듯이 여울은 근육이 뭉친 다리로 꿋꿋하게 험난한 산지를 내려갔다. 기어이 자신의 힘으로 하산한 여울이 허리를 폈다. 넘어질 듯한 고비가 있었지만, 끝끝내 저를 찾지 않는 여울을 지켜보는 이록의 마음은 너덜너덜 닳아 있었다.

그가 없어도 되는 여울의 삶을 엿본 기분이라 이록의 입꼬리가 부식되듯이 문드러졌다.

쏴아아.

전조도 없이 소나기가 쏟아졌다. 먹구름이 낀 하늘에서 구멍이 난 것처럼 굵은 빗줄기가 하염없이 바닥을 쳤다.

"은여울!"

그을음이 번진 이록의 얼굴을 머릿속에 지워 내듯이 여울은 이록의 외침을 무시하며 계속해서 걸었다. 사람 마음이라는 게 간사했다. 한 번 기대게 되면 저도 모르게 기대하게 된다. 이기적인 마음을 학습해 버린 여울은 같은 실수를 범하지 않으려 필사적이었다.

찰박찰박, 물이 고인 바닥을 차는 소리가 빠르게 가까워졌다.

"감기 걸리면 어쩌려고!"

붙들어 매는 듯한 손아귀가 여울을 돌려세웠다. 붙잡는 손길에 멈춰 선 여울이 고개를 돌려, 그녀처럼 홀딱 젖은 이록을 바라보았다. 푸른빛으로 덮인 눈동자가 서늘한 기세를 내뿜고 있었다. 시커먼 하늘을 찌르는 번개 같은 두 눈동자를 보아서야 이록의 격노를 체감한 여울은 도리어 당황했다.

"……너도 젖었잖아."

"은여울."

진심으로 기가 막힌 이록이 이마를 가린 머리칼을 거칠게 위로 넘겼다.

"내 몸은 인간의 신체 구조와 달라. 이딴 비를 몇 달을 맞아도 감기에 걸리지 않아."

이록은 여울의 젖은 머리칼을 손가락으로 넘겨 주고선 음울하게 읊조렸다.

"하지만 너는 아니지."

바깥세상과 단절된 것처럼 차가운 빗방울이 여울의 몸에만 닿지 않고 있었다. 누군가 눈치채지 못하게 우산을 씌워 주듯이.

이 기현상을 이록의 손이 이마에 닿았을 때 깨달은 여울이 눈가를 찡그렸다.

"감기 걸리지 않는다고 해도 추위를 못 느끼는 건 아닐 거 아니야."

자신의 몸을 젖게 하면서도 그녀를 챙기는 무조건적인 애정이 여울의 가슴을 젖게 했다.

"내 걱정해 주는 건 기분 좋은데."

그의 몸 상태를 걱정하는 여울의 마음에 이록이 딱딱한 표정을 뒤집고 웃었다.

"기분 좋으라고 한 소리 아니야."

자신만 애지중지하는 시선에 얼굴 위로 걱정을 놓지 못하는 여울을 시선으로 가둔 이록이 가볍게 응수했다.

"걱정 놓아. 열을 식히고자 부러 맞고 있는 거니까."

이록은 하얗게 김이 서린 듯한 그녀의 마음을 손바닥으로 북 북 문질러, 언제라도 그를 볼 수 있게 했다. 마주 보는 자리에서 뜨거운 입김을 불어 마음의 문에 '이록'이라는 두 글자를 새겨 놓는다. 들어가게 해 달라고 문을 두드릴지언정, 그녀가 먼저 열도록 한자리에 머물러서 기다리는 것이다.

"……네 마음대로 해."

고장 난 잠금쇠에 손이 가도록 하는 고약한 심보에 여울은 이록을 흘겨보다가 뒤돌았다. 비는 계속해서 내렸다.

젖지 않는 자신의 몸을 의식할수록 여울은 조용히 따라오는 기척이 신경 쓰일 수밖에 없었다. 외면하고 싶은데 그럴 수 없어 조용히 숨만 내쉬고 있는데 들려오는 소리가 있었다. 이록은 자신의 모든 것을 이용해서 여울이 그를 볼 수 있도록 소리를 냈다.

"엣취."

여울은 작위적인 기침 소리에 우뚝 멈췄다. 이록이 박박 닦아 놓은 마음의 문은 비를 맞는 그를 다 보이게 해 놓았다.

"감기 걸린 것 같아."

"감기 안 걸린다며……!"

여울이 발끈한 마음에 돌아보다가 이록의 젖은 몸에 얼굴을 붉혔다. 살결에 착 달라붙은 셔츠로 인해 몸의 굴곡이 훤히 비쳐 있었다. 차라리 벗는 게 나을 정도로 야해 빠진 광경에, 젖은 꼴이 볼만하다고 빈정대려던 말이 허무하게 입속으로 들어갔다.

시선 둘 곳을 찾지 못하는 여울의 눈 방황에 이록이 자신의 몸을 내려다보면서 비식, 새는 웃음을 흘렸다.

"나 추워."

"어, 어쩌라고."

"네가 비를 맞는다면 나는 계속 이런 채로 있을 수밖에 없어. 나를 봐서라도 돌아가 줘."

비 맞는 개처럼 이록은 기어코 동정심 한 자락을 얻어 내어 여울의 손을 움직이게 했다. 비록 손만 통과할 수 있을 만큼만 마음의 문이 열렸지만, 여울에게는 늦은 감 있는 후회를, 이록에게 희망을 엿보게 하는 틈새였다.

"이동해."

젖은 손이 얽혀 오는 기분은 질척거렸다. 그러한 감각이 꼭 이록의 집착 같아 여울은 맞붙은 손가락을 꼼지락거렸다.

뿌리치고 싶어도 달라붙은 힘은 강했다. 격통처럼 다가오는 어지러움을 느끼면서 여울이 눈을 떴을 때 익숙한 거실이 보였다. 그리고 다시 마주하게 된 이록의 몸에 여울의 얼굴이 감기에 걸린 것처럼 붉어졌다.

"나, 나가."

훤한 불빛 아래 드러난 이록의 몸에 여울이 재촉하자, 이록이 얇은 상의를 벗었다. 빛이 조각된 듯한 남성적인 몸이 움직이는 것에 따라 물길이 번진다. 몸 둘 바를 모르게 하는 장면에 여울은 뻣뻣하게 굳은 채로 다가오는 이록을 우두커니 지켜볼 수밖에 없었다.

"씻고 있어. 내게 주기로 한 하루 안 지났어."

그 궤적은 선명했고, 물자국처럼 여울의 가슴에 눌어붙었다. 양어깨를 감싸 쥔 손아귀의 힘에 여울은 반항할 수 없이 몸을 돌렸다. 그러자마자 등에 지퍼가 달린 것처럼 축축한 손가락이 등마루를 훑었다.

"흣."

여울의 잇새가 벌어졌다.

"안 씻으면 내가 씻겨 줄 수 있어. 이렇게."

야릇한 떠밀림에 못 이겨 욕실로 들어가게 된 여울은 차가워진 몸을 따뜻한 물로 녹였다.

"정말이지 제멋대로야."

기어코 집으로 쳐들어온 이록을 내쫓을 방도가 없었다. 여울은 약속 시간이 지나길 기다리며 천천히 씻었다. 부러 느긋하게 시간을 끌어 거실로 나가자 제집처럼 활보하는 이록이 보였다. 머그컵까지 쥔 그를 본 여울이 어처구니없어 웃었다.

"마시게?"

머들러를 휘휘 젓던 이록이 여울의 손에 머그잔을 쥐여 주었다.

"나 먹으라고?"

"내가 마실 거라고 생각했어? 이걸?"

줘도 안 마실 듯한 이록의 표정에 여울은 머그잔에 입을 살포시 댔다.

"……달다."

"또?"

"맛있어."

"끝?"

"무슨 말이 더 필요해. 코코아가 코코아 맛인데."

저를 보는 시선이 이 코코아보다 달고 진득해 여울은 괜스레 투덜거리며 소파에 앉았다. 괜히 의식되는 어색한 분위기에 리모컨으로 TV를 켰다.

TV 소리가 적막을 뚫었지만 여울은 도통 프로그램에 집중할 수가 없었다. 서로의 어깨가 맞닿았기 때문이었다. 지그시 바라보는 시선에 여울은 전면을 쳐다보면서 몸을 슬그머니 옆으로 이동했다. 그러자 따라 움직이는 커다란 몸.

"붙지 마. 더워."

"아무 짓도 안 했는데?"

억지스러운 말에 여울이 결국 그를 보았다. 볼을 푸르르 떨자 이록이 씩, 입꼬리 선을 말아 올렸다.

"화내지 마. 화내는 것도 귀여우니까."

검은 눈동자에 푸른빛이 감돌았다. 모조리 태울 것 같은 발광에 여울은 한순간 생각을 이어 나갈 수 없었다.

푸른 불꽃이 폭발하는 것처럼 광채를 발하자 여울은 흠칫거리며 시선의 방향을 바꾸었다. 검은 눈동자 안에 잠재된 속불꽃이 그녀에게로 달려들 것 같았다.

틀리지 않는 직감에 여울이 가만히 있지 못하는 입에 코코아를 물렸다. 그런 여울을 바라보는 이록은 해갈되지 않은 열기를 시시각각 느끼고 있었다.

"언제 갈 건데……."

머그잔에 입을 댄 채로 여울이 웅얼거리자 이록의 목마름이 극심해졌다. 도저히 안 되겠다.

"침실로 들어가."

"뭐!"

화들짝 놀란 손에서 머그잔이 떨어졌다. 이록이 재빨리 낚아채 불상사는 일어나지 않았지만 액체 몇 방울이 여울의 손등에 묻었다.

"무슨 생각을 했기에 그리 놀라?"

이록이 덧칠하듯이 진득한 액체를 손가락에 묻혀 입속으로 넣었다.

"이상한 생각은 네가 하겠지!"

"맞아. 매일 이렇게 핥고 빨고 싶다고 생각해."

이록이 여울의 손등을 핥으려는 듯이 혀를 내밀었다.

"그래도 돼?"

붉은 혀가 여울의 시야를 점령했다. 보는 것만으로도 외설적이었다. 시야를 흐려지도록 눈가를 좁힌 여울이 냉큼 고개를 저었다.

"안 돼."

"그렇게 말할 줄 알았어."

혀를 집어넣었지만 시선만은 여전히 침전된 설탕물처럼 진득해 여울은 느슨하게 풀어질 수가 없었다. 경계심을 늦췄다간 손등은 물론 전신이 핥아질 것만 같았다.

"나가. 잘 거야."

여울이 손가락으로 현관문을 가리키자 이록은 그쪽은 보지 않고선 말했다.

"아직 시간 많이 남았어."

자정이 될 때까지 있겠다는 고집에 여울은 배 째라는 식으로 드러누웠다. 자는 척하고 있으면 알아서 가겠지.

그 생각을 꿰뚫은 이록이 조용히 입꼬리를 올리며 자는 척하는 여울을 응시했다. 천천히.

아주 오랫동안 음미하는 눈길은 햇볕처럼 따갑고 뜨거웠다. 옷을 벗고 싶을 만큼 더워, 여울은 이록의 기척에 온 신경을 기울였다. 속으로 시간을 재는 여울의 귓가로 나직한 울림이 꽂혔다.

"나는 이기적인 놈이야."

새삼스러운 말에 여울의 눈가 사이가 오그라들었다.

"전에도, 앞으로도 내 탓이라는 것만 알아 둬."

아무 말 없이 그녀를 두고 떠날 수밖에 없었던 진실을 알게 된다면 여울은 필시 자신의 탓으로 돌릴 터였다. 여울의 죄책감을 덜게 하려는 말은, 원래라면 하지 않았을 것이다.

떠났던 이유를 제대로 말해 준다면 자신도 답해 주겠다는 여울의 고백이 계기가 되어 이록의 심경에 변화가 일지만 않았더라면.

결의가 느껴지는 목소리에 여울이 눈을 슬며시 떴다. 두 사람의 얼굴이 너무 바싹 붙어 있자 크게 눈을 뜬 순간 이록의 입술이 둥근 이마에 닿았다. 야릇한 촉감에 여울이 달아오른 얼굴로 이록의 턱을 밀었다.

"허락 없이 무슨 짓이야."

"이기적인 놈이라서."

여울의 손바닥에 턱을 누른 이록이 뻔뻔하게 웃었다.

"보다시피 악질적이니까 네 탓 하지 말라고."

"하. 그래서 미리 보여 줬다는 거야?"

"나쁜 새끼한테 착한 짓을 기대하면 안 되지. 나 같은 놈이 언제 어디서 군침 흘릴지 모르니까 누구든 믿지 마."

"잘 알아들었어. 널 경계하란 말이지? 무슨 일이 있어도 널 믿지 않을게."

여울이 베개로 이록의 얼굴을 덮어 세게 밀었다. 스스럼없이 밀려난 이록은 소파 아래로 무릎을 꿇고선 그녀의 손목을 움켜쥐었다.

"믿으면 안 되지. 구애하는 남자가 뭔들 못 할까. 널 호시탐탐 가질 생각만 하는데."

이록은 여울의 손바닥을 위로 향하게 하고선 고개를 내렸다.

"이렇게."

입꼬리가 위로 향한 입술이 여울의 손바닥에 안착했다. 모양을 새길 것처럼 내리누른 입술이 손을 빼려는 몸짓보다 빠르게 떨어진다.

"절대로 방심하지 마."

입을 딱 벌린 여울을 향해 웃어 보인 이록이 바닥에 댄 무릎을 일으키고선 등 돌렸다.

"이만 갈게."

또 당했다는 생각에 분했다. 그렇다고 이록을 불러 세울 수 없는 여울이 쿠션을 던졌지만 목표물을 맞히지 못했다. 떨어진 쿠션을 힐긋거린 이록이 현관문을 닫기 전 고개를 비뚜름하게 내밀었다.

"꿈에서라도 맞혀."

잠자기 다 틀리게 이록의 얼굴은 무지 얄미웠다. 문이 닫히자, 여울은 크게 한숨을 내쉬었다. 내일은 어떻게 이록을 봐야 할지, 여울은 눈을 감으면서도 그 생각뿐이었다.

✛ ＊ ✛

결론부터 말하자면 이록을 어떤 마음으로 대해야 할지에 관한 근심은 무용하게 되었다.

"팀장님 왜 안 오시지? 여울 씨 뭐 들은 말 없어?"

"듣지 못했어요."

어제까지만 해도 무단결근의 낌새는 받지 못했던 여울은 말을 안 해서 그렇지 내심 당황하고 있었다.

"무슨 일 생긴 거 아니야? 부장님은 아는 거 없어요?"

그 말에 박 부장이 숱 없는 머리를 긁적였다.

"알면 전달했지. 이거 참 난감하네. 연락도 안 되고. 여울 씨, 팀장 집 어딘지 알지?"

"예."

부정한다고 해도 믿지 않을 확신성에 여울은 고개를 끄덕거렸다.

"집에 있는지 없는지 방문해 봐."

"지금요?"

"그럴 일은 없어야겠지만 사고가 났으면 어떡하나. 여울 씨가 책임질 건가."

"제가 왜 책임을……."

"이록 팀장과 사적으로 아는 사이라고 들었어. 거주지도 알고 있으니 여울 씨가 제격이지 안 그래? 다른 누구 추천할 직원 있어?"

부장의 결단성에 여울은 사적인 감정을 가져와 이견을 내세울 수가 없었다.

"아니면 내가 가나?"

"아닙니다. 제가 가겠습니다."

말을 안 해서 그렇지 이록이 걱정이 되어 여울은 책상 밑에 둔 다리를 폈다. 빠른 시간 내에 집 건물에 당도했다. 여울은 굳건히 닫혀 있는 현관문 앞에서 소리를 냈다.

"안에 있어?"

아무 소리도 들리지 않자 여울의 한쪽 귀가 현관문에 닿았다. 이록의 번호로 연결 중인 핸드폰을 쥔 여울이 다시 초인종을 눌렀다. 비에 젖은 이록의 모습이 떠올랐다.

'그 말을 믿는 게 아니었어.'

감기에 걸리지 않는다는 이록의 말에 뒤늦게 의구심을 가진 여울이 조바심에 문고리를 잡아당겼다.

"아프다면 아프다고 말해. 사람 걱정시키지 말고."

있는지 없는지도 모르면서 여울이 소리쳤지만 돌아오는 건 싸늘한 적막이었다. 그 고요한 정적이 두렵게 다가온다.

"이번에도 아무 말 없이 사라지기만 해!"

옛일이 되풀이되는 것 같아 여울은 조용한 공간을 깨부수듯이 소리쳤다.

"그러기만 해. 절대로 용서 못 해. 안 할 거야!"

스스로에게 다짐하듯이 여울은 중얼거리며 이록이 있는 것처럼 정면을 노려보았다. 그때였다.

우우우웅.

진동 모드로 해 둔 여울의 핸드폰이 울렸다. 팀원이 건 전화였지만 받을 정신이 아니었다. 한참 울려도, 또 다른 팀원이 전화를 걸어도 여울은 전화를 받지도, 자리를 뜨지도 않았다.

기다리는 시간은 묻혀 둔 기억의 편린을 불러일으켰다. 이록이 찾아오지 않으면 닿을 수 없는 현실적인 거리감에 여울은 지난날처럼 비참하고 슬펐다.

"이게 뭐야……. 넌 끝까지 이기적이야. 네 탓 맞아. 이 나쁜 자식."

감정이 폭발해 버린 여울이 쾅, 현관문을 찼지만 끝내 열리지 않았다.

✤ * ✤

"조두혁. 이 악마도 안 잡아갈 징한 놈."

61

선임 기자를 줄기차게 씹은 현아가 손목 스냅을 이용해 병뚜 껑을 땄다.

"크으! 불쌍한 내 다리."

취재원을 알아서 찾아다니는 신세가 처량했지만 어쩌나.

"조두혁. 네 코를 납작하게 하기 위해서도 한 방 터트릴 기사 물어온다."

"이야. 멋진 포부네요."

갑작스러운 말소리에 현아가 소스라치게 놀라 병을 떨어트렸다.

"제가 제때 찾아온 것 같네요."

나직한 목소리가 병이 깨지는 소리를 뚫었다.

콰직.

유리 조각을 밟은 다리가 길었다. 의도적인 웃음을 내보이는 사영을 본 현아가 눈을 깜빡였다.

"진, 진짜 문사영?"

"오랜만에 뵙네요, 현아 씨. 그간 잘 지내셨어요?"

"허."

태연한 인사말에 현아는 복잡해진 머리를 정리했다. 갑자기 사라진 사영을 두고 한동안 전 세계가 떠들썩했다.

납치설. 자살. 매니저의 타살론.

무게가 실린 주장이 혼재했지만 뒷받침할 증거가 없어 풍문으로 그쳤다. 그렇게 세월에 묻히는 줄로만 알았다. 시간이 약이라고 사영을 향한 걱정도 무뎌지더니 가끔 생각나게 되는 씁쓸한 뒤끝만 남았다.

열정적으로 사영을 좋아했어도 한때였다. 감정을 교류하지도 않았으니 오래갈 만하게 깊지도 않았다. 격한 반응을 보일 만한 사이가 아니라는 것이다. 추억 속에 묻혀 둔 사람이 무사한 것에 속으로만 안도할 뿐, 현아는 궁금한 사실만을 파고들었다.

"뭣 때문에 절 찾아온 거죠? 사영 씨와 저 사이에 만나야 할 이유가 없잖아요."

약간은 삭막한 목소리에 사영은 본론을 숨기지 않았다.

"제가 도움이 될 듯해서요."

"……제게 기사를 제공하겠다는 말인가요?"

"빨리 알아들으셔서 편하네요. 독점 인터뷰를 선점하게 해 드릴게요."

다분히 수상쩍은 사영의 제안을 현아는 생각 없이 덥석 물지 않았다.

"진짜 목적은 그게 아니지 않나요? 하고 많은 기자 중에서 저를 찾아온 이유가 있을 텐데요."

"정확해요. 나라는 정보를 팔 테니 현아 씨는 제 부탁을 들어 주시면 돼요."

"듣고 생각해 볼게요."

현아의 신중한 대답에 사영은 빙글 웃었다.

"어려운 건 아니에요. 하지만 당신만이 할 수 있는 일이죠. 여울 씨와 관련된 것이니까요."

"여울이요?"

친구의 이야기라면 달라진다. 현아는 팔짱을 풀고 진지하게 임했다.

"여울 씨에게 제 말을 흘려 주세요."

"문사영 씨를 팔라? 좋게 포장해서요?"

사영의 의도를 파악한 현아는 실소했다. 여울에게 관심을 가지던 사영이 생각났다. 현아가 경계의 눈빛으로 말했다.

"싫은데요."

현아의 일축에 진실하지 않은 미소를 걸친 표정이 깨졌다. 사납게 번득이는 눈빛을 본 현아는 웃음기를 지웠다.

"미끼를 던져 주면 물 거라고 생각했나 본데, 틀렸어요. 암만 사정이 급하다고 해도 친구를 속이는 짓은 안 합니다."

더 들어 볼 것도 없어 현아가 냉랭하게 작별 인사를 했다.

"만나서 놀라웠고 다시는 만나지 말았으면 해요. 바쁜 몸이니까 붙잡지 말고요."

꼿꼿한 등을 보며 사영이 송곳니를 드러낼 것처럼 입꼬리를 사납게 비틀었다.

"친구 잘 됐네."

❖ * ❖

[통화 가능?]

일어나자마자 여울은 자정에 도착한 현아의 메시지를 확인했다. 욕실로 이동하며 전화를 걸었다.

— 어, 여울아.

낮은 목소리로 현아가 전화를 받았다.

"자고 있었어?"

— 새벽 5시쯤에 잠들었거든. 후암. 물어볼 게 있어서 메시지 보냈어. 너 문사영 만났어?

현아의 말에 여울이 걸음을 멈추었다.

"문사영이 널 찾아왔어?"

– 역시 만났고만. 날 찾아와서 네게 좋은 이미지 심어 주라고 하더라.

꿍꿍이가 다분하다며 현아가 비웃었다. 그 말을 전해 들은 여울은 사영의 심경 변화가 도무지 이해되지 않았다.

'날 죽이고 싶어 했으면서 왜 나를……. 아냐. 생각하지 말자.'

계속 모른 채로 두고 싶은 여울이 사영과 있었던 일을 함구하자 현아가 단호히 주의를 주었다.

– 문사영 조심해. 앞뒤가 구린 인간이야. 어릴 때야 몰라봤지만 사람 보는 눈이 생기니 확실히 알겠어. 또 널 찾아갈 게 분명한데 마음 단단히 먹고.

"응. 주의할게. 어제 많이 놀랐겠다."

– 순간 내가 헛것을 보나 했지. 출근 준비 중?

"이제 씻으려고."

– 나는 잠이 고파서 더 자야겠다.

"피곤하겠다. 전화 끊을게. 잘 자."

여울은 의식적으로 높인 목소리로 통화를 끊었다. 혹시나 하는 마음을 버리지 못한 그녀는 핸드폰을 확인했다.

이록에게서 온 메시지나 통화가 없자 여울의 가슴에 허탈한 구멍이 생겼다. 뭘 기대한 건지. 새삼스럽지 않은 공감통인데 처음 겪는 것처럼 가슴이 미어졌다.

'그가 없었던 때로 되돌아간 것뿐이야.'

하지만 단 한 존재로 인해 야기된 감정은 좀처럼 소실되지 않았다. 저조한 기분과 컨디션으로 인해 모든 것이 귀찮았다. 혹시나 하는 마음을 떨칠 수 없어 출근했지만 역시나 이록은 보이지 않았다.

"이록 팀장, 며칠 휴가를 냈으니 그리 알고 이에 관한 잡담은 금지야."

박 부장의 전달에 사원들이 여울을 힐긋거렸다. 여울은 소용돌이치는 감정에 휩쓸리느라 얼굴에 꽂힌 시선을 느끼지 못한 채였다. 그토록 그의 안부를 기다려 온 그녀에게 한 마디 언질도 없었으면서 박 부장에게 연락했다는 정황에 여울은 지독한 배신감을 느꼈다.

'달라지지 않았어.'

전과 마찬가지로 남의 입을 통해 소식을 듣는 처지에 여울이 쓰게 웃었다. 머리가 하얘지도록 화가 나는데도 이 기분을 풀게 할 상대가 없다는 사실에 심장이 쓰라렸다. 쓰게 저미는 고통에 여울의 손이 가슴 어림을 배회하다가 책상 아래로 힘없이 떨어졌다.

"그리고 상반기 신입 사원이 우리 부에 배치되었어. 다들 놀라지 말라고."

다른 전달 사항은 여울의 머릿속에서 이명처럼 처리되어 흩어지고 있었다.

✤ * ✤

여울의 마음이 차게 식을 때 이록은 의식이 신체와 유리되어 빙하호에 잠겨 있었다. 전조가 있었던 불덩어리가 순식간에 이록의 몸을 덮친 탓이었다.

죽지 않는 불생이지만 그렇기에 무간지옥처럼 고통스러울 수밖에 없는 억겁이었다. 정신을 차리지 못하는 이록을 나중에야 발견한 강욱이 그를 캐나다 오하라 호수에 넣었지만, 의식이 깨어나려면 아직 멀은 상태였다. 빠르게 증발하는 차디찬 물을 응시하던 강욱에게 수하 한 명이 다가왔다.

"그분에게 말씀드려야 하지 않을까요?"

"아서라. 왕의 허락 없이 나불거리다 화를 당하고 싶지 않으면."

"히익. 그런 무서운 말 하지 마십시오. 저는 오래 살고 싶습니다."

"이록 님의 몸이 정상적인 궤도에 오를 때까지 우리는 보초에 전념하면 되는 거다. 혹시라도 뱀이 접근할 수 있으니 경계를 늦추지 마라."

"예!"

기합이 잔뜩 들어간 수백 명의 목소리가 안개가 낀 청정지역을 둘러쌌다.

✤ * ✤

마케팅 부서가 한바탕 뒤집혔다.

"……문사영?"

다들 놀라워하는 중앙에서 사영이 눈꼬리를 반듯하게 접었다.

"다들 생각하는 그 문사영 맞습니다."

그제야 헛숨을 들이켜는 소리와 함께 말문이 사방에서 터졌다.

"어떻게 우리 회사에……."

"문사영 씨. 갑자기 사라진 이유가 뭐예요?"

"허어! 초면에 뭐 하는 짓이야."

박 부장이 보호하듯이 사영의 앞에 서며 두툼한 턱살을 접었다.

"내가 사과하지. 나를 봐서라도 이해해 주게."

"궁금하실 만하죠. 괜찮습니다. 하지만 개인적인 질문은 좀 더 친해지고 난 다음에 답해 드릴게요."

끔뻑 넘어갈 수밖에 없는 미소가 여직원들의 마음에 불을 지폈다. 반드시 친해지고 말겠다는 의욕에 그녀들의 눈이 맹렬하게 빛났다.

"이쯤 해서 사담은 그만하고. 사수를 정해야겠지."

박 부장의 말에 속으로 비명을 지르던 여직원들이 일제히 팔을 들었다.

"파트 기초 실무를 제가 하고 있으니 제가 잘 알려 드릴 수 있어요."

지원이 강력하게 자신을 밀면서 눈도장을 찍었지만, 사영의 시선은 여울에게 박혀 있었다.

"부장님. 사수는 제가 정해도 될까요?"

"마음에 드는 직원이 있나 보군! 편하게 말하게."

유일하게 이 자리에서 웃고 있지 않은 여울에게 사영이 손을 내밀었다.

"잘 부탁드립니다."

여울의 눈살이 지나치게 찌푸려졌다.

"은여울입니다. 잘 따라와 주세요. 문사영 씨."

태연하게 웃는 낯을 유지하는 사영을 보며 여울은 고개를 살짝 숙이는 것으로 자신의 마음을 전했다. 내민 손이 허공에 자리했지만 사영은 웃음을 잃지 않았다. 팔을 옆구리에 둔 사영이 고개를 끄덕거렸다.

"네. 성심성의껏 배울게요. 한동안 잘 지내 보아요. 여울 선배님."

사영은 여울의 옆자리에 배정되었다.

"여울 선배님."

"말해요."

묵묵히 모니터를 응시하는 여울을 보는 사영의 눈동자엔 애정이 넘쳐흐르고 있었다.

"단 거 좋아하시나요?"

"그게 왜 궁금하죠?"

"초콜릿이 있어서요."

낱개의 초콜릿 하나가 마우스를 작동하는 여울의 손 옆에 놓였다.

"왠지 좋아하실 것 같아서 드려요."

"가져가요."

"실은 동네 꼬마한테서 받은 건데, 제 입맛에 맞지 않아서요. 초콜릿 싫어하세요?"

여울에게 소곤거리는 사영의 모습은 보는 이들로 하여금 은밀한 상상을 불러일으키고 있었다.

"싫어한다면 버릴 수밖에 없네요."

"……휴. 잘 먹을게요."

동네 꼬마가 무슨 죄랴. 잦은 한숨을 내쉰 여울이 업무 프로세스 설명을 이어 나갔다.

"이 프로그램부터 익숙해지세요."

그리고 2시간 후 차근차근 가르친 보람이 있게 사영은 ERP 프로그램을 능숙하게 다루었다.

"이 속도라면 일주일 내로 파악하겠네요."

사영의 표정이 얼핏 굳었지만, 시간을 확인하느라 여울은 보지 못했다.

"보도자료 초안 작성을 다뤄 보도록 할게요."

계속 말을 하느라 목이 컬컬했다.

"큼. 잠시만요."

고개를 돌린 여울이 잔기침을 터트리자 사영이 자리에서 일어났다.

"카페로 이동해요. 차는 제가 살게요."

"마신 걸로 할게요."

"그럴 수야 있나요. 그리고 할 말이 있으신 표정인데 뭐든 물어보세요."

끈질긴 태도에 여울은 미간을 좁혔다.

사영의 말마따나 그에게 할 말이 있는 여울이 구부린 무릎을 세웠다. 그리고 사영의 제안대로 카페로 걸음을 옮겼다.

"대신 각자 계산하도록 하죠."

손이 가지 않은 두 잔이 놓인 테이블 주변은 조용했다. 손님이 많지 않기도 했지만 사영의 얼굴을 알아본 이들이 내는 적막감이었다. 무엇 하나 편치 않아 여울은 찻잔 표면을 응시했다. 그러고 몇 분 후에야 여울이 사영을 응시했다. 여울의 시선이 닿을 때까지 잔잔한 미소를 머금고 있던 사영이 말했다.

"내게 할 말 있지 않아?"

사적인 대화를 끌어내게 말을 반 토막 낸 사영에게 여울이 무심하게 내뱉었다.

"너야말로."

"나야 네게 하고픈 말이 많지. 그렇지만 너는 아니잖아."

"그래서?"

관심 없다는 듯한 여울의 표정에 사영이 웃음으로 넘겼다.

"먼저 말해."

사양할 마음이 없는 여울이 허브티를 마시고는 입을 뗐다.

"굳이 입사한 이유가 나 때문이라면…… 그만뒀으면 좋겠어."

"너 때문이 아니라면?"

"그렇다면 다행이고."

가슴에 못을 박는 말을 내뱉는데도 여울이 밉지가 않았다. 사영이 살짝 벌린 허벅지를 모아 교차시켰다.

"너 때문이라면 어찌할 건데."

"퇴사를 강요할 수 없겠지만, 네가 원하는 건 못 해 줘."

그것만 알아 두라는 말에 사영은 허벅지에 둔 손가락을 무릎에 가지고 와 깍지를 꼈다.

"이록 님 때문에?"

"……이록과는 관계없어."

여울의 얼굴에 찌푸림이 짙어졌다. 사영은 여울에게 지대한 영향을 미치는 이록에게 극심한 질투를 느꼈다. 뻐근해진 목을 뒤로 살짝 당긴 사영이 호흡을 골랐다.

"정말 관계없어?"

"뭘 묻고 싶은 거야?"

저절로 날 서게 되는 여울에게 사영이 냉랭하게 말했다.

"조금이라도 마음이 있으면 버려. 네가 상처 입기 전에. 너만 괴로울 거야. 지금도 그렇잖아."

맞다. 조금이라도 마음이 남아 있었고, 그래서 괴로웠다. 틀리지 않는 말에 여울은 입술을 아리게 깨물어야 했고, 사영은 이를 오롯이 지켜봐야 했다. 맞붙은 두 손의 악력이 세졌다. 이러지

71

않으며 함부로 여울을 만질 것 같아서 사영은 깍지를 낀 손을 풀지 않았다.

"이록."

사영의 마음속에 한 톨 남아 있던 충정이 타들어 가 시커먼 재만 남았다.

"그가 모습을 드러내지 않는 이유 알고 있어?"

연적을 대하듯이 짓이긴 입술로 이록을 담는 물음이 여울의 가슴을 할퀴었다.

"알아내지 못했겠지. 네게 말하지 않았을 테니까. 그리고 이런 일은 해결되지 않은 채 반복될 거야."

감정이 격해진 끝에 사영의 말소리가 높아졌다.

"널 언제나 불안하게 하고 상처 주는 이와 함께할 수 있겠어?"

대답하지 못하는 여울을 애달프게 바라보며 사영은 간절한 마음을 전했다.

"나라면 절대 안 그래."

"문사영."

"절대로 너를 외롭게 두지 않아."

"그만해."

"그러니 나를 바라봐 줘."

기어코 들어 버린 말에 여울이 눈을 감고 외면하듯이 고개를 돌렸다.

"네가 말해 주지 않아도 누구보다 뼈저리게 느끼고 있어. 그러니 이러지 마. 상관 말란 말이야."

여울은 그 어떤 때보다 단호하고 잔인하게 사영의 마음을 베었다.

"상관하게 해 줘."

사영의 마음을 받아 줄 수 없는 여울은 입술을 딱 붙였다. 눈으로 보이는 거절에 사영은 일그러진 얼굴을 손바닥으로 문질렀다. 이내 웃음을 걸친 사영이 가벼운 어투로 장난스럽게 굴었다.

"날 거부한다고 해도 계속해서 다가갈 거야. 자주 보면 정든다고 하잖아."

여울의 목구멍이 따끔거렸다. 불편함과 미안함, 그 어느 사이에 있는 덩어리가 입안에 맴돌고 있었다. 불유쾌하기만 한 잔여물을 씻어 내리듯이 여울은 허브티를 마셔 댔다. 두 수인 때문에 정신이 피폐해지는 자신의 상태에 여울의 가슴속에서 불길이 점화되고 있었다.

❖ * ❖

이록을 보지 못한 하루가 또 지났다.

'아.'

잠이 밀려와 여울의 고개가 순식간에 꺾였다. 사영이 재깍 책상에 부딪힐 뻔한 여울의 이마를 손바닥으로 감쌌다. 그러자 여울이 흐릿한 시선으로 고개를 옆으로 돌렸다.

"……!"

그녀를 쳐다보는 사영을 인지한 여울이 몽롱한 정신을 얼른 수습하고선 말했다.

"고마워요."

"잠 못 잤어요?"

사영의 살가운 물음에 여울은 고개를 끄덕였다.

"커피 드실래요?"

"아까 마셨어요."

"그럼 사탕이라도 물고 있어요."

재빨리 여울의 책상에 박하사탕을 놔둔 사영이 일감을 가지고 미팅실로 향했다.

'누굴 줄 수도 없고.'

사영이 주는 감정이 이 사탕 같았다. 버리면 마음이 쓰이는 작은 알갱이를 여울이 서랍에 넣자 박 부장이 그녀를 불렀다.

"여울 씨."

"네. 부장님."

"미팅 세팅하는 사영 씨 도와줘요. 혼자 하기엔 아무래도 힘들 것 같네."

"알겠습니다."

그리 말하며 여울은 서랍을 닫았다. 사영이 줬던 초콜릿 옆으로, 방금 받은 사탕이 데굴 굴렀다.

여울이 미팅실을 열었을 때 사영은 의외로 성실하게 테이블 세팅을 하고 있었다.

"나머지는 내가 할게요."

"같이 해요."

"……그래요. 그럼."

혼자 할 수 있는 일을 둘이서 하자 5분 안에 끝났다. 불을 끄려 전등 스위치에 여울의 손이 올라갔다. 그러자마자 사영이 문가로 이동하면서 말했다.

"눈 붙이고 나와요."

그의 시선을 은근히 피하던 여울이 그 말에 사영을 쳐다보았다.

"피곤하잖아요. 40분 정도 여유 있으니 한숨 자요."

괜한 오지랖이라고 생각하며 여울이 달갑지 않은 표정으로 말했다.

"안 보이면 우리 두 사람 관계 제멋대로 해석할 거예요."

"그랬으면 좋겠네요."

진심이 가미된 장난기에 여울은 동조하지 않고 미간을 좁혔다.

"내게 맡겨요. 안 들킬게 할 자신이 있어요."

며칠 사이 여울의 마음은 나약해져, 사람들의 눈을 속일 능력이 되는 사영을 굳이 만류하지 않았다. 비를 홀로 맞은 몸을 피할 곳이 절실한 것처럼 지친 몸을 기댈 곳이 필요했다.

"잠시만 쉴게요."

여울은 흑심이 섞인 호의를 받아들였다. 그러자 사영이 찬연하게 웃었다.

"몰래 망을 보고 있을 테니, 마음 놓고 쉬어요."

사영이 밖으로 나가자 이내 찾아온 정적에 여울은 테이블 모서리에 이마를 박았다. 눈꺼풀이 닫히고는, 아교라도 칠한 것처럼 떨어지지 않았다.

한편, 틈새 없이 닫힌 문 옆에 선 사영이 기감을 펼쳤다. 사영은 제게만 들리는 숨소리를 들으며 눈을 감았다. 저 숨마저 갖고 싶다고 생각하는 자신이 미친 것일까. 그렇다면 영원히 미친 채로 살아도 좋았다.

여울의 숨마저 갈망하는 사영은 시간이 지나자 여닫은 눈꺼풀을 밀어 올렸다. 문이 달칵 소리도 없이 열린다.

"여울아."

사영은 그녀가 눈 뜨면 부를 수 없는 호칭을 불렀다.

"음……."

일어나지 않는다는 핑계로 사영의 손이 여울의 어깨를 슬그머니 쥐었다.

"일어나야 해."

다정함이 깃든 음색에 여울의 눈꺼풀이 느릿하게 떠졌다. 초점이 불분명한 상엔 보고픈 이가 덮어씌워져 있었다. 금방 사라질 희미한 미소를 머금으며 여울은 의식할 새도 없이 내뱉었다.

"이록이, 너야?"

석고상처럼 하얗게 굳은 얼굴이 천천히 여울의 동공에 고였다. 사영을 인지한 순간 급히 허리를 세운 여울이 기억해 낸 헛소리에 혀를 깨물었다.

"엄……."

새까만 여울의 동공이 가만히 있지 못하고 휙휙 돌아갔다. 여울은 굼뜨게 돌아가는 머리만큼이나 떨어지지 않는 입술을 잘근잘근 깨물었다.

"드디어 깼네."

사영이 굳은 안면을 부드럽게 풀었다. 제 기분을 헤아리는 말에 죄책감이 무지근하게 다가오자 여울은 사영의 얼굴을 똑바로 마주할 수가 없었다.

"……덕분에."

고작 나오는 말이 이뿐이었다.

"곧 사람들이 올 거야. 발소리가 이리로 모여들고 있어."

"뭐? 어서 나가자."

잠깐 잠든 것 같았는데 상당히 시간이 지나 있었다. 여울은 다급히 의자를 안으로 밀어 넣었다. 여울이 보지 않는 시야 뒤, 사영의 입가에 맺힌 미소는 허물어져 있었다.

외부 업체와의 조율이 1시간에 걸쳐 끝났다. 브리핑한 자료와 협력 문서를 챙긴 여울이 늦게 남아 미팅실을 정리했다.

'어쩌다가……'

어쩌다가 그런 말을 해서는.

잠결에 이록을 불렀다. 인정하고 싶지 않은 마음을 들킨 여울은 이제껏 다른 의미로 사영을 보기가 거북했다.

"은여울 선배님. CS 관리에 차질이 생겼어요."

게다가 하필이면 여울의 옆 라인이 사영의 파티션이었다. 사영이 고개를 내밀어 용건을 내세우자 피할 수 없는 여울이 그의 파티션으로 이동했다.

"……어디 봐요."

회피할 수 없는 영역에 갇혀 여울은 사영의 물음에 일일이 답해 주었다.

"감사하다는 의미로 저녁 사면 안 되겠죠?"

한 팔로 책상을 짚고선 일어난 사영이 골반을 반쯤 틀어 여울을 보았다.

"……다음으로 미뤄요."

단단한 돌도 계속 두드리면 부서지듯이 벽을 치는 단호한 태도가 오늘의 기점으로 다소 물러졌다.

"약속이에요."

파고들 균열을 사영은 놓치지 않았다. 구멍을 발견한 본체가 약해진 마음속으로 비집고 들어간다.

"잊으시면 안 돼요."

"안 그래요……."

그 말에 사영의 턱 위로 안도의 빛을 띤 미소가 도드라지게 새겨졌다.

"사영 씨. 너무하다. 우리는 안 보여?"

"그러게 말이야. 여울 씨만 입인가. 우리 없는 데에서 하면 몰라."

사영이 말을 걸 때만을 기다리던 사원들이 둘의 대화를 듣고 못 참겠다는 듯이 서운함을 토로했다. 기분이 좋아진 사영은 도드라진 미소로 말했다.

"제가 생각이 짧았네요. 어떤 음식 원하세요? 편하게 말씀하세요."

"우리야, 뭐. 사영 씨가 사 주는 거라면 다 좋지."

"마음이 중요한 거니까."

한데 뭉친 소리가 사영의 귀엔 쩍쩍 소리로밖에 들리지 않았다.

"내일 점심 배달시킬게요. 후식까지 책임질 테니 아침은 적당히 드시고 오세요."

사영이 여유롭게 응수하는 사이, 여울은 살포시 발을 돌렸다. 그러다 지원의 옆을 지나가는데, 여울의 귓가로 날이 잔뜩 선 목소리가 꽂혔다.

"재주도 좋아."

여울이 눈썹을 치켜들어 지원을 바라보았다.

"지원 씨."

"네, 말씀하세요."

"긴말하지 않겠어요. 따라와요."

여울이 굳힌 표정을 풀지 않고 문 쪽으로 걷자 이 자리에 있는 이들이 고개를 갸웃거렸다.

"여울 씨 왜 저러지?"

"지원 씨, 여울 씨한테 잘못한 게 있어?"

"저도 잘 모르겠어요. 화가 단단히 나신 듯한데…… 제가 큰 실수를 했나 봐요. 뭔지 잘 모르겠지만 화가 나셨으니 사과하고 올게요."

시치미를 뚝 뗀 지원에게 동정표의 시선이 붙었다. 악의로 가득한 혼잣말을 들은 사영만이 냉기 서린 시선으로 지원을 응시한다.

'어떻게 족칠까.'

겁먹은 척, 부러 어깨를 좁히며 걷는 지원을 바라보던 사영이 이내 찬웃음을 지었다. 손 들이지 않고 해치울 방법이 떠올랐다.

복도로 나온 지원의 발소리가 드셌다. 잘못하지 않았다는 듯이 위풍당당한 지원의 모습에 그렇지 않아도 예민한 여울의 신경이 팽팽해졌다.

"지원 씨. 종전에 뭐라고 했어?"

"제가 뭘요?"

"나 들으라고 한 말 아니었어? 나밖에 없으니까 솔직하게 말해."

"정말이지 무슨 말을 하는지 모르겠어요."

잘못을 시인하지 않고 지원이 앙큼하게 굴자 여울은 냉랭하게 웃었다.

"김지원 씨. 맘 곱게 써."

"아니라는데 왜 그러세요!"

"뻔뻔하기도 해라. 사람 기분 나쁘게 하는데 일가견이 있어."

"뭐라고요?"

"응? 내가 뭐라고 했는데 그래?"

지원이 했던 시늉을 여울이 따라 하자 붉으락푸르락 달아오른 지원의 볼살이 떨렸다.

"기분 나쁘지?"

"……."

"저번부터 묻고 싶은데 내가 지원 씨한테 잘못한 게 뭐야?"

"재주도 좋다는 말이 틀렸어요? 보세요. 이록 팀장님도 문사 영 씨도 여울 선배님한테 관심을 보이잖아요."

제 기분대로 행동하는 지원이 여울의 눈엔 철부지 어린애로 보였다. 애와 싸우는 기분이 들어 뜨거워진 머릿속이 서늘하게 식었다.

"생각은 자유지만 말은 가려서 해."

한편으로 여울은 감정을 그때그때 표출하는 지원이 부럽기도 했다.

"최소한의 예의는 지키란 말이야. 성인이면. 내 말 이해했을 거라고 여길게."

여울의 말에 여실히 기분 나쁜 표정으로 지원이 불만스럽게 입술을 오므렸다. 지원은 저를 등진 여울이 보이지 않게 되자 한 껏 모아진 입술을 벌렸다.

"짜증 나."

지원도 자기감정이 다스려지지 않았다. 이록이 오기 전까지 지 원은 여울이 싫지도 좋지도 않았다. 하지만 이록을 첫눈에 담아 버린 후 감정이 극으로 치달았다. 오늘따라 유난히 더 그랬다.

악 그 자체인 이록과 욕망을 관장하는 사영 때문이었다. 그 둘의 사기에 지배당한 지원에게 사영이 기척 없이 다가왔다.

"김지원 씨."

"사영 씨?"

　왠지 모르게 섬뜩함을 느낀 지원은 제 앞에 드리운 몸을 보며 움찔거렸다.

"표정이 왜 그래요? 제가 놀라게 했어요?"

"……오는지 몰랐어요."

"본의 아니게 놀라게 했네요. 미안해요."

　사영의 미소에 지원은 불쑥 든 선득함을 잊고선 수줍게 웃었다.

"무슨 일이에요? 제가 도와 드릴 게 있나요?"

"네. 지원 씨가 필요해요. 물론 다른 식으로요."

　묘하게 성적인 호기심을 자극하는 말에 지원의 탐욕이 샘솟았다.

"어떻게요?"

"팀장님을 좋아한다고 들었어요."

"어, 어떻게…… 누가 말해 줬나요?"

"지나가다 들었어요. 제가 아는 사람의 이야기라 관심이 있기도 했고요."

"아는 사람요? 이록 팀장님과 친분이 있으세요?"

　지원이 솔깃해하자 사영은 덧그린 미소를 유지하며 덫을 놓았다.

"꽤 오래 알고 지냈죠."

　웃음 뒤로 가려진 본성은 잔인했다.

"이록 팀장님에 관해서 알고 싶지 않나요?"

"솔직하게 말할게요. 그분에 관한 거라면 뭐든지 알고 싶어요. 어디에 사는지, 무얼 좋아하는지, 그리고 부모님이 뭐 하시는 분들인지도요."

"그런 거라면 어렵지 않게 말해 줄 수 있죠."

"그래요?"

손뼉을 치던 지원이 문득 수상함을 느끼고선 슬그머니 경계의 빛을 내비쳤다.

"절 도와주려는 이유가 뭔가요?"

"세상에 공짜는 없다는 말로 대신할게요."

"……여울 선배와 잘되도록 밀어 달라는 건가요?"

"그러지 않아도 돼요. 지원 씨가 할 일은 가만히 있는 거예요."

"가만히 있으라고요?"

"나와 그녀 사이에 끼어들지 말아요. 나아가서 지원 씨의 그 사람 사이에서도 유효해요. 이해했으려나요?"

"이해했어요. 여울 선배한테 반감을 가지지 말라는 거네요."

지원은 여울이 부러워서 미칠 것 같았다. 하지만 가장 잘난 남자를 차지하기 위해서라면 속을 뒤트는 질투심을 내려놓을 수 있었다.

"약속할게요. 그러니 어서 말해 줘요."

이때 발을 뺐어야 했지만, 지원의 욕망은 분수도 모르고 날름거렸다.

"부모님은 계시지 않아요. 그리고 개인이 소유한 자산은 어마어마하죠."

사영은 지원이 가장 알고파 하는 부분만 흘렸고 뿌리칠 수 없는 이상형에, 지원은 뱀의 마수에 걸려들었다.

"다른 건 직접 물어봐요. 기꺼이 알려 줄 테니까요."

❖ * ❖

핸드폰을 쳐다보던 여울이 가느다란 자조적인 미소를 지었다. 이록에게서 연락이 있는지 없는지 확인하려 드는 모습이 미련스러웠다. 여울이 핸드폰을 가방에 쑤셔 넣고 5층에 다다랐을 때였다. 몇 시간이나 한자리에 서 있었던 것처럼 날연한 얼굴이 보였다.

"……너."

이록을 본 순간 목구멍에 포도알이 막힌 것처럼 뒷말이 나오지 않았다.

"늦어서 미안해."

"하."

거친 숨을 몰아쉰 여울은 창백한 얼굴을 비켜 갔다.

"설명할게."

부지런히 앞만 보고 걷던 다리가 멈추었다. 그러나 돌아보는 일은 없었다.

"늦었어. 이젠……."

들어도 달라질 게 없다고 여울은 생각했다. 이록으로 인해 다친 환부는 곪아 터져 있었다. 치료도 때가 있듯이 벌어진 마음의 상처는 붉은 속살을 내비친 상태였다.

"들어도 믿지 못하겠고, 믿고 싶지도 않아."

제 손으로도, 그리고 그의 손을 빌려서라도 봉합하고 싶은 않은 여울은 저를 이렇게 쥐고 흔드는 이록을 밀어냈다.

"우리는 예전부터 끝났어."

그리고 죄 많은 짐승은 결연한 의사를 받아들일 수밖에 없었다.

✤ * ✤

"이제야 인사드리게 되었네요. 팀장님이 자리를 비우실 때 들어온 문사영입니다."

베어 낼 듯한 눈빛에도 사영이 고유의 유들유들함을 떼어 내지 않자 이록이 도전장을 받아 주듯이 웃었다.

"잘생겼군요."

"팀장님이 할 소리는 아니죠. 다들 저를 보고도 크게 놀라지 않은 이유를 알겠네요. 선배님들이 팀장님 걱정을 많이 하셨어요. 그렇죠?"

뱀의 혀에 놀아나듯이 사원들이 득달같이 이록의 주변으로 모여들었다.

"맞아요. 저희가 팀장님 걱정을 얼마나 많이 했는데요."

"못 본 사이에 살이 좀 빠지신 듯해요."

"걱정해 줘서 고맙군요. 이만 일을 보도록 해요."

"……."

온유를 내다 버린 냉대에 사원들의 안면이 당혹감으로 얼어붙었다.

"너무 엄격하시네요."

인간 무리에 스며들어 살아왔던 사영이 능숙하게 사람들의 감정을 대변했다. 그러면서 그의 편으로 끌어당겼다. 은근히 이록을 향한 반감을 심은 사영이 빙글 웃고는 휘파람 같은 소리를 냈다.

'감정 조절을 배워야겠어요.'

'인간들의 비위를 맞추는 데 아주 특화되었군.'

기어오르는 뱀의 멱을 따 버릴 것처럼 이록이 살기 띠게 웃었다. 그러자 사영이 여울을 쳐다보았다. 여울은 그들 쪽을 쳐다보지 않고 이번 주 내로 끝내야 할 사무에 전념하고 있었다.

"그래야 사랑을 받죠. 여울이에게 미움을 받는 누구와 다르게요."

친근하게 여울의 이름을 부르는 사영의 입을 찢어 버리고 싶은 이록이 꿈틀거리는 팔을 다른 손으로 움켜쥐었다.

아직은 아니다. 이용할 가치가 있는 사영을 죽일 수 없는 이록은 새어 나오는 살기를 몸속으로 빨아들였다.

❖ * ❖

밖이 어둑해지자 여울은 책상을 정리하고선 일어났다. 종일 따라붙은 시선을 모를 리가 없는 여울이 뒤돌아보자 사영이 싱긋 웃었다. 그리고 여울의 허락이 떨어지길 기다리는 또 다른 존재.

사영의 뒤에 있는 이록의 위치를 확인한 여울이 들으라는 듯이 목소리를 낮추지 않고 말했다.

"내게 했던 말, 아직 유효해?"

이록은 예전부터 끝났다는 그녀의 말을 믿지 못하고 있었다. 이록에게 했던 말을 증명하려, 여울은 자신을 이용해 달라고 그녀의 곁을 맴도는 사영을 끌어들였다.

여울의 마음이 어떤 형태든 사영은 기꺼웠다. 이때만 기다려 온 사영이 그토록 내보이고 싶었던 마음을 오롯이 내보였다.

"몇 년이 지나도 내 마음은 사라지지 않아. 좋아해."

이 마음 하나로 그 지옥 같은 시간을 견뎌 냈다. 발열로 인한 극통을 겪은 사영은 여울을 포기할 수 없는 이록의 마음을 모순적이게도 이해할 수 있었다. 그 또한 그렇기에.

"그래."

마음을 속여서까지 사영을 이용하고 싶지 않은 여울은 자신도 좋다고 하는 대신 그의 고백을 받아들이는 것으로 답을 대신했다. 너와 사귀겠노라고.

"나를, 내 마음을 받아 줘서 고마워."

진실하지 않은 마음을 사영도 알고 있기에 여울은 편하게 마주 웃을 수가 없었다.

"첫 기념으로 같이 보내고 싶은데. 그래도 될까?"

밀어붙이던 때는 어디 가고 조심스러운 물음에 여울은 사영의 손을 잡았다.

"기대해도 되지?"

"물론."

달빛처럼 환한 미소가 여울의 마음에 그늘을 지게 했다. 포개진 손을 뿌리치지 않으며 여울은 사영과 나란히 걸었다.

'이기적인 건 너뿐만이 아니야.'

속살을 드러낸 해묵은 감정은 여울의 그림자처럼 시커멨다. 시커먼 덩어리가 넘실넘실 일렁이는 게 이록의 시야에 선명하게 보였다.

삼켜서 그를 향한 감정을 무로 돌리고 싶지 않은 이록이 제일 두려워하는 건, 여울의 무관심이었다.

여울의 앞 접시에 부드러운 살코기가 올려졌다. 몇 번 먹다가 이러지 말라는 말로 여울이 부담감을 드러내자 사영이 그녀에게 줄 때만 사용했던 젓가락을 내려놓았다.

그는 한 입도 먹지 않은 채였다.

"부담 가지지 마. 먹지 않아도 살아가는 데 지장이 없으니까."

"알아. 아는데도 불편해."

"익숙해지면 안 될까? 평생 이러고 살아야 하잖아."

그녀가 주지 못한 기약을 사영이 태연자약하게 정했다. 대답할 수 없는 여울은 할당량을 채우듯이 조리된 요리를 빠르게 비워 냈다.

"주말에 나와 놀아 줘."

의무감이 아닌 사영의 눈을 여울이 잠잠히 맞춘다.

"몇 시에 올 건데."

"10시?"

"알았어."

여울의 표정을 살피며 시간을 조정하려던 사영은 어렵지 않게 나오는 말에 터질 것 같은 벅참을 느꼈다. 그래서 그대로 여울을 끌어안았다.

"그때 기다리고 있을게."

꽈악!

타인의 감정을 먹듯이 자신의 감정 조절도 손쉬웠다. 그렇지만 여울에게만은 해당되지 않았다. 사영이 여울을 세게 껴안았고, 어색하기만 여울이 뒤로 몸을 빼려 움찔거렸다.

"딱 1분만."

꽉 낀 옷을 입은 것처럼 갑갑하기만 한 여울은 불편한 속내를 감추듯이 사영의 요구를 가만히 따랐다.

"후회하지 않도록 잘해 줄게."

명색이 데이트였건만, 여울은 이 시간이 즐겁지 않았다. 이를 가까이에서 지켜본 사영이 모를 리가 없었고, 그는 사명감 넘치는 어조로 맹세했다.

"날 놓지 않게 최선을 다할게."

빈말로 사랑한다느니, 허울 좋은 약속을 할 수 없는 여울은 조용히 눈을 감았다.

"그러니 날 놓지만 마."

대답을 들을 수 없는 사영은 슬픔과 동시에 온기를 느낄 수 있어서 행복했다.

❖ * ❖

사영이 방문하는 날이었다. 그 시간에 맞춰 여울은 외출 준비를 끝마쳤다.

똑똑.

정각에 바로 울리는 소리에 여울이 현관문을 열자 사영이 꽃다발을 들고 서 있었다.

"드라마 보면 다들 이러더라고."

"그냥 와."

"꽃 싫어?"

"싫지 않지만."

"부담스럽겠지만 이번만 받아."

무리 없이 사영의 대화를 받아 주는 여울의 품에 꽃다발이 안겨졌다.

"……예쁘네."

사영의 눈에는 봄을 이루는 꽃보다 여울이 훨씬 아름다웠다.

"네가 더……."

"말하지 마."

거짓 한 점 없는 감상을 잘라 먹었지만, 여울의 두 뺨에 꽃망울 같은 홍조가 어려 있었다.

"부끄럽구나."

그 말에 여울이 몸을 돌렸다. 여울이 쑥스러워하는 모습에 사영의 입술이 씰룩거렸다. 정말이지 귀여웠다. 부끄러워하거나 수줍어하는 반응을 또 보고 싶었다. 그럴 수 있다면 계속해서 놀리고 싶을 정도였다.

기꺼이 그럴 자신을 생각하니, 자신은 역시 나빴다. 여울을 통해 악질적인 본성을 확인받은 사영이 조용히 웃었다.

"화병이 없어. 사러 나가야겠어."

식탁에 꽃다발을 내려놓은 여울이 사영을 앞지르던 순간이었다. 뒤에서 털썩 소리가 들려왔다. 뒤돈 여울이 미간을 살짝 찡그렸다.

"나가자니까."

소파에 앉은 사영이 다리를 비딱하게 꼬았다.

"물 한잔 얻어먹을 수 있을까요? 애인님."

사영은 여울이 볼 수 있게 그의 입술을 크게 벌리며 여닫았다.

'날 이용하라고 그랬잖아. 마음껏 이용해 먹어.'

이록이라면 여울의 집에서 발생되는 소리를 간파할 수 있었다.

특출난 짐승의 청각을 염두에 둔 사영이 입 모양으로 속내를 전하자 여울은 현관 쪽으로 위치한 몸을 돌려 물을 가지고 나왔다.

"마셔."

사영은 물컵을 쥐지 않은 손으로 제 옆을 쳤다. 앉으라는 제스처에 여울이 사영의 옆자리에 앉았다.

"이용하려면 제대로 이용해야지."

여울의 머리를 그의 어깨에 둔 사영이 이리하면 된다고 속삭였다.

"……오늘 늦게 가."

여울은 이록을 지워 내듯이 눈을 감으며 말했다.

"기꺼이."

그러나 끝끝내 편하게 기대지 못하겠다는 듯이 사영의 어깨에 둔 머리에 힘이 풀리지 않았다. 야심한 밤에 여울의 집을 나온 사영이 오롯하게 행복을 느끼지 못한 이유였다.

✤ * ✤

인내심을 끌어모으느라 힘들었던 하루, 이록이 그의 기척을 감응한 사영의 뒤를 밟았다. 이를 여울의 집에서 나온 순간부터 느꼈던 사영이 목덜미를 쓸어내렸다.

"죽일 거 아니면 살기 집어넣죠."

작정한 웃음을 입가에 걸친 사영은 새삼스럽지 않은 무표정의 이록을 일별했다.

"아니면 지금 절 죽이든가요."

사영은 깐죽거렸다. 목숨이 붙어 있다는 것만으로도 쓸모가 있

90

다는 것이었다. 물론 쓰임의 용도를 알지 못한다는 것이 흠이었다.

본연의 힘으로 이길 수 없다는 것을, 백 년간 이록을 보아 와서 알고 있던 사영은 잘 할 수 있는 걸 하고자 했다.

바로 치밀한 술수였다. 깔짝대는 건 덤이었다. 물리적인 공격으로 죽지 못하는 불멸에게 시간을 들여 봤자 개고생이다. 무의미한 싸움을 하지 않아도 왕은 말라죽을 것 같은 고통만 짊어진 채 살아갈 것이었다.

이록이 불멸성이었던 근원.

무수한 세월 동안 반려가 없었기 때문이었다. 하지만 여울을 반려로 인지한 순간부터 발정을 겪은 몸 안에서부터 부식이 서서히 진행되고 있었다. 여울의 마음속에 사영이 들어앉게 된다면 이록은 차라리 죽음이 낫다고 생각될 만큼 고통스러운 삶에 갇히게 될 것이었다.

"죽여도 성이 차지 않아서 말이다."

휙.

어깨의 옷 조각이 부욱 찢어졌다. 가늘어진 손톱이 사영의 어깨를 파고들었다.

"큭."

피부가 찢어진 부위에서 피가 낭자하게 흘러내렸다.

푸악.

이록이 손을 거두자 뽑히듯이 검붉은 피가 흩뿌려졌다.

취익—

산성을 띤 액체가 바닥을 녹여도 이록의 손은 매끈했다. 녹지 않은 이록의 손을 보며 사영은 이죽거렸다.

"하하. 굳이 죽일 필요가 없어서였군요. 반려의 마음을 얻어야 살 수 있으니."

반려와 같이 발정을 풀지 않으면 고통스러운 체열이 지속될 수밖에 없었다. 그리고 끝내 고열에 몸이 견디다 못해 죽게 되는 것이다. 하지만 사영은 인간인 여울을 짝으로 인식하여 발열이 약한 편에 속했다.

덕분에 약으로 열기를 가라앉힐 수 있어도 평생 약을 달고 살아야 할 몸인 건 변치 않았다. 그렇게 생이 다할 때까지 살아가는 건 정신적으로 버틸 수 있는 게 아니었다. 어쩌면 반려가 없는 생을 놓아 버리는 비극적인 선택을 할 수 있었다.

그러니 사영은 필사적으로 여울의 마음을 얻어야 했고, 이는 이록도 다르지 않아 둘은 한 여자를 두고 견제를 해야만 했다.

앞으로 무수한 상처를 달게 될 사영은 부러 지혈하지 않았다. 그녀를 얻기 위한 영광의 상처가 되리라.

여울의 마음을 얻을 수만 있다면 수백 번 다칠 수 있었다. 그 마음의 일환으로 사영이 달아나지 않자 이록은 피가 묻은 손을 무심하게 털었다.

후두둑 떨어지는 핏자국을 지그시 밟은 이록이 어둠 속으로 몸을 맡겨, 여울의 숨소리를 들을 수 있는 그의 보금자리로 돌아갔다.

이록이 보이지 않게 되자 사영은 고통스러운 신음을 얕게 흘리며 입꼬리를 올렸다. 고작 이번만으로 끝날 일이 아니었다.

"동정심 유발 작정으로 가 볼까나."

상처가 덧날 수 있게 치료하지 않을 생각으로 사영은 뱀으로 변신했다. 그리고 인근 나무로 기어올라 나뭇가지에 긴 몸을 칭칭 감아 눈을 감았다.

그러나 그는 알아야 했다. 뱀을 기반을 둔 것이 용의 형상이었다. 사특함은 사영만이 가지고 있는 기질이 아니었다.

⁎ ＊ ⁎

머리도 마음도 뒤죽박죽이었다. 마음을 비우고자 여울이 꼭두새벽에 운동화 끈을 묶고 아침 조깅을 시작했다. 멀리서 보이는 긴 물체를 대수롭지 않게 여긴 여울은 점점 뚜렷해지는 형상에 속도를 늦추었다.

긴 끈의 실체는 뱀이었다. 파충류라면 질색하는 여울이 방향을 바꿔 옆으로 이동하다 어딘가 드는 기이함에 멈추었다.

"문사영……?"

그럴 리가 없다는 생각이 머루알 같은 두 눈동자의 깜빡임에 달아났다.

"정말, 너라고?"

깜빡깜빡, 맞다는 듯이 생기를 품은 율동에 여울이 가까이 다가갔다. 그러다 피칠갑을 한 몸을 보고야 말았다.

"……왜 이렇게 된 거야?! 누가 이랬어?"

대답을 할 수 없는 사영이 고자질하듯이 꼬리를 힘없이 바닥에 두 번 쳤다.

"뭐라는 거야."

인간의 외형을 알고 있기에 거부감이 살짝 없어진 여울이 조심스럽게 사영을 손바닥에 두었다.

"병원에 갈 수 없겠지?"

여울의 말에 사영은 마지막 남은 힘을 쥐어짜 고개를 까닥이

고는 눈을 감았다.

"정신 차려 봐."

탈진감이 손바닥으로 전해지자 여울은 우왕좌왕하며, 갈피를 잡지 못했다.

"어떡하지! 아, 집에! 일단 돌아가자."

계속 밖에 있을 수 없다는 생각이 들었다. 몇 분 만에 집에 도착한 여울이 사영을 이불 안으로 넣었다. 이다음에 어찌해야 하지? 하고 고민하는 순간 이록이 떠올랐다.

"정말 지긋해……."

이 순간조차 생각나는 이록을 머릿속에서 가까스로 밀어낸 여울이 사영을 옮길 박스를 거실에서 가져왔다. 그사이에 사영이 정신을 차렸다.

"깼네. 병원에 갈 거니까 여기서 쉬고 있어."

여울의 말에 사영이 입을 쫘악 벌리며 고개를 저었다.

"가기 싫다고? 인간 병원이 아니야. 동물 병원이야."

여울은 그래도 싫다고 고개를 젓는 사영을 보면서 박스를 바닥에 내려놓았다.

"놔두면 상처가 감염될 수 있어."

그러길 원하는 사영이 괜찮다고 고개를 끄덕였다. 저러니 강제로 데려갈 수 없는 여울은 물을 묻힌 손수건을 가져왔다.

"아프면 말, 아니 소리 내."

여울이 더없이 조심스러운 손길로 피가 덕지덕지 묻은 부위를 닦아 내자 아픔을 참듯이 두 눈이 감겼다.

"……이런데 정말로 병원 안 갈 거야?"

보는 것만으로도 눈살이 찡그려지는 상처에 여울이 다그치듯이 묻자 그러질 말라는 듯이 그녀의 팔목에 꼬리가 휘감겼다.

'으익.'

여울은 본능적인 거부감을 저항하며 소리를 참았다. 그런데 생각 외로 뱀의 거죽이 비단처럼 부드럽고 시원했다. 찰싹 달라붙은 감각에 서서히 적응되자 뻣뻣하게 경직된 몸이 이완되었다. 사영의 동정심 작전이 먹혀 여울은 뱀의 꼬리를 떼어 내지 못했다.

사영이 노린 대로 여울은 뱀의 모습에 차차 거부감을 덜 느끼고 있었다. 여울은 혹여나 사영에게 영향을 끼칠까 움직임을 최소화하다가 그만 저도 모르는 사이에 잠들어 버렸다.

❖ * ❖

"휘우."

쩌억, 벌린 입에서 뱀의 소리가 나온다. 그 소리를 들어도 여울이 깨지 않자 사영이 인간체로 형태를 바꾸었다. 여울이 보면 소리를 질렀을 나신으로 사영은 어설프게 감긴 붕대가 바닥에 떨어지기 전에 낚아챘다. 그리고 주먹을 쥔 손에 칭칭 감았다. 사영은 불편하게 자는 여울을 조심조심 눕혀 이불을 덮어 주었다.

"이렇게 차츰 내게 익숙해지는 거야."

여울이 자는 모습을 바라보던 사영은 순간 덮친 열기에 참지 못하고 소리를 냈다.

"큭."

몸이 갈구하는 짝과 한 공간에 있다 보니 짐승의 본능이 발동되었다. 내 것을 취해라. 충동질하는 몸에 저항하려 사영이 여울에게서 멀어지며 떨어트린 옷 안에 있을 약을 떠올렸다.

발열을 잠재우는 약을 소지하고 있지만 소량이었다. 이것을 준 조력자를 떠올린 사영이 약을 먹으려던 생각을 지웠다.

음험한 눈빛.

'내게 무언가를 요구할 눈빛이었지.'

여울과 관련성 있는 목적일 것이라고 간파한 사영은 어느 날 제게 접근한 수인의 호의를 믿을 수가 없었다. 하지만 해열약을 먹지 않으면 여울을 덮칠 수 있었으므로 사영은 그녀를 깨우지 못하고 급하게 떠나야만 했다.

❖ * ❖

여울과 사영의 연인 행세가 날을 세운 손톱처럼 그의 심장을 할퀼 때마다 이록의 심장은 재가 되듯이 타들어 가고 있었다. 벽 너머로 들리는 두 목소리를 듣기만 해야 하는 이록이 독주를 머금었다. 그러나 쓰라리다 못해 형체도 없이 녹아들 것 같은 심장이 독한 술로도 마비되지 않자 손에 지그시 힘을 가했다.

유리잔이 파편이 되어 깨졌다.

부동의 자세로 서 있던 강욱은 침음을 삼켰다. 피 튀기는 사달이 일어나도 진즉 일어났을 텐데 그러지 않은 고요가 도리어 강욱을 긴장케 했다.

감추지 못한 동요로 잘게 흔들리는 눈동자에 무릎에 끼운 두 손이 보였다. 손등을 덮은 핏줄이 성했다. 짐작하고도 남게 이록은 살의를 참고 있는 거였다. 강욱의 생각이 틀리지 않게 살심을 억누르는 이록의 인내심이 시시각각 해지고 있었다.

❖ ✳ ❖

"오늘도 즐거웠습니다."

홍구는 주말마다 혜설의 집에서 은설과 함께 지내고 있었다.

"힘들지 않으셨어요?"

"천만에요. 매일 재미있는걸요. 다음에 또 와도 되죠?"

"네. 홍구 씨만 좋다면 언제든 놀러 오세요."

수줍게 고개를 끄덕이는 혜설의 모습이 사나이의 가슴에 불붙였다.

'왜 이리 귀여운 겁니까.'

"왜 이리…… 헙!"

혜설은 호감을 드러내는 남자들에게 강건하게 벽을 쳤었다. 고백을 하면 칼같이 관계를 정리하는 혜설을 몰래 지켜봐 온 홍구가 두 손을 겹쳐 입을 막았다.

"홍구 씨?"

"후암. 왜 이리 하품이 나오지?"

나오지도 않는 하품을 찍찍 해 가며 홍구가 서투르게 연기를 했다.

"갑자기 잠이 몰려오네요. 어제 늦게 자서 오늘은 일찍 자야겠어요. 혜설 씨도 좋은 밤 되세요."

"아……."

홍구가 황급히 계단을 오르는 뒤에서 혜설이 뻗은 손가락을 안으로 말아, 허리께로 가져왔다. 그 모습을 봤다면 절대로 돌아서지 않았을 홍구는 털레털레 집 안으로 들어와 스위치를 켰다. 그러자 밤의 장막에 가려 바로 알아차리지 못한 사영이 홍구의 눈에 들어왔다.

사영의 몰골을 본 홍구가 대겁했다.

"피, 피……."

"조용히 해. 그러지 않아도 아파 죽겠거든."

사영은 곪아 가는 상처를 일별하고선 고통이 억눌린 어조로
물었다.

"붕대 있어?"

"있어요."

사영의 손에 들린 피 묻은 붕대를 힐끔거린 홍구가 거실 수납
에서 가져온 의료 상자를 열었다. 그리고 소독액을 다친 피부에
도포했다.

"어떻게 된 거예요?"

붕대로 드레싱을 하고선 테이프로 단단히 고정시키는 일렬의
동작은 깔끔했다.

"어쩌다가 이렇게 됐어."

"휴, 그럼 조심 좀 하던가요."

"내가 할 말인데. 그건."

어깨를 슬쩍 위로 올려 본 사영이 잇따른 고통에 인상을 살짝
쓰면서 끊긴 말을 이었다.

"감시하라고 했지 어울려 다니라는 말은 하지 않았는데?"

여울이 혜설과 친해진 계기는 은설 때문이었다. 혜설의 사정
을 알게 된 여울이 주말마다 은설을 보러 왔고, 이를 통해서 여
울의 일상을 사영에게 보고하던 홍구였다.

여울에게 접근하면 강욱이 깔아 둔 수하들로 인해 존재를 발
각당할 수 있기 때문이었다. 사영의 편에서 혜설을 속여 온 지

어언 8개월이 넘었다. 남몰래 혜설의 가정사와 아픔을 알게 된 홍구가 그녀에게 진심이 되기까지는 그리 오래 걸리지 않았다.

"그러다 네 존재 발각되면 죽을 수도 있어. 본분 잊지 말고 거리 둬."

"······혜설 씨한테 사실대로 말할 거예요."

가까워질수록 혜설에게 못 할 짓을 하고 있다는 죄책감에 진실을 밝히려고 들자 사영이 홍구의 멱살을 틀어쥐었다.

"사실대로 말하면, 그 여자가 널 용서해 줄 것 같아?"

목이 졸린 홍구가 허옇게 질린 얼굴로 강건히 맞섰다.

"용서를 바라고 하는 일이 아니에요. 도저히······ 읍. 끄, 도무지 혜설 씨를 속일 수 없어요."

결연한 눈빛에 사영은 멱살을 움켜쥔 손을 세게 놓았다. 그러자 홍구가 막힌 숨을 토했다.

"쿨럭······!"

죽여야 하는데 이상하게 내키는 대로 할 수 없는 사영은 토라진 목소리로 일갈했다.

"알아서 해. 죽을 각오를 한 자식에게 뭘 바라겠어."

손쉽게 입막음을 할 수 있는 사영이 선처하자 홍구는 절을 하듯이 엎드렸다.

"고마워요!"

없는 정도 생기게 하는 홍구가 침도 닦지 못하고 수그리자, 그게 보기 싫은 사영이 등 돌려 누웠다. 여울이 어설프게 감아 준 붕대를 소중하게 쥐었다. 그러는 중, 슬금슬금 기어오르는 열 때문에 손가락에 더욱 힘을 주었다.

그때였다. 사영이 사라진 걸 알아차린 여울에게서 전화가 왔다.

"전화가 오는데……."

"알아서 해. 들어가."

열에 받친 목소리에 홍구가 군말 없이 제 방으로 돌아갔다.

뚝.

벨소리가 끊기자 사영은 힘이 들어가지 않는 손가락을 억지로 움직였다.

[사정이 생겼어. 회사에 가서 설명할게.]

다친 부위보다 더 고통스러운 열화였다.

❖ * ❖

여울은 눈을 뜨자 없어진 사영을, 부서로 이어지는 통행길에서 기다렸다. 대략 15분이 지나자 사영이 파리한 얼굴을 드러냈다. 한눈에 보기에도 낯빛이 좋지 못한 사영에게 여울이 낮은 목소리로 책망했다.

"말없이 사라지면 어떡해."

다친 이가 눈앞에서 사라졌으니 당연히 걱정될 수밖에 없었다. 여울이 나무라면서 사영의 몸을 내리훑자, 그가 웃었다.

"많이 걱정했어?"

"그러면 아, 집에 갔구나, 이래?"

"깨우기가 그랬어. 움직일 수 있을 정도로 회복했으니까 걱정 덜어도 돼."

감정 조절에 자신 있다고 생각했는데 웃음을 도저히 참을 수 없는 사영이 히쭉히쭉 웃었다.

"웃는 거 보니 정말 괜찮나 보네. 어딜 다친 거였어?"

100

"오른쪽 어깨. 네가 준 붕대는 소중하게 보관해 뒀어."

"뭐 그런 걸 가지고 있어. 버려."

핀잔을 듣고도 싱글벙글인 사영의 얼굴에 여울은 심려를 모조리 털어 내고는, 부서로 들어갔다.

완전히 낫지 않은 몸에도 불구하고 사영의 기분은 최상이었다. 부서에는 인간이 감지할 수 없는 살벌한 기세가 페로몬처럼 일렁거리고 있었다. 여울과 같이 안으로 들어선 사영이 조용히 웃었다. 촉발의 낌새를 맡은 사영의 한쪽 입꼬리가 은근하게 올라갔다.

"이록 팀장님. 블랙커피 타 드릴까요?"

반대로 최악의 기분을 달리고 있는 이록에게 지원이 알랑대고 있었다.

"됐습니다."

"커피 안 좋아하시면 다른 차 준비할게요."

"지원 씨."

바라던 눈빛이 이제야 얼굴에 꽂히자 지원의 가슴이 콩닥거렸다. 정말이지 미친 외모다.

"지원 씨가 내 비서입니까. 어지간히 합시다."

냉랭한 거부에 무안해진 지원이 입을 다물었다.

"……내가 뭘 했다고."

하지만 포기를 모르는 지원은 자존심을 제쳐 두고 이록의 날카로운 신경을 연신 건드렸다.

[꼭 드릴 말씀이 있어요. 옥상으로 와 주세요.]

이록은 보고서와 같이 첨부된 메모지를 구겼다. 구깃한 종이 그대로 쓰레기통에 던진 이록이 옥상에 당도했다. 확실히 보여 주지 않으면 안 될 것 같았다.

"그래서 말인데⋯⋯."

옥상 문을 여는 순간 그리 크지 않은 대화 소리가 일제히 끊겼다. 한곳에 모인 이들의 눈동자가 흐리멍덩하게 변한 공간에서 지원만이 이지를 유지하고 있었다. 순간 사방이 조용하자 지원이 고개를 두리번거렸다. 그러다 어느덧 그녀의 뒤에 서 있는 이록을 발견하고선 활짝 웃었다.

"와 주셨군요."

반은 성공이라고 여긴 지원이 용기를 끌어모아 입을 달싹거렸다. 하지만.

'왜⋯⋯ 이러지?'

알 수 없는 것이 소리를 차단하는 것처럼 공기만 나오자 지원은 두 손으로 목을 더듬거렸다.

'뭐야. 내 몸, 왜 이래.'

도와 달라고 말하려던 지원은 보지 말아야 할 것을 보고선 덜덜 떨었다. 이록의 전신에서 검은 무형이 넘실거리고 있었고, 그 기체가 지원의 몸까지 휘감고 있었다.

"흐ㅇㅇㅇ⋯⋯."

졸도할 것 같은 두려움에 지원이 허덕거렸지만 이록의 마음에 어떤 영향도 일지 않았다. 여울이라면 안아 주었을 테지만, 눈앞의 여자는 제 반려가 아니었다. 이록은 창백한 볼을 성의 없이 건드렸다. 그러자 지원은 끔찍한 것이라도 닿은 듯이 끅끅댔다.

"괴, 괴물⋯⋯."

생각이 입 밖으로 나오자 지원은 기함한 채로 주저앉았다. 겁에 질린 눈동자로 이록을 바라본다.

"살려, 제발 살려, 주세요."

공포가 심어진 지원은 눈물을 흘리며 반복적으로 빌었다.

"죽일 생각은 없었지만 이후로도 날 거슬리게 한다면 다르겠구나."

소름 끼치도록 다정한 음색에 지원은 숨이 막힐 것 같았다.

"오늘 일을 발설해도 된단다. 물론 그에 따른 후환은 알아서 생각하렴."

뺨을 쓸던 손가락이 지원의 목으로 내려갔다.

"절대로…… 발설, 끕, 하지 않겠습니다아……."

필사적인 대답에 이록은 목을 움켜쥐려던 손을 떼어 내고선 허리를 폈다. 이록의 얼굴이 멀어지자마자 지원은 혼절했다.

무릎을 세우지 않은 지원의 몸이 뒤로 넘어갔다. 동시에 옥상에 있던 다른 이들의 정신이 돌아왔다.

"우리가, 엇! 저기! 누가 쓰러졌어!"

"이봐요! 정신 차려 봐요."

쓰러진 지원의 귓가에 정신을 차린 이들의 목소리가 의미 없이 흩어졌다. 소란이 일어난 곳을 뒤로 둔 이록이 냉기를 발산하는 시선으로 제 앞을 막는 사영을 응시했다.

"거슬리는 인간을 해치우지 않는다니. 제가 알던 분이 맞나요?"

감정을 앞세우지 않은 이록의 자제심을 건드리듯이 사영은 다친 어깨를 으쓱댔다.

"살아남은 주제에 말이 많군."

"가만히 있을 수 있나요. 이록 님의 배려 덕분에 여울이에게 동정심을 얻었는데 감사 인사를 해야죠. 우리 두 사람이 잘된 기념으로 인사를 드리고 싶었거든요."

밉살스러운 수법에 이록은 같잖다는 미소로 답했다.

"그래. 이렇게 장성할 수 있도록 살려 준 값이라도 해야지."

이록이 사영의 어깨를 움켜쥐었다.

"……큭."

환부가 덧나지 않게, 그러나 고통은 느낄 수 있도록 지그시.

✜ * ✜

'옥상으로 와 봐. 재미있는 광경을 볼 수 있을 거야.'

사영은 그리 말했었다. 먼저 그곳으로 간 사영을 따라 여울은 옥상 통로를 걷다 내려오는 이록과 마주했다.

일방적으로 이록을 무시했던 여울이었다. 이번 역시 다르지 않게 이록을 없는 사람처럼 취급하려고 했을 때, 이록이 먼저 여울의 옆을 지나갔다. 그가 그녀를 외면하는 태도에 여울의 가슴이 선득하게 내려앉았다.

'이게 뭐라고.'

그가 그녀의 삶에서 나가 주길 바라지 않았나. 적어도 그렇다고 치부한 여울은 가슴이 저미는 통각을 애써 외면했다.

'이깟 기분, 아무것도 아니야.'

그리 되뇌었지만 여울은 알고 있었다. 그렇게 간단한 거였으면 이록과 재회한 직후 아무렇지 않았을 거라는 걸.

하지만 안다고 해서 달라질 것도 없다는 것 또한 알았다. 그러

104

니 뒤돌아봐서는 안 된다.

"……문사영?"

앞으로 걸을 수밖에 없는 여울이 부딪히는 벽처럼 사영을 인지했다. 여울의 기척을 미리 알고 있던 사영이 부상당한 부위의 반대편 팔로 아픔이 이어지는 어깨를 짚었다. 사영은 벽에 비스듬히 기대고 있었다. 기울어질 듯한 불안정한 자세에 여울이 빠르게 사영이 있는 층계참으로 올라갔다.

"싸웠던 거야?"

여울은 사영의 팔뚝을 조심스럽게 잡으며 어지러운 속을 삭였다. 종전에 마주쳤던 이록을 떠올리며 여울이 쉽게 유추하여 내린 말에 사영이 잔웃음을 지었다.

"아니라고 말하고 싶은데 지금 내 꼴이 믿게 할 만한 몰골이 아니네."

열상의 후유증이 극심해 사영은 인상을 찡그린 채로 입꼬리를 휘었다. 사영의 말을 들은 여울이 몸을 돌렸다. 사영을 이렇게 다치게 한 이가 누군지 알아챘다. 가만히 있을 수가 없는 여울은 이록에게 따질 생각이었다.

"어딜 가게?"

혼자 있기 싫은 사영이 급히 여울의 팔을 붙들었다.

"그야……!"

"만나서 무슨 말 하게. 내 애인 괴롭히지 말라고 화내려고?"

"그럼 당하고만 있어?"

"걱정 마. 당하고 있지만 않아. 그보다 나 아파."

침착한 사영의 목소리에 여울은 입술 안쪽을 씹었다. 아까 이록에게 무시당했던 개인적인 감정까지 퍼부으려고 했다는 사실을 깨달았기 때문이다.

"애인이라면 아픈 나를 간호해 줘야지."

이록에게 달려가는 여울을 두고 볼 수 없는 사영이 여울의 손을 제 어깨에 놓았다.

"이렇게."

"이러고 있으라고?"

"응. 이렇게만 있어 줘. 그러면 곧 아픔이 가실 거야. 호 해 주면 더 좋고."

"그냥 이러고 있을게. 빨리 나아."

지금은 곁에 있어 주는 것만으로 힘이 되는 듯해 여울은 사영의 어깨를 정성스럽게 어루만졌다.

웅성웅성.

"그런데 이거 옥상에서 나는 소리지?"

위에서 들리는 소음에 여울이 시선을 위로 던지자 사영이 빙긋 웃었다.

"내가 그랬잖아. 재미난 일이 일어날 거라고."

그 순간 지원이 어떤 사내의 등에 업혀져 내려왔다. 의식을 잃은 이의 얼굴을 알아본 여울이 기가 막힌 표정으로 사영을 쳐다보았다.

"이거였어?"

여울이 보기엔 도무지 이해가 되지 않는 미소를 머금은 사영이 말했다.

"누가 그랬을 것 같아?"

누가 했을 것 같냐고? 듣지 않아도 알 것 같은 주범에 여울이 미간을 우그러뜨렸다.

"뭣 때문에?"

여울이 알고 싶은 건 시발점이었다. 인간에게 무관심한 이록이 이유 없이 지원을 쓰러지게 했다고는 생각하지 않았다.

"귀찮게 달라붙으니 그랬겠지."

사영은 여울의 내면에 구축된 이록의 이미지를 부수려고 들었다.

"그리고 나 또한 방해되니까 이렇게 한쪽 몸을 못 쓰게 만든 거고."

높은 나뭇가지에 맺은 단 하나의 과실을 원하는 뱀의 혀가 계속해서 움직였다.

"그는 이런 존재야. 안 보이는 곳에서 이번과 같은 일이 빈번하게 일어날 거야."

이록을 완전히 밀어내지 못하고 있는 여울이었다. 물론 이록에게 연연하는 속마음을 사영에게 절대로 보여 주고 싶지 않아 했다. 하지만 기어코 그녀의 속마음을 꺼내어 미련을 버리게 하려는 저열한 방법이 여울의 심기를 건드렸다.

"알려 주는 저의가 뭐야?"

치부가 드러난 것처럼 여울은 냉기가 도는 음성으로 사영이 답하지 못한 물음의 뒷말을 덧붙였다.

"너도 이록과 다르지 않잖아."

"……!"

"내게 저걸 보여 주려 방관한 네가 그와 다르다고 볼 수 있어? 내겐 너나 그 녀석이나 같아 보여."

이록과 사영은 자신의 감정만 중요한 짐승이었다.

"나를 생각해 주는 척, 내 마음을 네 것인 것처럼 대하지 마.

107

말해 주지 않아도 그를 정리하고 있어. 내 의지를 헛되게 치부하지 말란 말이야."

정당한 여울의 분노에 사영은 자신이 놓치고 있는 게 무엇인지 깨달았다. 오만하고 독단적인 뱀은 이해심을 배우지 못했다. 그가 아는 건 본능적인 소유욕이었다. 자신의 것을 빼앗기기 싫어해 집착하는 것밖에 모른다. 여울이 그를 사랑하지 않는다는 걸 알기에 조급하게 제 마음을 받아 달라 강요해 버렸다.

"……미안해. 네 마음에 있는 내가 아닌 다른 흔적을 모조리 없애고 싶은 마음에 해서는 안 될 짓을 했어."

뒤늦은 사과에 여울이 모질어질 수가 없어 독한 마음을 삼켰다.

"그러니 인간답게 너를 사랑할 수 있도록 네가 직접 가르쳐 줘."

사랑한다면 그 사람의 전부를 독점하고 싶은 것이 당연했다.

"……알아들었으면 됐어. 다음엔 이러지 마."

두 마음의 온도 차이에 여울은 차마 안 된다는 말을 할 수가 없었다.

"응."

안도하는 사영의 미소에 여울은 그의 손을 잡은 팔로 시선을 내리며 생각했다. 사영이 제 손을 놓지 않는 한 함께할 것이라고.

❖ * ❖

지원은 병원으로 실려 갔다. 때문에 마케팅부서는 몇 시간째 야단법석이었다.

"지원 씨 깨어났대?"

"아직인가 봐. 검사실에 들어갔으니 실신한 이유 알 수 있겠지."

이 사달은 낸 이록은 아무런 소식을 듣지 못한 사람처럼 태연하게 사무를 보고 있었다. 그리고 창밖의 사위가 어두워질 때.

"팀장님."

이록은 다소 지친 표정으로 자신을 기다리고 있는 여울을 쳐다보았다.

"오늘 일로 느낀 점 없나요?"

"그 말 하려고 날 불렀어?"

고개를 젓지 않는 여울을 보면서 이록은 기대감을 접은 표정으로 건조하게 대답했다.

"특별한 감상이 필요한 모양인데, 없어."

"……달라진 게 없군요."

이록에게서 저 소리를 들으면 환멸감이 들 것이라고 믿었지만, 그러지 않은 자기 자신에게 여울은 실망했고 동시에 분노했다.

"왜 그랬죠?"

"이유를 원하는 모양인데 없어. 단지 걸리적거리니까."

"고작 그런 이유로……!"

"고작 그런 이유도 남을 해칠 수 있는 동기가 돼."

이록은 마음이 망가진 듯이 웃었다.

"내 몸을 망쳐서라도 네 마음을 돌릴 수 있다면 더한 짓도 할 수 있고."

이록이 다친 것도 아니건만 여울은 그 말에 심장이 동요하는 소리를 들었다.

"내가 너 없이 살 수 없는 몸이라면 날 받아 줄래?"

받아 준다고 하면 망설임 없이 몸에 상처를 낼 분위기에 여울은 이록을 노려보았다.

"끝까지 자기중심적인 널 나는 감당 못 해."

미움으로 가득한 시선에도 이록은 저 마음마저 원한다는 듯이 웃었다. 그 집요한 미소에 여울이 뒤로 움직였고, 이록은 탐욕스러운 속내를 과감히 내보였다.

"마음에 안 들면 꿇려. 네 발밑에 두고 말 들을 때까지 거칠게 다뤄."

그악스러운 진심에 여울은 순간 요동치는 심장을 부정하려, 해서는 안 될 말을 내뱉고 말았다.

"그냥 내 앞에서 사라져."

침을 내뱉듯이 여울이 뇌까린 말에 이록은 신자처럼 잔잔히 웃었다. 마치 응, 이라고 대답하는 것 같은 미소였다. 여울의 심장은 불안하게 뛰었다.

✤ * ✤

흐려지지 않고 짙어지는 이록의 미소에 여울의 근심은 날로 깊어져만 갔다.

'그만 생각해.'

수없이 생각나는 건 그만큼 이록의 말에 흔들렸다는 방증이었다. 여울은 고개를 털다 무심코 어느 방향으로 시선을 돌렸다. 그 이후로 그녀를 도외시하던 눈빛과 근무 시간 외엔 보이지 않은 이록을, 자신도 모르게 틈만 나면 좇고 있었다.

'이러자고 사영과 사귄 게 아니잖아.'

이록에게서 벗어날 수 없는 자신을 마주할수록 여울은 사영에게 죄를 지은 듯했다. 그래서 편치 않은 마음을 덜고자 사영이 하자고 하는 일에는 예외 없이 따르고 있었다.

"춥네."

그렇게 이루어진 밤 산책은 연일 지속되고 있었다. 여울은 제 두 뺨을 두 손으로 감싸는 사영을 그저 담담히 쳐다보았다. 여울의 차가운 얼굴을 제 온기로 녹이던 사영이 쓰게 웃으며 손을 뗐다.

"들어가."

그저 따라 주는 관계.

나아가지 않는 지지부진한 진도에 사영은 속이 쓰라렸지만 더한 욕심을 부리지 않도록 애썼다. 친구처럼 담백하게 사영과 헤어진 여울은 집 안으로 들어와서야, 그에게 내보일 수 없는 피로를 풀어헤쳤다.

"하아……."

✢ * ✢

"오랜만에 점심 같이 먹도록 하지."

의견을 묻지 않은 통보가 박 부장의 입에서 나왔다.

"서 주임."

"네."

"못 들은 이들에게 전달해. 바다횟집 예약해 두고."

박 부장의 입맛은 일관적이었다.

"예."

전달된 지시에 마케팅 부원들은 체념한 마음으로 일일 스케줄을 조정했다.

[일동 점심에 바다횟집으로 모여요.]

사내 메신저에 올라온 전달 사항에 여울은 시장 조사 자료 바탕으로 보고서를 급하게 마무리하고, 시간이 되자 여직원들과 함께 행선지로 향했다.

횟집 마룻바닥에 여울이 앉자 사영이 잽싸게 그녀의 옆에 앉았다.

"단골 가게인가 봐요? 메뉴판 안 보시네요."

양념이 묻을까 소매를 걷어붙인 두 직원이 사영의 말에 신명 나게 입을 털었다.

"박 부장님이 회라면 아주 환장하시거든."

"회 쳐 먹는 게 아니라 처먹는 수준이지."

"신선하고 맛도 있어서 갓 입사할 때야 좋았지, 지금은…… 후. 다들 표정 봐라. 썩은 생선 저리 가라잖아."

"박 부장님만 표정이 생생하게 밝네요."

사영은 튀지 않게 직원들의 대화에 응하며 여울의 물컵에 물을 따라 주었다.

"여울 선배님은 뭘 시킬 건가요?"

"회덮밥요."

"그게 맛있어요?"

"가격 대비 맛도 괜찮아요."

"우리도 회덮밥. 이게 제일 나아. 사영 씨도 회덮밥으로 해. 대부분 이 메뉴 시킬 거야."

"저도 회덮밥으로 할게요."

사영의 말에 한 직원이 테이블지에 붙은 쪽지에 회덮밥 네 개를 적었다. 이를 서빙 알바에게 건넨 직원이 물었다.

"그런데 이록 팀장님이 안 보이네. 여울 씨, 팀장님 못 봤어?"

안 그러는 척 슬며시 주변을 힐끔거리던 여울이 그 말에 물수건으로 손을 닦으며 대답했다.

"못 봤어요."

"왜 안 오는지는 모르고?"

"알고 있다면 말씀드렸을 거예요."

"그거야 그렇겠지만. 근데 정말 이룩 팀장님하고 다시 사귈…… 이런. 내가 말실수했다. 내가 한 말 신경 쓰지 마."

"네."

여울은 속으로 한숨을 내쉬었다. 과거사 시인이 도리어 발목을 잡았다. 지난 제 행동을 후회하며 여울은 알찬 구성의 회덮밥을 수저로 퍽퍽 비볐다.

점심을 먹고선 회사로 직행할 줄 알았건만, 다들 카페에 가길 원하는 눈치였다. 혼자 있고 싶은 여울은 없는 볼일을 댔다.

"저 은행에 볼일이 있어서 먼저 가 볼게요."

"저도 같이……."

"사영 씨 어딜 가."

"저도 은행에 볼일이 있어서 여울 선배와 같이 이동할게요."

"급한 용무 아니면 다음에 가. 사영 씨가 없으면 섭해."

여직원들은 사영이 가지 못하게 진을 치고선 여울에게 물었다.

"여울 씨 혼자 갈 수 있지? 음료 어떤 거 마실래?"

"뜨거운 것만 빼면 아무거나 괜찮아요."

"오케이. 내가 알아서 주문할게. 이따 봐."

"네."

여직원들에게 붙잡힌 사영에게 여울이 손을 흔들어 주고는 무리에서 빠져나갔다. 회사로 들어선 여울은 엘리베이터에서 내려

113

휴게실로 이동하다, 어딘가 아파 보이는 이록과 마주했다. 화분 옆에 배치된 긴 의자에 앉아 눈을 감고 있는 이록의 낯빛이 열이 오른 것처럼 상기되어 있었다. 아파 보였지만 여울은 걱정의 내색을 내비치지 않고 발걸음을 옮겼다.

그리고 15분 후. 외출한 직원들이 돌아와도 보이지 않는 이록의 자리에 서류를 올려 둔 여울이 한숨을 삼켰다. 도려낼 수 있으면 좋을 테지만 임의로 기억을 조작할 수 없는 여울은 이록을 보았던 그곳으로 향했다. 그러나 그곳에 이록은 없었다.

'어디로 갔지?'

낯빛이 좋지 못한 이록의 얼굴이 밟혀 여울은 자리로 돌아가지 못하고 주변을 서성거렸다. 그 끝에 옥상으로 면하는 출입구에서 이록을 발견했다. 여울의 눈동자에 땀이 맺힌 얼굴이 아프게 박혔다.

"왜 이리 땀을……."

심각성을 알아차린 여울이 서둘러 물었지만 이록의 입은 열리지 않았다. 여울은 제 말에 답이 없는 이록의 이마에 손을 올렸다. 그리고 불덩이 같은 몸에 왈칵 소리를 높였다.

"이러고 있으면 어떡해!"

화를 내는 여울을 이록이 느릿하게 뜬 눈으로 바라보았다.

"너 눈이……."

사라지길 반복하는 눈동자 속 푸른 이채에 여울은 기억에 남은 과거를 유기적으로 떠올렸다. 발열기를 겪던 과거의 모습과 유사한 증상에 여울이 이록의 손을 잡았다.

"아직도…… 발정기야?"

이록이 아무 말 없이 저를 바라보기만 하자 여울은 확신을 가졌다.

"왜 말 안 했어?"

"네가 해결해 주지 못하는데 말할 이유가 있어?"

웃음의 흔적이라곤 찾아볼 수 없는 표정과 냉랭한 목소리가 여울을 가차 없이 밀어냈다.

"혹시…… 날 떠난 이유가 이것 때문이었어?"

가슴을 치는 그의 거부가 여울에게 뇌리를 치는 깨달음을 안 겼다. 듣지 않아도 알아 버린 여울이 침묵으로서 답한 그의 대답 을 부정하듯 되물었다.

"이 때문에 말없이 사라진 거였어?"

"그렇지 않다는 말을 듣고 싶으면서 묻기는 왜 물어. 내 대답 이 필요한 거면 그래, 발열기 탓이라고 해 둬."

숨 쉬는 것조차 버거운 이록이, 몸 안에 억지로 가둔 열기를 지피는 여울의 손을 놓았다.

"가. 그리고 돌아보지 마."

"몸 상태가 이런데 어떻게 그래?!"

"이미 망가졌어. 네가 할 일은 날 이대로 보내면 되는 거야."

"망가졌다니……."

죽느냐는 말을 입 밖으로 내면 현실이 될 것 같아 여울은 혀끝 을 세게 깨물었다. 신체적인 고통보다 앞선 마음의 충격에 여울 의 눈가가 흐려진다.

"……나와의 약속은 어떡하고?"

목멘 물음에 이록은 싱거운 소리를 들었다는 듯이 웃었다.

"약속은 유효해. 기간까지 살아서 널 볼 거야. 보는 건 자유잖 아."

여울은 제 시야를 가리는 것이 눈물 때문이라는 걸 이록이 입꼬리를 꺾어서야 알 수 있었다. 이록의 미소가 흐릿하게 보였다.

✤　*　✤

'내 잘못이야…….'

이록이 함묵한 진실을 알아 버린 여울은 원망의 화살을 자신에게로 돌렸다.

"어떡해…….."

곪은 원망을 방치했어야 했다. 속일을 알아 버렸지만 사영과 사귀고 있는 그녀는 이록의 열기를 내려앉게 해 줄 수 없었다. 심정 그대로 막막함이 눈앞을 가렸다.

'하지만 저대로 두면 죽어.'

생사가 달린 일을 외면할 수 없었다. 그로 인해 여울의 눈앞에 사영과 이록의 얼굴이 또렷하게 상을 갖춰 맴돌았다.

한쪽의 손을 놓아야 한다.

Rrrr……!

끊기지 않는 발신음에 여울은 막막한 상념에서 벗어났다. 액정을 본 여울이 전화를 받았다.

"혜설아?"

들려야 할 너머, 어색한 침묵에 여울이 고개를 갸웃거리며 혜설을 불렀다. 직후 울음소리가 이어졌다.

─ 흑.

"혜설아?! 무슨 일이야?"

혜설의 감정에 영향 주는 이는 은설이었고, 때문에 안 좋은 가정이 여울의 머릿속을 스칠 수밖에 없었다. 다급해진 여울이 현관으로 달려가 신발을 신었다.

— 언니, 집에 와 줘…….

"지금 갈게!"

초조한 마음으로 여울이 택시에 탑승했다.

— ……홍구 씨가…… 그 사람이 우리를, 흑. 속였어.

여울이 택시 기사를 재촉하는 사이에 눈물 젖은 목소리가 띄엄띄엄 이어졌지만, 알아듣기엔 무리가 있었다. 차가 밀리지 않은 덕분에 예상 시간보다 빨리 도착한 여울이 현관 벨을 눌렀다. 그러자 열리는 현관문 앞에 혜설이 서 있었다.

"그 남자가 뭘 어쨌다고?"

눈물로 말이 아닌 혜설의 얼굴에 여울은 신발도 벗지 않고 그 자리에서 물었다.

"오늘…… 흑."

"진정해."

여울은 혜설의 몸을 조심스럽게 밀면서 보이지 않는 은설의 위치를 물었다.

"어머님은?"

"방에서 자고 있어…….."

걱정하던 일이 아니자 크게 안도한 여울이 혜설을 화장실로 이끌었다.

"세수하고 와. 이러다 숨넘어가겠어. 조금 진정되면 말해."

여울은 대화할 여력이 안 되는 혜설을 화장실로 밀어 넣었다. 잠시 후 세수하고 나온 혜설에게 여울이 물 잔을 내밀었다. 물을 마신 혜설이 몇 분 전보다 나은 정신으로 낮에 있었던 일을 설명했다.

"홍구 씨가…… 그동안 우리…… 언니랑 나를 감시해 왔대."

"누구한테서?"

여울이 그렇게 물은 이유가 있었다. 혜설을 좋아했다면 짝사랑 대상만 바라보았을 것이었다. 그 대상에 여울도 포함될 이유가 있겠는가. 우리라고 그랬다. 단순히 좋아한다든가 그런 이유로 개인 혼자 자행했다고 보기에는 어불성설이었다.

"……문사영, 그의 매니저였대."

따악.

돌멩이를 맞은 기분은 예상을 넘어 더러웠다.

'문사영이 배후가 아닐까.'

왠지 그럴 것 같았던 여울은 제 추측이 맞자 표정을 구기며 물었다.

"왜 널 감시한 거래?"

이해되지 않는 맹점을 여울이 묻자 혜설이 울음이 잦아든 목소리로 말했다.

"그 사람 말로는, 언니의 곁에 있는 나를 통해서 정보를 얻기 위해서였대. 언니는 왕의 수하들이 지켜보고 있었다나 봐."

"뭔 말인지 알겠다. 나만 감시하면 탄로 나니까, 상대적으로 감시가 소홀할 너를 목표로 삼았단 말이네. 뱀 새끼."

여울은 지금 심정으로 더한 비속어도 할 수 있을 것 같았다.

"그래서. 후. 지금 와서야 고백하는 이유가 뭐래?"

"더는 속일 수가 없다고 그랬어……."

그런 배려를 원하지 않았던 혜설은 끅끅 소리가 나오는 입술을 말아 물었다.

"그러면, 너와 어머님의 정체도 아는 거야?"

"……흡! 가정사는 자세히 몰라도 내가 수인과 인간의 혼혈인 건 알고 있었던 거야……."

말하고 나니 홍구가 저를 속였다는 사실이 더더욱 실감이 난 혜설이 당시 표출하지 못했던 울분을 터트렸다.

"너무해……. 어떻게 내게 그럴 수가 있어? 홍구 씨를 믿었는데, 좋아했는데……! 너무 화나고 비참해. 언니."

좋아하기에 실망감과 배신감이 배로 들 수밖에 없었다. 그럴 수밖에 없는 마음을 절실히 이해하는 여울은 혜설을 껴안고서 사과했다.

"……미안해."

"왜 언니가 사과해?"

"나 때문에 겪지 않아도 될 상처를 받았잖아……."

"아니야! 언니 탓 아니란 말이야. 언니와 나는 아무 잘못 없어. 우리는 이용당했을 뿐이야!"

"응. 맞아. 널 기만한 이들이 나쁜 거야. 넌 아무 잘못 없어."

혜설의 슬픔을 오롯이 공감하는 여울의 품에서 들썩이는 움직임이 약해졌다.

"나 이대로 넘어가지 않을 거야. 잘못했다고 빌었지만 그걸론 성이 안 차. 겨우 말 몇 마디로 용서되지 않아. 내가 당한 만큼 갚아 줄 거야."

눈물이 메마른 혜설의 얼굴이 결의로 다부지게 변했다.

"혜설아……."

복수에 눈먼 혜설이 며칠 전의 자신을 보는 듯해 여울은 착잡한 마음을 가눌 수 없었다.

'같은 절차를 밟는다면 혜설은 틀림없이 나처럼 후회할 거야.'

그 일념으로 여울이 혜설을 말렸다.

"그러지 마. 너만 힘들어."

"언니……?"

"그 사람의 마음을 아프게 할수록 네 마음도 다쳐. 네가 겪은 아픔을 되돌려 주는 순간은 홀가분하겠지만 결국은 후회하는 날이 찾아올 거야."

그 말에 혜설은 여울의 품에서 나와 고개를 저었다.

"그러면 이 마음을 어떻게 해야 하는데? 또다시 버려진 이 기분, 언니도 알 거 아냐. 날 이렇게 아프게 한 그 사람한테 쏟고 싶은데 그럴 수 없다면 나만 괴롭잖아. 그럼 나는 누구를 원망해야 해?"

슬픔에 복받쳐 혜설의 울음소리가 커졌다.

"널 아프게 한 그 남자를 용서하라는 게 아니야. 마음속으로는 실컷 욕해."

서글픈 통곡에 여울은 혜설이 외롭지 않게 안아 주고선 차분하게 달랬다.

"똑같이 굴지 말자는 거야. 그 사람이 널 찾아오면 무시해. 그치만 네게 그랬던 것처럼 기만하지 마. 네게 하지 않았던 행위로 상처 주지 말고."

말처럼 그랬으면 지금의 자신은 후회하지 않았을까. 분명한 건, 이록의 마음에 상처를 주려고 사영의 마음을 기만하지 않았을 거라는 거다. 한 달 전으로 돌아간다면 두 사람의 마음을 난도질하지 않았을 텐데.

시간을 돌릴 수 없는 여울에게 주어진 건 두 갈래밖에 없었다. 이록이냐. 사영이냐.

✥ ＊ ✥

완연한 밤이었다. 혜설의 집을 나서자마자 여울은 사영을 불러냈다. 그녀가 왜 자신을 불렀는지 짐작한 사영은 그늘진 얼굴로 여울의 처분을 기다렸다. 한참 후 여울이 아랫입술의 끝을 깨물어 이를 떼어 냈다.

"그렇게 해야만 했어?"

왜 그랬는지 알고 있었다. 왜 그리했냐는 말을 생략한 것도 그 때문.

"내겐 다른 선택지가 없었으니까."

열을 억제하는 약을 손에 넣기까지 기나긴 시간이 걸렸다. 그동안 사영은 홍구가 전해 주는 이야기에 의지한 채 감열을 버틸 수밖에 없었다.

"네 일상이 내게 유일한 빛인데 어떻게 놓아. 어둠 속에서 너만 생각하면서 버텨 냈어."

그 시간을 반추하는 사영은 그때로 돌아간 듯이 지독한 고독에 덮여 있었다.

"……이해가 안 돼."

여울은 감당되지 않는 무게를 느끼면서 반문했다.

"네가 나를 사랑한다는 것부터가 그랬어."

그녀를 적대했던 사영이 다시 모습을 보였을 때는 달라진 감정을 내비쳤다. 그러한 추이는 여울에게 갑작스럽고 의아함을 안겼다.

"이제야 궁금하나 보네."

삭막한 말이 모래처럼 여울의 불길을 꺼트렸다. 심장을 달군

121

화가 가라앉자 여울은 새삼스럽게 깨달았다.

'나야말로 사영을 이용한 거였잖아.'

사영의 감정에 진심으로 대했다면 이보다 일찍이 물어봤을 것이었다.

"너에겐 갑자기겠지만, 나는 아니었어. 너와 헤어진 그 전부터 시작된 감정이야. 수인에게는 발정기가 곧 사랑일 수밖에 없어. 반려만 바라보니까. 그렇기에 나는 너여만 해."

수인들에게 자식은 반려보다 중요하지 않았다. 자식은 또 낳으면 되지만 반려는 단 하나니 그 존재가 가지는 의미는 각별했다.

"날 받아들인 걸 후회해?"

제게 품은 감정의 크기를 알았다면 사영에게 손을 내밀었을까.

'그렇지 않았겠지.'

아니라는 시점에서 여울은 후회하고 있었다. 그것을 알기에 사영은 앞선 말들을 삼켰던 것이다.

"나는 뱀이야."

그리고 더는 물러날 곳이 없는 사영은 자신의 본질을 숨기지 않았다.

"너를 얻기 위해서라면 더한 짓도 할 수 있어. 그러니 그래야만 하는 내게 화를 내."

후회해도 소용없다고, 이미 늦었다고 말하는 사영에게 여울은 화를 낼 자격이 없었다. 여전히 허물어야 할 여울의 벽을 본 사영은 웃고 싶지 않아도 억지로 미소를 걸쳤다.

"사랑하는 사람이 약자라는 말, 매일 실감해. 그런데 어쩌겠어?"

몇 걸음의 간극마저 견딜 수 없는 사영이 여울의 등을 감싸 제 품에서 빠져나갈 수 없도록 했다.

나는 널 못 놓아줘. 말없이 떠미는 전달은 여울에게 두 사람의 관계성을 명확하게 인지시키고 있었다.

❖ * ❖

사영과 이록.

잊히지 않는 두 수인을 어떻게 대해야 할지, 그리고 누구를 택해야 할지 어느 것도 해결되지 않은 나날이었다. 그러던 중 방송이 나간 스프링 컬렉션이 히트를 쳤다.

완판된 상품 추가 주문 및 문의가 빗발치자 여울은 혼비백산이었다. 야근이 끝나지 않는 날이 이어지고 금요일 오전, 지친 기색이 역력한 표정의 사무원들이 간만에 찾아온 꿀 휴식을 즐겼다.

"너무 피곤하니까 일찍 들어가도 잠이 안 올 것 같아요."

"이럴 때 술 한잔 마셔야지."

"연구개발팀 회식한다던데 우리도 해요."

"거기 오늘 회식이래?"

"스프링 퀸 향수가 한 건 했잖아요. 큰 공을 구축했으니 날 잡았나 봐요."

"매출에 이바지해도 알아주는 건 우리밖에 없으니 우리끼리 챙기자고. 사영 씨 입사 환영회도 같이 하는 건 어때?"

이런 건 퇴짜를 놓지 않는 박 부장을 아는 직원들은 대동단결했다.

그렇게 이루어진 회식.

전원이 참석한 자리에서 여울은 양옆을 곁눈질했다. 여울의

123

양쪽 시선엔 이록과 사영이 걸려 있었다. 가눌 수 없는 마음에 여울은 적정량보다 더 많이 술을 마셔 댔다. 그런 여울에게 눈을 떼지 못하는 사영과 이록이 남들은 알 수 없는 전음을 주고받았다.

'말려.'

'말하지 않아도 그리할 겁니다.'

사영이 여울의 술잔을 슬쩍 딴 곳으로 빼돌렸다. 그러자 여울이 테이블 앞을 손으로 쓸었다.

"으응, 어디 간 거야……."

"내가 가지고 있어."

"……줘."

"따라오면 줄게."

여울은 제 가방을 챙긴 사영을 따라나섰다. 그리고 그런 둘의 뒤를 이록이 따르고 있었다.

"잡아."

내밀어진 손바닥을 쥔 온기와 바깥 공기가 여울의 취기를 서서히 가시게 하고 있었다.

"업히자."

등을 보인 사영을 보며 여울이 말했다.

"……나 정신 차렸어."

"내 시선 안 맞췄을 때부터 눈치챘어."

접은 무릎을 편 사영이 여울의 뺨에 손등을 댔다. 그 손을 힐금거리다 우연치 않게 이록을 본 여울의 얼굴이 한층 굳어졌다.

이유를 알아챈 사영이 여울의 얼굴을 두 손으로 고정해 고개를 내렸다. 여울이 무의식중에 찾는 대상을 제거하려 드는 방식이 다소 거칠어졌다. 가까워지는 사영의 입술에 여울이 이록이 선 반대 방향으로 고개를 틀었다. 뺨에 닿아 떨어지는 입술의 감촉에 불쾌감보다 안도감이 든다.

'지긋지긋해. 너도 나도, 우리도.'

어찌해도 이록을 의식하고 있음에 여울은 낭패 어린 비소를 머금었다.

"나만 생각해."

딴생각할 수 없게 사영이 여울의 턱에 받친 네 손가락을 슬쩍 들어, 여울의 시선을 그에게로 맞췄다.

"나만 바라봐."

그렇게라도 자신을 보게 한 사영을 응시하며 여울은 눈을 감아 빌었다. 그럴 수 있었으면……

❖ * ❖

주말 동안 여울은 집 밖으로 한 발자국도 나가지 않았다. 그런 여울이 걱정된 여호가 몇 시간째 열리지 않은 문을 두드렸다.

"저녁 뭘 먹을래?"

똑똑.

"자?"

– …….

"들어간다?"

안을 들여다보려 여호가 살짝 하관을 내밀자 여울은 눈을 뜬 채로 천장을 응시하고 있었다. 깨어 있는 걸 확인한 여호가 가까이 다가가 여울의 눈앞에서 박수를 쳤다.

짝!

큰 소리에 여울의 눈동자가 깜빡거렸다. 동시에 흐릿한 시야가 또렷해졌다.

"왜 이래? 무슨 고민 있어? 이 오빠한테 털어놓아 봐."

"없어."

"있는 표정이구먼. 네 애인이 아파서 그래?"

"애인 아니야."

여울은 침대 매트를 깔고 있는 상체를 세웠다. 그리고 제 시선을 어색하게 피하는 여호를 뚫어지게 쳐다보았다.

"그런데 아프다는 말, 누구한테 들었어?"

"실은, 앞집 남자하고 친해졌거든. 네 애인 말고 경호원."

그 말에 머릿속에 쉽게 구체화되는 인물이 있었다. 수행비서처럼 듬직하게 이록이 시킨 일을 수행하던 강욱을 유추해 내는 여울에게 여호가 사족을 덧붙였다.

"많이 아픈 모양이더라. 아까 장보다가 집 앞에서 만났거든. 얼음팩을 왕창 짊어지고 오기에 어디에 쓰냐고 물어보니 자기가 모시는 분이 고열로 쓰러졌다잖아. 표정이 꽤 심각하던데 너도 그래서 신경 쓰이는 거 아니야?"

신경 쓰이지 않는다고 딱 잘라 말하고 싶었지만 진실은 그게 아니기에 여울은 입술 끝을 뜯을 듯이 깨물었다.

"아직 받아들이지 못한 모양인데 그러지 말고 용서해 줘. 널 구하다가 떠났잖아. 네가 죄책감 가질까 봐 말없이 사라진 거 아냐?"

3년 전의 일을 토대로 여호가 생각한 것이 진실이었다. 다친 그녀가 그를 찾았을 땐 곁에 없었고 그러한 배경에는 그도 손쓸 수 없는 발열 때문이었다. 그도 그러고 싶어서 떠났던 게 아니었다. 조용히 흐르는 눈물이 뺨을 적셨다.

흐느낌조차 들리지 않는 애수에 여호는 당황했다.

"어어, 은여울. 우냐. 이, 이제 잘해 주면 되지. 울지 마…….
네가 울지 않기를 바라서 그런 선택을 한 거잖아. 눈물 뚝."

그녀가 자신의 탓으로 자책할까 봐서 그러지 못하게 전가를
그에게 돌린 것이었다. 내막을 아예 모르는 여호조차 아는 걸 몰
라줬다는 사실에 여울의 마음은 찢어지고 있었다. 생생하게 찢
어진 속살 안에 드러난 감정은 애증이었다.

Chapter8. 짐승의 속살

'말해 주지……. 말해 줬으면…… 말했다면…….'

사랑하기에 그가 미웠다. 과거형이 아니었다. 원망스러운 만큼 사랑하기에 그녀는 그에게서 벗어날 수 없었던 거다. 이록을 보지 않고서는 절대 이전으로 돌아갈 수 없는 여울이 맨발로 뛰쳐나갔다.

쾅쾅!

"문 열어."

이성을 잃은 듯한 여울이 걱정된 여호가 그녀를 쫓아 서둘러 벨을 눌렀다.

"벨이 있잖아. 눌렀으니 나올 거야."

그 말이 들리자마자 문이 열렸다.

미움. 후회. 울분.

증폭한 감정에 섭슬린 여울은 냅다 거실로 들어섰다. 제 감정만 보여 순간 뒤로 물러나지는 여호는 안중에도 없었다. 처음부터 그 자리에 있었다는 듯이 강욱이 여호를 끌어당겨도, 그에 의해 문이 닫혀도, 여울의 눈에 들어오는 건 단 한 사람뿐이었다.

"흡……!"

소파에 몸을 파묻은 듯이 늘어져 있는 이록이 죽은 사람처럼 보이자 여울은 기함해서 숨을 들이켰다. 발자국을 찍듯이 천천히 움직인 여울은 이내 이록이 숨을 내쉬고 있음을 깨닫고 안도의 숨을 내쉬었다.

옆에서 들리는 거친 호흡에도 이록의 몸은 미동이 없었다. 제쪽으로 움직이지 않는 이록을 보자 가슴 반쪽이 상실한 것처럼 허했다. 그가 자신의 존재를 부정하는 것 같아 여울은 이록의 얼굴을 제게로 돌리고 싶었다.

이록의 얼굴 위로 얼굴을 내린 여울이 자신의 음영이 진 살결을 응시했다. 그렇게 내려다보고 있자, 이록의 한쪽 눈이 떠졌다.

살아 있는 눈동자에 작은 얼굴이 비쳤다. 저 눈에서 여울은 자신을 떼어 내고 싶지 않았다. 이게 본심이었다. 앞으로 바라는 염원이었다.

이록의 두 눈을 감기게 하고 싶지 않은 여울은 가슴속에 차오른 격한 감정을 내보냈다.

툭.

여울의 눈물이 이록의 얼굴에 떨어졌다.

"기어코 날 비참하게 해."

여울의 말에 이록이 한쪽 팔을 뻗었다. 다가오는 손을 거부하지 않고 여울은 등허리를 기울였다. 이록의 엄지가 눈물로 습윤한 뺨에 닿았다. 그리고 눈물을 훑고서는 떨어지는 이록의 손을 여울은 두 손으로 잡았다.

"날 이토록 힘들게 하는 너인데 외면할 수가 없어. 미워 죽겠는데 죽게 놔둘 수가 없어."

이렇게 눈을 맞추고, 살아 있음을 증명하는 체온이 식는다고 생각하자 여울은 제 심장마저 서늘하게 굳는 듯했다.

"이렇게 괴로워 죽겠는데……. 나를 진흙 구덩이에 빠뜨려 놓고 너만 편안해지겠다고?"

여울은 이록으로 인해서 격해진 감정을 그에게 쏟아 냈다.

"누구 마음대로."

창백한 얼굴에서 빛을 잃지 않는 붉은 기가 위안이 된 여울은 뜨거운 숨을 내쉬는 입술에서 눈을 떼지 않았다.

그리고 이록은 여울이 터트린 애증을 고스란히 받아 냈다.

"네 목줄은 내게 있어. 날 두고 어디로 못 가."

소유권을 확인받는 순간, 이록은 잃어버린 주인을 만난 동물처럼 입꼬리를 휘었다.

"못 가게 매어 줘."

금방 끊어져도 이상하지 않을 숨이 깃든 목소리로 이록은 말했다.

"내 몸에 새겨 줘."

확신을 달라고 이록이 여울의 눈꼬리를 어루만지며 갈급하게 졸랐다.

"네 것이라고 각인시켜."

"……각……인?"

"내게 너를 새기는 과정이야. 한 몸을 바친 종속을 맹세하는 거지. 그럼으로써 너는 영원히 나를 가지게 될 거야."

마치 이 순간을 바란 것처럼 여울의 심장이 요란스럽게 뛰기 시작했다.

두근두근.

귓가로 선명하게 전해지는 심장 소리에 여울은 진정 자신이 무얼 원하는지 알게 되었다.

'나는 이록이를 원해.'

영원히 제게 매여 달아날 수 없도록 지배하고 싶은 것이다. 자기 자신도 알지 못했던 원초적인 욕구를 마주한 여울은 당혹스럽기보다 의외로 안온한 기분이 들었다. 이해할 수 없는 감정이지만 반감은 들지 않았다.

어떻게 하는 것이냐고 묻듯이 여울이 이록의 두 눈을 뚫어지게 쳐다보았다. 마찬가지로 여울을 줄곧 응시하던 이록이 그녀의 손을 제 가슴에 대게 했다.

"내 심장을 움켜쥔다고 생각해. 마음에 들면 가져."

망설일 이유가 없는 여울은 이록의 심장을 소유하고 싶다고 생각하면서 고개를 내렸다. 밭은소리가 서로의 입안으로 들어간다.

쯔읍, 흡착된 소리가 길게 이어졌다. 서로의 영혼까지 갈취할 것처럼 둘은 서로에게 몰두했다. 열을 품은 키스의 농도가 높아질수록 둘의 거리는 가까워졌다. 그녀와 달리 오롯이 한 감정밖에 느껴지지 않는 쨍한 눈빛이 뜨겁다.

호흡이 갈라지는 공간, 둘만 느낄 수 있는 맹렬한 열기에서 여울은 벗어날 수가 없었다. 여울이 그와의 키스에서 빠져나오지 못하고 있을 때 이록은 간신히 이성을 붙잡느라 곤욕이었다. 선이 얇은 등에 손을 올린 이록이 아래로 뻗은 척추의 굴곡을 따라 긁었다.

그러자 흠칫하는 숨결에 그가 눈매를 접으며 입술을 살짝 떼어 냈다. 가쁜 숨을 내쉰 여울이 열에 들뜬 눈으로 이록을 쳐다 보자, 자신과 같은 시선에 이록은 갈라지는 숨을 내쉬었다.

흥분을 가다듬을 수 없는 이록의 손길이 조급했다. 여울의 손을 잡아 제 앞몸으로 당긴 이록이 그녀를 탄탄한 몸에 자리 잡게 했다. 자세가 부끄러워 여울이 몸을 물리려고 하자 나쁜 손이 멀어지려는 등을 받쳤다.

"후, 아직도 부족해."

절박한 목소리에 여울은 방만하게 누운 이록을 멍하니 내려다 보았다.

"너를 더 채워 줘. 이 열기를 가라앉힐 수 있게."

육감적인 입체가 전해지는 앞몸과 기대하는 얼굴이 주는 야릇함에 여울 역시 소금물을 마신 것처럼 갈증이 났다. 여울의 몸이 아래로 움직이자 이록이 야리야리한 허리를 감았다.

여울과 이록은 반듯하게 입술을 겹치며 다시 둘만의 시간을 재개했다. 달짝지근한 시간이 열띠게 흘러갔다.

그리고 타인이 침범할 수 없는 훈기가 아지랑이처럼 아물거리는 공간 바깥에서는.

"읍!"

곰 같은 손에 입이 막힌 여호가 공포 어린 목소리를 내뱉고 있었다.

"누, 누구……."

"쉿. 접니다."

"살려……!"

안정감을 주는 목소리에 긴박한 목소리가 끊어졌다. 고개를 돌려 두 눈으로 강욱을 확인한 여호가 손바닥으로 여전히 벌렁거리는 가슴을 짚었다.

"놀랐잖아요……. 까닥하다간 심장마비에 걸릴 뻔했어요."

"괜찮습니까?!"

농담으로 치부하기엔, 여호는 강욱이 살짝 치면 죽는 인간이었다. 압도적인 신체 면에서도 그렇고, 사이사이 같이 보낸 시간이 있다 보니 보듬어 주고 지켜 줘야 할 새끼처럼 작고 약해 보였다. 강욱의 인식이 틀리지 않게 여호는 우렁찬 목소리에 제대로 놀라 흠칫했다.

"조심성 없이 대해서 미안합니다."

그렇게 약골은 아니라고 말하려던 여호는 강욱이 저를 걱정해 주는 게 싫지 않아서 속마음으로만 생각하고는 웃었다.

"정말로 괜찮아요."

그 순박한 미소에 의무적으로 여호에게 접근했던 강욱의 마음이 착잡해졌다. 알아 갈수록 여호는 강욱에게 호감을 안겨 주었다.

강욱에게 인간은 분수도 모르고 날뛰는 해악이었다. 저들이 정점에 서 있는 종족이라 당연시하며 생태계를 파괴하는 악.

조금만 추어올려 주면 나댈 것이라 생각했는데 여호는 그러지 않았다. 이렇게 착해서야 나쁜 인간한테 걸리면 반격도 못 하고 당하기만 할 상이었다.

여자 조심. 그리고 남자도 조심.

강욱이 여호에게 개인적인 감정이 담긴 당부를 하려던 때였다.

「나가.」

이록은 바깥 상황을 예민한 청각으로 감지하고 있었다. 이록의 기가 강욱의 살갗을 곤두세웠다.

「예!」

귓전을 감기는 마찰음에 강욱이 자상이 옅게 그어진 턱을 딱딱하게 움직였다.

"두 사람이 회포를 풀 수 있는 시간을 가질 수 있도록 우리는 나가죠."

"좋아요! 잠시만요. 신발 바꾸고요."

공부하느라 집에만 있다 보니 코에 바람을 쐬고 싶은 여호가 반색하며 슬리퍼를 운동화로 바꿔 신었다. 아래로 향하는 발소리가 들떠 있었다.

❖ * ❖

어느새 둘의 위치가 뒤바뀌었으나, 여울은 강렬한 열락 때문에 알아차리지 못했다. 날렵한 짐승답게 이록이 잽싸게 여울의 허리를 강건한 두 다리에 끼웠다. 그런 채로 여울의 입술을 말캉한 젤리처럼 빨아 당기며 그와 그녀의 사이를 방해하는 티셔츠를 들추었다.

"훗."

옷 밑으로 이록의 손이 침입했다. 허락 없이 기어들어 온 손에 여울은 간신히 정신을 차렸다. 물기로 번들거리는 눈으로 이록을 올려다보자, 그가 여울의 입술을 살짝 놓아주며 물었다.

"싫어?"

싫지 않지만 이어질 행위가 처음인 여울이 붉어진 입술을 오물거렸다.

"아프면 그만둘 거지?"

이록의 얼굴에 난처한 빛이 어렸다.

"음⋯⋯."

음인지 응인지 애매한 소리가 이록의 입술에서 흘러나왔다.

"⋯⋯힘들겠지만 참아 볼게."

이록이 힘겹게 수긍하자 여울은 콩닥거리는 제 심장 소리를 느끼며 눈을 감았다.

"사랑해."

이 말을 하지 않을 수 없는 이록이 여울의 귓바퀴를 약하게 깨물고는 고백했다.

"⋯⋯."

해묵은 감정이 완전히 가시지 않은 여울은 작은 심술로 이록의 고백에 말을 아꼈다. 비록 그녀를 위해서 떠났다고 그간의 아픔이 사라지는 건 아니기에 이록을 안달 나게 하고 싶었다. 마음고생한 게 있으니 보상심리로 이 정도는 해도 된다는 생각이었다.

입을 열지 않는 여울의 마음을 이해한 이록이 고생했을 마음을 녹이듯이 보듬은 몸을 점령해 나갔다.

"흐읏."

위로 올라오는 손이 볼록한 중앙을 감싸자 여울은 참을 수 없는 신음을 토해 냈다. 이록의 손아귀에 갇힌 부위에 피가 몰린 것처럼 저릿저릿했다. 여울이 입술을 깨물었지만 이록이 도록 솟은 곳을 꼬집자 힘없이 벌어졌다.

살결 위로 전해지는 적나라한 손길에 여울은 전신을 가만히 둘 수가 없었다.

"간지러워?"

"흐응."

몸 안에서 쌓이는 자극에 눈을 뜰 수 없는 여울이 하지 말라는 듯이 고개를 끄덕였다. 그러자 여울의 몸 위를 노니는 손이 멈췄다.

"하아……."

자극이 멈추자 여울은 겨우 눈을 뜰 수가 있었다. 명화처럼 그녀를 군림하는 이록이 모자람 없이 눈에 들어왔다. 웃음기를 머금은 채 여울을 내려다보던 이록이 겹친 몸을 뒤로 했다.

'……그만두는 건가?'

괜히 아쉬워진 여울은 제 상의 안에 있는 이록의 손에 눈길을 뗄 수가 없었다. 그느르라 여울은 이어진 행위에 대처하지 못하고 멍하니 바라보기만 해야 했다.

"……?!"

이록이 맨살을 순식간에 내보였다. 과하지 않은 잔근육으로 덮인 상체에 여울의 눈동자가 크게 요동쳤다. 남자의 상반신이야 숱하게 볼 수 있는 시대에 살고 있는 여울도 인정할 만한 몸매였다. 하나의 완성품인 육신에 여울은 흔들리는 눈을 돌리지 못하고 홀리듯이 감상했다.

"너도 보여 줘야지."

저 말의 의미를 그에게 맨몸을 보이게 돼서야 이해할 수 있었다. 이록이 여울의 옷을 전부 벗겼다. 성급하게 벗기느라 여울의 카디건 주머니에 있던 핸드폰이 소파 바닥으로 둔탁한 소리를 내며 떨어졌다.

여울이 선녀 옷을 빼앗긴 것처럼 윤곽을 드러난 몸을 엎드렸다. 그렇게라도 가리려 했지만 이록이 한 수 위였다.

"예뻐. 가리지 마."

녹일 듯한 목소리에 여울은 조금은 부끄러움이 가시는 듯했다.

"내게 전부 보여 줘."

이록은 부드러운 점령자처럼 여울의 몸을 빠짐없이 독식하기 시작했다.

"아, 이록아."

여울의 입술에서 나오는 목소리까지 그의 것이었다. 이록은 손과 입술을 자유자재로 이용하여 여울이 내는 소리의 음높이마저 조절했다.

"아읏!"

위를 찌르는 새된 음이 이윽고 소리를 잃듯이 입술 안으로 말려 들어갔다.

"응응."

여울은 낯선 감각에 정신이 오락가락했다.

'아. 싫어. 아니 좋아.'

몸과 정신을 가만히 두지 않는 감각이 싫은데 전신을 데우는 감도가 옅어지면 아끼는 디저트를 빼앗긴 것처럼 아쉬웠다.

"아⋯⋯!"

이록의 입술이 멀어졌을 때 그녀도 모르게 안타까운 신음을 냈을 정도였다.

"그런 소리 하면 안 해 줄 수가 없잖아."

그리고 방황하는 그녀의 마음을 그에게 고스란히 들켰다. 여울의 온몸이, 과실이 익듯이 붉은빛으로 물들었다.

깨물면 산미가 날 것 같은 여울의 몸에 이록은 그녀가 원하던 입술을 내렸다. 순결한 영혼에 그라는 어둠을 새겨 넣듯이.

"읏⋯⋯!"

집요한 입술에 여울은 독에 당한 사람처럼 흠칫흠칫 떨며 흐

느꼈다.

"좋아?"

이록은 여울의 반응을 살피며 섬세하게 손과 입술을 놀렸다. 좋은데 더 강한 자극이 이어질까 솔직해질 수 없는 여울은 연신 밭은 숨만 내뱉었다.

"말하지 않아도 전해져. 기쁘니 나도 좋아."

여유로운 목소리가 얄미웠다. 여울은 감기려는 눈으로 제 몸을 거침없이 만지는 이록을 쏘아보았다. 그러자 이록이 웃으면서 뜨거운 숨을 보드라운 피부 위로 흩뿌렸다.

"후."

이록은 인어공주의 지느러미처럼 곧게 뻗은 여울의 두 다리를 보며 주먹을 움켜쥐었다. 이성을 간신히 붙잡고 있는 자제를 풀면 곧바로 여울의 은밀한 곳에 뻗어 갈 손이었다. 조직이 다시 짜 맞춰지는 것처럼 이록의 손등이 불룩불룩 튀어 올랐다.

이록은 오늘 끝까지 갈 생각이 아니었다. 하지만 도사리고 있는 본성이 참을성 없게 재촉했다. 어서 그녀를 가지라고, 자신 외에 누구도 가질 수 없는 흔적을 남기라고 속삭인다.

내면의 속삭임에 넘어가지 않으려 이록은 폭주하려는 욕구를 힘껏 억압했다. 여울이 팔팔한 그를 감당해 내려면 여의주가 그녀의 몸에 깃들어야 하는데, 동의 없이 저지를 수가 없었다. 그리고 탐욕스러운 애욕을 욕심껏 채울 수가 없는 또 다른 이유가 있었으니.

관계를 치른다면 여울은 필시 임신하게 될 것이기 때문이다. 용의 씨는 토양이 다른 대지에 싹을 틔울 만큼 억세고 강했다. 그러니 아주 독한 피임약이 아니면 여울은 한 번 만에 이록의 아

139

이를 가지게 될 것이었다.

그것만은 절대로 안 된다. 임신과 출산은 종족 예외 없이 힘든 과정이었다. 하물며 용의 잉태는 임신 기간조차 베일에 싸여 있었다.

이룩 본인도 그저 알에서 깬 순간만 알지 어떻게 태어난 것인지 알지 못하니 여울을 위험에 빠뜨리게 하는 가능성은 배제해야 했다. 그렇기에 여울의 안정을 최우선으로 둔 이룩은 인고의 시간을 가졌다. 홀로 발정기를 겪었을 때와 비등비등한 감각이었다.

힘겨운 혼자만의 싸움을 가지며 이룩은 여울의 쾌락만 이끌어내는 데에 집중했다. 하지만 제 꽃잎을 몰라볼 수 없는 수컷 말벌처럼 본능을 거역하기란 무리였다. 여울의 몸에서 페로몬과 같은 살내가 진해지고 있었다. 일순 그 향에 취해 버린 이룩은 누구의 손길도 닿지 않은 곳을 탐하기 시작했다.

"거기는…… 하읏!"

안쪽을 파고드는 열점이 여울의 목소리를 앗아 갔다. 이룩의 손가락이 대담하게 움직일수록 여울의 정신이 아래로 추락했다. 미약한 거부감은 어느 순간 사라져 있었다.

거부할 정신이 없는 여울은 전신을 휘감는 열기에 몸을 맡기듯이 다리와 팔을 늘어뜨렸다. 이룩의 입술이 은밀한 공간에 닿기 직전이었다.

불청객처럼 여울의 핸드폰이 울렸다. 여울의 시선이 자연스럽게 옷과 함께 떨어진 핸드폰에 꽂혔다. 액정에 찍힌 이름에 여울의 몸이 싸늘하게 얼었다. 사영이었다.

잠시 후 울리던 소리가 끊겼지만 차갑게 굳은 신체를 모를 리가 없는 이룩이 고개를 들었고, 흔들리는 눈동자를 마주했다.

검은 동공에 깃든 주저에 여울이 누구를 생각하는지 이록은 눈치챘다. 간신히 이성을 붙잡게 한 것이 뱀이라는 점에서 이록의 심사가 뒤틀렸다. 여울의 머릿속에서 사영을 뿌리째로 뽑아 버리고 싶은 이록이 여울에게서 떨어졌다.

"여기까지."

뜨거운 몸이 순식간에 멀어지자 여울은 다소 믿기지 않는 듯이 눈을 깜빡였다.

'진짜로?'

생각이 뻔히 읽히는 속내에 대답해 주듯이 이록은 여울에게 옷을 입혀 주었다. 담백한 손길에 여울은 어리둥절한 표정으로 헐렁한 옷에 가려진 몸을 쳐다보았다.

'이렇게 그만둔다고?'

아쉬움보다 열기를 해소하지 않으면 죽을 이록이 걱정된 여울이 물어보지 않을 수 없는 말을 꺼냈다.

"왜 안 해?"

"다른 누구와 같이 하는 기분이라."

이록은 그녀가 누굴 생각했는지 알고 있었다. 여울이 입술을 깨물며 이록의 안색을 살폈다.

"미안해……. 정말로 고의가 아니었어."

이록이 거실 바닥에 떨어진 상의를 주워 입고선 불만스러운 목소리를 냈다.

"아니까 그만둔 거야. 우리의 처음을 다른 놈이 끼어들게 둘 수 없으니까."

"……하지만 하지 않으면, 너…… 죽잖아."

"오늘내일 할 것처럼 보여도 당장은 죽지 않아."

141

그 말에 여울은 한시름 덜은 표정이었다. 그게 마음에 들지 않은 이록이 여울의 볼을 살짝 깨물고는 말했다.

"빨리 그 자식과 끝내고 와."

"응……."

여울은 끝을 고할 사영을 생각하느라 침잠한 얼굴로 고개를 끄덕였다. 그러는 사이 쇄골 위로 날카로운 이가 박혔다.

이록은 여울의 수심 깊은 표정이 보기가 싫었다. 그래서 자신의 흔적을 새겨 놓듯이 여울의 피부를 물었다.

"아!"

처음에는 아파 여울의 비명이 높게 울렸다. 그러나 곧 그 아픔을 상쇄할 아찔함에 여울은 날개를 잃은 새처럼 몸을 떨었다.

"흐으. 아파……."

고통인지 쾌락인지 분별하지 못한 여울이 밭은 숨과 함께 이록의 품으로 파고들었다. 자근자근한 머릿속으로 밀려오는 쾌감에 사영의 얼굴이 썰물처럼 빠져나갔다.

"하아……. 나 좀……."

제발 어떻게 해 달라는 애원에 이록은 자신의 열을 내릴 만큼의 양만 빨고선 입을 뗐다. 그리고 그의 품에 안긴 연약한 반려자의 등을 도닥였다. 숨이 턱턱 차오른 여울의 숨소리가 천천히 가라앉고 있었다. 흥분이 꺼진 몸이 차가워지지 않게 여울을 부둥켜안은 이록이 곧 곯아떨어지는 숨소리를 들으며 눈을 감았다.

✤ * ✤

한시도 움직이지 않는 품에서 여울의 눈이 느릿하게 떠졌다.

저리지도 않는지, 저를 껴안고 옆으로 누운 이록의 품에서 여울은 슬그머니 기어 나왔다. 침대에서 발을 내려놓는 순간이었다. 잠들지 않은 이록에게 붙잡혔다.

"앗!"

"이것 봐."

이록은 화들짝 놀란 여울을 자신의 허벅지에 앉혔다.

"조금만 눈 돌리면 어디로 튈 생각이지."

의식할 새도 없이 이루어진 합체에 여울이 황망하게 대답했다.

"가긴 어딜 가. 가 봤자 내 집이지. 씻어야 할 거 아냐."

"이 욕실 써."

"뛰면 1분도 안 걸리는 마이홈이 있거든."

그간 서운했던 감정이 남아 있는 애매모호한 기분에서 시시콜콜한 대화를 나누는 상황이 좀 뻘쭘한 여울이 비딱하게 항변했다.

문제라면 여울이 느끼는 이러한 감정은 이록이 가지고 있지 않다는 것이었다. 이 같은 상황을 내내 기다려 온 이록이었다. 아무리 여울로 인해 감정을 배웠더라도 본질이 바뀌는 건 아니었다. 금수는 수치를 모른다.

"씻고 와. 아침 준비해 놓을게."

열없는 짐승이라도 무작정 반려를 밀어붙여서는 안 된다는 것 정도는 알았다. 이록의 말에 침실 문턱을 넘어서려던 여울이 감정이 담긴 목소리로 한마디 했다.

"다정하게 밥 먹고 하는 그런 단계 아니거든. 널 온전히 용서한 게 아니야. 잊지 마."

다소 늦은 감이 없지 않았지만 덤벼드는 맹수를 휘두를 무기가 필요했다. 네가 위험하니까 마지못해 하는 것이라고 여울은 자기 자신과 이록에게 주입했다.

그러나 이록은 여울이 제게 어떤 마음으로 왔든 상관없었다. 결국 그녀가 그에게 온 것이 중요하므로.

"네가 그렇다면야 따라야지. 기다리고 있을 테니까 오기만 해. 너무 늦지만 마."

네가 날 쥐고 있다고 일러 주듯이 이록은 여울의 손을 가져와 제 목에 댔다.

"잘 알고 있어. 알고 있으니 너랑 이러고 있지."

여울은 그의 목숨으로 협박하는 이록에게 따끔하게 쏴붙이며 천천히 손을 빼 냈다. 말만 야멸차지 성정은 그렇지 못한 여울을 주인으로 둔 이록이 낙관적인 미소를 머금었다. 이록은 여울의 피로 인해 간신히 열기가 잠잠해진 몸으로 아침상을 준비했다. 여울을 위해 준비할 것이 많았다.

❖ * ❖

[나눌 말이 있어. 퇴근하면 카페로 가자.]

집을 나서기 직전, 여울이 어제 전화를 받지 못한 사영에게 문자를 보냈고, 몇 초 있지 않아서 전화가 걸려 왔다.

– 멀리 갈까?

들떠 있는 사영의 목소리에 여울이 음울한 목소리를 최대한 숨기며 대화를 나누었다.

"몇 시간만 있을 건데 회사 근처 카페로 가."

– 그럼 말이야……. 내 집으로 갈래?

"……."

– 목 좋은 곳에 집 한 채를 마련했거든. 언제 말하나 했는데 오늘 보러 와. 다른 마음이 있는 게 아니라…….

"그러자."

– ……어?

"네 집으로 해."

– 정말이지? 아. 집 청소해 둬야겠네. 출근 조금 늦을 거야.

전화가 끊기기까지 사영의 웃음소리가 이어졌다. 날 놓지 말라던, 그 약속을 지킬 수 없는 여울은 웃지 못한 채 현관문을 나서다, 바로 보이는 장신의 어깨를 밀었다.

"며칠만 따로 행동하자."

"생각할 시간이 필요해?"

잠깐 사이에 여울의 마음이 달라졌을까 이록은 날이 선 목소리로 두려움을 숨기며 물었다.

'그래.'

이런 말이 여울의 입에서 나오기만 한다면 장소 불문하고 쓰러질 수 있는 이록이었다. 그런 마음을 품은 이록을 올려다보며 여울이 팔짱을 꼈다.

"마음 준비는 끝냈어. 문사영한테 너와 있었던 일, 그리고 내 마음을 전할 거야."

"아. 덜 상처받게 나와 같이 있는 모습을 보여 주기 싫다는 거네. 상냥하기도 하셔라."

다른 짐승 냄새를 묻힌 주인에게 이를 드러내는 개처럼 이록은 유치한 질투심을 내보였다.

"따라 줄 마음이 없으면 출근하지 마."

여울은 나쁜 본색을 숨기지 못하는 이록을 어르지 않았다.

"밥 먹고 가."

이록은 여울의 기선 제압에 기가 죽은 듯한 목소리로 말했다.

"밥 같은 소리 하네."

기다리지 못하고 비꼬기만 하는 이록이 보기 싫어 고개를 돌렸다.

"안 먹어."

토라진 여울의 시선이 닿지 않는 곳에서 이록은 깨진 유리 같은 표정을 냉큼 지웠다. 살며시 웃은 이록이 꼬리를 치듯이 여울의 어깨에 손가락을 대어 둥근 선을 따라 움직였다. 그녀의 체향이 짙게 나는 뒷목을 가리는 머리카락을 반대편 어깨로 넘기고서 이록은 제 살냄새가 배어 있는 단내를 힘껏 들이마셨다.

"순간 욱해서 그랬어. 내 마음이 들어간 음식 먹으면서 기분 풀어. 나중에 배고플 거 아니야."

그녀 위주로 생각해 주는 이록의 마음 때문에 약해질 수밖에 없는 여울이 고개를 살짝 틀었다.

"시간이 이래서 많이는 못 먹어."

"신속하고 안전하게 데려다줄 테니까 천천히 먹어."

기뻐하는 표정을 망치기 싫은 여울이 작은 미소를 띤 채로 응했다.

"뭘 얼마나 잘 만들었는지 확인해 보자."

그러나 이록이 만든 것들은 여울의 입속에 얼마 들어가지 못했다.

"……너도 못하는 게 있구나."

뭐든지 완벽하게 해낼 것 같은 이록에게도 결점이 있었다. 그럴싸하게 보인 음식은 이록의 미각에 맞춰져 있었다. 일생일대

146

의 실패감을 맛본 이록이 낭패감 어린 표정으로 제가 만든 것들을 음식물 쓰레기통에 넣었다.

"다음에 더 잘할게."

"또 도전하려고?"

아니될 말을 들었다는 듯이 깜짝 놀란 여울이 입안을 헹구던 물 잔을 내려놓았다.

"해 보는 데까지 해 보려고."

'노력해도 안 되는 손맛인 것 같은데…….'

이록의 과도한 의욕에 여울은 그러지 말라고 말리고 싶었다. 그런 여울에게 이록이 걱정 말라는 듯이 웃었다.

"요리 잘하는 수하에게 확인받을 거니까 마음 놓아."

"……적당히 괴롭혀."

음식으로 고문당할 이록의 수하가 불쌍해진 여울이 당부했지만 그게 오히려 이록의 투지를 불태웠다는 걸 알지 못했다.

❖ * ❖

슉.

여울의 몸이 짧은 시간 내에 회사로 옮겨졌다.

"여자 화장실에 와 봤어?"

장소가 미스라서 그렇지, 너무나 편한 이동 수단인 이록을 여울이 변태 보듯이 하자 그가 억울한 표정을 지었다.

"네 머릿속에 있는 장소로 온 거야."

이록이 여울의 이마를 가볍게 누르며 좁은 칸막이 안을 둘러보았다.

147

"편한 장소를 떠올리라고 했는데 여기였어?"

이동하기 전 이록이 했던 말에 여울은 회사에서 제일 편한 공간을 무의식적으로 떠올렸었다.

"아, 몰라. 너 빨리 가."

이록의 어깨를 밀치며 황급하게 칸막이 밖으로 나간 여울은 세면대에서 손을 씻고 있는 타 부서 직원과 맞닥뜨렸다.

'이상하게 보면 어떡해.'

여울은 손바닥으로 붉어진 얼굴을 슬쩍 가리면서 이록이 있는 곳으로 시선을 돌렸다.

'갔겠지?'

칸막이 안에서 여울이 무슨 생각을 하는지 짐작한 이록은 조용히 웃고선 몸체를 띄웠다. 여울이 사무실로 들어섰을 때 이록은 팀장 자리에 앉아 있었다. 저를 보고 싱긋 웃는 이록을 보며 여울은 슬그머니 미소를 머금었다.

그러다 사영을 의식한 여울이 옆 라인의 자리를 쳐다보고선 이내 안도한 얼굴로 착석했다. 아직 오지 않은 사영을 기다리며 여울은 과거의 일을 회상했다.

'우리는 인간의 감정을 먹는 동족이야. 이록 님의 입맛에 맞는 감정이 뭘 것 같아. 절망이야. 그 때문에 네 곁에 있었던 거야. 인간들이 말하는 사랑은 애초에 없었어. 사랑이 식어서가 아니라 네 쓸모가 다했기 때문이지.'

그 말은 거짓말로 판명 났다. 하지만 사영을 탓할 수 없었다. 탓하려면 이록을 믿지 못한 자신을 책망해야 했다. 이렇게 되기

까지 전부 이록의 탓으로 돌릴 수 없는 여울은 사영 또한 원망할
수 없었다.

"10분에 세미 회의실로 모이지. 그리고 은여울 씨."

"네. 박 부장님."

"문사영 사원이 진행하는 업무를 파악하고 있지?"

"예."

"그럼 리뉴얼 제품 라인 자료를 여울 씨가 챙겨서 와. 병가로
문사영 사원 출근 못 해."

아침까지만 해도 멀쩡히 사영과 통화했던 여울은 황망했다.
사무실 내 소규모 회의실로 이동한 여울은 착석한 테이블 아래
에 둔 손가락을 바삐 움직였다. 이내 사영에게 톡을 전송했다.

❖ * ❖

[어떻게 된 거야?]

그 메시지를 읽은 사영은 힘주어 문 입술 끝을 비틀었다.

"가면 헤어지자는 소리를 하게?"

여울과 통화했을 때만 해도 사영은 발밑이 허공을 맴돌고 있
는 듯했다. 여울이 서서히 마음을 열고 있는 듯해서, 그러는 과
정일 것이라 여겼던 사영의 설렘은 마케팅 부서가 면한 복도로
들어서면서 말끔히 기화되었다.

먼발치에서도 진동하는 짐승 냄새.

자신의 것을 넘보지 말라는 체취는 포옹만으로 묻힐 수 없는
영역이었다. 눈에 보이지 않는 표식에 사영은 차마 여울을 볼 수
없어 위로 도망쳤다. 어둠이 쫓아오는 것처럼 내달려 다다른 곳

149

은 여울과 멀리 떨어지지 않은 사옥의 옥상이었다.

[처리해야 할 용건이 생겼어. 퇴근하면 데리러 갈게.]

숨통을 막히게 하는 상황을 회피하고 싶지만 불가능한 일이었다.

[알았어.]

서서히 저물어 가는 하늘빛에 사영의 그림자가 쓸쓸하게 흡수되었다.

고대하지 않은 끝이 오고 있었다.

✣ ＊ ✣

여울은 이록에게 사영과 만난다고 언질을 둔 상태였다. 다행히 이록은 그녀의 뜻을 따라 주었다.

"내일 뵈어요."

동료들에게 인사하며 발을 뗀 여울은 정문을 통과하자, 제게로 다가오는 사영에게 걸음 했다.

"갈까."

사영의 미소는 낙엽 같았다. 걸음걸음 움직일 때마다 부스러진다. 부서질 듯한 연약한 미소에 여울은 회사와 가까운 거처에 도착할 때까지 사영에게 말을 걸지 못했다. 둘 사이에 여름을 몰고 오는 바람은 시리게 맴돌고 있었다. 여울이 어색하게 타인의 집에 들어섰을 때 사영의 얼굴엔 의식적인 미소마저 사라져 있었다.

'눈치를 챈 걸까.'

두 손을 움켜쥔 여울이 입술에 침을 살짝 묻히고는 먼저 말을 뗐다.

"미안……. 약속을 못 지키게 되었어."

여울의 실토에 사영은 그저 가만히 있었다. 그 고요한 행동이 알려 주는 내포를 모르지 않는 여울이 떨리는 어조로 물었다.

"알고 있었어?"

"모르고 싶었지만 네게 수컷의 냄새가 진하게 배어 있거든."

그 말에 여울이 어제의 일을 사영에게 보인 것처럼 붉어진 얼굴을 숙였다. 고개를 들 수 없는 여울을 바라보던 사영이 목소리를 고통스럽게 쥐어짰다.

"나는 정말로 안 되는 거야?"

사영은 여울이 고개를 들길 바라며 말했다.

"미안해……. 미안하다는 말밖에 할 수 없어."

"어째서?"

감정을 억누른 목소리에 여울은 시선을 들어, 표정만은 숨기지 못하는 사영을 눈에 담았다. 사영의 얼굴은 일그러져 있었다. 원망의 불꽃이 튀는 두 눈은 깨진 유리처럼 예리하게 빛났다.

"왜 화를 내지 않아? 내가 널 속였다는 걸 알았잖아."

짐승이 우는 소리는 구슬펐다.

"너를 속인 건 나도 마찬가지니까."

상처받은 사영의 표정을 보자 그를 끌어들인 죄책감이 일었다. 미안함을 어쩔 수 없는 여울은 자신의 탓으로 돌렸다.

"동의가 있었다고 해도 네 마음을 이용했어. 그리고 결국 나는 너를 버렸고."

"내가 괜찮다잖아. 차라리 속았다고 화를 내고 무릎을 꿇게 해. 빌게 하란 말이야."

그래서 받아 달라는 울부짖음에 여울은 고개를 저었다. 사형 선고를 받은 것처럼 사영이 고개를 떨구다, 송곳니를 숨긴 붉은 입술을 벌렸다.

"왜 이록 님이야. 왜 나는 안 돼!"

사영이 피를 토하는 심정으로 외쳤다. 그 소리에 여울이 허심탄회하게 밝혔다.

"내가 없으면 안 되니까. 내가 없으면 죽을 테니까. 그 모습을 볼 자신이 없어."

배 속까지 얼어붙게 하는 솔직함에 사영은 입술을 피가 나도록 깨물었다. 비릿한 액체를 고통스럽게 삼킨다.

"내가 죽는다고 해도?"

완전한 거짓말은 아니었다.

"나도 네게로 오기까지 극심한 고통을 겪었어. 나 역시 네가 없으면 결국 죽을 거야."

여울을 짝으로 인식한 발열의 고통은 같은 동족, 그리고 종족의 인식에 비해 덜했다. 약만 먹으면 죽지 않을 테지만 지독한 상실감을 영원히 껴안고 살아가야 할 것이었다. 차라리 죽음이 낫다고 생각될 만큼 외로움에 허덕일 것이었다.

진실과 거짓을 섞은 말에 여울의 눈동자가 요동쳤다. 여울은 사영이 죽는 순간을 상상해 보았다. 심장이 칼에 베이는 것처럼 아팠지만 창자가 끊어지는 아픔은 아니었다.

심장 한쪽이 사라지는 듯한 공허함은 이록만이 줄 수 있었다. 마음의 크기가 극명하게 대비되자 여울의 갈등이 잦아졌다. 그리고 현격한 파고가 눈동자로 드러났다.

이를 유심히 지켜보던 사영은 여울의 말이 떨어지기 전에 눈을 감았다. 아무것도 안 들리게 귀를 막고 싶었다.

"나는 내 선택에 후회하지 않을 거야."

이록의 죽음을 놓지 못하겠다는 말이었다. 외면하고 싶었던 진실에 사영의 왼쪽 눈에서 눈물이 떨어졌다.

진득한 눈물이 고인 두 눈을 닦아 줄 수 없는 여울을 알기에 먼저 뒤로 돌아선 사영이 생을 연명하듯이 말했다.

"나는 널 포기할 수 없어. 빈틈을 보이면 낚아챌 거야."

상처받은 등을 안아 줄 수 없는 여울은 사영의 마음과 다른 방향으로 걸어갔다.

❖ * ❖

야밤에 너구리 수장, 노파심이 제 보금자리에서 목덜미가 잡힌 채 이록의 앞에 꿇렸다.

"오랜만이군."

그 말에 다크서클 같은 검은 주름이 짙어졌다.

"깨어나셨군요."

진즉 이록의 행동을 파악하고 있던 노파심이었다. 시커먼 속내를 가리듯이 노파심이 껄껄 웃자, 3년 전보다 쇠약한 몸뚱이를 보며 이록이 말했다.

"소득이 없었나 보군."

"……예에. 원재료가 부족해서 미진한 성과를 보이고 있는 따름입니다. 결코 제 실력이 부족해서가 아닙니다요. 물론 왕께서 휴면기에 들어가 있을 동안 손 놓고만 있었던 건 아닙니다."

노파심은 원하는 것을 얻어 내려 비위를 팔았다.

"아들이 죽은 후 슬픔을 견디지 못한 백룡의 신부는 백룡과 함께 현생의 몸을 벗어났다고 합니다."

그의 기억과 일치했다. 이록은 상을 주듯이 노파심의 연구에 없어서는 안 될 자신의 비늘을 휙 던졌다.

"오오오!"

미끈한 수십 개의 조각을 받은 노파심이 영혼을 바칠 것처럼 눈을 반짝였다.

"말만 하십시오. 무엇이든 대령하겠나이다."

"정충약(피임약)을 제약해라."

"오오. 드디어 반려와 성혼을 올리시려는 거군요. 감축드리옵니다."

'드디어 결실을 볼 때가 되었어! 클클. 피임약에 내 사기를 넣어 여의주를 탁하게 물들이면 비로소 내 뜻대로 이루어지는 것이야.'

자신의 대업이 머지않았다며 좋아하는 노파심의 설레발은 오래가지 못했다.

"내가 먹을 것이니 아주 독한 성분으로만 배합해라. 단 한 마리의 정자도 살 수 없게."

"……예?"

"대답이 왜 그렇지?"

"허헛. 제가 귀가 먹어서 잘 못 들었습니다. 다시 말씀해 주시지요."

"눈은 멀지 않아서 다행이구나. 내가 섭취할 약이다. 정자를 멸살할 수 있는 것들로만 조합하거라. 만약 결실을 맺게 된다면 네 목숨도 떨어질 거다."

독이 통하지 않는 신체이기는 하나 생식세포까지 해당되지는 않았다. 물론 아주 강한 성분을 써야 남다른 씨가 무용지물이 된다.

"왜…… 왜 반려에게 먹이지 않으려는 겁니까."

약을 여울에게 먹일 생각에 꿈에 부풀어 있던 노파심은 계획이 틀어지자 어질한 기분에 몸을 비틀거렸다. 그 말에 이록의 눈빛이 빙하수처럼 파랗게 일었다.

"용의 씨를 틔우지 않으려면 독한 성분이어야 한다. 내 반려의 몸이 망가질 수도 있는 걸 먹이려는 속셈이 있나 보지?"

"아, 아닙니다! 반려께서 여의주를 얻으면 불사의 힘을 가지게 되니 고려하지 못했던 겁니다. 감히 왕의 뜻을 반하지 않는다는 걸 몸소 증명해 보이겠습니다. 하루면 완성됩니다."

속내를 가늠하는 이록의 눈빛에 노파심은 거미줄에 걸린 생물처럼 바들바들 떨었다.

"두고 보면 알겠지. 쓸모가 있다는 것을 증명하는 길이 살길이라는 것을 잊지 마라."

"여부가 있겠습니까. 내일까지만 기다려 주시지요."

압도적인 눈이 감긴다. 이록이 턱을 괸 비딱한 자세로 손을 젓자 노파심이 안도의 숨을 연거푸 내쉬었다.

'쉽게 가는 법이 없군. 만약을 대비해서 문사영에게 약을 건네길 잘했어. 여자를 얻지 못해 왕에게 더더욱 반감을 품었을 테니 끌어들이면 돼.'

욕심을 버리지 못한 노파심은 후일을 도모하며 꿇은 무릎으로 물러났다.

✢ * ✢

'나는 널 포기할 수 없어. 빈틈을 보이면 낚아챌 거야.'

사영의 말이 머릿속에서 메아리치며 감정을 생산해 내자 여울의 마음은 장마철에 들어선 것처럼 꿉꿉했다.

"이제 내 생각만 할 시간이야."

여울을 제 침실로 끌어들인 이록이 반려의 머릿속에 자신을 주입할 것처럼 이마로 그녀의 이마를 꾸욱꾹 눌러 침대로 눕혔다.

"잠, 잠깐……."

이어지는 강행에 여울은 이록의 어깨를 밀었다. 그러자 이록이 입술을 핏줄이 보이는 목덜미에 눌렀다.

"나, 씻고……."

여울이 제 목에 매달리는 이록의 등을 세게 두드렸다. 여울의 체취를 들이마시던 이록이 불만스러운 목소리로 웅얼거렸다.

"씻지 마. 네 냄새 사라져."

"……변태."

"이제야 알았어? 하아. 이러고 싶어서 목 빠지는 줄 알았어."

숨을 들이켜며 말하는 목소리가 조급하게 흩어졌다. 이록은 여울의 얼굴과 목 곳곳에 입을 맞추지 않고는 참을 수 없다는 듯이 굴었다.

"하, 으. 그만하랬지?"

자신이라도 정신 차리지 않으면 안 될 것 같아 여울이 뜨거워지는 이성으로 제 몸을 덮친 짐승을 밀어냈다.

"씻고 싶단 말이야."

밀리지 않는 몸에 대고 여울이 호소하자 이록은 후욱, 숨을 크게 내뱉으며 말했다.

"그래서 도와주고 있잖아."

이록이 여울의 셔츠 단추를 풀었다. 가운데 단추가 풀리자 순결한 색이 보인다. 그의 색으로 물들이고 싶은 욕망에 이록의 손에 힘이 실렸다.

두둑.

제게서 난 소리에 여울의 눈동자가 경악의 빛으로 물들었다. 단추가 뜯기는 소리라는 것을 알게 된 여울이 양쪽으로 벌어지는 셔츠를 두 손으로 잡아 가슴골로 당겼다.

"왜 가려. 곧 벗게 될 건데."

"아무리 그래도 그렇지! 너는 벗을 수 있어?"

"그거야 당연한 말을."

되레 당당한 말투에 여울은 고개를 돌렸다. 여울이 그를 보지 않자 옷을 벗는 모션을 취하던 이록이 말했다.

"부끄러움 타는 것도 좋은데 그런 네 모습은 나만 보게 해야 해."

꿀을 퍼 먹은 듯한 목소리가 여울의 가슴을 새삼스럽게 두근거리게 했다.

"앗!"

순간 여울의 다리가 허공에 달랑거렸다. 한 팔로 여울을 안은 이록이 욕실로 들어섰다. 물이 받아져 있는 욕조 앞에 여울을 내려 준 이록이 나머지 옷을 벗겨 주었다.

"정말……! 내가 벗을 수 있어. 나가."

여울이 뒤돌아 소리치자 이록이 아래로 뻗은 등 선을 매만졌다.

"널 씻게 해 줘. 이렇게 손만 이용할게."

척추를 타고 오르는 저릿함에 여울이 어깨를 좁히면서 고개를 저었다. 여울의 거부감이 거세지자 이록이 불거진 어깨에 입술을 묻고선 달싹였다.

"그렇게 싫다면야 할 수 없지. 하고 나서 씻겨 주면 되니까."

가혹한 행위가 이어질 것을 아는 이록은 지금은 여울이 하는 대로 따라 주었다.

"짐승의 합은 체력이 약한 쪽이 나가떨어지게 되거든."

이록의 말을 실감하지 못한 여울은 온몸을 깨끗이 씻기 시작했다. 씻게 놔둘 수 없었다. 체력이 소진된 상태에서 샤워하려니 평소하던 것보다 오래 걸렸다. 샤워가운이 없어 큰 타월로 몸을 둘러 나온 여울은 이록이 알약을 먹고 있는 것을 보았다.

"뭐야?"

아파서 약까지 먹어야 했던 걸까. 심각한 표정으로 여울이 묻자 이록이 가볍게 웃었다.

"피임약."

"……뭐라고?"

"정자 죽이는 거."

"그걸 네가 왜 먹느냐는 거야."

황당한 여울의 표정이 웃긴 이록이 양 입꼬리를 위로 늘렸다.

"아주 독한 성분이 들어서 넌 먹으면 안 돼."

"그런 거라면 너도 먹지 말아야지."

"독성은 내게 통하지 않아. 그리고 내가 안 먹으면 넌 필시 내 새끼를 배게 될걸."

예외 없는 확신에 여울의 얼굴이 붉어졌다.

"한 번에 성공할 거라고 확신하네."

여울은 궁금한 것을 묵혀 두지 않았다. 여울이 침대에 누워 있는 이록에게 다가가자, 그가 한 팔을 베고선 야릇하게 웃었다. 다가온 여울을 보며 이록은 자체의 위치를 바꾸었다.

빠르게 정자세로 누워 한 발로 여울의 허리를 감았다. 등 뒤로 가해지는 힘에 여울이 앞으로 당겨져 정강이가 구부러졌다.

기어이 자신의 품으로 떨어지게 한 이록이 여울을 안정적으로 받치자, 여울은 윤곽이 선명한 가슴팍에 얼굴을 묻었다.

이록은 여울의 머리칼을 손가락 사이에 흘려보내듯이 만졌다. 자신의 반쪽을 만나 생생하게 뛰기 시작하는 그의 심장 소리를 듣는 여울의 귓속으로 친히 알려 주었다.

"강한 짐승의 씨는 질기거든. 어지간해서 떨어지지도 않아. 특히 발정기에 돌입한 짐승의 것이라면 말할 것도 없지."

이록이 여울의 배를 은근하게 문질렀다. 성적인 손길에 여울이 움츠러든 허리를 세웠으나, 이록의 팔이 막고 있었다. 때문에 단단한 몸 위에서 갇힌 듯한 신세가 되어 버린 여울에게 이록이 짓궂은 물음을 건넸다.

"아. 이 자세가 좋아?"

"네가 좋아하는 거잖아."

"응. 다 좋아. 너와 다 해 볼 거야."

수위가 있는 말에 여울이 황급히 손바닥으로 요망한 입을 막았다. 그러자 입체적인 코 위로 보이는 눈동자가 미색 빛을 띠며 휘어졌다. 보고만 있어도 말초신경을 자극하는 위험한 외모였다. 안 되겠다는 생각에 여울은 다시금 이록의 몸에서 빠져나가려고 시도했으나 이록이 여울의 뒷머리에 한 손을 받치더니 위치를 역전시키게 했다.

어느새 여울은 이록을 올려다보게 되었다.

"내 여울이는 이 자세가 좋구나."

즉시 아래로 떨어지는 입술이 여울의 손가락을 깨물었다.

쪽쪽.

피를 빠는 음색이 원색적이었다. 이록은 여울의 손가락을 잘근잘근 깨물며 반려의 향에 반응하는 열을 식혔다. 이성을 찾아가는 이록과 반대로 여울의 정신은 멀어지고 있었다.

의식을 잃어 가는 듯한 초점에 이록이 서둘러 여울의 손가락을 놓아주었다. 아득한 정신에 여울이 눈을 게슴츠레 뜨는 사이 이록은 탈피를 하듯이 윗옷을 벗었다. 철갑 같은 몸매가 흐릿한 시야를 메우자 여울의 눈동자가 커다래졌다.

하지만 곧바로 가늘어지면서 감겼다. 단단한 몸에서 헤어 나올 수 없는 여울은 이록에게 입술을 빼앗기고 희락으로 생성된 눈물마저 내어 주었다.

이윽고 순결한 피까지 이록의 차지가 되었다.

"……!"

처음은 아팠다. 하지만 그녀의 상태를 맞춰 움직이는 반복성에 아픔이 옅어지고 있었다. 뭉근한 아픔을 넘어 차오르는 감도에 여울이 입술을 닫지 못한 채 헐떡였다.

"아파?"

"으응……."

"거짓말하면 안 돼."

후욱, 숨을 몰아쉰 이록이 여울과 접붙은 아래를 주시하며 사납게 웃었다.

"너보다 네 몸을 잘 아는데 말이지."

배가 차지 않은 짐승은 여울이 정신을 잃지 않게 강약 조절을 했다.

"하아. 이렇게 갚기야?"

낮게 으르렁거리듯 하는 이록의 말을 도통 이해할 수 없는 여울이 물기가 번진 시야로 이록을 쳐다보았다. 그 의아한 표정에 이록이 한숨을 내뱉듯 답했다.

"내가 후, 물었다고 세게 물면 어떡해?"

자제를 둔 몸짓은 부드러웠지만 포악한 성정을 완전히 제거할 수 없어 말소리는 거칠었다.

"흑! 아……!"

여울은 제대로 대답할 수 있는 상태가 아니었다. 비음만 흘리는 여울의 어깨를 이록이 이로 박지 않고 살갗을 긁듯이 깨물었다.

"훗."

분산되는 쾌락에 여울은 굳어지다가 풀어지는 사지를 뻗은 채로 흔들렸다. 본능을 이끌어 내는 몸짓에 여울은 짐승이 어떤 종족인지 알 수 있었다.

본연의 날것은 인간이 받아들일 수 있는 수준이 아니었다. 여울이 저를 버거워하자 이록은 입 안쪽의 살덩이를 우득 깨물었다.

이 이상 여울을 가졌다간 그녀의 목숨이 위중해질 수 있음을 본능적으로 깨달은 순간이었다. 목 뒤쪽의 피부가 우드득, 껍질이 벗겨지고 생살이 돋듯이 생겨난다. 검은빛을 발하는 껍데기가 오돌오돌 생겨났지만 그 부위가 극소로 적어 자세히 보지 않으면 모를 변화였다.

용의 역린이었다.

짐승의 교합은 인간의 형체로 들러붙는다. 그러면 제일 취약한 부위가 관계 도중 드러나게 된다. 페로몬이 맞아 짝을 이루는 수인들은 큰 변수가 있는 것이 아니라면 서로 각인한다. 약점을 보이게 되는 건 목숨을 내놓은 것과 마찬가지였다.

약점이라고 해 봤자 몇 분의 움직임을 봉인하는 것이지만 그 몇 초가 목숨과 직결될 수도 있었다. 이록 또한 불변의 이치를 벗어날 수 없는 존재였다. 멈춰야 한다. 수컷의 본능이 반려의 상태를 알려 주고 있었다.

이록은 서둘러 여울의 몸에서 나왔다.

"하으."

여울은 하얗게 불태운다는 느낌이 뭔지 알 것 같았다. 30분 넘게 그에게 시달린 여울은 이록이 자신의 몸을 씻겨도 하지 말라고 할 수가 없었다.

그 정도로 지쳐 있었다. 누워 있기만 해도 장시간 달린 것 같았다. 깨끗한 몸에 이불이 덮였다. 탈력감에 여울은 귓가로 쏟아지는 목소리를 들으며 잠에 빠져들었다.

"내 약점은 너야."

동굴에서 울리는 것 같은 목소리에 충만감을 느끼면서.

✛ * ✛

삭신이 쑤시는 감각을 느끼며 여울은 깨어났다.

"일어났어?"

짐승의 무서움을 알게 된 여울이 다시금 치대려는 이록의 손을 흘겼다. 정말이지 정도를 모른다.

'짐승.'

커다란 손이 허벅지에 내려갔을 때 여울은 그렇게 생각했다. 다른 의미로 여울의 눈에 이록이 짐승으로 보였다.

"건들지 마. 안 할 거야."

162

이록의 손이 멈추었다. 불만이 가득한 여울의 시선을 맞추며
이록이 말했다.

"마사지 필요 없어?"

"마사지? 내가 눈 뜬 장님인 줄 알아?"

여울이 누굴 속이냐는 듯이 이록의 손등을 세게 때리자 짝 소
리가 났다.

"나 때문에 힘들었잖아."

맞고도 정신 차리지 못한 이록은 여울을 살살 구슬렸다.

"알면 그만두지?"

속 보이는 재간에 넘어갈 리가 없는 여울은 은근슬쩍 제 몸에
서 떨어지지 않는 손을 째려보았다. 경계가 풀리지 않는 눈초리
에 이록이 능청스럽게 고개를 갸웃거리며 물었다.

"마음에 안 들었어?"

"뭐?"

"아닌데. 무척 좋아했었는데. 아. 끝까지 안 해 줘서 아쉬웠구
나."

"뭐라는 거야!"

진심으로 황당하고 어이가 없어진 여울의 입에서 타박 어린
말이 나왔다.

"만족은 너나 했겠지. 나는 힘들었어. 열을 가라앉혀 줬으면
됐지 뭘 더 원해?"

여울의 주장에 이록은 동의할 수 없다는 듯한 표정으로 불만
을 성토했다.

"아직 나 발정기인데?"

"그건 또 무슨 소리야……!"

163

여울이 베개로 맨가슴을 가리며 탁한 소리를 냈다.

"그만큼 했으면 지나가야지!"

"짐승의 발열은 그렇게 쉽게 꺼지지 않아. 보통은 사흘 정도 접붙어야 완전히 해소되기는 하는데……."

끝맺지 않은 뒷말이 무서워진 여울은 베개를 더욱 꽈악 껴안았다. 왜냐하면 저 짐승이 보통에 해당되지 않는다는 걸 직접 겪어 본 뒤였다.

"내 경우 일주일 넘어야 간신히 휴식기가 찾아올걸."

그도 확신할 수 없는 어조에 여울은 믿고 싶지 않은 듯이 고개를 저었다.

"거짓말이라고 해 줘."

행위가 끝난 뒤 여울은 며칠간 수분을 섭취하지 못한 것 같은 탈진감을 느꼈다.

'한 번으로 끝나는 줄 알았는데 일주일?'

사람이면 할 수 없는 도전이었다.

"난 인간이야. 너랑 같은 짐승이 아니란 말이야! 앞으로 절대 접촉 금지야!"

이록의 초월한 체력을 받아들일 수 없는 여울이 두 팔을 엑스 자로 교차했다. 그런다고 해서 포기할 이록이 아니었다.

"그러면 날 살릴 보람이 없지 않아?"

"보람 좋아하시네. 내가 죽게 생겼는데 나부터 챙겨야지."

이록의 말에 대꾸하던 여울은 비로소 욕실에 들어선 그녀에게 했던 그의 말을 기억해 냈다.

'그렇게 싫다면야 할 수 없지. 하고 나서 씻겨 주면 되니까.

164

짐승의 합은 체력이 약한 쪽이 나가떨어지게 되거든.'

그 말을 이제 온전히 이해한 여울이 결단을 내렸다.

"무리. 절대 무리야."

종족의 차이를 실감한 여울이 의지를 굽히지 않자 이록은 부드러운 육체를 욕심스럽게 쳐다보며 말했다.

"우리 내기 유효하잖아."

"누가 아니래?"

"내가 무슨 종족인지 알아내야지."

한 번으로 알아낼 수가 없었다. 여울은 이록을 가늘게 쳐다보며 야릇한 장면을 떠올렸다.

'관계 시 이상 증후는 보이지 않았어.'

무엇보다 이록의 몸을 제대로 살펴볼 정신이 아니었다.

"행위를 그만두게 하려면 네가 밝혀낼 수밖에 없어. 본신을 알아내기 전까지 천천히 내 몸을 조사하면서 즐겨."

생각해 주는 척하지만 결국 득을 보는 건 이록이었다. 이록의 머리를 때리고 싶은 여울이 주먹을 쥐었다.

"절대로 무리라니까. 정말로 발열을 끝낼 방법이 정, 정사밖에 없어?"

"일찍 끝낼 방법이야 있지."

"뭔데?"

"일주일 동안 들러붙는 거."

"……왜 다 그런 짓인 거야. 아니! 네 본신을 알아내면 발열이 끝나기라도 한대?"

생각하면 할수록 열이 오른 여울이 주먹을 쥔 손으로 이록의

165

어깨를 때렸다. 전혀 아플 리가 없는 타격에 이록이 괜히 어깨를 문지르면서 말했다.

"수월하게 나를 받아들일 수 있겠지. 내 본신을 알게 된 네게 내 힘의 근원을 넘길 거거든."

"힘의 근원? 뭔데 그게?"

여울이 이록 쪽으로 고개를 비스듬히 기울였다. 그런 여울이 미치도록 귀여워 이록은 제 아랫입술을 살짝 입안으로 밀어 넣었다. 살덩이를 빨아 침을 삼키고선 말한다.

"아직은 비밀. 알려 주면 내가 무엇인지 알게 돼서 말이야. 어쨌든, 내 것을 받아들이면 어제처럼 빨리 지치지 않게 될 거야."

받아들이면 편하다고 했던가.

"그러니까 여울아. 힘 빼지 말고 나와 사랑을 나누는 데 집중해. 그래야 편해지지."

어떻게든 육체적인 관계를 가져야 한다는 결론은 변하지 않았다. 이록의 정체를 알아내지 못하면 제자리를 맴돌 뿐이다. 깊은 깨달음에 여울은 주먹의 힘을 풀고 보송보송한 얼굴을 느릿하게 끄덕였다.

"그리고 말이야. 나 끝까지 가지 않았어."

이록이 여울의 허벅지에 손을 올리며 은근한 목소리로 속삭이듯이 말했다. 이를 바로 알아듣지 못한 여울이 고개를 갸웃거렸다.

'이건 또 무슨 소리래?'

그러다 뒤늦게 남자의 사정事情을 이해한 여울이 기함했다. 여울의 표정이 웃겨 이록이 자잘한 웃음소리를 내고선 자신의 턱을 여울의 어깨에 괬다. 여울이 어깨를 움칠거리는 순간 이록은 고개의 각도를 옆으로 돌렸다.

"날 버티려면 몸보신부터 해야겠지? 내가 주는 것들 잊지 말고 먹어."

여울의 귓속에 숨을 후 불어 넣었다. 말 속에 담긴 야릇한 숨결에 여울은 이록의 어깨를 세게 밀쳤다.

강하지 않는 힘이었으나 이록은 부러 넘어지는 척 비틀거렸다. 그 틈에 여울이 부리나케 방 밖으로 뛰어갔다.

이록은 날래게 도망가는 여울이 듣지 못한 말을 거리낌 없이 내뱉었다.

"아, 정말 귀여워. 저러니 가둬 두고 싶지."

금수의 자질을 가려 줄 인간의 탈을 쓰듯이 이록은 빙글 웃고선 느릿느릿 움직였다.

❖ * ❖

이록과 한 공간에 있다가는 몸이 남아나지 않을 것이었다.

"나 갈 데가 있어."

그녀를 취할 생각밖에 없는 이록과 떨어지고자 여울은 없는 약속을 지어냈다.

"나가자."

"넌 집에 있어. 혜설이 집에 갔다가 저녁에 들어올 거야."

저를 떼어 내려고 하는 여울의 마음을 간파한 이록이 기분이 상한 듯이 미간을 좁혔다.

"갔다 와."

순순히 보내 주는 이록이 의심스러워 여울은 예상이 되는 수를 차단했다.

"몰래 따라오지 마."

그러려고 한 이록이 대답하지 않자 여울은 엄포했다.

"따라오면 날 못 믿는 걸로 간주할 거야. 네게 실망하고 싶지 않아."

"널 못 믿어서가 아니야. 위험한 일이 생길 수 있어. 내 시야에 두지 않았던 그때처럼 네가 다칠까 안심이 되지 않아서 그래."

저를 젖먹이 아이처럼 대하는 이록의 마음을 알게 된 여울은 그에게 화를 낼 수가 없었다. 여울은 주인을 걱정하는 애완견을 달래듯이 이록에게 차분히 설명했다.

"네 마음 알겠어. 하지만 언제 닥칠지 모르는 위험 때문에 내 사생활을 침해받고 싶지 않아."

"예전에도 그랬을까?"

이록은 여울의 마음이 이전 같지 않다고 여기고 있었다. 시무룩한 빛을 띤 이록의 얼굴에 여울은 확고하게 말했다.

"이전으로 돌아간다고 해도 내 일상을 전부 네게 통제받고 싶지 않아. 네가 싫냐 좋냐 여부와 별개로 인간의 존엄성 문제야. 너도 혼자만의 시간을 갖고 싶잖아. 나도 그런 거야."

만나지 못했던 때라면 모를까 여울에게 처음 이끌린 순간부터 이록은 혼자만의 시간이 필요하다고 생각하지 않았다.

"내가 네 전부를 보게 된다면 어떨 것 같아? 생리적인 활동을 비롯해서 풀어진 모습을 내가 본다고 생각해 봐."

'아주 좋아.'

제발 그래 줬으면 하는 게 이록의 진심이었다.

"너도 싫지?"

여울이 놓친 것이 있다면 이록이 상식 있는 인간이 아니라는 점이다. 이록은 여울만 있다면 다른 것은 필요하지 않았다. 여울이 알면 기절초풍할 수 있는 과격한 애정이었다.

"그리고 모르는가 본데, 나 너 좋아해……."

꽃봉오리가 천천히 열리는 듯한 수줍은 고백에 이록의 두 눈동자가 기대감으로 반들거렸다.

"감정이 없었다면 너와 하지 않았어."

푸른빛으로 일렁이는 이록의 두 눈을 바라본 여울은 올라가는 입꼬리를 단속하지 않았다.

"그러니까 내 말은. 사랑이 되어 가는 과정이라고 생각할래."

다시금 활짝 피려는 감정에 색채를 붙인다면 그의 눈동자 색과 같은 푸른색이리라. 붉은 불꽃보다 더 강렬한 산화 불꽃.

반딧불이의 꽁무니에서 나오는 빛처럼, 신비롭지만 결코 두렵지 않은 정염의 안광이 여울의 말에 투명한 물빛처럼 속내를 비췄다. 물결치는 감정이 단단하게 박히듯이 결정체를 이루고 있었다. 보석처럼 반짝이는 광택을 내는 눈동자에 실린 건, 행복이었다.

"사랑받으려면 말 잘 들어야지."

기쁨을 주체할 수 없는 이록이 여울을 덥석 껴안았다. 그리고 한쪽 볼이 눌리게끔 여울의 머리에 얼굴을 대어 비비적거렸다.

"너무 늦게 오지 마. 나설 때 전화하고. 데리러 가는 건 되지?"

그것까지는 안 된다고 할 수 없어 여울이 고개를 끄덕였다. 헝클어진 여울의 머리를 정돈해 준 이록이 현관까지 나와 손을 흔들었다.

그렇게 외출을 강행한 여울은 혜설에게 전화를 걸었다.

"혜설아. 오늘 뭐 해?"

자신에게 닥친 일만 생각하느라 혜설에게 소홀했었다. 미안함을 느끼는데 다행히도 혜설의 목소리는 밝았다.

- 계속 집에 있을 거야. 아침 먹었어?

"넌?"

- 나는 막 다 먹었어. 집안일 하기 전에 좀 쉬려는 중.

"그럼 편의점에 들러서 내가 먹을 삼각김밥하고 디저트 사 갈게. 필요한 거 없어?"

- 당장 생각나는 게 없네. 간식거리만 사 와.

"알았어."

여울은 편의점에 들러 혜설과 은설이 좋아하는 요깃거리를 잔뜩 챙겨서 갔다.

딩동—!

- 언니! 나 설거지 중이야. 그냥 들어와!

그 말을 들은 여울이 익숙하게 키패드의 번호를 찍어 문을 열었다.

"여울아~!"

반갑게 뛰어오는 은설을 본 여울이 안을 자세를 취했다. 즉시 두 팔을 벌리는데 은설이 콧잔등을 막고선 멈췄다.

인상을 쓰는 은설의 표정에 여울은 의아하게 생각했다. 무슨 일이지? 하고 생각하는데 은설이 혜설이 있는 부엌으로 쪼르륵 들어갔다. 그야말로 아연실색한 여울은 신발을 벗지 못한 채로 굳었다.

"엄마?"

은설에 의해 거실로 떠밀려 나온 혜설이 여울을 바라보았다. 영문을 알 수 없는 여울과 혜설은 어리둥절했다.

"왜 이러셔?"

"나도 잘⋯⋯."

"지지야!"

혜설의 뒤에 숨은 은설이 여울을 못마땅하게 쳐다보며 소리쳤다.

"더럽다고요?"

여울이 충격을 받은 얼굴로 되물었다. 역시 당황한 혜설이 몸을 돌려 떽! 소리를 냈다.

"엄마! 여울이 언니한테 지지라니! 그런 말 쓰면 못 써!"

잘못을 모르는 은설이 혜설의 허리를 껴안으며 떨었다.

"무셔……."

이제 은설은 울먹이기 시작했다.

"울지 말고 뚝."

이해할 수 없는 모친의 태도에 혜설은 고개를 갸웃거리며 은설을 차분히 달랬다. 은설의 울음이 그쳐지는 듯하자 혜설이 모친을 대신해서 여울에게 사과했다.

"미안해. 언니. 엄마가 잠이 덜 깼나 봐."

"……그런 것 같지는 않아. 정말로 내가 무서운 것 같아. 봐. 계속 날 보고 있잖아."

여울이 신발을 벗자 은설이 경기를 일으키듯이 와앙, 크게 울음을 터트렸다. 당황한 여울이 재깍 한 손에 들린 봉지를 달랑거려 보였다.

"은설 엄마가 좋아하는 아이스크림 사 왔지롱. 울면 못 먹을 건데요?"

히끅. 여울의 말에 은설의 울음소리가 잦아들었다.

"짜잔!"

여울이 초코 크런치 바의 포장지를 까자 은설이 코를 훌쩍이며 눈물을 닦았다.

"이거 들고 방에 가서 드려."

"응. 진정시키고 올게."

혜설이 여울에게 다가가려고 움직일 때였다. 잦아들었던 울음이 터졌다.

"가면 안 돼. 잡아먹혀 버려!!"

혜설의 허리를 놓아주지 않는 은설이 대성통곡하자 난처한 둘이 그대로 멈추었다.

"잡아먹힌다고……?"

이해가 되지 않는 말을 곱씹던 여울은 곧 얼굴을 붉혔다. 고슴도치는 후각이 뛰어났다. 종족의 특색을 고스란히 지닌 순혈의 은설이 이록의 체향을 못 맡을 리가 없었다.

'내가 잘못했네.'

은설의 반응을 비로소 이해하게 된 여울이 홧홧거리는 눈가를 한 팔로 가렸다.

"아. 나 알 것 같아……. 뭣 때문에 이러시는지 알아냈어. 아. 정말……."

"언니?"

"난 몰라……. 안 되겠다. 나 집에 갈게."

창피해서 있을 수가 없어 여울은 다급히 신발을 신었다. 그러자 혜설이 다급하게 붙잡았다.

"이유라도 말해 주고 가! 이러고 가면 어떡해."

"집에 가서 설명하면 안 될까?"

"안 돼. 엄마 재우고 올 테니까 나가지 말고 있어."

"……알겠어."

완강한 혜설의 태도에 여울은 나갈 생각을 접었다. 여울이 거실에 머무른 시간이 길어질수록 그녀의 몸에 밴 향이 먼지처럼 떠돌고 있었다.

✤ * ✤

여울과 헤어진 후 사영은 뱀으로 돌아가 있었다. 몸을 둥그렇게 말아 몸에 비해 작은 머리는 보이지 않았다.

동면기에 접어든 뱀처럼 움직이지 않던 사영의 시간은 느리게 흘러가고 있다. 사영이 체감하기론 시간이 정지된 것 같았다. 눈을 떠서 날이 저물었는지 아침인지 알아볼 기력조차 없었다. 체온을 유지하는 생명 활동조차 귀찮았다.

깊이 잠들었다가 깨어나면 세상이 달라져 있기를 바랐다. 이도 아니면 세월이 많이 흘러 있거나. 어떨 때는 존재성에 의문을 가질 수 있도록 기억이 통째로 날아가 버렸으면 하고 바랄 정도였다. 여울만 도려낼 수 없으니 기억을 모조리 삭제시키고 싶었다.

'여울아……. 은여울…….'

실체 없는 여울을 떠올리는 사영의 의식이 꾸물꾸물 아래로 침잠했다. 무력감이 또 하나의 형체가 되어 사영의 온몸을 칭칭 감았다. 본체 없는 형체는 빈 몸을 차지할 것처럼 독살스럽게 사영을 놓아주지 않았다.

사영도 점성 같은 무력감을 극복할 마음이 전혀 들지 않았다.

'죽어도 괜찮을 것 같네…….'

생에 대한 집착이 희미해져 갔다. 아등바등 살아 봤자 발열의 고통만 끌어안는 연속이었다.

픽.

살 의지가 없는 주제에 정작 홍구의 집에서 나가지 않고 있는 자신의 행동에 사영이 실소했다. 그러나 생각만 들 뿐 움직일 원동력은 생기지 않았다.

'알아서 죽겠지 뭐.'

그러므로 의지가 없는 사영의 의식을 끌어당기는 건 타의로 행해진 인력이었다.

'……그런 것 같지는 않아. 정말로 내가 무서운 것 같아. 봐. 계속 날 보고 있잖아.'

여울의 목소리에 짐승의 눈이 반짝 빛났다.

'은설 엄마가 좋아하는 아이스크림 사 왔지롱. 울면 못 먹을 건데?'

두 눈을 뜬 사영의 머리가 바싹 기립한다. 듣고 싶었던 목소리에 꼬리가 살랑살랑 흔들렸다. 여울은 본의 아니게 목말라 죽어가던 뱀을 살렸다.

'아. 나 알 것 같아……. 뭣 때문에 이러시는지 알아냈어. 아. 정말…….'

고개를 치켜든 사영은 허겁지겁 물을 흡수하듯이 여울을 향해 오감을 펼쳤다.

'난 몰라…… . 안 되겠다. 나 집에 갈게.'

상기된 음색에 사영이 자신의 꼬리를 꽉 물었다. 인지하지 못한 사실이 온몸으로 전해져 왔기 때문이다.

은여울은 행복하다. 그 없이도.

'나는 이렇게 괴로운데 너는…… .'

사영에게 여울이 가지는 파급력은 생을 쥐락펴락할 정도로 막강했다. 하지만 그녀에게 그는 그렇지 못했다.

'그녀에게 스쳐 지나가는 인연처럼 금방 잊히는 존재였구나…… .'

심장을 파고드는 실감에 사영은 두꺼운 표피가 쩌억쩌억 갈라지는 것 같았다.

"이런이런."

작열하는 고통에 방어막 없는 맨몸을 내어 주느라 사영은 타인의 접근을 눈치채지 못했다.

"뱀의 군주가 왜 이렇게 되었나. 보는 내가 안타깝군."

주인의 허락 없이 사영의 공간을 침범한 노파심이 훌쩍거리는 시늉을 냈다. 그러자 사영이 자글자글한 얼굴에 침을 뱉듯이 입에 문 꼬리를 바닥으로 떨어뜨렸다.

"퉷!"

ㅈㅈㅈㅈㅈ.

사영의 몸체가 기괴하게 일그러졌다. 노파심은 인간의 형태로 바뀌는 사영을 응시하며 굽은 허리를 곧게 폈다. 탈피하듯이 인간체로 변한 사영이 하의만 갖춰 입고선 한껏 예민해진 기분을 드러냈다.

"믿는 구석에 있어 이리 방자하게 구는 모양이야. 입을 못 쓰게 돼도 네 본업엔 지장이 없지 않겠어?"

"노인을 협박해서야 쓰나. 자네와 싸우자고 온 것이 아니야. 슬슬 약이 떨어질 듯해서 가져왔는데 그리 말하면 섭하지."

진심으로 서운하다는 듯이 입꼬리를 내린 노파심이 유리병을 자신의 손바닥에 두었다.

"살기 위해서라면 무슨 말이든 못 할까. 특히 야심가인 너라면 무슨 짓이든 하겠지."

사영은 유리병에 시선을 두고선 입 모양을 비스듬히 휘었다.

"이번의 것은 공짜라고는 말 안 했는데."

약병을 움켜쥔 노파심이 광기에 사로잡힌 듯이 낄낄거리며 뒷말을 붙였다.

"나도 내 안위를 챙겨야지. 늙은 몸뚱이를 누가 챙겨 주는 것도 아니지 않나."

괴기스러운 웃음소리에 사영은 눈썹을 찡그렸다.

"멋대로 침입한 것도 거슬리는데 신경을 긁는 말을 잠잠히 들어 주라고? 내가 만만해 보이나 봐?"

노파심이 사영의 두 눈이 꽂힌 목을 더듬거렸다.

"내가 실수했군. 사과하지. 하지만 악의가 없다는 건 진심이네."

"진심이든 뭐든 용건이나 말하고 꺼지는 편이 좋을걸. 본성을 짓누르는 게 꽤 고역이거든."

"이리 성질이 급해서야. 나와 거래를 하지 않겠나? 물론 네게 안 좋은 조건은 아니네."

"그건 내가 판단해."

사영이 들어 볼 의향을 내비치자 노파심은 음흉하게 속내를 드러냈다.

"왕에게서 여자를 빼앗고 싶지 않나? 여자를 가지게 해 주지."

"자신감이 굉장하군. 내가 못 하는 걸 네가 들어준다니. 어떤 방식으로 그녀를 내게 오게 할 거지?"

"온유한 방법이 실패했으니 강제로 행할 수밖에."

힘으로 여울을 취하라는 소리에 사영은 손톱을 빼내어 들었다. 저 목을 자르면 입이 멈출 것이다. 그러나 손가락이 움찔거릴 뿐 나아가지 않았다.

밑바닥에 깔린 음습한 욕망을 스스로도 알기 때문이었다. 그렇다고 욕망대로 실행할 수가 없는 건, 여울을 강제로 빼앗아 봤자 마음만은 얻을 수 없다는 것 또한 알기 때문이었다.

반쪽만을 얻는 게 과연 의미가 있을까. 그래 봤자 서로가 불행할 뿐이었다. 뻔히 보이는 미래를 두고 사영은 두 가지 선택에 갈팡질팡했다.

"여자를 건드리는 게 마음에 걸리는 거라면 왕을 죽이면 되는 거지. 그가 사라진다면 여자는 자연히 네게 가게 되어 있다."

"왕을 죽인다고? 치매가 왔나 보군."

"크큭. 믿기 어렵겠지. 하지만 가능하다. 용의 멸살법을 알고 있으니 말이야."

여의주를 넘긴 용은 죽을 수 있는 존재가 되어 버린다. 그리고 용의 시체로 제 사리사욕을 채우려는 게 노파심의 진짜 목적이었다.

하지만 노파심이 왕에게 대항하기란 역부족이었다. 왕의 무력을 상대할 적수가 필요했고, 거기에 사영이 제격이었다.

'이록 님이 죽을 수 있다고……?'

그리고 사영은 솔깃한 말에 명백히 흔들리고 있었다. 흔들리

177

는 눈동자를 본 노파심이 속으로 웃고선 약병을 바닥에 두었다.

"잘 생각해 달라는 내 성의네. 생각할 시간을 주지. 결단을 내렸을 때 나를 찾아와. 어느 때고 상관없네."

❖ ✱ ❖

여울의 울긋불긋함이 조금 가실 무렵, 은설의 방이 열렸다.

"주무셔?"

"아이스크림 먹고 바로 잠들었어. 그런데 대체 무슨…… 아."

환기가 되지 않은 거실로 나온 혜설이 비강을 채우는 단내에 그제야 깨달은 표정을 지었다.

"샤워했는데 이러네."

혜설의 표정으로 알아차린 여울은 달아오른 귀를 문질렀다.

"씻어도 안 지워질 거야."

"어떡하지? 계속 이렇게 둘 수 없고……."

"일단 탈취제 뿌려 보자."

혜설이 레몬 탈취제를 가져와 뿌렸지만 하나 마나였다.

"어때? 덜 나?"

"레몬향이 섞여서 더 독해졌어."

"으아. 며칠이나 지속될 것 같아?"

"장담할 수 없지만 안 하면 사흘? 완전히 없어지기까지는 더 걸릴 것 같아."

"인간들은 못 맡겠지?"

"응. 수인의 페로몬에 전혀 영향 받지 않으니까."

"불행 중 다행이다."

안도한 여울이 제 몸에서 나는 레몬 향을 킁킁 맡았다. 반대로 혜설은 허공을 떠도는 수컷의 향을 손으로 휙휙 가로저었다.

"조금이라도 짐승의 페로몬을 가릴 수 있는 향수 만들어 볼게. 엄마의 페로몬을 빌리면 가능할 것 같아."

기대치 않았던 여울이 혜설의 말에 놀라워하면서 물었다.

"그게 돼?"

"고슴도치 순혈은 자신의 페로몬을 숨길 수 있어. 일종의 무효화라고 보면 돼. 쉽지 않겠지만 어떻게든 시도하려고. 언니의 사정을 배려해 줄 짐승이 아니잖아. 나라도 나서야지."

지금만큼은 이록의 편을 들 수가 없는 여울이 혜설의 두 손을 잡았다.

"나 감동 먹었어……."

"감동 먹기는 이른데. 공짜가 아니야. 성공하면 왕에게 비싸게 팔 거거든."

"내 돈은 아니지만 얼마든지 가져가. 너의 능력을 보여 줘."

그 말에 혜설은 장단을 맞추듯이 어깨를 으쓱거렸다. 그러다 생각난 듯이 물었다.

"각인했지?"

"응……. 아마도."

각인을 끔찍한 저주라고 생각했던 혜설은 여울에게 이록이 종속되었다는 것에 온전히 마음을 놓았다. 왕은 영원히 반려를 사랑할 것이었다. 그렇기에 혜설은 여울의 앞날을 진심으로 축하해 줄 수 있었다.

"잘됐다."

"각인으로 묶어 두는 것이라고 생각하면 마음이 좀 그렇기는 해."

"자신이 원한 거잖아. 원해서 언니를 졸랐으니 그에 대한 감정은 본인이 감수해야 할 일이야. 언니는 언니만의 짐승이 주는 사랑을 마음껏 누리면 돼. 그리고 행복하게 웃어 줘. 각인한 짐승에게 언니가 줄 수 있는 최고의 사랑일 거야."

여울은 육체관계로 인한 종속된 갑의 위치에 따른 부담감이 없지 않았었다. 그래서 혜설의 말을 듣고선 마음의 무거움을 덜수 있었다.

'자주 웃어 주고, 좋으면 좋다고 솔직하게 말해야겠어.'

마음을 달리한 여울은 이록에게 인색하게 굴지 말자고 생각하며 혜설에게 말했다.

"누가 언니인지 모르겠다."

그 말에 혜설은 빙긋 웃었다.

"아직까지는 내가 더 좋지?"

"쉿. 너만 알고 있어야 해. 질투심이 장난 아니란 말이야."

"집착이 심한 남자는 못 고친다고 들었는데."

"맞아. 못 고치겠더라."

"그치만 언니만 바라보니까 평생 데리고 살아 줘야겠다. 아. 내가 이런 말 했다고 꼭 전해 주기다."

"나는 또 네 말은 잘 듣지."

찰떡궁합인 혜설과 여울은 수다에 빠질 수 없는 커피를 마시면서 나머지 이야기를 나누었다.

"정체 알아냈어?"

"아직. 그치만 알아낼 방법은 있어."

"어떻게?"

혜설의 말에 여울이 남모를 비밀을 밝히듯이 목소리를 낮추었다.

"너한테만 말하는 건데…… 그걸 하면 짐승의 특징화가 드러난대."

그래서 여울은 다음번에 기필코 그걸 찾아낼 생각이었다.

❖ * ❖

각인을 입에 담는 목소리가 사영의 결심을 당기는 트리거가 되었다. 여울의 기척에 내리 오감을 펼쳤던 사영은 주저 없이 약병을 집었다.

"나는 네게 아무것도 아니지."

심장을 옥죄는 사실에 사영은 여울에게 자신의 존재를 새롭게 각인시키기로 마음먹었다. 잊히지 않는 쪽을 택한 것이다.

무無보다 미움이 나으니. 저 찬란한 목소리를 듣지 못하겠지만 영원히 그녀의 목소리를 듣지 못하는 것보다야 나았다.

❖ * ❖

시시콜콜 이야기를 나누다 보니 어느새 밤이 되어 있었다. 집에 가려던 여울은 문득 너무 자기 이야기만 했다는 사실에 어색하게 말문을 뗐다.

"혜설아……."

혜설이 여울의 표정을 보고선 가볍게 웃었다.

"표정 보니까 뭘 물어보려는 건지 알겠다."

푸흐, 혜설은 분위기가 무거워지지 않게 웃음을 터트리고선 말을 이었다.

"언니 말이 맞았어. 모질게 대해 봤자 내 마음만 곪아 가더라고. 날 찾아온 그 사람에게 미운 말만 골라서 쏘아붙였는데……."

여울의 조언을 들었던 날 혜설은 자신의 감정밖에 보이지 않아 다음 날 찾아온 홍구에게 막말을 퍼부었다. 홍구는 악에 받친 쓴소리를 속죄처럼 받아들이는 듯했다. 그의 마음이 아파도 그녀의 고통이 덜해진다면 더한 말도 들을 수 있다고 말하는 눈빛에 혜설은 서서히 무너졌다.

"내가 모진 말을 해도 묵묵히 받아들이는 모습 보니까 속이 쓰라리더라. 내가 아무리 못되게 해도 미련하게 당할 사람이라는 걸 잊었지 뭐야. 변명이라도 하지. 그럴 수밖에 없었다고 한 마디도 하지 않는 홍구 씨가 답답하면서도 안아 주고 싶었어."

두서없는 혜설의 감정을 여울은 이해할 수 있었다. 왜냐하면……

"그 사람이 한 짓은 미운데 그 사람 자체가 미운 건 아니니까. 그렇지?"

여울의 말에 혜설이 고개를 끄덕거렸다.

"응……. 좋아하는 감정은 여전해서 잠시 시간을 가지자고 했어. 마음이 정리되면 만날 생각이야."

"그러니까 뭐래?"

그 말에 혜설은 살짝 난처한 표정을 지었다.

"그 사람은 내 의견을 존중해 줬어. 문제는 엄마야. 홍구 씨가 보고 싶다고 계속 졸라 대고 있어."

"만날 수 없는 사정 설명했어?"

"사실대로 말하면 이해 못 할 것 같아서 대충 둘러댔어. 홍구 씨가 바빠서 못 만난다고. 그리 했는데도 도통 먹히지 않아. 어제는 전화 걸어 달라고 울더라니까."

당장 어떻게 할 수 없는 일에 혜설이 한숨을 내쉬며 말했다.

"그렇다고 엄마만 홍구 씨에게 보낼 수 없고. 그랬다간 미안한 마음에 어쩔 수 없이 용서할 것 같아서 엄마를 설득하는 중이야."

"이해 못 하시거든 그 남자 불러서 어머님과 시간 가지게 해. 좋은 마음으로 어머님을 대한다며?"

"응. 이런 말은 그렇지만 친엄마처럼 여기는 것 같아."

그렇게 생각할 수밖에 없게, 홍구는 싫은 기색 없이 은설과 놀아 주었었다. 그러한 홍구와 은설을 보면서 혜설은 유년기에 겪지 못한 안정감을 겪었다.

"이럴 때일수록 의외로 단순하게 생각하는 게 나은 것 같아. 미안한 마음이든 고마운 마음이든 용서의 계기가 된다면 그걸로 된 게 아닐까? 계속 멀리하고 싶은 건 아니잖아."

여울의 말에 홍구를 영원히 미워하고 싶지 않은 혜설이 편한 웃음을 머금었다.

"응. 쉽게쉽게 생각해 볼게."

"혜설아~!"

"아. 엄마 깼다. 본인 이야기 하는 줄 아나 봐."

"나도 이만 가야겠다. 들어가 볼게."

"응, 조심해서 들어가."

걱정하지 않아도 될 만큼 혜설은 씩씩해 보였다. 안심이 된 여울이 가벼운 마음으로 나서는데 핸드폰이 울렸다. 이룩이자 여울이 빙긋 웃었다.

"안 그래도 전화하려고 했어."

– 뒤돌아 봐.

그 말에 여울이 천천히 돌아보았다. 그러자 멀리 있어도 알아볼 수밖에 없는 이록이 그녀를 보고 웃고 있었다. 이록에게 달려간 여울이 그의 팔뚝을 찰싹 때렸다.

"아."

"안 아픈 거 알거든. 아픈 척하지 마."

살짝 찡그려진 미간이 제자리로 돌아가는 대신 눈꼬리가 아래로 처졌다.

"내가 속상하게 했어?"

처연한 표정에 넘어갈 뻔한 여울은 올라가는 입꼬리를 꺾고 눈썹을 비틀었다.

"창피를 당했지. 내 몸에 네 체향이 잔뜩 묻어 있잖아."

"그래서 좋아."

"나는 안 좋거든."

이록이 표정 관리하지 못하고 흡족하게 웃다, 여울의 매서운 눈초리에 요령껏 입을 털었다.

"안 할 수 없잖아. 내 정체 알아내기 위해서라도 힘을 내야지."

밤낮없이 할 이록의 절륜함을 아는 여울은 적당함을 알려 줄 의무를 느꼈다.

"어휴. 내 맘 알아주는 건 혜설이밖에 없어."

콰쾅!

이록의 머리 위에서 천둥이 쳤다.

"나를 위해서 페로몬을 가릴 수 있는 향수를 개발할 거래. 내 몸을 탐할 생각밖에 없는 누구보다 낫지."

184

실제로 하늘이 번쩍번쩍, 아주 난리였다.

"나는 내 페로몬이 나지 않게 할 수 있어."

그 말에 내심 이록이 제 몸에 묻은 페로몬을 없앨 수 있지 않을까 생각했던 여울이 속으로 쾌재를 불렀다.

"할 수 있으면 해!"

그 말을 내뱉는 즉시 여울은 청명한 기운을 느꼈다. 신기한 감각에 여울이 코 밑에 팔을 댔다. 살냄새밖에 나지 않았지만 어쩐지 호수에서 논 듯이 시원해 계속 맡고 싶었다. 이록의 푸른 눈동자에 풍덩 빠졌다가 나온 것처럼 개운해진 여울의 입꼬리가 휘었다.

"이제 말해 봐. 그 여자야? 나야?"

유치한 질투가 싫지 않은 여울이 짐승의 기분을 치켜올렸다.

"네가 조오금 낫네."

여울의 말에 파르라니 눈빛을 달리한 이록이 눈꼬리를 야릇하게 휘었다.

"다음부터 확실히 해 둘게. 걱정할 것 없이 너는 가만히 있으면 돼."

"그, 그래……."

어느새 주도권이 이록에게 유리하게 돌아가 있었다. 이게 아닌데……. 그런 생각이 들었을 땐 이미 상황은 종료였다.

❖ * ❖

어김없이 부서에 들어선 여울은 문득 든 위화감을 감지했다.

"좋은 아침."

"안녕하세요."

흔한 아침 인사를 할 때까지만 해도 여울은 기분 탓인 줄 알았다. 자리에 앉아서야 그녀가 감지한 변화를 알아차렸다. 옆자리가 유달리 깨끗했다.

사영은 자잘한 개인용품을 늘여놓지 않았었다. 하지만.

'사무용마저 없어.'

있어야 할 것이 없자 여울은 부근을 둘러보았다. 주변은 평온했다.

'근래 사영을 언급하는 사원이 없었어. 휴가라고 해도 이렇게 조용할 수가 있나.'

가볍게 넘길 수 없는 사안에 여울이 마침 자리에 앉는 선배를 불렀다.

"한 선배."

시안을 뒤적이던 이가 고개를 들었다.

"왜?"

"저 그게…… 문사영 있잖아요."

"문사영?"

"네."

"음? 문 씨가 흔한 성도 아니고……. 그 왜, 몇 년 전에 행방불명된 모델 말하는 거야?"

사영을 기억하지 못하는 정황에 여울은 싸해지는 기분을 목구멍으로 넘겼다.

'다른 이들도 마찬가질 거야. 언제부터 그랬지?'

의문을 접어 둔 여울은 소득 없는 대화를 이어 나갔다.

"네. 그 사람요."

"문사영이 왜?"

"그냥 생각나서 물어봤어요."

"으응? 당황스럽네."

"죄송해요."

"죄송할 것까지야. 그런데 오랜만에 들으니까 행방이 궁금하다. 소문만 무성하고 살았는지 죽었는지 알 수 없었잖아. 창창한 나이에 실종이라니 불쌍해."

"그러게요……."

침울한 기분에 여울은 한숨을 내쉬며 옆자리를 다시 쳐다보았다.

'이렇게 헤어지는구나. 계속 회사에 다닐 줄 알았다니, 나 좋을 대로 생각했네.'

그러고 있는데 들려오는 인사말이 있었다.

"팀장님. 안녕하세요."

그 소리에 여울의 의식이 이록에게로 옮겨졌다.

"그래요. 오늘도 힘내 봅시다."

여울의 시선을 받은 이록은 온유하게 웃고선 사원들의 인사를 받아 주었다.

"네."

기분 좋아 보이는 이록의 표정에 사원들이 오늘은 덜 깨지겠구나 싶어 몰래 안도했다. 여울의 자리를 지나가던 이록이 곡선으로 떨어지는 어깨 어림에 붙은 머리카락을 두 손가락으로 집었다.

"머리카락 붙었네요."

둘만의 신호처럼 은밀한 터치에 여울은 주변을 의식할 새 없이 얼굴을 붉혔다.

"감사합니다."

187

수줍은 인사에 미소로 대답한 이록이 머리카락을 바닥에 버리지 않고선 자리에 앉았다. 눈치 있는 이들이라면 알아차릴 수밖에 없는 암시에 소수의 눈동자가 흔들렸다. 얼굴이며 뒤통수며 안 따끔거리는 부위가 없었다. 쏟아지는 뭇시선을 달고서 여울은 일을 시작했다. 오늘 안에 끝내야 할 일감을 바쁘게 처리한 여울이 굳은 몸을 일으켰다.

"으윽. 배고파서 쓰러질 것 같아."

팀원끼리 무리 지어 복도로 나서는 길.

"여울 씨."

SP팀과 같이 움직이던 여울은 저를 부르는 소리에 뒤돌아 이록을 보았다.

"은여울 씨는 나와 함께 식사하죠."

이록은 한쪽 손을 슬림핏 정장 바지 주머니에 넣고선 여울의 대답을 기다렸다.

'너무 재미있어.'

'누가 아니래요.'

'여기서 알겠다고 하면 공식 인정이지.'

여울이 어떻게 나올지 궁금한 팀원들이 기대에 찬 눈빛으로 압박을 주자, 여울은 가볍게 한숨을 내쉬고는 이록에게 다가갔다.

"식사 맛있게 하세요."

이로써 단순한 직장 상사와 부하 사이가 아님을 공연하게 알리게 된 셈이었다.

"여울 씨도~."

"나중에 이야기해~."

"호홋. 오늘 입맛이 확 도네."

요란한 소리가 잦아들자 여울은 감정을 담아 이록을 아니꼽게 쳐다보았다.

"이렇게 나왔다 이거지?"

여울의 눈총에 이록이 싱긋 웃고는 곡선을 이루는 허리를 감았다.

"언젠가 알 일이었어."

여울은 기분을 풀라는 듯이 살갑게 구는 이록이 밉지가 않았다. 제 마음이 달라진 건데 누구 탓하랴 싶어 여울이 도도하게 턱을 치켜들었다.

"아주 비싼 밥을 사 줘야 할 거야."

그렇게 말한 지 얼마 지나지 않아 여울의 얼굴은 향유를 바른 것처럼 반들반들 아주 윤이 났다. 강욱이 싼 도시락을 먹고 이록에게 마사지를 받는 여울이 흐물흐물 풀어졌다. 어깨는 꾹꾹. 더한 곳은 주물주물.

"어허. 그만."

점점 나빠지는 못된 손을 여울이 흘기자 은은한 미소가 고인 입매가 샐쭉하게 일그러졌다.

'칫.'

이러는 듯한 표정에 여울은 잇새로 웃음을 짤막하게 흘렸다. 그때였다.

"여울 씨. 탕비실로 와. 우리 대화해야지."

배를 두둑 채운 하이에나들이 잘 먹은 태가 나는 여울을 붙잡고 늘어졌다.

"말해 봐. 언제부터 팀장님과 그런 사이가 된 거야? 두 사람 사귀는 거 맞지?"

커피를 음미할 시간 없이 소환당한 여울이 좀 민망한 기분으로 인정했다.

"네."

"내심 잘될 줄 알았다니까. 왜 말 안 했어?"

"얼마 안 됐고, 제가 말한 게 있잖아요……."

여울의 말에 여직원들이 고개를 끄덕였다.

"이록 팀장님과 그럴 맘 없다고 호언장담하기는 했지."

"그니까. 정말 사람 마음 어떻게 될지 모른다고, 확언하면 안 되는 것 같아."

"그렇지 않아도 입조심해야겠다고 생각했어요."

기분 나쁠 수 있는 말을 여울이 익살스럽게 받아들이자 듣는 사람도 기분 좋아져 덕담이 오갔다.

"여울 씨에겐 축하받을 일만 생길 거야."

"팀장님 같은 남자가 세상에 어디 있어."

"없죠. 좀 남자는 어린애 같은 구석이 있으니까 실수해도 봐주고 그래. 절대로 놓아주면 안 돼."

"네. 명심할게요."

"더 좋은 일 기대해도 되지?"

"더 좋은 일요……?"

여울은 고개를 비스듬히 기울였다.

"결혼 말이야."

"결혼은 아직……."

"당장 하라는 게 아니야. 생각해 보라는 거지. 늦게 결혼한 내가 뼈와 피가 되는 조언을 해 주자면, 결혼은 조금이라도 젊을

190

때 해야 드레스 입어도 예쁘더라고."

"그리고 멋진 남자는 빨리 찜해야 해. 안 그럼 딴 여자가 노린다? 안 그럴 것 같지? 세상엔 또라이들이 많아."

"지원 씨는 헛물 켰네. 나쁜 사람은 아니었는데 상당히 눈치가 없었지."

병원에 입원한 지원은 어느 날 이유 없이 퇴사했다. 왜 안 나오나 싶었던 그 이름에 여울은 떨떠름하게 웃기만 했다.

"결국 이렇게 될 거였는데 말이지……."

"안됐어. 정말."

자신에게서 지원에게로 이야기가 흘러가자 여울은 슬그머니 탕비실에서 나오다, 일자로 닫힌 입매를 올렸다. 그녀를 기다리던 이록이 몇 보로 성큼 움직여 여울의 코앞에 얼굴을 내밀었다.

"그래서 생각해 봤어?"

"……뭘?"

"우리의 결혼식."

"들었구나."

"안 들으려고 했는데 그럴 수 없게 하잖아. 뼈와 살이 되는 조언이라는데 들어야지."

"내 말이나 잘 들어."

여울의 핀잔에 이록은 듣지 못한 척, 가늘고 작은 손가락에 제 손을 얽었다.

"드레스 입고 싶지 않아?"

"네가 보고 싶은 거겠지."

"아니라고 못 하겠네."

인간의 혼례를 생각하지 않았던 이록은 인간들이 떠들던 말에

191

마음이 바뀌었다.

"당연하게 예쁠 테니까."

차가운 얼음마저 녹일 애정에 여울은 시렸던 가슴 안쪽이 채워지는 듯한 느낌을 받았다. 3년 전의 오해로 생겨 메울 수 없었던 구멍이 아물어지고 있었다.

"아주 날을 잡지?"

뛰는 심장을 다독이듯이 여울이 한 소리 하자 이룩이 무장해제시킬 미소를 머금었다.

"그럴까?"

석양과 어울리는 미소에 여울은 어린 날 한 번쯤 상상했던 꿈에 부풀었다. 이룩의 손을 잡고 웨딩로드를 밟는 단꿈에 젖어든 여울은 제 손에 감긴 그의 손을 더욱 힘주어 잡았다. 연결된 손끝이 장시간 피가 통하지 않는 듯이 저릿해서 웃음이 나왔다. 그와 함께하는 미래가 요원하게 느껴지지 않아 더없이 달콤한 감각이었다.

❖ * ❖

근래 들어 이룩은 새로운 취미에 눈을 떴다. 매일 아침 건강 주스를 갈아 여울의 몸을 꼬박꼬박 챙기는 것이었다.

"쭉 들이켜."

"주황색인 걸 보니 당근이 들어갔네. 과일은 사과?"

"사과 말고 다른 것도 들어가 있지만, 먹으면 알 거야."

"음음."

건강 주스를 마시며 여울은 기분 좋은 신음을 흘렸다. 이룩은 대야에 받은 물에 잠긴 여울의 발을 정성 들여 지압하고 있었다.

'불순한 의도가 보인단 말이야.'

합당한 의심이었지만 담백한 스킨십에서 그쳤기에 여울은 이록을 나무랄 수가 없었다. 길쭉한 손가락이 여울의 종아리를 눌렀다. 지그시 가해지는 압박에 뭉근한 자극이 따랐다. 옅은 아픔이 다리를 타고 올라오자 여울은 저도 모르게 고개를 젖혔다.

아릿한 느낌이 서서히 전율처럼 번지고 있었다. 짜르르한 감각이 중심부를 맴돌자 여울은 두 허벅지의 사이를 붙였다.

신경세포를 건드리며 돌아다니는 자잘한 흥분에 잠시 후 벌어질 일이 기대됐다. 여울이 떨리는 속눈썹을 내리는데 이록이 종아리를 더듬는 손길을 멈추었다.

'……이게 끝?'

깔끔한 행위에 여울은 토로할 수 없는 아쉬움을 느끼고선 입술을 깨물었다. 속에 든 말을 할 수가 없는 여울이 원망하듯이 이록의 정수리를 쳐다보았다. 그러자 고개를 든 이록이 비딱한 느낌을 주는 웃음을 머금었다.

근사한 미소는 여울의 기분을 풀어 주지 못했다. 차오른 불만을 머금은 입술에 이록이 입을 맞추었다. 그때서야 여울은 자신이 무엇 때문에 꽁했는지 알아차렸다.

'아, 정말! 나 왜 이리 변덕이 심한 거야.'

관계를 기대했던 여울은 깊어지는 키스에 눈을 감고 속으로 투덜거렸다. 이록은 여울이 자신과의 입맞춤을 즐기자 맞붙은 입술의 선을 휘었다. 이록이 두 손으로 여울의 얼굴을 감싸 각도를 비스듬히 틀어 앞으로 힘을 실었다. 그렇게 전해지는 무게에 여울이 순순히 밀려갔지만 점성 있는 분위기는 금방 옅어졌다.

"……응?"

여울은 황당한 시선으로 입술만 맞추고 몸을 떨어트린 이록을 응시했다.

"더 해 줘?"

후끈 달아오른 열기에 여울이 애가 탄 얼굴로 끄덕이자 이록의 입술이 다시 움직였다.

쪽.

"잘 자."

굿나잇 뽀뽀에 여울이 어이없게 눈을 깜빡였다. 그런 여울을 달래 주지 않고 이록이 돌아섰다. 바람맞은 듯한 기분에 여울의 얼굴이 붉어졌다. 농락당한 듯해 여울은 이록을 잡아먹을 것처럼 노려보았다.

"……잘 자기는 개뿔이!"

정확히 그날부터였다. 해소되지 않는 열기 때문에 여울은 극변한 몸의 변화를 겪고 있었다.

가만히 있어도 열이 올랐다. 그러는데 이록까지 나서서 열을 보태고 있었다. 그녀의 집에서 나갈 생각을 하지 않는 이록이 여울의 손을 만지작거렸다. 그에 여울이 열을 내보내듯이 숨을 크게 내쉬며 말했다.

"낼 친구들과 약속 있다고 말했지?"

이틀 전 현아가 정식 기자가 되었다는 좋은 소식을 알려 왔다. 다 같이 그 일을 축하해 주기로 해서 이록에게도 말해 두긴 했었다.

"나 혼자 있으라는 건데 어떻게 잊고 있어. 그리고 여울아. 네가 모르는 사실 있는데."

여울의 얼굴에 아름다운 얼굴을 들이민 이록이 말했다.

"네가 하는 모든 언행들은 내 머릿속에 담겨 있어."

이록의 시선이 또 여울의 호흡을 가쁘게 했다. 거기서 그치면 좋으련만 열과 가려움까지 동반되어서 여울은 곤혹이었다.

이러한 증상이 빈번히 일어나고 있어, 새삼스러운 건 아니었다. 발병의 원인은 이록이었다. 그녀는 '이록'이라는 알레르기에 걸렸다.

'자고 싶어.'

몸에 쌓이는 열기로 인해 여울은 자신이 짐승처럼 발정기를 겪는 듯했다.

'휴. 이보다 더 심해진다면 고통스러울 것 같아.'

이록이 왜 그렇게 힘들어했는지 조금이나마 이해할 수 있게 된 여울이 목소리의 톤을 낮게 해서 말했다.

"있잖아……. 라면 먹지 않을래?"

정석이 되어 버린 유혹 멘트에 이록이 은은하게 웃었다. 그러고는 여울의 어깨에 손을 올렸다. 여울의 가슴이 기대감으로 벅차올랐다.

"이록아……."

"조금만 기다려. 끓여 줄게."

'그게 아니라고!'

여울은 주방으로 가는 이록의 머리를 뜯고 싶었다.

'짐승에게 너무 난해한 코드였나.'

여울은 못 먹는 감처럼 이록의 뒤태를 노려보았다.

"다 저놈 때문이야."

자신이 너무 밝히는 것 같다가도 이렇게 만든 이록에게 책임을 전가하며 여울은 구시렁거렸다.

'고기도 먹어 본 자가 안다고, 튼실한 고기를……'

"그만 생각해!"

여울은 야한 생각으로 빠지는 자신을 나무라면서 고개를 저었다.

"무슨 생각했는데?"

그런 여울을 이록이 미니 트레이를 든 채로 보고 있었다.

"몰라도 돼."

여울이 샐쭉하게 대답했으나 이록은 기분 나쁘지 않았다. 감정에 충실한 태도가 그를 얼마나 편하게 여기고 있는지를 알게 해 주니까. 이록은 미소를 머금고선 여울의 허벅지에 트레이를 내렸다.

후룩, 기필코 이록과 밤을 보낼 여울은 체력이라도 있어야 한다는 생각에 라면 국물까지 싹 비웠다.

"맛있네."

간을 맞추는 요리는 못해도 라면같이 정량대로 스프를 넣기만 하는 건 얼추 할 수 있게 되었다.

"샤워하고 올게."

므흣한 분위기가 조성되게 여울은 남자라면 알아들 수 있는 신호를 보냈다.

"빨리 하고 자."

그러나 이록에겐 먹히지 않았다.

"……안 기다리고?"

여울의 말에 이록이 깨끗한 미소를 머금고서는 끄덕였다.

'언제는 날 탐하고 싶어서 안달이더니!'

순진무구한 소년을 꼬드기는 듯한 기분에 여울의 얼굴이 관리

되지 않게 일그러졌다. 제 속내를 단속하듯이 여울은 입술을 깨물었다. 그러자 이록이 천연하게 말했다.

"일찍 자 둬야 내일 늦게까지 놀지."

"왜 늦게 놀아야 하는데!"

"친구들을 만나러 간다며."

잊고 있었다. 낭패 어린 얼굴로 여울이 다문 입을 잘근 씹다가 말을 이었다.

"늦게 자도 돼."

"그러면 홈티비 볼까."

"너 알고 이러는 거지! 그냥 가."

솔직한 욕망에 충실해지는 게 뭐가 어려운지, 막상 하자고 하려니 입이 떨어지지가 않아 스스로도 한심했다. 팽 토라져 침대로 다이빙한 여울은 엎드린 채로 두 다리를 수영하듯이 휘저었다.

"……됐어. 내가 아쉽나. 지가 아쉽지!"

그녀의 마음을 알고도 저러는 것 같아 은근 자존심이 상했다. 삐친 상태로 잠든 여울은 다음 날 같이 출근하는 이록을 은근히 곁눈질했다. 이록은 그녀의 시선을 보고도 잔잔히 웃기만 했다. 그리고 퇴근 시각, 이록은 조신하게 웃으며 여울을 보내 주었다.

"다녀와. 나중에 전화하는 거 알지?"

"……휴."

여울은 한숨을 내쉬었다. 심해지는 몸의 뜨거움에 곧 이록을 덮칠 것만 같았다. 다음의 관계는 그녀가 나서야 이루어질 듯싶었다.

❖ ＊ ❖

"현아 기자님. 한 말씀해 주시죠."

선아가 장난스럽게 분위기를 띄우자 현아가 블루투스 마이크를 쥐었다.

"고생 끝은 아닐지라도 개고생한 나날을 버틴 보상을 받게 돼서 기쁩니다! 사회부 기자로 특종을 팡팡 터트려 볼 터이니 다들 기대해 주세요!"

현아의 포부에 선아와 지효가 박수를 치자 여울이 바닥에서 일어나 샴페인 마개를 쥐었다.

"현아의 성공적인 미래와 멋진 애인이 나타나길 기원하며! 그리고 우리의 우정 영원하리!"

뻥!

샴페인을 터트린 여울은 현아의 잔 먼저 찰랑거리게 채웠다.

"첫 잔은 오늘의 주인공부터."

현아가 기포가 터지는 액체를 빠르게 비우고서는 외쳤다.

"다 같이 함께!"

여울이 뒤따라 채운 네 잔이 허공에서 부딪혔다. 그리고 여울은 한 모금 꿀꺽 목을 축인 후 폭탄을 터트렸다.

"나 이록이하고 다시 만나기로 했어."

"푸웃!"

입안의 액체를 뿜은 현아가 입술 주변을 문질렀다. 그리고 선아와 지효는 멍하게 있다가 동시에 서로의 표정을 확인했다. 제대로 들은 것이 맞자 선아와 지효가 어안이 벙벙한 목소리로 물었다.

"뭐야? 어떻게 된 거야?"

"내 귀가 잘못된 거 아니지? 네 전애인, 그 이룩? 아무리 나쁜 남자 매력이 치명적이라고 하지만 이건 아니다, 은여울. 난 네 연애에 결사반대야!"

뜯어말릴 기세로 선아가 길길이 뛰었다.

"반대하는 이유 잘 알아."

친구들의 진심을 아는 여울이 차분하게 설득하려고 하자 대뜸 현아가 그녀의 어깨를 흔들었다.

"아는데 그랬어? 몸정 들었지? 그래서 이런 거지!"

흔들리는 몸짓에 따라 여울의 고개가 흔들렸다. 여울이 말을 잇지 못하고 있자, 선아가 테이블을 소리나게 쳤다.

"스톱!! 누가 설명해 주실 분! 지효와 나만 몰랐던 거야? 와. 섭섭하다."

"피치 못할 사정 때문에 말 못 했어."

다급해진 여울은 선아와 지효가 오해하지 않게 그럴 수밖에 없는 사정을 말했다.

"헤어지려고 했거든. 마음 정리 되면 말하려고 했는데 결국 이렇게 되었어……."

"왜 그렇게 되었는데?"

삐딱선을 탄 선아는 잠시 후 여울이 각색해서 들려주는 말에 물티슈를 뽑았다.

"크응! 그러니까 너를 구하려다가 이룩이가 심하게 다쳤고, 대수술을 감행하려 외국으로 떠났다는 거지?"

아이를 낳고 감수성이 풍부해진 선아가 눈물을 찍기 시작했다.

"재활 치료를 받으면서 널 한 번도 잊지 않았다니. 움직일 수 있게 되자 널 만나러 온 거네! 네가 원망하는 걸 알면서도 다쳤다는 사실을 알리지 않고. 허엉. 너무 감동적이다. 찐사랑이잖아!"

지효 역시 콧물 소리를 내며 고개를 끄덕거리는 가운데 현아만이 떨떠름하게 말했다.

"네가 좋다니 더는 반대하지 않을게. 그렇지만 축하는 아직 무리야."

"응응."

"흐이구. 좋단다. 그래도 얼굴색이 좋아 보이니 사랑이 좋긴한가 봐."

"아. 이록이가 아침마다 해독 주스를 갈아 줘서 그런 걸 거야."

"이제는 애인 자랑이냐. 애인 없는 사람은 부러워 죽겠네."

"근데 인연이라는 게 참 어떻게 될지 모르나 봐. 선아도 남친이랑 헤어지고 입사해서 만난 선배와 6개월 만에 일사천리로 결혼했잖아."

"걔 이야기 꺼내지 마. 배신은 그놈이 했어."

선아가 포크로 케이크를 푹 찍었다. 아작을 내도 시원치 않을 배신범을 대하듯이 우물우물 씹은 선아가 말했다.

"우리 못 간 해수욕장 올해 가지 않을래?"

느닷없이 이록이 사라지는 바람에 기약했던 여름날의 여행이 물거품이 되었었다. 그것을 떠올린 선아가 제의하자 지효가 손뼉을 쳤다.

"옷. 좋아. 남친이랑 이번 휴가 때 어디로 놀러 갈까 고민했는데 너네랑 가면 되겠다."

"너희 둘은?"

현아와 여울이를 쳐다보는 두 시선에 현아가 먼저 말했다.

"휴가일에 맞춰야지."

"여울이 너는 돼?"

타이트한 일정이 잡혀 있지 않아 여울도 찬성했다. 여울이 고개를 끄덕이자 현아가 배를 잡고 굴렀다.

"다들 짝이 있잖아. 나만 외롭게 수영하겠네."

"주변에서 찾아봐. 아니면 헌팅? 오. 좋네. 해변에서 애인을 찾는 거지!!"

"그런 인위적인 만남은 싫어."

"이래서 네가 남자가 없는 거야! 안 되겠다. 내가 예쁜 수영복 골라 줄 테니까 챙겨 와."

"나도! 수영복 새로 사야 해. 쇼핑몰에 들어가서 눈팅하자."

선아와 지효가 열띠게 수영복을 검색하기 시작했다. 그러는 둘이 눈치채지 못하게 현아가 여울의 어깨를 슬며시 치며 속삭였다.

"그 후로 문사영하고 별일 없었어?"

"사실 문사영이랑 사귀었었어."

"뭐? 그래서?"

"솔직하게 내 감정 말했지. 내가 변심한 거니까."

그렇다고 포기할 놈이 아닐 것 같은데……. 사영의 눈빛을 상기하던 현아가 홀로 찜찜해하던 차에 선아가 말했다.

"아얏. 너네 우리 몰래 이야기하고 있지!"

"그러면 아무 말 없이 있어야 하냐."

그 말을 여울이 거들었다.

"별말 아니었어. 예쁜 수영복 찾았어? 나도 수영복 없어서 사야 하니까 너네가 골라 주라."

"그래!"

그때 선아의 핸드폰이 울렸다.

"엇, 잠시만. 남편한테 전화 왔다. 왜 전화 안 오나 했다. 여보세요? ⋯⋯그래서. 휴. 알았어. 끊어."

"왜 그래?"

"아놔. 진짜 제대로 하는 게 없어요. 나, 가 봐야겠어. 강하가 날 찾아. 달래지 못하니 빨리 오라고 하네."

육아의 괴로움에 선아가 한탄하자 결혼을 앞둔 지효가 걱정스럽게 말했다.

"나 아기 늦게 가져야겠다."

"최대한 늦게 가져. 남편이랑 할 거 다하고 여유 되면. 아기가 주는 행복도 좋지만 내 시간이 없으니까 우울해져."

분위기가 급 다운되자 이런 걸 견디지 못하는 현아가 블루투스 마이크를 봉처럼 흔들었다.

"우울할 때 우리 불러. 내가 선아를 위해 노래를 뽑아 본다!"

30분간 그야말로 혼을 불태운 시간이었다. 다들 헤어지기 아쉬워하면서 인사를 나눴다.

"남편한테 또 톡 왔다. 나 이제 진짜 가 볼게."

"흐아. 나도 가야겠어. 노는 것도 힘들다."

"진심. 여울아. 너 더 있다가 갈래? 그래라. 누워서 나랑 더 이야기하고 가."

헤어지기 아쉬웠던 터라 여울은 흔쾌히 현아의 집에 더 있기로 했다. 영화 한편을 틀며 남은 음식을 먹던 여울과 현아는 수다를 떨다가 어느 순간 바닥에서 자 버렸다.

"여울아."

여울이 눈을 떴을 땐 현아가 그녀의 어깨를 흔들고 있었다.

"네 폰 울리는데?"

"응. 근데 현아가 보재."

– 안 들키게 움직일 거니까 걱정 마.

그 말에 안심한 여울이 현아와 빌라 현관 정문으로 나갔다. 이 록은 벌써 와 있었다.

"오랜만이네."

3년 전과 전혀 달라진 곳이 없는 외모에 현아가 살짝 눈가를 찌푸렸다.

"내 이름은 기억하냐?"

"여울이 친구인데 기억하지. 김현아. 맞지?"

"반은 합격……. 내가 너 두고 볼 거니까 여울이한테 계속 잘 해. 내 친구 눈에 또 눈물 흘리게 했다가 너에 관한 것 모조리 조 사해서 까발릴 거야."

"말해 주지 않아도 그럴 테지만 명심하고 있지."

무서울 리가 없는 협박에 이록은 전혀 꿀릴 것이 없다는 표정 으로 말했다.

"아우. 재수 없어. 여울아, 네 애인 데리고 가."

"잘 자."

"들어가."

여울은 현아가 가는 것을 지켜보았다. 그를 보지 않는 여울의 목에 이록의 손가락이 닿았다. 이록이 여울의 뒷목을 손가락으 로 톡, 가볍게 쳤다. 그러한 접촉에 여울이 이록을 쳐다보자, 이 록의 입꼬리가 올라갔다.

그 잘난 미소에 적응될 법도 한데 그렇지 않은 여울의 가슴이 팽팽하게 조였다.

"주인 실격이야."

"뭐?"

"내 생각 안 났어? 난 너만 생각했는데."

"……생각이야 났지."

감정에 솔직해지기로 한 여울이 속마음을 숨기지 않자 이록이 풀어지는 미소를 머금었다.

"나 하고 싶어. 새끼가 발정 나면 주인이 책임져야지."

이록이 참을 수 없는 욕망을 보였다. 그와 같은 마음인 여울은 저도 모르게 헤실 웃었다.

"하는 거 봐서."

"아. 하는 거 봐서라."

중요한 말처럼 여울의 말을 따라한 이록이 그의 이능력으로 단숨에 도착한 침실에서 그녀를 눕혔다. 그러고는 여울의 발목에 입술을 묻었다.

"뭐 하는 거야."

"봉사하라는 뜻 아니었어?"

얼굴을 붉힌 여울은 현란한 이록의 테크닉에 무너질 수밖에 없었다.

✢ ＊ ✢

뜨거운 관계에서 정신을 차릴 수 없었던 여울은 이번에도 본신을 밝힐 특징을 알아내지 못했다. 기억나는 것이라고는 그녀의 몸에 열중하는 수컷의 얼굴밖에 없었다. 그러자 짐승의 감각을 기억하는 몸이 순식간에 달아오르기 시작했다. 이러면 안 된다는 생각에 여울은 다른 기억을 떠올리려 애썼다.

이록이 했던 말들, 그리고 지난 행동에서 단서를 찾기로 하는데 어느 기억이 불쑥 튀어올랐다.

'날짐승? 아니면 뭍짐승?'
'생각해 본 적이 없는데. 단정 지을 수 없어. 둘 다 해당된다면 모를까.'

머릿속에서 뽑아낸 말을 여울은 차분히 곱씹어 보며 생각했다.
'날 수도 있고 물속에서 살 수 있는 생물이라면 새 종류밖에 없지 않나?'
강한 새라고 해 봤자 맹금류밖에 떠오르는 게 없어 여울은 미간을 찡그리며 고개를 저었다.
'새는 아니야.'
이록의 강인함을 아는 여울은 멈추지 않고 머리를 굴렸다. 곰곰히 생각할수록 실마리가 잡힐 듯 말 듯 했지만 이거다! 하는, 머릿속을 강타하는 강력한 한 방이 없었다.
"내 생각 해?"
여울의 코앞에 다가온 이록이 다물리지 않는 입술을 물었다. 파고드는 온기에 놀라듯이 여울의 심장이 두근거렸다.
"그럼 누굴 생각하겠어?"
여울은 심장의 떨림을 숨기지 않고 솔직하게 웃었다. 그를 밀어내지 않는 여울이 사랑스러울 수밖에 없는 이록이 그녀를 껴안고 빙글빙글 돌았다.
"어지러워⋯⋯!"
이록이 재깍 움직임을 멈추고선 침대에 걸터앉았다. 그의 허벅지에 여울을 앉히고선 충만한 마음을 전하듯이 그녀의 입술을 깊게 쪼았다.

입안으로 흘러 들어오는 이록의 감정에 여울은 눈을 감고 적극적으로 호응했다. 둘이서 공유하는 감정은 달콤하기만 했다.

⁜ * ⁜

출근한 여울은 빠르게 일을 처리하고는 남은 시간에 이록을 생각하면 떠오르는 단어를 서치했다. 수인을 치자 먼저 금수, 라는 연관어가 보였다. 골몰하던 여울이 턱을 괴고선 창밖으로 응시했다.

'조금만 더 파고들면 알 것 같은데.'

그러나 막연한 실마리조차 떠오르지 않아, 괜히 한숨부터 나왔다.

"요새 날씨가 너무 좋네."

"그러니까요. 이렇게 날씨가 좋으니 회사에 있기 싫잖아요. 이런 날은 나가서 놀아 줘야 하는데."

"주말에 안 나갔어?"

"주말은 집에 있어야죠."

"반박 불가네. 여울 씨는 어디 안 나갔어?"

이록과 뭐 했는지, 그것을 알고 싶어 하는 눈빛에 여울은 부러 담담하게 말했다.

"그냥 쉬었어요."

"어머. 쉬었구나. 그래, 쉬어야지. 암."

무슨 생각을 하는지 그들의 표정이 알려 주고 있었다. 샛길로 빠져들 것 같아 여울이 회전의자를 돌리는 순간이었다. 그녀의 머릿속에 스친 그의 말이 있었다.

'독이 통하지 않아.'
'혜에.'
'날씨를 조절하고.'
'날씨를?! 잠깐 그게 가능해?'
'가능해.'

"날씨?"

그 말을 내뱉은 여울은 이록과 산에 올랐던 날을 기억해 냈다. 감정적인 갈등이 있은 직후 억수같이 비가 쏟아졌었다. 기우가 아니라는 확신이 든 순간, 여울은 짐작한 한 단어를 검색했다. 그러자 그녀가 알고 싶어 하는 정보가 우수수 떴다.

[용은 농사에 영향을 미치는 비와 가뭄·홍수 등을 다스리는 존재로 숭배되어, 사람들은 가뭄이 들면 용의 형상을 본떠 춤을 추면서 기우제를 지냈다.]

첨부된 용 사진을 보자마자 여울의 가슴이 격렬하게 반응했다. 여울은 철렁거리는 심장을 다독이지 못한 채로 이록을 쳐다보았다. 이윽고 웃음이 띤 그의 눈동자를 본 순간, 여울은 강인한 육체를 받아들인 온몸으로 깨달을 수밖에 없었다.

그녀의 짐승은 용이었다.

Chapter9. 짐승의 역린

이록의 본체를 알게 되었어도 여울은 그가 싫어지거나 무서워
지지 않았다. 그녀에게만은 다정한 짐승이니까.

강압적인 면이 없지 않지만 열정적으로 자신을 사랑해 주는 존
재를 어떻게 싫어할 수가 있을까. 이록에게로 닿은 마음은 오해로
점철된 세월 동안 변색되었지만 결국은 사랑이었다. 순순한 감정
이 세월의 층에 퇴적되어 짙어졌을 뿐 밑바탕은 바뀌지 않았다.

'두 번 사랑할 수 있구나.'

다시금 사랑에 빠진 것처럼, 그리고 첫 연애하는 것처럼 여울
은 이록과 함께하는 시간이 설렜다. 그녀가 아는 이록인데 다른
존재인 것처럼 낯가림을 하듯이 여울이 새삼스럽게 얼굴을 붉히
고선 고개를 돌렸다.

그러한 여울의 반응에 이록의 두 눈이 진득하게 굳었다.

"내게 화났어?"

여울은 가늘게 뜬 눈으로 옆구리에 놓인 핸드폰을 확인했다. 자정이 넘어 있었다. 발신인은 이록이었다.

"미안. 자느라 못 봤어."

- 집에 와서 자야지.

다정한 음색에 이록의 기분을 파악하지 못한 여울이 느릿하게 일어났다.

"정리하는 것만 마저 도와주고 나갈게. 나가면 전화 걸게."

- 그래.

여울은 통화를 끊고서 널브러진 테이블을 보았다.

"와, 우리 이런데 잠들었어? 청소하자."

"내일 내가 하면 되니까 가."

"너도 회사 가야지. 혼자서 언제 다 치워. 날파리 생기니까 빨리 치우자."

"그렇게 말할 줄 알고 가만히 있었지."

넉살 좋은 웃음에 여울이 픽 웃고는 테이블을 정리했다. 음식 찌꺼기를 치운 현아가 분리수거를 끝내 놓고는 말했다.

"설거지는 내가 할게. 이록이한테 전화해서 데리러 오라고 해."

"응."

"근데 나 얼굴 봐도 되냐?"

"할 말 있어?"

"많지. 벼르고 있어서 문제지."

"각오하라고 해야겠네."

웃으면서 여울은 이록의 번호로 전화를 걸었다. 몇 초도 되지 않아 안정감 있는 목소리가 여울의 귓가에 떨어졌다.

- 가면 돼?

자신을 피하는 듯한 여울의 행동에 이록은 사납게 짖듯이 말했다.

"나랑 말도 섞기 싫은 거야?"

"아냐……."

"그런데 왜 내 시선을 피하지? 내 정체를 알아내는 것만 생각해. 아니면…… 이미 알아냈나?"

"……응."

쉬어 가듯이 여울은 숨을 느릿하게 흘리면서 대답했다. 이록의 굳은 입꼬리가 직선으로 올라갔다. 자아 낸 미소에 여울은 사방이 막혀 꼼짝달싹할 수 없는 기분으로 어쩐지 섬뜩한 목소리를 들어야 했다.

"말해."

자신의 정체를 알아낼 수 없다는 확신이 어린 미소일까. 아니면 알아내도 상관없다는 미소일까. 어느 마음이든 여울에게 선득한 기분을 안겨 주는 미소였다. 하지만 이전과 다른 점이 있다면, 그녀의 마음이었다.

"넌……."

이록을 놓아주지 않을 여울은 색이 달라지는 동공을 관조했다. 푸른빛을 발하는 밤의 안광을 응시하며 여울이 담담하게 입술을 달싹거렸다.

"넌, 늑대야."

"……."

"그렇지?"

그 물음 끝에 이록은 뚫어지게 여울의 표정을 살펴보았다. 여울의 속마음을 끄집어낼 것처럼 탐색의 시간이 길어졌다.

"후우."

이록의 잇새로 날숨이 새어 나왔다. 짐승도 그의 본질을 알면 두려워하길 마련이었다. 여울이 그렇지 않다는 것에 이록은 자신이 안도했음을 인지했다.

은연중에 그녀가 제 본신을 알고 무서워할까 봐 두려웠던 것이다. 하지만 짙푸른 감정이 넘쳐흐르는 눈빛을 여울은 피하지 않고 있었다. 이록이 옅게 몸을 떨면서 그녀의 전신을 옭아매는 그윽한 목소리로 말했다.

"틀렸어. 이제 내게 잡아먹힐 시간이야."

그날 밤, 여울의 몸에 푸른 여의주가 들어갔다.

여울은 사탕처럼 동그란 구슬을 이로 문 이록을 보았다. 물결 치듯이 파란 빛을 머금은 구슬은 생각보다 크지 않았다. 보면 볼수록 신기한 여의주가 자신을 부르는 듯해 여울은 약간 멍한 상태로 이록의 입술에 입을 가져갔다.

저걸 가지고 싶었다. 받아들여야 하는 예감에 이끌리듯이 여울은 눈을 감아 이록이 넘겨주는 여의주를 삼켰다.

이록의 정기인 여의주가 여울의 몸에 스며들었다. 기도로 넘어가는 느낌이 없자 여울은 목 부근을 더듬거렸다. 마치 몸 안으로 흡수된 것 같았다. 신기한 감각에 여울이 순순하게 감탄했다.

"……신기해!"

"나는 네가 더 신기해."

어떻게 네가 나에게 찾아왔는지. 기적이라는 말을 붙여도 부족했다.

"내게 너는 기적이야."

성적 접촉이 없는 경탄에 여울은 몸 전체가 화끈거렸다.

"나도 그래. 내게로 와 줘서 고마워."

살짝 떨리는 목소리가 방 안을 울렸다. 마침내 여울의 몸속에서 여의주가 완성된 형태를 이루었다. 경이로운 융합을 몸소 느낀 이록은 완벽한 충만감에 힘이 넘쳐나는 것 같았다.

품에 두지 않고서는 참지 못할 정욕에 이록은 여울을 조심스럽게 안았다. 임신한 반려를 안는 것처럼 조심조심 그녀의 몸을 탐했지만, 깊어진 교합에 이성이 통제가 되지 않았다. 넘쳐 나는 힘을 주체할 수 없는 이록은 보드라운 여체에서 날뛰었다.

"흐윽. 아!"

땀으로 번들거리는 여울의 몸에서 커다란 용이 용트림하듯이 꿈틀거렸다.

❖ * ❖

여울이 여의주를 품은 후로 몸에 특별한 이상이 생기진 않았다. 한 가지 좋은 변화를 빼고는.

겉으로는 큰 변화는 없었지만 여울은 제가 느끼기에도 체력이 훨씬 좋아졌다는 것을 실감하고 있었다. 한 차례도 버거웠던 이록과의 사랑이, 이제는 두 번을 넘어서도 죽을 것처럼 힘들지는 않았다.

"키즈 화장품 프로젝트 기획안 담주 금요일까지 제출해."

퇴근이 몇 시간 남지 않은 시각에 불똥이 떨어졌다. 똥줄이 탄 마케팅 부서 전원이 국내외 현황 자료를 수집하는 반면 여울은 다른 접근법을 시도했다.

시제품의 결점과 특색 있는 점을 차별화할 수 있는 방안을 구색하는 것이다. 한참을 집중하는데 저녁이 되어 가는 시간에 전화가 걸려 왔다. 여울이 냉큼 받았다.

"여보세요?"

― 여울아.

"유민 언니?"

― 응. 나야. 통화 괜찮을까?

"응. 편하게 말해."

― 보고 싶어서 전화했어. 나 이번 주 시간 되는데 우리 만날 수 있을까?

"그럼! 언니는 언제 시간 돼? 아, 그런데 곧 산달 아니야?"

만난 날을 역계산을 한 여울이 걱정스럽게 묻자 유민이 웃으면서 말했다.

― 몇 주 뒤에 산달이야. 그래서 출산 전에 널 만나려고. 아기 낳고 몸조리하면 내년이나 가능할 것 같아서 말이야. 내일 시간 되니? 아니면 주말이라도.

"내일은 늦게 마쳐서 안 될 것 같아. 주말은 괜찮아. 언니가 편한 시간에 만날 수 있어."

― 그럼 일요일로 하자. 시간은 남편이랑 상의해서 톡으로 보낼게.

"응. 기다릴게!"

일요일로 만남을 잡아 놓은 여울은 그날까지 과중한 업무량에 치이느라 바쁜 평일을 보냈다. 바쁘게 지나가 버린 일상에 약속된 요일이 찾아왔다. 약속 시간보다 3시간 일찍 나선 여울은 이록과 함께 백화점에 들렀다.

"너무 귀엽다! 어떡해!"

소장 욕구가 불타오르고 있는 여울에게 나이가 지긋한 점원이

다가왔다.

"몇 개월인지 말씀해 주시면 추천해 드리겠습니다."

"몇 주 되면 지인이 출산해서요. 신생아에게 필요한 제품을 사고 싶어요."

"선물용을 고르시러 오셨군요. 그러시면 이 상품 어떠세요? 세트 박스로 꼭 필요한 아가 용품이 들어가 있습니다. 속싸개 만져 보시겠어요?"

여울은 아기 피부처럼 보들보들한 속싸개를 만졌다. 여울의 뒤에서 이를 지켜보던 이록의 하단이 묵직해졌다.

그도 수컷인지라 자신의 반려가 아이를 안고 있는 모습을 상상하자 마음이 동했다.

'엄마!'

이록의 상상은 과히 구체화되어 있었다. 그를 너무나도 닮은 용 새끼가 여울의 가슴에 얼굴을 비비는 행동을 한다.

상상일 뿐이라도 이록의 머릿속이 냉각되었다. 여울은 틀림없이 좋은 엄마가 될 것이었다. 용 새끼만 끼고 사느라 내게 소홀해지겠지.

자식만 바라보는 여울의 눈빛을 떠올린 이록은 질투심에 휩싸인 탓에 눈앞이 제대로 보이지 않았다.

"안 돼."

"응? 마음에 안 들어?"

망상에 사로잡혀 있던 이록이 정신이 든 눈으로, 하늘색 스와들업을 쥐고 있는 여울을 담았다. 고개를 갸웃거리는 여울의 모습에 이록은 얼른 다른 색깔의 뱀부라이트를 골랐다.

"이거로 해. 분홍색이 좋겠어."

이록이 분홍색으로 깔 맞춤된 베이비 세트를 계산대에 올리자 여울은 당황했다.

"흰색으로 해. 성별을 물어보지 않았단 말이야."

"내 육감을 믿어."

"······짐승의 육감이라는데 할 말이 없네. 결제해 주세요."

핸드폰 케이스에서 카드를 꺼내는 여울보다 이록이 한발 빨랐다.

"이 카드로 해요."

"내가 계산할 거야."

"얼마 한다고."

"그래. 얼마 한다고 네가 결제해. 내 월급으로 충분히 살 수 있어."

자존심이 상한 듯이 여울의 표정이 살짝 일그러졌다. 그러자 이록이 긴 팔로 허공에서 낚아챈 여울의 카드를 돌려주면서 말했다.

"너는 내 것 사 줘. 직접 골라서. 그러면 공평하지?"

그러고 보니 이록에게 받기만 했었다는 것에 여울은 반성하며 고개를 끄덕였다. 지난날을 합쳐 봐도 이록에게 무언가를 준 적이 없었다. 향수도 결국 사영이 사 준 것과 다름없었으니.

뭘 사 주면 될까, 여울이 고민하는 틈에 이록이 직원에게 곁눈을 주었다.

"결제 완료되었습니다. 포장해서 드리겠습니다."

잠시 후 포장된 선물 백을 받아 든 여울은 약속 시간까지 백화점을 둘러보며, 이록에게 줄 만한 것을 찾아보았다. 그러나 마땅한 게 없었다. 무얼 줘도 이록에게 어울리겠지만 마음에 차는 남성용이 없자 여울은 한숨을 내쉬었다.

"못 고르겠어?"

"응……. 특별한 것을 주고 싶은데 내 눈에 다 흔해 보여. 내 욕심이지 뭐."

시무룩한 말에 이록이 다정한 눈빛과 목소리로 기운없는 그녀를 얼렀다.

"네가 주는 거라면 뭐든 좋아. 날 생각해서 골랐다는 게 의미 있잖아. 물론 너랑 같이 고른다면 더 특별하겠지만."

진심이기에 빛이 날 수밖에 없는 이록의 본심에 여울은 가슴이 뭉클했다. 이록에게 더 잘해 주고 싶은 마음이 샘솟은 여울이 활짝 웃었다.

"그러면 커플용으로 맞추자. 다음에 하루 날 잡아서 사는 거야."

머그잔이라든가 시계라든가, 연인이라는 증표가 될 수 있을 맞춤 상품을 떠올리는 여울은 상당히 들떠 있었다.

"기대되네."

그리고 상기된 여울을 보는 것이야말로 이록에겐 유의미한 낙이었다.

❖ * ❖

만나기로 한 카페에서 여울은 미리 와 있는 유민을 발견하고는 기쁘게 불렀다.

"언니!"

핸드폰을 보고 있던 유민이 고개를 들었다. 유민은 방긋 웃다가 여울의 옆에 서 있는 이록을 보고는 둥근 배를 두 손으로 감쌌다.

"안녕하세요. 장유민이에요. 저를 기억하지 못하겠지만 예전에 멀리서나마 뵌 적이 있어요."

"이록입니다. 구면이었군요."

그것으로 대화를 끝낸 이록이 다정한 손길로 여울을 의자에 앉혔다.

"편하게 이야기 나누고 있어. 메뉴 주문하고 올게."

"나는 자몽 에이드로. 언니는요?"

"나는 따뜻한 종류면 되는데 아, 고구마라떼 부탁할게요."

확연한 미소를 띤 이록이 1층으로 내려가자 여울이 테이블 위에 유민에게 줄 쇼핑백을 올렸다.

"언니, 이거 선물."

"뭘 이런 걸 다……. 내가 만나자고 해 놓고 받기만 하네……."

"누가 사면 어때. 주는 사람 마음 기쁘면 되지. 안 받아 주면 싫다고 간주할 거야."

"싫다니. 너무 고마워서 그러지. 감사히 받을게. 내용물 확인해도 돼?"

"아……. 그런데 연분홍색이야. 미리 성별을 묻고 골랐어야 했는데 내가 성급했어."

"잘 골랐어. 둘째는 공주님이야."

"첫째는 아들이구나. 정말 귀엽겠다. 태어날 아가도."

"귀여운 건 잘 때만. 슬슬 말을 안 들을 시기라 말만 하면 싫다고 해."

자식 이야기에 빠진 유민은 엄마 미소를 머금고 있었다.

"얼굴 궁금하네. 사진 보여 줘."

"잠시만. 어제 찍은 사진 보여 줄게. 여기 있네."

유민을 닮은 아이가 액정 안에서 해맑게 웃고 있었다.

"너무 귀엽잖아. 볼 콕콕 찌르고 싶어."

이록이 주문한 음료수를 가지고 올 때까지 여울은 유민의 사진첩을 구경했다. 잠시 후 이록이 테이블에 우드 트레이를 놓았다.

"잘 마실게요."

유민의 말에 이록이 가볍게 고개를 끄덕였다.

"천천히 대화 나눠."

기어이 그녀의 머리를 만지며 이록이 사선의 자리로 앉자 여울이 쑥스럽게 웃었다. 그러자 유민이 보기 좋다는 듯이 웃었다.

"잘 지내고 있구나."

"으응. 헤어졌다가 다시 만난 지 얼마 안 되었어."

"그랬구나. 나는 계속 사귄 줄 알았어. 다정한 애인이라서 부럽다."

"언니도 남편이 있잖아. 곧 태어날 아가까지, 행복한 가정을 꾸렸으면서. 내가 부러워해야 할 판인 걸."

그 말에 유민의 얼굴빛이 어두워졌다.

"……너에게만 말하는 건데 내 남편 많이 아파."

생각지 못한 유민의 비운에 깜짝 놀란 여울이 잠깐 말을 잇지 못했다.

"그런……. 무슨 병이기에."

"……심장 이식해야 살 수 있대."

"……기증자를 찾고 있는 거야?"

"다행히 찾았어. 하지만 몇 년간 우리 부부 고생이 많았어. 나도 모르게 눈물이 나오네."

유민의 눈에서 굵은 눈물방울이 떨어지자 여울은 유민에게 휴지를 주면서 위로의 말을 건넸다.

"휴. 이제 좋은 일만 생길 거야. 내 도움이 필요하면 부담 갖지 말고 말해."

"고마워. 그리고…… 미안해."

"내가 해 준 게 뭐가 있다고 고맙고 미안하대."

그 말에 유민이 우느라 살짝 붉어진 얼굴로 엷게 웃었다. 그러나 유민의 낯에 그물을 친 어스름은 완전히 걷어지지 않았다.

"어느 회사에 다녀?"

"피오레."

"아아. 거기에 다니는구나."

"응, 이제 1년 차야."

말해 주지 않으면 속사정을 알 수 없는 여울은 유민이 불편하지 않게 제 이야기로 넘어가 수다를 떨었다. 오랜만에 만나서 그런지 대화할 이야기가 아주 많았다. 유민은 자리가 불편하다는 듯 간혹 다리를 살짝 떨면서 이록이 있는 방향을 힐끗거렸다. 하지만 그뿐이었다. 그래서 여울은 유민이 초조해한다는 걸 알지 못했다.

✧ ＊ ✧

며칠 사이에 여울의 기획안이 최종 선택되었다. 임원 회의실에 이동하는데 톡이 왔다. 예정일보다 이르게 출산한 유민의 소식이었다. 도착한 신생아 사진에 여울은 축하 메시지를 보낸 후 늦지 않게 회의실로 들어갔다.

마케팅부 외에 사업부 및 영업부 임원이 참여하는 회의실의

219

분위기는 엄숙했다. 상부의 승인을 받아 내야 하는 여울이 떨림을 가다듬고 발표를 시작했다.

"제가 제안한 기획은 키즈 크리에이터와의 협업으로 향수 제조키트를 언박싱하는 겁니다."

"DIY 상품이니 동영상으로 기대 효과를 노려 보자는 거군요. 괜찮은 제안이군요."

"감사합니다."

"확실히 예산이 절감이 되겠지만 단점도 감수해야 하는데, 리스크를 보완할 수 있겠습니까."

"예. 단점은 분사력이 약하다는 것과 베이스가 총 여섯 가지밖에 없어 향을 내는 데 제한적일 수밖에 없다는 것입니다. 하지만 자신이 조합하는 대로 달달한 과일향과 시원한 꽃향을 낼 수 있으니 선물용으로 포인트를 잡으면 어떨까 싶습니다. '나만의 향수'보다 '우정 향수', '사랑 향수' 이렇게요. 단점을 가리고 장점을 극대화할 수 있게 선전하는 겁니다. 그리고 유투버의 솔직한 감상평이 장기적으로 도움 될 것이라고 봅니다."

여울의 마케팅 전략은 호평이었다.

보름 뒤, 이에 따라 출시한 키즈 화장품의 반응은 열렬했다. 커플 향수로 붐이 일어나 매출 상승을 그리자, 단발적 상승효과에서 그치지 않게 대대적인 키즈 화장품 개발 생산으로 예산안이 투입되었다. 이러한 성과로 눈치 보지 않고 휴가를 일주일씩이나 쓸 수 있게 된 여울은 친구들과 휴가 일정을 맞추었다.

날짜와 펜션 장소 등 세세한 사항까지 결정 나니 어느덧 약속 당일이 다가왔다.

✥ * ✥

친구들과의 여행 첫날이었다. 모여서 가지 않고 각자 이동한 여울은 이록과 함께 개장한 해수욕장에 도착했다. 짐을 정리한 여울이 수영복으로 갈아입자 이록의 눈썹이 꼿꼿하게 올라갔다. 이록은 서둘러 그의 허리께까지 오는 집업을 벗어 여울에게 입혀 주어서야 만족했다.

"이러고 수영하라고?"

마치 어른 옷을 빼앗아 입은 것 같았다. 요상한 스타일이 되어 버려 여울이 지퍼를 내리려고 하자 이록이 단호하게 말했다.

"입고 있어."

"너는 벗었잖아."

태양빛에 노출된 이록의 상반신은 눈길이 갈 수밖에 없었다. 관광객의 시선이 이록에게만 한결같이 모이자 여울은 슬슬 기분이 나빠졌다.

"애인이에요?"

여울이 이록의 팔짱을 끼며 소유권을 주장했지만 몇몇 여성은 아랑곳하지 않고 접근했다.

"무슨 사이로 보입니까."

"친구 사이?"

"눈이 안 좋나 보군요. 잘 봐요."

여울의 왼손을 잡은 이록이 그의 입가로 가져와 그녀의 손등에 입을 맞췄다. 닭살이 돋는 애정 행각에 여성 셋이 둘을 바퀴벌레 보듯이 잽싸게 피했다. 여울은 여지를 주지 않는 이록이 자랑스러워 외부에서 잘 해 주지 않는 볼 뽀뽀를 했다.

그러자 이록의 두 눈빛이 작열했다. 베어 물면 단물이 나는 입을 맞추고 싶은 이록이 여울을 안아 들고선 둘만의 시간을 방해받을 수 없는 바다로 들어갔다.

"에잇!"

튜브에 앉은 여울이 다리로 물장구를 쳤다. 장난스러운 발길질에 위로 치솟은 물방울이 이록의 정수리부터 적셨다.

"이랬다 이거지?"

젖은 얼굴을 손바닥으로 가볍게 쓸어내린 이록은 여울의 튜브를 끌고 더 깊숙한 곳으로 들어갔다.

"어어어어……. 더 가지 마. 깊으면 무섭단 말이야."

"내가 있어도?"

바다색 같은 두 눈이 저를 응시하고 있자 여울은 저절로 긴장감이 풀렸다.

"별로 안 무섭네."

하늘을 본뜬 듯한 동공의 눈매가 곡선을 선명하게 그린다.

"널 위험하게 두지 않아. 절대로."

"응, 널 믿어."

이록을 절대적으로 믿는 여울은 이 깊은 바다처럼 속절없이 그에게 잠겨 있었다.

"쟤들도 들어오네."

세 가족이 연안을 따라 걷고 있었다. 그리고 현아와 지효, 지효의 애인이 물속으로 들어와 놀기 시작했다.

여울이 재미있게 노는 친구들을 유심히 쳐다보자 이록의 미간에 못마땅한 선이 그어졌다. 장난감을 빼앗긴 아이처럼 심통이 난 이록이 바다 밑으로 들어갔다.

"……이록아?"

순간 시야에서 사라져 보이지 않는 이록 때문에 여울은 튜브를 두 손으로 꽉 잡고선 고개를 두리번거렸다.

"이록아……!"

내려앉는 심장을 다잡을 새도 없이 여울은 비명을 질렀다.

"악!"

이록이 여울의 다리를 잡아 밑으로 끌어내렸다. 그대로 물속에 풍덩 빠진 여울은 반사적으로 눈을 감았다.

"……!"

여울이 황급히 휘젓는 두 손에 닿은 것을 세게 얼싸안았다. 구명보트처럼 이록에게 매달린 여울이 실눈을 뜨자마자 입술 위로 말캉한 감촉이 전해졌다. 여울의 입술에 입술을 포갠 이록이 숨을 불어 넣는 것처럼 공기를 넣어 주자 여울은 편안하게 숨을 쉴 수 있었다.

육지처럼 자유자재로 호흡이 가능하자 여울은 이록의 몸에서 떨어졌다. 두 입술이 떨어져도 여울은 호흡하는 것에 전혀 문제 없었다. 인어공주처럼 물속에서 자유롭게 숨을 쉴 수 있자 여울이 입술을 벌렸다.

"으브브?(이것도 여의주 때문이야?)"

여울의 입술 사이로 나온 공기방울이 수면 위로 뽀르륵, 올라갔다. 고개를 끄덕거린 이록이 여울의 손을 잡아 바닥이 보이지 않는 아래로 끌어당겼다. 이록과 함께 있으면 무서운 것이 없는 여울은 그가 움직이는 방향대로 편안하게 몸을 맡겼다.

수만 마리의 물고기가 여울의 눈앞을 맴돌았다. 인사하는 것처럼 무수한 해양동물이 여울에게로 다가와, 주변을 떠나지 않았다. 여울은 한동안 수면 밖으로 나가야 한다는 생각을 잊고서는 아름다운 바닷속을 헤엄쳤다.

그리고 노을이 질 무렵, 여울이 물 밖으로 나왔다.

"푸하."

여울은 자신의 이마에 달라붙은 머리카락을 떼어 주는 이록을 쳐다보았다. 여울의 시선을 느끼며 이록이 고개를 뒤로 젖혀 머리카락을 이마 위로 넘겼다.

바다를 관장하는 신처럼 이록은 아름다웠다. 여울은 이록이 이렇게 좋아질지 생각 못 했었다. 이록과의 처음을 떠올린 여울은 '그'라는 물결이 전해져 와 행복한 미소를 머금었다. 그리고 여울의 함박 미소가 이록의 음심을 불러일으켰다.

"또 할까?"

다시 안으로 들어가자는 눈빛 같지가 않아 보였다. 여울은 이록의 눈빛을 의심하며 물었다.

"어쩐지 불순한 눈빛인데."

"그야 내가 하고픈 건, 다른 것이라서. 우리가 헤엄만 친 건 아니잖아."

이록은 수중 키스를 말하고 있었다.

"넌 너무 솔직해서 탈이야."

여울이 날숨 같은 한숨을 내쉬자 이록이 고개를 비스듬히 틀었다.

"그래서 싫어?"

"싫어도 어쩌겠어. 널 감당할 수 있는 게 나밖에 없잖아."

여울이 이록의 목 뒤로 팔을 둘러 제게로 끌었다. 그리고 순순히 이끌린 이록의 입술을 머금는다. 이록의 자잘한 웃음이 여울의 청아한 숨과 섞였다. 둘은 넓은 바닷가에서 오로지 상대방밖에 없는 것처럼 서로를 갈구했다. 여울은 이록의 허리로 팔을 내려 굵직한 몸 선을 더듬었다. 그에게 배운 대로 행하자 이록의 미간이 움푹 들어갔다.

"하, 골 때리네."

이록은 여울을 간신히 떼어 내고선 길게 탄식했다. 그리고 공기가 부족한 것처럼 숨을 길게 들이마신 이록의 가슴근육이 크게 부풀었다.

"이런 건 어디서 배웠지?"

"누구겠어. 너잖아."

타박하듯이 여울이 이록의 가슴을 매만졌다. 참을성 없게 하는 손짓에 이록이 눈을 감아 자신의 손으로 이마를 덮었다. 살짝 고개까지 젖힌 이록이 힘겹게 입을 뗐다.

"더하면 나 못 참아."

"참을 필요 있어?"

그녀를 원하는 표정으로 욕정을 참아 내는 모습은 색다른 관능미가 있었다. 언제까지 참을 수 있나 싶어 여울이 대담하게 유혹하자 이록의 목소리가 거칠어졌다.

"불러."

"응?"

고개를 갸웃거리는 여울의 얼굴에 흐무러진 시선이 꽂혔다.

"네 친구들이 널 찾아. 이래도 해?"

그윽한 탁성에 여울은 꼴깍 소리를 냈다.

"아, 아니. 내가 미안해."

1시간 안에 끝날 리가 없는 이록의 절륜함을 알기에 여울은

225

바로 꼬리를 말았다. 그리고 어언간 보이지 않게 된 해안가 방향으로 고개를 틀었다.

"내가 안 보이니까 걱정돼서 찾고 있나 봐."

눅눅한 침묵에 여울이 대답을 요하듯이 이록을 쳐다보다, 얼굴을 붉혔다. 이 바닷물을 전부 머금은 것처럼 완전한 푸른 두 눈에 숨이 빼앗길 것 같았다. 여울은 헐떡거리며 입을 감쳐물었다. 초래한 뒷감당이 슬슬 두려워지기 시작한 순간이었다. 이록의 두 눈이 천천히 감기더니 검은 빛으로 돌아왔다.

검은 두 동공에 여울은 크게 안도했다. 그게 괘씸해 이록은 은근하게 여울의 손을 겹쳤다.

"왜, 왜? 이러지 마."

"내가 뭘 했다고?"

겨우 손을 겹친 것뿐이었다. 더한 짓도 한 사이에 이러는 건 과민 반응이었다. 정도가 지나쳤다는 생각에 여울이 부러 담담하게 잡은 손의 각도를 돌렸다. 그러자 손가락 사이가 빈틈없이 맞물렸다. 깍지를 낀 여울이 그의 시선을 은근히 피하자 이록이 붉은 귓불을 보고선 웃었다.

"부끄럼 타?"

"아니야……."

"밤에 유혹해 줘. 흔쾌히 넘어갈 거니까."

유혹의 목소리가 여울의 귓속을 야릇하게 후볐다. 그러자 간지러운 전율이 아래로 내려가 더한 열기를 유발했다. 신체를 지배하려는 열기와 맞서 싸우듯이 여울이 완강하게 말했다.

"우리 둘만 있는 거 아니거든."

"그런 걸 걱정하고 있었어? 네 목소리는 나만 들을 수 있어.

네 신음을 다른 이들이 듣게 할 것 같아?"

도발했다가 상상할 수 없는 일을 일으킬 것 같은 목소리에 여울은 고개를 저을 수밖에 없었다. 잘했다는 듯이 이록이 웃음기를 그리는 순간, 파도의 물결이 거세졌다. 파도가 밀듯이 몸이 자동으로 나아가지자 여울은 곧 보이는 해안가에 눈을 동그랗게 떴다.

둘만의 밤에 보일 기세처럼 이록의 의지로 움직이는 물결의 유속이 거침없었다.

"여울아!!"

저 멀리서 여울의 윤곽이 보이자 선아가 여울을 찾고 있는 이들을 불렀다.

"얘들아! 여울이 보여!!"

큰 외침에 112 버튼을 누르려던 지효가 멈칫하고선 먼 바다를 쳐다보았다. 먼발치에 보이는 두 형체가 제 친구라는 걸 알아본 지효와 다른 이들이 한 방향으로 몰려들었다. 격한 친구들의 만면에 여울이 쭈뼛대며 모래를 밟았다.

무탈한 여울을 보며 선아가 한시름 던 목소리로 말했다.

"너희가 안 보이니까 신고하려고 했잖아. 너무 깊게 들어가지 마. 아무 일 없어서 망정이지."

"미안해. 내가 너무 생각이 짧았어."

여울이 사과하자, 이록이 그녀의 어깨를 감싸며 말했다.

"내가 부주의했어."

연인을 감싸는 이록의 태도에 선아의 표정이 누그러졌다. 어수선한 상황이 정리되자 지효가 방수팩에 핸드폰을 집어넣으며 말했다.

"이제 들어가자. 배도 고프고 날이 저물어 가니까 확실히 추워. 씻고 바비큐 파티 하자."

그 말에 여울은 급하게 허기가 진 배를 문질렀다. 그런 데다가 찬바람에 닿은 살이 부르르 떨렸다. 여울이 떨자, 이록이 여울의 손을 다시 잡아 열 많은 그의 체온으로 차가워진 몸을 덥혔다. 훈기가 도는 몸에 여울은 이록과 마주 보며 환하게 웃었다. 이록과 함께할 여울의 앞날은 이 여름날의 기억처럼 뜨거울 것이었다.

바비큐 파티는 늦게까지 이어졌다. 자정이 넘어가자 다들 자러 들어가는 반면, 여울과 이록의 밤은 시작이었다.

⚜ ＊ ⚜

"흐읏, 흐읏."

목구멍을 뚫고 신음이 잇따라 터졌다. 여울은 두 손을 겹쳐 입을 막았다. 최대한 새어 나오려는 교성을 줄이려고 했지만 음부를 괴롭히는 애무는 더욱 집요해지기만 했다. 방음이 되지 않는 벽을 두고 이록과 야한 짓을 하고 있다니.

"흣!!"

소극적이게 응해 오는 여울이 못마땅한지 이록이 숨은 음핵을 들쳐 꼬집었다. 무방비하게 노출된 정점을 괴롭히는 이록 때문에 눈앞이 번쩍거렸다. 계속해서 밑을 괴롭히는 손가락의 움직임에 입을 막은 손가락의 힘이 풀리고 눈물이 맺힌 눈꼬리가 파들파들 떨렸다.

이록은 척척하게 젖은 살을 갈라 점막을 휘저으며 엄지손톱으로 튕기듯이 희롱하고 있었다. 느끼는 부위를 파악해 자지러지는 구간만 쏘삭거리는 이록의 테크닉에 여울은 미칠 것만 같았다.

"아윽."

"유독 잘 느끼네."

이록의 것이 들어오지도 않았는데 전신을 감싸는 쾌감이 지독했다.

"훗, 나올 것 같아."

요의가 심해졌다. 그럴 리가 없는데도 이록의 손이 방광을 누르는 것 같았다.

"싸도 돼."

"싫어, 흐윽. 빼, 줘."

눈물을 내보이는 눈동자의 초점이 흔들렸다. 여울은 얼굴을 절레절레 흔들며 가릴 것이 없는 음부 아래로 두 손을 내렸다.

"방해하지 마."

찰싹!

여울의 엉덩이를 때린 이록이 가랑이 사이에 내려온 손을 치웠다. 아프지 않았지만 여울은 이록에게 맞았다는 것에 문득 서러워졌다. 그녀를 봐주지 않는 그의 매몰찬 모습은 이번이 처음이 아니었다.

"위로 울지 말고 아래로 울어야지. 이 정도로 젖은 걸론 내 걸 품어도 아프다고 질질 싸기만 할 거잖아."

길쭉한 두 손가락이 질 안에서 구부러지면서 길목이 좁아 드는 통로의 벽을 비볐다. 추삽질하듯이 푹푹 찔러 넣었다가 빙글빙글 휘젓는 손의 움직임에 여울의 허리가 꽤 높이 들렸다.

기어이 손가락으로 오르가슴을 느껴 버린 여울은 사지를 경련하면서 굳었다. 빳빳하게 오므라든 발가락이 이불보를 움켜쥐었다. 그리고 주름이 진 자리에 애액과 다른 샘물이 튀었다.

오줌처럼 방대한 양이 여울의 사타구니와 허벅지를 적시며 흩뿌려졌다. 곡선을 그리며 쏟아진 물줄기는 이록의 손과 손목까지 닿았다.

얇은 매트의 색을 진하게 물들인 액이 잦아들 때까지도 이록의 손가락은 질구에 박혀 있었다. 요도에서 나오는 액을 더 뿜으라는 듯이 구멍에 꽂은 손가락을 살살 흔들면서 재촉까지 한다.

세차게 터졌다가 천천히 줄어드는 사정의 흔적을 보며 이록이 두 손가락을 뺐다. 가쁜 숨을 토해 내는 그녀와 달리 그의 숨결은 미세하게 흐트러져 있을 뿐이었다.

"보기 좋은데 왜 가려."

수치심이라곤 알지 못하는 이록은 붉은 속살이 잘 보이도록 허물어지는 여울의 두 다리를 벌렸다. 공기를 떠도는 짙은 향이 후각을 마비시킬 것처럼 찔러 오자 이록의 목 안에서 그르렁거리는 소리가 울렸다.

"환장하게 하네."

혼미한 정신을 때리는 소리였다. 늘어진 여울의 몸이 흠칫거렸다. 몽롱한 정신에서 벗어난 여울은 이록의 허기진 표정을 보고서 움찔거렸다. 이다음 닥칠 운명을 알기 때문이었다.

"그만−"

"이거 안 보여?"

불쑥 이록이 허리를 내밀었다. 벗지 않은 하의의 중심부가 터질 것처럼 위로 솟구쳐 있었다. 언덕이 형성된 이록의 중심을 보자 여울은 참아 온 울음을 터트렸다.

"흐윽."

갑작스럽게 여울이 서러운 눈물을 쏟아 내자 이록의 눈썹이 일그러졌다.

"왜 울어."

여울이 두 손으로 눈가를 가린 채 이록의 시선을 맞추려고 하지 않자 이록은 몹시 당황했다.

"내가 뭘 잘못했어?"

여울의 허리를 두 손으로 받쳐 가뿐하게 들어 올린 이록이 탄탄한 허벅다리에 그녀를 앉혔다. 이록은 말을 하지 못하는 어린아이처럼 훌쩍이는 여울의 두 손을 잡아 내려 그와 시선을 맞추게 했다.

여울은 눈물이 고인 눈망울로 해도 해도 너무한 이록을 흘겼다.

"하지 말라고 그랬잖아."

옆방에 친구들이 자고 있었다. 그녀의 교성을 들었을지도 모른다. 이록이 주는 쾌감을 느끼지 않으려고 했지만 그녀의 몸은 착실하게 반응하다 못해 평소보다 빠르게 절정에 달아올랐다. 그녀와 그 말고 다른 사람이 있다는 사실이 주는 배덕감이 치솟아 감도가 높아진 상태였다.

아찔한 절정을 느껴 버리고 난 후 자신이 무슨 짓을 했는지 새삼 인지한 여울은 이제 애들의 얼굴을 어떻게 보나 싶어 걱정이 이만저만이 아니었다. 이런 그녀의 마음을 몰라 주고 그저 정사를 이어 나갈 생각밖에 없는 이록의 번들거리는 시선을 마주하고 있자니 무섭기도 했다.

"다 들었을 거야. 난 몰라."

"그게 걱정이었어?"

이록은 뭘 그런 것으로 걱정하냐며 여울의 눈물을 혀로 핥았다.

"걱정 마. 네 신음을 들려줄 리가 없잖아."

"그럼?"

"결계를 쳐 놓았어."

그 말을 듣고 여울이 안도의 숨을 터트리기 전이었다. 이록이 성급하게 상의를 벗었다.

"이제 해도 되지?"

여울의 뺨을 혀로 찔러 대는 입꼬리가 야릇하게 올라가 있었다. 기대에 찬 표정을 머금은 이록은 여울의 두 손을 잡아 그의 것에 올려 두었다. 그러자 심지가 굳은 기둥은 더욱 빳빳해졌다.

"흐윽, 싫어."

"왜? 또."

"한 번으로 안 끝낼 거잖아……."

"사정 끝내면 안 할게."

거짓말. 이록은 지키지 못할 약속을 하면서 울먹거리는 여울을 도로 눕혔다.

그가 굳이 그녀의 얼굴 근처로 다가와 바지를 벗었다. 드로즈의 밴드를 골반에 걸치자마자 쿠퍼액을 흘리고 있는 선단이 뚜렷한 형체를 드러냈다. 커다란 그의 손에 겨우 잡히는 페니스였다. 핏줄이 선연한 기둥을 잡고 밖으로 끄집어 낸 이록은 큼지막한 손으로 그녀의 다리를 잡아 벌렸다.

이록의 타액보다 그녀가 내보낸 물 때문에 아래는 흠뻑 젖어 있었다. 고개를 숙인 이록이 무얼 하는지 아래에서 생생하게 느껴졌다. 마르지 않은 물을 핥아 대는 소리가 물장난하는 것처럼 찰박거렸다.

"이, 이록아."

"응."

애무하느라 이록의 발음은 뭉그러져 있었다. 이록은 집중적으로 두툼한 살을 가르며 구멍에 혀를 집어넣었다. 혀가 들어갔다가 빠져나온 곳은 벌름거리며 미끈한 애액을 계속해서 토해 냈다.

작은 안이 요사스럽게 오물거리자 이록은 입술을 깨물며 하복부의 열기를 참아 냈다. 아래의 고통이 극심해지고 있었지만 여울의 향이 가장 강한 곳에서 고개를 뗄 수가 없었다.

"넣어 줘, 응?"

결국 여울의 입에서 조르는 말이 나오고야 말았다. 아래가 간지러움을 넘어 욱신거렸다. 이록을 원하는 몸이 말썽이자 여울은 이성의 끈이 풀려 자신도 모르게 엉덩이를 들썩거렸다.

"그렇게 이게 갖고 싶어?"

분홍색을 띠던 작은 알갱이가 붉은빛을 띨 정도로 이록이 빨아당기자 여울은 미칠 것 같았다. 음핵이 간지럽다 못해 안이 저절로 굼틀거렸다. 물이 질질 새는 게 느껴질 정도로 여울은 수치심을 넘어 괴로울 단계에 이르렀다. 다리를 있는 대로 벌리며 이록을 몸짓으로 유혹했지만 이록은 순순히 넘어와 주지 않았다.

"으응, 줘."

"주는 건 어렵지 않은데."

구렁이처럼 커다랗고 긴 위용을 자랑하는 것이 넣을 것처럼 아래를 찔러 댔다.

"빼 달라고 하지 마."

233

쾌감이 집중된 작은 부위를 꾹꾹 누르던 두꺼운 선단이 그녀의 아래를 맞춰 거침없이 들어왔다.

"너무 커."

구불구불한 벽을 치면서 자리를 잡는 페니스 때문에 여울은 눈가를 일그러뜨렸다.

"왜 모르는 것처럼 말해. 몇 번이고 먹어 봤으면서, 앙탈은."

넓은 귀두 모양이 안에 달라붙었다. 그가 그녀의 안을 쳐올릴 때마다 여울의 입에서 신음이 터져 나왔다. 앗앗앗. 듣기 좋은 소리를 들으며 이록은 여울의 배가 접히게 커다란 몸으로 그녀를 눌렀다. 여울을 내리누른 자세로 출렁거리는 가슴을 움켜쥔 이록이 발딱 솟은 유두를 한 입에 머금었다.

"으흑."

위아래 할 것 없이 이록에게 시달려야 하는 여울은 쾌락 젖은 표정으로 자지러졌다. 저릿저릿하지 않은 곳이 없었다. 자신의 안을 찌르는 힘과 속도가 무자비했다. 그녀의 안에서 미끄럼을 타는 것처럼 그의 것이 움직이는데 미치지 않는 게 이상했다.

"아, 아, 아."

짓문지르는 행위가 반복되는 시간이 길게 이어지자 여울은 몇 차례 절정에 달아올랐다.

"빼, 빼."

그를 받아들이는 체위가 몇 번이고 바뀌어도 기세가 수그러들지 않았다. 계속해서 자신을 밀어 올리는 페니스에 박힌 여울은 베개에 얼굴을 묻으면서 후들거리는 팔을 뒤로 뻗었다. 그녀는 엉덩이를 치대는 이록의 하체를 밀려고 했다.

하지만 이록이 그러지 못하게 몸 뒤로 뻗는 여울의 팔을 잡아

박차를 가했다. 엉덩이를 뭉갤 것처럼 더욱 거칠게 허리를 흔들었다.

"흐읏!"

다른 한 손마저 뻗었지만 이록에게 붙잡힌 채였다.

"이렇게 빼 줘?"

찔걱찔걱, 절반을 남겨 두고 물렸다가 다시 빠르게 넣는 짓에 여울의 가슴은 아프게 덜렁거렸다.

"허윽,"

"아, 아니야? 더 세게 해 달라는 거지?"

수축과 이완을 반복하는 여울의 안을 박아 대는 물건은 이록의 눈꼬리처럼 상당히 휘어져 있었다.

굴곡진 속살이 야들야들해져 이록의 페니스를 부드럽게 감쌌다. 이록의 치모가 여울의 엉덩이에 달라붙듯이 붙었다. 더는 들어갈 수 없는 곳까지 밀고 들어온 이록이 그 상태로 허리만 튕겼다.

"앗, 앗! 아, 아파."

비벼지는 느낌이 극심했다. 쾌락이 너무 심해 고통스럽기까지 했다.

"어디가. 여기가?"

이록의 손이 임신한 것처럼 불룩한 여울의 아랫배를 덮었다. 아랫배를 지그시 누르며 매만지는 손길이 의도적이었다. 그의 것을 품은 배를 가늠하는 행위가 자극으로 돌아오자 여울의 안이 오그라들었다.

쥐어짜는 힘에 이록이 윽, 하고 신음을 토해 내고서 여울의 등허리에 기울인 상체를 밀착했다. 그리고 오직 힘으로만 아래를 짓뭉갰다.

생살이 달라붙는 교접부에 추삽질의 열기까지 더해지자 두 사람 모두 일순 멈칫거렸다.

"너무 조이지 마."

콱, 이록이 여울의 귀를 깨물며 으르렁거렸다.

"가슴은 안 아파?"

그의 손이 여울의 가슴을 부여잡았다.

"으윽, 아파."

"아파? 이런, 빨아 줘야겠네."

"흐으, 빨면 안 돼. 더는 안 된단 말이야."

이록이 또다시 가슴을 깨물까 봐 여울은 겁에 질린 짐승처럼 바들바들 떨었다.

"여울이가 싫어하니까 안 할게."

다정하게 그녀를 달래는 것과 달리 가슴을 주물럭거리는 손길은 꽤나 거칠었다.

"대신 조금만 더 참아."

"흐윽."

"그래 줄 수 있지?"

여울의 고개가 흔들렸다. 엉덩이에 붙인 골반을 위아래로 튕겨 여울이 고갯짓을 하게 한 이록은 웃었다.

"고마워."

여울의 잘록한 허리와 통통한 엉덩이를 감상하면서 이록은 아래에 손을 내렸다. 그리고 몇 번이고 희롱한 알맹이를 자연스럽게 굴리면서 여울이 다시 소리를 지르게 했다.

"아흑! 읏."

앞기둥까지 범람한 사정감을 참으며 여울의 안을 진창으로 만드는 데 집중했다. 이록은 페니스의 압박감이 심해지자 이를 악물며 말했다.

"우리 같이 가자."

서로의 생식기에선 이미 싸지른 애액과 정액으로 찌걱 소리가 음탕하게 퍼지고 있었다.

"사랑해."

진퇴하는 속도에 힘을 가해 사정을 촉진했다.

"아아아."

배 속이 더부룩하게 이록은 자신의 것을 쏴 댔다. 사정액이 아래 깊은 곳까지 흘러들어 오자 여울의 허리가 휘어졌다.

본능적인 충동을 이기지 못한 이록은 허리를 빼지 않고 잘게 흔들었다. 경련하는 안에서 그녀의 절정을 페니스로 여실하게 느낀 이록은 만족스러운 신음을 나직이 흘렸다. 성기를 빼내어 여울의 몸을 바르게 눕히자 그녀의 눈꺼풀은 이미 닫혀 있었다.

의식을 잃은 게 처음이 아닌지라 이록은 당황하지 않고 여울의 젖무덤에 얼굴을 묻었다. 그는 그녀가 깨어날 때까지 자신의 체향으로 뒤덮인 반려의 내음을 만끽했다.

❖ ＊ ❖

"아아아앙!!"

희붐한 아침빛이 뜰 때였다. 이록의 품에서 잠든 여울이 단잠을 방해하는 소리에 눈을 떴다.

"……고양이 소리?"

잠이 덜 깬 상태로 중얼거린 말에 이록이 말했다.

"아이가 울어."

"아이라면, 강하?"

"강하, 그런 이름이었네."

친자식이 태어나도 무관심할 이록은 가볍게 끄덕였다. 걱정이
된 여울이 물었다.

"강하 아프대?"

"밖에 나가자고 하던데."

"밖에? 심심한가?"

"으아아아!"

잦아들지 않고 커지는 울음소리에 여울은 가만히 있지 못하고
이부자리에서 일어났다.

"안 되겠다. 나가서 확인해 봐야겠어."

티셔츠 위에 카디건을 걸친 여울은 말은 하지 않고 표정으로
불만을 드러내는 이록의 볼에 가볍게 입술을 맞추었다.

그 짧은 입맞춤으로 이록의 입가에 희붐한 미소가 번졌다. 토
라진 남편을 달래 준 기분으로 여울이 생글거리며 바다가 보이
는 거실로 나가자, 선아와 강하 둘만 있었다.

"미안해. 강하 때문에 깼지?"

"아냐. 일어나려던 참이었어. 그런데 강하 왜 울어?"

"휴. 나가서 놀고 싶은가 봐. 일어나자마자 생떼야. 바다에 들
어가자고."

"가아 가아!"

"봐. 고집이 왜 이리 센지 못 말리겠어. 한번 꽂히면 누구도
못 말려. 잠 더 재우고 나가려고 했는데……."

238

잠을 못 잔 선아의 얼굴이 너무 피곤해 보여 여울은 강하를 안아 들었다.

"쉬고 있어. 내가 데리고 가서 놀아 줄게. 30분만 놀아 주면 피곤해서 잠들지 않을까?"

"친구여. 아이의 체력을 너무 모르는구나. 1시간은 더 놀아 줘야 해. 그래야 피곤해서 지치지."

"이잉. 고고!"

강하가 여울의 티셔츠를 잡아당기며 엉덩이를 달싹거린다. 악센 아가의 손힘에 여울이 내심 당황하자 선아가 가볍게 웃었다.

"힘 좋지? 남자아이라서 더 그래. 몸 쓰는 놀이를 주로 해야 하니까 지친다. 잠시만 기다려. 강하 옷이랑 장난감 챙겨서 올게."

✦ ✱ ✦

모래사장에서 성인 둘과 아이 한 명이 아침 햇살을 받으며 서 있었다. 창가에서 여울을 지켜보는 이록은 한시도 그녀에게 눈을 뗄 수가 없었다. 왜인지 불안했다. 평소와 다르게 뛰는 심장의 격동에 청각을 곤두세웠다.

성난 파도 소리가 예민한 신경을 건드렸다. 뭔가 놓친 것처럼 찜찜한 기분을 거둘 수 없는 이록이 한순간 생각에 빠진 그 순간, 사고가 벌어졌다.

"여울아?"

여울을 찾는 목소리에 이록이 두 동공으로 시야 전체를 훑었다. 그러나 여울은 물거품이 된 것처럼 사라져 있었다.

몇 분 전, 강하의 장난감이 파도에 쓸렸다.

"흐아아앙! 로보!!"

강하가 작은 발을 움직이며 와앙, 울음보를 터트렸다.

"이모가 주워 줄게!"

첨벙첨벙, 물을 튀기며 여울이 멀어지는 로봇을 잡기 위해 몸을 앞으로 기울였다. 장난감은 더 이상 떠내려 가지 않고 두둥 떠 있었다. 조금만 더 빨리 달려가 팔을 뻗은 여울은 로봇을 주워 고개를 들었다. 그 순간 본 건, 그녀의 신장을 넘는 해일이었다.

생물처럼 넘실거리는 바닷물이 입을 벌리는 것처럼 여울을 넘보았다.

쏴아아!!

여울은 그대로 파도에 휩쓸렸다.

꼬르르.

물을 먹은 여울이 두 팔과 다리를 찼지만 아래로 빨려들어 가기만 할 뿐이었다. 다리가 잡힌 느낌에 두 눈을 겨우 뜬 여울은 기함할 수밖에 없었다.

'사, 사람?'

얼굴이 보이지 않는 남자가 여울의 다리를 잡아끌고 있었다. 귀신처럼 보이는 형상에 여울이 다리를 힘껏 버둥거렸지만 그럴수록 압력이 가해졌다. 힘을 뺀 여울은 정신을 잃은 것처럼 눈을 감았다. 그러자 확실히 발목을 감싸는 힘이 느슨해졌다.

'이때야.'

발을 거칠게 비틀었다. 덕분에 손아귀에서 벗어날 수 있었던 여울이 헤엄치는데, 그녀를 추월한 남자의 입이 크게 움직였다.

'뭐라는 거야?'

자세히 보자 입 모양이 여울이 아는 단어를 말하고 있었다.

'유……민? 유민 언니?'

여울이 발음대로 입술을 달싹거리자 창백한 남자가 고개를 주억거렸다.

'유민 언니 남편?!'

여울의 말을 알아들은 남자가 고개를 끄덕이더니 다시 무어라 말을 걸었다.

'미안합니다.'

'……미안합니다?'

남자의 말을 알아들었을 땐, 큼직한 손바닥이 여울의 코와 입을 막은 뒤였다.

'읍!'

낯선 손에 숨 쉬는 구멍이 막혀 버린 여울은 두 눈을 동그랗게 뜨며 힘껏 저항했지만 역부족이었다. 숨이 차올라 시야가 시커먼 색으로 변했다.

'정신 차려야 하는데…….'

혼절한 여울을 놓치지 않도록 남자가 안아 들었다. 청명한 빛이 보이는 위로 올라가는 흐름이 리드미컬하게 이어지고 있었다.

"나 때문이야……. 내가, 내가 주으러 갔어야 했는데."

실종된 여울의 생사를 알 수 없는 선아가 격하게 흐느꼈다. 혼절할 것 같은 선아를 지효와 현아가 양쪽에서 껴안고 달랬다.

"여울이 분명 살아 있어."

"맞아. 곧 수색대가 발견할 거야."

셋은 여울을 삼킨 먼 바다를 바라보았다. 그러다 현아가 손톱을 깨물며 초조하게 사방을 둘러보았다.

"이록이 못 봤어?"

어느 사이에 이록이 보이지 않았다. 이록을 찾는 시선이 무심코 하늘 위로 향했을 때였다. 폭우가 바닥을 내리쳤다. 시야를 확보할 수 없는 물줄기에 수색대가 바닷가에서 빠르게 나왔다.

"제, 제 친구는요?"

"안타까운 일이나 이런 날씨로는 저희도 어쩔 수가 없습니다. 비가 그치면 수색하겠습니다."

"무슨 소리예요! 그때가 되면 제 친구는……!"

"죄송합니다."

반복되는 사과에 그들은 격하게 대성통곡했다.

"여울아!!"

절망적인 울음소리가 닿지 않는 해공에서 거대한 용이 구름을 휘감듯이 굽이치고 있었다.

❖ ＊ ❖

깨어나라고 알리듯이 심장이 쿵쿵 울린다. 찬기가 올라오는 바닥에 누워 있었던 여울이 눈을 떴다. 일어나려고 하다가 등 뒤로 묶인 두 손을 인식한 여울은 똑바로 누워 다리에 힘을 줬다. 머리부터 해서 천천히 등을 세워 앉았다. 그렇게 자세를 취한 여울이 고개를 두리번거렸다.

툭.

마르지 않은 몸에서 물이 떨어졌다.

"후."

자신에게서 난 소리에 여울은 삼키려던 숨을 내뱉고선 생각에 잠겼다.

'어떻게 하면 이록에게 내 위치를 알릴 수 있을까.'

핸드폰도 없고……. 이때 제 몸에 있는 여의주가 생각났다. 혹시 몰라 여울은 눈을 감았다. 그리고 한 번 본 여의주를 떠올리며 이록의 이름을 불렀다.

"이록아……."

그러자마자 신기한 일이 벌어졌다. 비행기에서 볼 수 있는 하늘의 경치가 시야를 스치듯이 휙휙 지나갔다.

많은 정보가 한순간에 머릿속에 들어온 듯이 급격히 어지러웠다. 눈을 뜨지 않을 수 없는 현기증에 여울이 고개를 저으며 눈꺼풀을 들 때였다. 그 순간, 여울의 시야가 밝아졌다. 퀴퀴한 공간에 들어온 남자가 한순간 밝아진 시야에 적응하지 못해 눈을 가늘게 뜬 여울을 응시했다.

여울을 이곳으로 납치한 수인은 물에서 기어 나온 인어처럼 고혹적으로 아름다웠지만 기괴한 느낌을 주고 있었다.

"……내게 왜 이러는 거죠?"

여울은 떨림을 최대한 숨기며 차분하게 물었다.

"미안하게 되었습니다."

창백한 얼굴과 대비되는 굵은 저음이 좁은 공간을 울렸다.

"해칠 생각은 없습니다. 왕이 오면 풀어 줄 테니 그때까지만 참아 주세요."

공손한 말투에 여울은 속으로 비웃었다.

'해칠 생각이 없다니. 그런 말을 누가 믿어.'

어르는 듯한 말투에도 경계심을 풀지 않은 여울이 손과 다르게 자유로운 두 다리 사이를 딱 붙였다.

"날 납치한 목적이나 말해요. 나를 통해서 이록이에게 뭘 얻어 낼 생각이죠?"

"유지환이라고 합니다. 상어 수인이죠."

바다의 최강 포식자였다. 여울은 눈앞의 이가 더욱 두려워져 딱딱 부딪히려는 이를 힘주어 악물었다.

"제 아내에게 여울 씨 이야기를 많이 들었습니다."

"……."

"그리고 아이 선물 잘 받았습니다. 감사합니다."

"감사를 이런 식으로 갚나 보죠?"

자극해서는 안 된다는 걸 알지만서도 감정이 격해진 여울이 비꼬자, 상어의 눈동자가 날카로운 이빨처럼 번득거렸다.

"여울 씨에게는 감정이 없습니다."

축축한 피비린내가 맡아지는 것 같아 여울은 저도 모르게 숨소리를 죽였다.

후두두둑.

창문 하나 없는 사위를 두드리는 빗소리에 여울의 심장박동이 잦아들었다.

'이록이가 나를 찾고 있어.'

말로 설명할 수 없는 직감에 여울은 대화를 유도해서 시간을 끌고자 했다.

"이록이겐 있다는 건가요?"

"왕과 저는 아무런 인연이 없습니다."

"그런데 어째서……?"

"당신에게 제가 필요한 것이 있기 때문입니다."

선후 관계를 파악한 여울이 입술을 깨물었다. 비로소 유지환의 목적을 알아차린 것이다.

"왕은 여의주를 품은 당신이 어디에 있든 파악할 수 있습니다. 본능적으로 알 수밖에 없다고 하더군요."

'조력자가 있어.'

그 말에 여울은 자신이 인질이며 유인용인 걸 알아챘다.

"저는 뭍에서 오래 살 수 없는 종족입니다."

"……."

"해를 넘을수록 숨 쉬는 것마저 힘에 부쳤습니다. 아내의 생이 끝날 때까지 버틸 수 있을 줄 알았지만, 제 오판이었죠. 심각성을 알아차렸을 땐 폐와 심장이 썩어 들어가고 있었습니다. 저와 같은 동족의 심장을 어렵사리 찾았지만 몇 년만 연장시키는 것뿐, 예정된 죽음을 바꿀 수 있는 건 오직 왕의 여의주입니다."

여의주가 어디에 있는지 가늠하는 눈동자의 색채가 진한 회색 빛을 띠고 있었다.

'이 사람, 내가 여의주를 흡수한 것을 알고 있어.'

조력자가 있다는 생각이 틀리지 않게 그녀와 안면이 없는 유지환이 알 수 없는 정보가 많았다.

"저는 살고 싶습니다. 살아야 합니다. 제 자식들을 위해서라도."

죽은 생선 눈을 마주한 것처럼 여울은 자신의 가슴 언저리를 주시하는 눈길이 불쾌해 인상을 구기며 물었다.

"당신을 도운 자는 누구죠?"

……쿵!

"……! 왔군요."

유지환보다 여울의 심장이 이록의 기척을 먼저 알아차렸다.

쾅!

유지환이 여울에게 달려드는 순간 통나무를 쪼개 지은 문이 부서졌다. 시퍼런 안광이 여울을 샅샅이 훑었다. 심장을 옭아매는 눈빛을 기다렸던 여울이 그를 애타게 불렀다.

"이록아!"

"조금만 기다려. 내가 곧 갈게."

여울이 무사하다는 걸 두 눈으로 확인한 이록은 광폭한 본능을 잠재웠다.

"응."

안도감을 주는 목소리에 여울은 울음을 참으며 고개를 끄덕거렸다. 그리고 여울을 방패로 삼듯이 그녀의 뒤에 선 유지환이 말했다.

"여자를 살리고 싶거든 몸으로 증명해 보이십시오."

그 말에 이록은 망설임 없이 자신의 몸에 상처를 냈다.

"아…… 안, 돼!"

여울이 비명을 질렀지만 늦었다. 이록의 팔이 너덜거렸다.

"됐나?"

피를 많이 흘린 탓에 이록의 얼굴의 핏기가 실시간으로 가시고 있었다.

"이제 심장을 찌르세요."

수작이 통하지 않는다는 듯이 유지환이 여울의 목에 날카로운 손톱을 세웠다. 그러자 광기에 서린 동공이 핏빛에 젖어 들었다. 가까스로 억눌린 광기가 폭발하기 시작했다. 하늘이 노하듯이 우르릉거리며 폭풍뢰가 몰아쳤다.

번쩍번쩍.

부서진 문 뒤로 세상이 멸망할 것처럼 눈부신 빛이 발광하고

246

있었다. 그리고 사면이 바다로 둘러싸인 섬 중앙에 줄번개가 내리쳤다.

쾅! 쾅! 콰앙!

그 여파에 영향을 받은 지대가 무너질 것처럼 흔들렸다. 갑작스러운 사태에 여울이 머리를 두 손으로 감싸 숙였다.

"꺅."

여울의 비명이 번개처럼 이성을 잃은 이록의 머리를 쳤다. 비이성적인 광기를 가까스로 제어한 이록이 핏발이 선 눈으로 유지환을 응시했다.

"손끝 하나 건드리기만 해라."

여울은 이록의 역린이었다. 여울의 몸에 위해가 가해진다면 용의 분노를 고스란히 받을 유지환이 냉큼 손톱을 세운 손가락을 평범하게 줄였다.

"고개 들지 마."

그 말에 고개를 들려던 여울은 머리를 누르는 손길에 몸을 가누지 못해, 순간 무슨 일이 일어났는지 알지 못했다.

푸욱—

"……아악!"

살이 파고드는 소리가 이내 이록에게서 난 것이라는 걸 깨달은 여울은 고통에 찬 비명을 내지르며 전신을 비틀었다.

"이제 그녀를 놓아줘."

그 말이 들리자마자 여울의 몸을 제압하는 힘이 사라졌다. 여울이 고개를 치켜들자 유지환이 이록에게 달려들고 있었다.

방울방울, 핏방울이 사방으로 흩뿌려진다. 여울의 동공이 크게 흔들렸다. 이록은 여울에게 시선을 고정한 채 유지환의 몸에 제 피를 꽂아 넣었다.

"꺼억-!"

피가 철비처럼 커다란 몸을 관통했다. 단말마의 비명을 지르며 쓰러진 유지환을 이록이 차게 내려다보았다.

"이, 이록아……!"

여울은 무릎걸음으로 걸었다. 이록은 제게로 걸어오는 여울을 보다가 힘없이 다리를 꿇었다.

"싫어……. 안 돼. 죽으면 안 돼."

여울은 얼른 자신의 몸으로 기울어지는 몸을 부축했다. 이록은 여울의 몸에 기대며 그녀의 두 손을 구속한 끈을 끊었다. 손이 자유로워진 여울이 황급히 이록의 양 어깨를 짚어 편안하게 눕혔다. 이록은 여울의 허벅지를 베고선 피가 덜 묻은 손으로 여울의 얼굴을 만졌다.

"그런 표정 짓지 마."

여울이 힘이 빠지는 이록의 손을 잡았다. 그녀는 무르지 않는 손바닥에 눈물 젖은 얼굴을 비볐다.

"나 혼자 두고 가면 안 돼……."

얼굴을 적시며 줄줄 흘러내린 눈물이 바닥에 고인다.

"절대로 그리 두지 않아."

이록은 빙그레 웃었지만, 힘없는 미소였다. 그게 여울의 가슴을 더없이 아리게 했다.

"약속했어."

"이 정도로 죽지 않아. 후, 근데 꽤 아프기는 하네. 쿨럭."

이록이 각혈하자 여울이 다급히 피가 나오는 부위를 두 손으로 지혈했다.

"말하지 마."

이러는 순간에도 이록의 생명이 꺼져 갈까 봐 여울은 겁에 질려 끅끅거렸다. 멈추지 않는 여울의 눈물이 이록의 얼굴에 떨어졌다. 입꼬리에 맺힌 그녀의 눈물을 이록이 기껍게 혀로 핥았다. 여울의 눈물은 이록에게는 생명수였다. 이록의 기력이 아주 조금 돌아왔다.

"키스해 줘."

"흑! 키스 타령할 때가 아니잖아!"

말할 기운이 있다는 사실에 안도한 여울이 훌쩍이며 이록의 얼굴을 만지자, 그가 파리한 입술을 다시 달싹거렸다.

"그래야 내가 살아."

그 말에 여울은 젖은 눈을 끔벅이다가 깨달은 듯한 표정으로 물었다.

"여의주를 넘기면 되는 거야?"

하지만 이록은 고개를 저으며 어중간한 말을 남겼다.

"해 주면 저절로 알게 될 거야. 너만이 해 줄 수 있는 일이야. 어서 입 맞춰. 공주님."

자신밖에 할 수 없다는 말에 여울은 핏기가 없는 입술에 입을 맞추었다. 여울의 입술을 머금은 이록은 몸속으로 흘러 들어오는 힘의 원천을 생생하게 느꼈다.

여울과 한 몸이 된 여의주가 그녀의 의지에 따라 이록을 살리고 있었다. 일부가 망가진 심장이 빠른 속도로 재생되다, 일순 멈추었다.

이를 알려 주듯이 여울의 심장이 벽돌처럼 와르르 무너지듯이 요동쳤다.

"아, 아니야."

숨을 쉬지 않는 이록의 입술을 여울은 놓을 수가 없었다. 고개를 저으며 여울은 계속해서 자신의 숨을 불어넣었다.

훅훅.

'제발……!'

자신의 숨통이 막혀도 여울은 포기하지 않았다. 몸 안을 감싸는 힘찬 기운을 뭉쳐 여울이 생명 반응이 없는 몸에 끊임없이 주입했다. 그러길 수십 번, 이록의 몸에 변화가 생겼다. 시간이 거꾸로 돌아가듯이 손상된 부분이 완전히 아물더니 이록의 가슴팍이 위로 들썩거렸다.

"훅!"

이록이 숨을 거칠게 토해 냈을 땐 그의 몸이 말끔히 나아 있었다.

"이록아!"

여울이 기쁨의 눈물을 터트리며 살아난 이록을 껴안았다. 전율에 휩싸인 여울의 심장 소리에 이록은 입꼬리의 방향을 한껏 올렸다.

"너로 인해 나는 다시 태어난 거야."

둘의 운명은 죽음의 신조차 갈라놓을 수 없었다. 같이 살고 한날한시에 눈을 감을 것이었다. 불완전한 생명이 되었지만 이록은 더할 나위 없이 행복했다. 여울과 함께 생을 마감할 수 있으니.

❖ ＊ ❖

여울은 극적으로 살아남은 것으로 되어 있었다. 여울이 입원

250

한 1인실에 모여든 친구들이 누구 할 것 없이 울음을 터트렸다. 특히 이번 일이 자신의 탓인 것 같아 선아는 말을 잇지 못할 정도로 오열했다.

"미안해……. 엉엉엉."

하루 사이에 선아의 얼굴이 반쪽이 되어 있었다. 기진맥진한 선아가 쓰러질까 걱정이 된 여울이 친구의 등을 도닥였다.

"그런 말 하지 마. 이렇게 살아 있잖아. 오히려 나만 빠져서 다행이라고 생각하는걸."

"흐앙!"

"……울지 말라고 한 소리였는데……."

울음을 그치지 못하는 친구들 때문에 여울은 난처하게 입술을 깨물며 병실 문을 쳐다보았다.

'누구라도 좋으니 들어와라.'

때마침 눈길을 둔 문이 열리기 시작했다. 여울이 반색하다 두 방문자를 확인하고선 어깨를 늘어뜨렸다. 초상이 난 듯한 분위기에 합세할 여호와 혜설의 눈시울도, 이미 눈물을 한바탕 쏟은 듯이 붉어져 있었다.

❖ * ❖

"명하신 대로 여울 님을 납치한 수인을 죽지 않게 처치해 두었습니다."

미친 회복력을 자랑하는 이록에게 강욱은 신속히 맡은 바를 처리해 보고했다. 불안정한 숨을 붙여 놓느라 의료진들이 개고생한 결과 어찌어찌 숨을 쉴 수 있게는 해 놓았지만, 의식 없는

251

식물인간이었다.

"살려 둔 연유를 여쭈어봐도 되겠습니까."

"나중에 혹 쓸모가 있을 수도 있을 테니까. 아니면 죽이면 되고. 그 수인을 이용한 배후가 따로 있는 모양이야."

여울에게 유지환과 나누었던 대화를 전해 들은 이록은 비릿하게 웃었다.

"그렇다면 문사영이 관여된 것이 아닐까 싶습니다."

강욱이 뱀을 지목하자 이록이 피식 웃었다.

"그리 생각할 수 있다만 문사영은 아니다. 그렇게 생각하도록 둔 쪽이면 모를까."

"예?"

어리둥절한 강욱의 의문을 풀어 줄 생각이 없는 이록은 자신을 찾아올 이를 조용히 기다렸다.

Chapter10. 짐승의 밤

으슥한 밤을 투영한 그림자가 벽면을 타듯이 일렁거렸다.

"결국엔 이렇게 될 것을."

몇 시간째 움직이지 않던 신체를 일으킨 사영이 약병을 쓰레기통에 버렸다. 헛된 희망을 붙잡고 있던 자신의 모습에 환멸 난 사영은 비릿하게 웃었다. 그는 여울이 이록을 살리는 것을 지켜보았었다.

환생하듯이 왕은 살아났다. 이를 다시 생각하자 짓무를 것 같은 머리를 한 손으로 짚고선 입술을 깨물었다.

이록을 퇴치할 역할이었던 사영은 노파심으로부터 계획의 일부를 들었었다. 여울의 납치 및 이록을 무력화로 만드는 것이 유지환의 임무였다. 유지환이 판을 깔아 주면 사영이 나서면 되는 것이었다. 여울을 인질로 삼는 계획에 암묵적으로 동의했던 사영은 비로소 그 격전에서 음습한 욕망덩어리를 버릴 수 있었다.

여울을 죽여야 이록이 죽는다는 것을 깨달은 순간, 껍데기뿐인 몸이라도 가질 수가 없음을 실감한 것이다. 독기가 빠진 후 자책감이 몰아쳤다. 혼자 감당할 괴로움만 남은 사영은 자신을 삼킬 듯한 어둠 속으로 들어갔다. 그리고 그가 떠난 자리에 편지한 통만이 덩그러니 놓여 있었다.

[네 앞에 내 모든 것을 남겼으니까 네가 알아서 처리해. 나 찾을 생각하지 말고 좋아하는 여자랑 잘 살고. 그간 고마웠다. 네가 있어서 심심하지는 않았네.

김홍구. 다시 만날 일은 없을 테니까 마지막 인사한다. 건강하게 오래 살아.]

❖ * ❖

이록의 양 입꼬리가 조용히 올라갔다. 조용한 방문자를 반긴 이록이 열리는 문과 동시에 수평을 유지한 상반신을 느슨하게 세웠다.

"올 줄 알았나 보군요."

"너무 쉬운 상대여서 예상하지 않을 수가 없었지."

유지환의 무력은 이록에게 턱도 없었다. 그러니 직접 덤벼들지 않고 자해하라고 요구한 것이었다. 그런 식으로나마 그를 해치우려는 단순무식한 계획은 이록에게 허술하기 짝이 없는 무모로밖에 보이지 않았다.

만약 실패라도 했다간 유지환은 그 자리에서 죽을 수도 있었다. 단독 소행이라고 보기엔 무리가 있었고, 그렇다고 하기에도 상어 수인의 목적은 오롯이 그의 목숨이었다.

여울을 죽일 생각이었다면 유지환의 요구는 처음부터 성립되지 않았다. 무엇보다 기어이 그를 죽음의 문턱까지 몰아넣었는데 결정적인 치명타를 날릴 기회가 있음에도 불구하고 하지 않았다. 왜? 라는 질문의 해답은 간단했다.

그를 죽이려면 여울 또한 죽여야 한다는 것을 알았기 때문이었다. 이를 몰랐기에 시도한 누군가가 그 장소에 있었고, 알아버렸기에 무산된 것이었다.

'내 목숨을 원하지만 여울의 죽음은 원하지 않는 자.'

'죽음을 앞둔 상어 수인의 목적과 일치된 내 목숨.'

'여의주가 여울에게 있다는 것을 아는 수인.'

무엇을 얻고자 그를 노린 것인지 생각하면 답이 나왔다.

'여의주.'

그 조건을 충족하는 이가 단 한 명 있었다. 사영은 여울을 원하는 것이지, 여의주를 필요로 하지 않았다. 그리고 추측을 입각하는 확신성을 사영이 들고 오리라 이록은 확신하고 있었다. 모습을 드러내지 않는 자가 또 여울을 노릴 것이니.

"널 끌어들인 자는?"

"너구리 수장입니다."

"그렇군."

예상을 빗나가지 않는 말에 이록은 덤덤한 반응으로 말했다.

"네가 그것과 한패가 아니라는 증거는?"

"믿을 수 없다면 죽이세요. 당장 제 목을 조르지 않은 걸 보면 그 늙은이와 편이 아니라는 것을 확신하고 있지 않습니까."

사영의 말에 이록은 웃음기가 깃든 입꼬리를 숨기지 않았다.

255

이록이 웃는 걸 본 사영은 결국 왕의 손바닥 안이었음을 인정하지 않을 수가 없었다. 어떻게 하든 왕을 이길 수 없다는 것에 사영은 깊은 패배감을 느끼며 입술을 깨물었다. 비릿한 맛이 최악이었다.

"믿음과 확신은 또 다르지. 날 찾아온 이유로 증명해라."

"제 손으로 처단하라는 거군요. 그러지요."

그럴 생각이었던 사영이 복종하듯이 고개를 숙이자 이록의 눈빛이 차분하게 빛났다. 그에게 죽임을 당하는 것보다 자신에게 손을 댈 줄 몰랐던 사영에게 뒤통수를 맞는 게 노파심을 더한 절망으로 이끌 터였다.

✤ * ✤

여울을 지키는 경비가 삼엄했다. 그 경계 태세를 비웃듯 노파심이 목적을 변경했다. 동생의 병실을 지키던 여호가 자정이 되어 가는 시간에 아무도 없는 휴게실로 이동했고, 노파심은 그때를 노렸다.

털썩.

별안간 들려오는 소리에 무심코 고개를 돌린 여호가 본 건 연세가 지긋한 노인이 넘어져 있는 것이었다.

"괜찮으세요? 제가 부축해 드릴게요. 제 손을 잡고 일어나 보세요."

"고맙네."

그 말이 먹먹하게 들려오자 여호는 무언가 잘못되었다는 것을 인지할 수 있었다.

'왜지? 말을 할 수가 없…….'

수면마취에 당한 여호의 눈꺼풀이 빠르게 감겼다. 내려앉는 눈꺼풀 위로 보이는 이가 주름지게 웃고 있었다.

"끌끌."

금방 여호의 의식이 점멸하자 노파심이 탁한 소리로 웃었다.

"미안하게 되었네."

전혀 죄책감이 일지 않은 표정으로 노파심이 여호를 훌쩍 들었다. 노인이라고 볼 수 없는 완력이었다.

"탓하려면 네 누이를 탓하게."

노파심은 의식을 잃은 여호를 데리고 자신의 은거지로 돌아갔다. 수백 년을 걸쳐 완성한 요새는 그가 설치한 함정과 결계로 아무나 들어올 수가 없었다.

"어이쿠. 무거워라."

여호를 아무렇게나 내려놓은 그가 결리는 어깨를 세게 두드렸다.

"이렇게 틀어질 줄이야."

못처럼 튀어나온 변수에 노파심이 흰 수염을 잡아당기듯이 쓰다듬었다.

"인간의 의지대로 움직이는 여의주라니."

사기로 여의주를 탁하게 해 여울을 의지 없는 인형으로 쓰려고 했던 노파심은 봉착한 문제를 해결하고자 여호를 납치한 것이었다.

"사기를 받아들일 마음이 들게 해야겠지."

핏줄로 협박할 생각인 노파심은 나뭇잎을 이용해 수족을 만들어 냈다. 여울을 불러들일 수 있게 사영을 끌어들일 생각이었다. 나뭇잎 너구리가 사영에게로 달려가는 것을 보며 노파심은 비릿하게 웃었다.

✥ ＊ ✥

똑똑.

문을 두들기는 소리에 여울이 잠드려는 몸을 딱딱하게 굳혔다.

"나야."

"하아, 들어와."

이록만 들어올 것이라고 생각했다. 그래서 슬리퍼에 발을 넣은 여울은 그의 뒤에 있는 사영을 보고선 흠칫거렸다.

"문병 온 거야?"

그랬으면 얼마나 좋을까. 그러지 못한 사영이 고개를 저었다.

"긴급히 전할 말이 있어. 네가 알아야 할 일이야."

"해."

부러 감정을 담지 않으려는 목소리에 사영이 피딱지가 난 입술을 뗐다.

"네 오빠가 납치당했어."

"……! 누, 누구한테서? 혹시 나를 납치한 배후가 그런 거야?"

정확히 사태 파악을 인지한 물음에 사영이 고개를 끄덕였다. 그리고 여울에게 비밀로 하고 싶었던 이면을 제 입으로 밝혔다.

"네가 납치당한 사건에 나도 연루되어 있었어."

그 말에 여울은 사영을 보는 눈빛을 사납게 굳혔다.

"이제 와서 사실을 밝히는 이유가 뭔데? 용서를 바라는 거야?"

"아무것도 바라지 않아. 널 돕게만 해 줘."

"널 어찌 믿고?"

258

절절하게 끓는 마음을 내보일 수 없는 사영이 혀를 세게 깨물고는 말했다.

"이록 님의 동의를 얻었어. 날 믿지 못할 테니까."

여울이 이록을 쳐다보자, 그녀의 시선을 받은 이록이 고개를 끄덕였다.

"내가 책임질게. 나를 믿어."

시간이 없다는 걸 아는 여울은 초초한 목소리로 속내를 드러냈다.

"어떻게 할 생각이야?"

"주범은 너구리 수장이야. 너를 데리고 오라고 내게 지시를 내렸어. 네 오빠를 붙잡았으니 저항 없이 따라올 것이라고 말이야. 나는 이를 역으로 이용할 거야. 널 데리고 가면 방심할 테지. 내가 주의를 끌면 그때 역습을 노리면 돼. 이록 님에게 말씀해 둔 사항이니 넌 네 형제를 데리고 도망쳐. 세부적인 진행은 가면서 설명할게."

"그 수인이 널 믿는 모양인데 그럴 만한 이유가 있어?"

"내 목줄을 쥐었다고 생각해서겠지. 내게 발열을 내릴 약을 줄 수인이 그자밖에 없거든. 그리고 너를 배신했으니 당연히 이번도 그리할 것이라고 생각한 거야."

사영은 사약이라도 들이켠 것처럼 입매를 비틀었다. 자소하는 꼴이 우스웠다. 그렇지만 여울을 데리고 가지 않으면 여호가 죽을 것이었다. 그런다면 필시 여울은 울 터였다. 사영은 쓰게 올라오는 자신을 향한 혐오감을 삼키며 여울의 대답을 기다렸다.

"네 말 이해했어. 옷 갈아입고 나갈게. 밖에서 기다려."

이러는 동안에도 시간이 가고 있었다. 빨리 움직여야 했다. 사영이 나가자 여울이 급하게 옷을 갈아입었다. 그리고 나서려는 여울에게 이록이 무언가를 쥐어 주었다.

"필요한 순간이 올 거야."

딱딱한 물건의 정체가 뭔지 알게 된 여울이 그것을 부적처럼 꽉 쥐어 숨겼다. 결심이 선 여울을 본 이록이 문을 열었다. 사영 외에 여호의 탈출 작전에 동행할 강욱이 안면을 사납게 굳힌 채 서 있었다.

❖ * ❖

침입자를 대비한 결계를 푼 노파심이 사영과 거리를 벌려 서 있는 여울을 보고는 끌끌 웃었다.

"어서 오세요. 왕의 반려여."

여울은 이상한 조합의 문양이 그려진 곳에 누워 있는 여호를 보며 치미는 불안감에 침을 삼켰다.

"형제를 구하고 싶을 겁니다."

노파심의 의도대로 여울은 아무것도 할 수 없다는 듯이 고개를 끄덕거렸다.

"이걸 먹으면 됩니다. 마음속으로 딴 맘을 먹으면 저 주문진이 발동될 겁니다. 그러면 당신의 형제는 죽겠지요. 허튼 생각하지 말고 드세요. 그리하면 모든 것이 편안해질 겁니다."

'그러면 슬픔도 기쁨도 모르는 나만의 인형이 되는 것이지.'

독사 몇백 마리가 든 속내로 노파심이 알약처럼 보이는 사기 덩어리를 여울에게 넘겼다. 떨리는 손으로 그것을 받은 여울이 입을 벌리는 순간, 노파심은 그녀가 먹나 안 먹나 확인하려 초집중했다.

그 순간이 절호의 기회였다. 노파심의 신경이 오롯이 여울에게 가 있는 틈을 노려 사영이 자신의 팔뚝을 그었다. 그리고 바로 흐르는 선혈을 주문진에 떨어뜨려 발동 조건을 파훼했다.

파앗!

노파심이 알아차렸을 때는 사영이 여호를 구출한 직후였다.

"이놈!"

분노한 노파심이 여울의 목을 감았다.

"윽!"

"네가 나를 배신해?"

다 된 밥에 재를 뿌리는 이들에게 격노한 노파심이 조급하게 여울을 협박했다.

"이렇게 되면 할 수 없지. 죽고 싶지 않다면 삼켜라. 어서!"

노파심은 가장 기본적인 생체 무기인 손톱으로 여울의 목을 겨누었다.

'너를 죽일 수 없을 거야.'

이 안으로 들어서기 전 이록이 해 준 말을 여울은 상기했다. 펴지 않은 오른손을 의식하자 목숨을 위협당하는데도 전혀 무섭지가 않았다. 망설임 없이 손에 쥐고 있던 것으로 여울은 제 목을 겨눈 노파심의 손등을 푹 찍었다.

"크악!"

이록의 비늘로 만든 작은 단도는 예리했다. 길이와 여울의 완력에 깊게 찌르지 못했으나 도망갈 순간이 생겼다. 고통에 찬 표정으로 노파심이 손등에 박힌 단도를 빼내어 멀리 던졌다.

그러는 사이 여울이 재빨리 무릎을 굽혔다.

"도망가게 놔둘 줄 아느냐!"

쿠쿠쿠쿵!!

"……안, 안 돼!"

심상치 않은 진동에 노파심이 비명을 내질렀다. 동굴이 무너지는 징조에 노파심은 목숨과도 같은 재료와 비법을 모아 둔 좁은 어귀로 달려갔다.

"이록아!"

여울이 그를 부르는 순간 돌바닥에 떨어진 단도에서 빛무리가 어렸다. 빛무리는 블랙홀처럼 점점 커졌다. 그렇게 통로 공간이 된 둥근 테의 안에서 이록이 나타나, 순식간에 여울에게 당도했다. 이록이 여울을 안아 들자 그녀가 널찍한 어깨 너머 보이는 여호를 불렀다.

"여호야! 여호가 저기 있어……!"

"걱정 마."

어느새 밖으로 이어지는 구멍에서 나온 강욱이 쓰러진 여호에게 달려가고 있었다. 비로소 안심한 여울을 이록이 소중하게 껴안은 채로 안전지대로 대피했다.

동굴 지형이 완전히 무너지고 있었다.

"은여호!"

강욱이 혼절 상태인 여호를 업으려는 순간, 동굴 천장에서 커다란 석괴가 떨어졌다.

퍼억!

여호에게 떨어지는 것을 강욱이 온몸으로 막았다.

"……음."

몸을 짓누르는 무게 때문에 여호는 정신을 차렸다. 먹먹한 귓가와 흔들리는 시야를 똑바로 했을 때 마주한 건 강욱의 다부진 상체였다.

"이게 무슨? 피, 피가 왜……."

쾅!

바닥에 꽂혀 바스러지는 날카로운 돌덩어리에 여호가 다급하게 강욱의 상체를 밀었다.

"비켜요!"

"내가 지킬 겁니다. 그러니 나만 믿고 따라요."

진실 된 눈빛과 강욱의 이마에서 흘러나오는 핏줄기에 여호는 제게 닥친 현실을 꿈이라고 치부할 수가 없었다.

"알, 알겠어요."

뭐가 되었든 살아남는 게 중요했다. 고개를 끄덕이는 여호를 업은 강욱이 작아지고 있는 빛 속으로 질주했다.

"꽉 잡으세요."

엄청나게 들썩이는 등에 매달린 여호는 마찰된 부위에서 전해지는 척척한 감각에 입술을 깨물었다.

위험한 순간에 달려와 준 강욱의 마음에 여호는 든든한 안정감을 받았다. 목숨을 걸고 저를 구한 강욱을 놓지 않겠다는 듯이 강인한 몸을 더욱 세게 붙들었다.

"꺼컥."

붕괴되는 벽에 노파심이 꽂혔다. 주술을 상징하는 벽화에 왜

소한 몸이 무너지자 사영은 거친 숨을 내뱉었다.

"후욱. 하마터면 당할 뻔했네."

압도적인 무력 차이가 있었지만 순수한 힘의 바탕으로 겨룬 싸움이 아니었다. 노파심이 파 둔 물리적인 공격 주술과 이능을 방해하는 결계로 인해 백 퍼센트 힘을 발휘하기 힘들었다.

그러나 노파심이 은둔술을 펼치려고 기합을 모으는 순간이 승패를 갈랐다. 독무를 퍼트린 사영이 자폭하듯이 온몸을 뒤덮은 비늘을 쏘아 마지막 일격을 가했다.

그 격전 끝에 이겼으나 완전히 무너지는 동굴에서 빠져나갈 퇴로가 전부 막혀 있었다. 갇힌 신세가 되어 버린 사영은 애당초 나갈 의지조차 없었다.

"……사랑해."

눈을 감는 순간까지 여울과의 추억을 더듬던 사영은 낙하하는 돌벼락을 피하지 않고 받아들였다. 몇 분 만에 지형이 포삭 무너졌다.

"문사영……!"

매캐한 모래 연기가 사방을 메웠다. 산불처럼 황사가 피어오르는 곳으로 여울이 달려가려고 했으나, 이록이 팔뚝으로 잘록한 허리를 감았다. 이록은 뿌옇게 시야를 가리는 탁한 모래 먼지가 여울에게 닿지 않게 보호막을 형성했다.

자잘한 입자가 가라앉기 시작하자 여울이 무더기로 쌓인 돌성으로 뛰어가 돌바닥에 헛손질했다.

"내가 할게."

모나고 무거운 돌무더기를 여울이 들려고 하자 이록이 재깍 그것을 치웠다. 그러자 원래의 깊이를 보여 주는 구형이 나타났다.

"문사영……!"

아래를 향해 여울이 외쳤지만 들려오는 건 그녀의 목소리뿐. 비탈진 아래에서 문사영의 냄새를 맡은 이록의 미간 사이가 여울 몰래 찡그려졌다.

고른 구석이 없는 땅에 여울은 무릎을 꿇었다. 그런 채로 시커먼 맨홀 같은 아래에 고개를 숙여 목소리를 드높였다.

"대답해……!"

죽었는지 살았는지 모르지만 여울은 만에 하나라는 희망에 걸었다. 문사영을 발견할 때까지 저러고 있을 것 같아 이록이 한숨과도 같은 목소리로 말했다.

"구하길 바라?"

"응. 사영이 아니었으면 여호는 무사하지 못했을 거야."

"늦었을지도 모르는데도?"

"살아 있었으면 좋겠지만 늦었을지라도 이곳엔 둘 수 없어."

여울에게 약할 수밖에 없는 이록은 여울을 안아 들고선 아래 지면으로 낙하했다.

화악.

이록이 생성한 불빛에 의지해 여울은 아슬아슬하게 길이 터 있는 지하 구멍으로 몸을 집어넣었다. 물웅덩이가 형성된 지층을 지나던 여울의 시야에 사영의 형체가 잡혔다. 불안정한 맥을 간신히 유지하는 사영에게 급하게 이른 여울이 얼음장 같은 손을 쥐었다. 사영의 손가락이 아주 미세하게 떨렸다.

"살아 있어!"

여울이 감격에 찬 감정을 터트리자 사영의 눈꺼풀이 들썩들썩 흔들렸다.

"정신 들어?"

"은여울······."

사영은 정신을 잃기 직전까지 놓지 않았던 여울을 향해 꺼질 듯한 미소를 머금었다.

"응."

"너구나······. 널 볼 수 있어서 기쁘다······."

떠나는 마지막에 여울을 볼 수 있어서 사영은 기뻤고.

"······죽고 싶은 거야?"

동시에 슬펐다. 사영은 여울과 함께 할 수 없기에 이 최후를 택했을 뿐이지 죽고 싶지 않았다.

"······영원히, 행복해······."

살고 싶다는 말이 나올까, 사영은 여울에게 영원히 기억되길 바라는 말을 전했다.

'네가 행복할 때 내가 생각날 수 있도록.'

상상만으로도 죽음이 기꺼웠다. 찬란한 여울의 미소를 그리며 사영은 눈을 감았다.

"나는 널 살리고 싶어."

훅 꺼져 갈 듯한 불씨에 윤활유가 끼얹혔다.

"하지만 나는······ 네가 바라는 사랑을 주지 못해."

살아나는 불길이 잠시 주춤했으나, 이어지는 말에 커질 것처럼 일렁거렸다.

"그치만 네가 살았으면 좋겠어. 오롯이 내 욕심이야."

사영은 생명이 꺼져 가는 몸에서 활활 타오를 준비를 하는 불꽃을 느꼈다.

"네가 바라는 사랑이 아닐지라도 나는 널 좋아해."

꺼져 가는 몸에 스며든 목소리가 살고자 하는 원동력이 되고 있었다. 사영은 안간힘을 다해서 온기가 이어진 여울의 손에 힘을 가했다. 아래로 가라앉는 의식을 끌어 올리는 목소리를 놓치지 않게.

살고 싶다고 외치는 듯한 미동에 여울이 응하듯이 포갠 손을 더 세게 움켜쥐었다.

"네가 죽으면 슬플 거야. 하지만 너는 나를 보지 못하잖아. 그렇지만, 눈을 뜨면 나를 볼 수 있어. 네가 웃는다면 같이 웃어 줄 수 있어."

여울은 사영이 죽지 않기를 빌었다. 가볍게 취급할 수 없는 사영과의 시간이 그의 죽음을 덤덤하게 받아들일 수 없게 했다. 미운 정도 정이었다.

'이게 마지막이 아니길.'

그때였다. 가슴 안쪽부터 번지는 열기가 생생하게 홧홧거렸다.

'이 감각은……'

기이한 기시감을 느낀 여울은 화롯불처럼 뜨거워지는 자신의 심장 언저리를 더듬었다. 이내 움푹 파인 중앙을 손바닥으로 짚었다.

'이록에게 숨을 부여했을 때와 같아.'

유사한 감각에 여울이 퐁퐁 끓는 힘을 방출하듯이 말했다.

"살고 싶다면 끄덕여 줘."

여울의 말에 사영이 희미하게 고개를 끄덕였다.

화앗.

은총이 깃들듯이 사영의 전신이 환한 빛으로 반짝거렸다. 여울의 생기를 쪽쪽 빨아들이듯이 흡수한 빛 덕에 사영을 죽게 할 수 있는 치명적인 부상이 말끔히 나아지고 있었다. 어느 사이에 하얀 빛으로 물들어진 인간의 골격이 점점 작아지기 시작했다.

267

새로운 몸이 만들어지듯이 뱀으로 돌아간 사영에게서 더 이상 빛이 나지 않자 여울은 자신의 손에 감긴 뱀을 따스하게 내려다보았다. 이 과정을 모조리 지켜볼 수밖에 없었던 이록이 기막힌 숨을 토해 냈다.

"하. 3차 각성이군."

뱀의 탈피는 두 번 이루어진다. 성체의 기준을 나누는 1차와 반려를 지킬 수 있는 막대한 힘을 얻을 2차로 각성한다.

하지만 3차의 탈피는 이례에 속했다. 허물을 벗어던진 사영은 또 다른 용이 될 것이었다. 생명력의 원천인 원기를 부여한 여울도, 메마르지 않은 정기를 흡수한 사영도, 생의 기원인 이록도 이례적인 변화를 감각으로 인지했다.

사영의 두 눈이 느릿하게 내려앉는다.

쉬익—

「다음에 만날 때까지 안녕.」

마지막이 아닌 인사를 한 사영은 막 태어난 새끼처럼 평온하게 잠들었다.

"응."

알아듣지 못할 소리인데 어쩐지 알 것 같아 여울은 해사하게 웃었다. 죽은 듯이 잠든 사영을 두 손으로 감싼 여울이 이록과 함께 지상에 올라왔을 때는 아침 해가 뜨고 있었다.

❖ * ❖

자박자박.

신성불가침 영역에 두 사람의 발소리가 울렸다. 용의 배 속 같은 동굴을 둘러본 여울이 말했다.

"나 여기 와 본 것 같아……."

"여기서 우리가 만났으니까. 너의 사념으로 이루어진 혼이 날 깨웠어."

그날을 회상하던 이록은 기억 속의 여울이 앙증맞은 어린애처럼 느껴져 웃었다. 그 시절의 여울이 순순한 요정 같았다면 그를 알아 버린 그녀는 요염한 여신이었다.

"날 만나러 와 줘서 고마워."

사랑스러운 몸을 이록이 가두듯이 껴안았다. 향수처럼 강한 체향이 기억을 불러오듯이 여울은 이록의 품에서 흐릿한 잔상에 이은 감정을 기억해 냈다.

"그러고 보니."

여울이 괘씸한 눈빛으로 쳐다보자 찔릴 게 많은 이록이 웃음으로 얼버무렸다.

"날 먹이로 취급했겠다? 내가 얼마나 무서웠는지 알아?"

"반성하고 있어. 용서해 줘."

"못 해. 똑같이 당해 봐."

여울이 이록의 목덜미를 콱 깨물었지만, 따끔한 자극은 이록에게 흥분만 부추길 뿐이었다.

"아. 하고 싶다."

동굴 전체를 울릴 듯한 나직한 목소리가 여울의 전신을 저릿하게 휘감았다.

"하면 알지?"

여울은 이록에게 반응하는 몸을 채찍질하듯이 슬그머니 허리를 더듬는 손을 꼬집었다.

"그런데 말이야. 어떻게 내가 이곳으로 올 수 있었을까?"

살짝 벌게진 손등을 부러 할짝거린 이록이 대수롭지 않게 대답했다.

"날 만나러 왔겠지. 네 몸에 내 여의주 파편이 심어져 있었으니까."

"……?"

이해할 수 없는 표정의 여울을 보며 이록이 길게 말을 늘였다.

"내 여의주는 한 조각이 없었어. 내가 잃어버린 파편은 너였던 거야."

지극히 당연하다는 듯이 말하는 말에 여울은 단 한 가지 의문에 휩싸였다.

"왜 내 몸속에?"

"모르지. 어쩌면 너 자체가 파편일 수도."

"응?"

"내게서 떨어져 나간 조각이 네 몸속으로 흘러들어 간 게 아니라, 파편으로 태어난 존재일 수도 있다는 말이야. 물론 확신할 수 있는 건 없어. 내 좋을 대로 해석했을 뿐."

쿵쿵.

여울의 심장이 세차게 요동쳤다. 맞다고 외치는 듯한 심장에 여울은 자신이 오랫동안 이록을 기다려 왔다는 확신이 들었다. 그녀는 이록에게서 태어난 존재였었다.

"본능이 널 내게로 이끌었겠지. 나는 널 알아보았고."

덤덤한 목소리에 맞춰 여울은 고개를 끄덕였다. 그러다 왠지 달콤한 말로 순진한 아낙네를 꾀는 것 같아 이록이 픽 웃었다.

"우리가 맺어진 건 당연한 거였어. 언제고 만났을 필연이야.

네가 널 사랑할 수밖에 없듯이."

이록은 여울의 입술을 살짝 깨물며 놓아주었다.

"응. 맞아."

감질나는 짧은 입맞춤에 여울이 눈을 감은 채로 턱을 살짝 내밀었다. 그렇게 그의 입술을 찾아 진한 접촉을 나눴다.

쯔읏.

달라붙고 떨어지는 점막의 울림이 두 사람의 귓가에 농밀하게 맺혔다.

'나는 널 만나러 태어났어.'

왜 태어났을까? 왜 평범하지 않을까. 어째서 2차 성징이 늦게 나타났을까. 그러한 의문의 해답은 이록이었다. 이록을 넣으면 의문이 모두 풀렸기 때문이다. 부드럽다가도 거칠게 얽히는 키스에 여울은 자신의 운명을 강하게 부둥켜안았다.

'네가 없어서, 너를 만나지 못해서 나는 그렇게 외로웠던 거야.'

여울은 여호가 채워 주지 못한 공백을 때때론 느끼고는 했었다. 부모의 사랑을 받지 못해서 그런 줄 알았지만 애당초 그들이 메울 수 없는 영역이었다. 오직 이록만 채울 수 있었다.

'나만의 것. 이록만 있으면 돼.'

이록이 그녀의 아랫입술을 문지르며 떼어 내는 순간, 여울이 확신이 서린 목소리로 말했다.

"이번 생에 만나지 못했다면 다음 생에서 만났을 거라는 예감이 들어."

울림이 그득한 목소리에 이록 역시 심장의 중심부에서 끓어오른 감정을 담아 말했다.

"결국 만났으니 헤어질 리가 없어. 만약 다음 생이라는 게 있다면…… 그때는 내가 널 찾아갈게. 그리고 지금처럼 너만 사랑할 거야. 내 목숨이 다해서도."

여울은 목숨을 거는 이록의 사랑에 자그마한 의심과 의문조차 가지지 않았다. 여울도 이록과 같은 마음이었다.

"나도. 너만 바라볼 거야. 영원히."

간지러운 감정이 활짝 펴 웃음으로 번졌다. 둘만 있었다면 침대로 갔을 테지만 여울은 이곳에 온 목적을 잊지 않았다.

"쓸쓸하지 않을까?"

이록은 제 손에 들린 라틴 바구니를 내려다보았다. 라틴 바구니 안에 깔린 푹신한 요에 뱀이 잠들어 있었다.

"인간의 기운이 닿지 않는 곳이어야지 깨어날 거야."

끈끈한 연으로 이어진 듯 사영을 보는 여울의 눈빛이 따스했다. 여울이 사영에게 시선을 떼지 못하자 이록의 눈썹이 비딱하게 올라갔다. 그러나 사영을 향한 애정이 사랑과 다른 결이라는 알아서인지 이전만큼 죽이고 싶은 살의가 치솟지 않았다.

"빨리 가자. 급해."

반려의 감정을 다른 이와 나누는 게 싫어도 어쩔 수 없이 받아들여야 하는 것을 아는 짐승은 괜한 투정을 부렸다.

"급해?"

부모의 관심을 받고자 하는 첫째처럼 이록은 여울의 시선을 기어코 빼앗았다.

"응, 나 급해."

조급한 음색에 여울은 자신의 여인을 가지고 싶은 수컷의 속사정을 알아 버렸다. 그에 여울이 탄력 있는 엉덩이를 톡톡 두들겼다.

"조금만 기다려. 집에 가면 실컷 사랑해 줄게."

이록의 몸이 들썩거렸다. 이럴 때면 꼭 애완견 같아 여울은 쿡쿡 웃음을 쪼개며 물었다.

"너도 이렇게 태어났어?"

"이런 변화를 거치지 않았어. 최초의 기억이 알에서 깨어난 거였으니까."

"그러면 사영이 최초네."

여울은 먼 훗날 커다란 용이 될 사영의 머리를 조심스럽게 쓰다듬었다. 그러고 보니 이록의 진짜 모습을 보지 못한 여울이 그의 허리를 양팔로 꺼안았다.

"용으로 변해 주면 안 돼?"

"돼."

이록은 재깍 대답하며 덧붙였다.

"대신 무서워하면 안 돼."

그러면 상처받을 것 같은 눈빛에 대고 여울이 싱긋 웃었다.

"그럴 일 절대로 없어."

여울은 자신의 말을 지켰다.

"꺄아아아."

뿔 두 개가 달린 용이 쏜살같이 꼬리를 휘저으며 상공을 누빈다. 기둥 같은 뿔을 두 다리 사이에 끼운 여울은 온몸으로 바람을 느끼면서 그를 재촉했다.

"더 빨리!"

이록이 경주마처럼 속도를 높이자 여울의 신난 목소리가 더 높아졌다.

"와아아!!"

알게 모르게 쌓인 스트레스가 확 풀리는 것 같았다. 여울은 들 뜬 기분을 마음껏 내지르며 노을빛으로 물든 하늘을 바라보았 다. 흘러가는 시간처럼 하늘의 색감이 짙어지자 여울의 눈꺼풀 이 천천히 아래로 떨어졌다.

많은 일이 연달아 닥쳤다. 피로가 누적돼 잠들어 버린 여울을 받아 드는 건 바람처럼 인간으로 돌아온 이록의 몫이었다.

❖ * ❖

한가로운 오후, 여울은 멍한 정신을 찬물로 일깨웠다. 자꾸만 늘어지는 몸으로 침대에서 뒹굴고 싶었지만 볼 얼굴이 있었다.

여울은 유민의 집으로 찾아갔다.

"미안해……."

여울에게 못 할 짓을 한 유민은 차마 고개를 들지 못하고 있었 다.

"알고 있었던 거네."

여울의 목소리가 날카로운 파편인 것처럼 유민이 둥글게 만 어깨를 흠칫 떨었다.

"……응, 알았어. 알고 있었는데 말리지 못했어. 진심은 그이 가 살기를 바랐으니까. 이런 내 마음을 남편이 몰랐을 리가 없었 겠지. 그러니 그 사람 잘못만은 아니야."

머리를 바닥에 찧을 듯이 꾸벅거리는 유민을 보는 여울의 속 은 무척이나 쓰라렸다.

'잘 살기라도 하지.'

네 식구가 살기에 집은 허름하고 좁았다. 무엇보다 유민의 낯빛이 해쓱했다. 아이를 낳았다고 생각할 수 없게 볼이 움푹 들어가 있는 데다가 엄마의 가슴에 안긴 아기는 무해하게 맑았다.

"헤헤."

손가락을 빨며 자신을 힐긋거리는 아기의 시선에 여울은 빙그레 웃었다. 그러자 부끄러운지 다시 유민의 가슴에 얼굴을 묻는다.

'잘 살고 있었다면 내 기분이 나았을까.'

화를 낼 수 없게 하는 유민의 환경에 여울은 득실거리는 속을 꾹꾹 참았다. 악의가 없다는 것을 알기에 차라리 나쁜 사람이었으며 하고 바랐다. 유민과 그녀의 남편이 저지른 죄를 용서할 수도, 그렇다고 똑같이 갚아 줄 수도 없는 여울은 조용히 일어났다.

'그냥 보지 말자.'

그게 최선이라는 걸 알아 버린 여울이 목이 아플 정도로 숙인 유민을 씁쓸하게 내려다보며 말했다.

"다시 볼 일은 없을 거야."

여울은 유민과의 인연을 끊어 내는 것으로 제게 일어난 일을 묻기로 했다. 마지막 인사조차 없는 싱거운 이별이었다.

"미안해⋯⋯."

여울이 가고 난 후, 유민은 속죄할 수 없는 일에 깊이 반성하며 죄책감에 눈물을 떨구었다.

"나, 유민 언니 남편을 살리고 싶어⋯⋯."

천성이 모질지 못한 여울이 마음속에 걸린 생각을 털어놓자 이록은 예상하고 있었던 터라 다정하게 말했다.

"네가 그러고 싶으면 내 허락 받지 않아도 돼."

"갑자기 걱정돼서 그래. 타인의 수명을 늘리는 건데 제약 같은 것도 없잖아. 혹시라도 내 수명이 줄어드는 게 아닐까?"

그 말에 이록의 눈썹이 비틀어졌다.

"네 수명이 줄어들게 내가 놔둘 리가. 네가 명심할 건 단 하나
야. 다치지 마. 여의주가 깨지면 나도 죽어."

여울은 여의주 그 자체였다. 치명상을 제외한 상처는 자연히
회복될 것이지만 완전히 부서진다면 돌이킬 수 없었다. 물론 여
의주는 다이아몬드처럼 단단했다. 이록의 힘과 비등한 원기여야
여의주가 금이 갈 수가 있었다. 다만 여울은 자신의 몸을 가볍게
여기는 경향이 있었다.

경각심을 일깨우고자 이록은 여의주를 깨지기 쉬운 유리처럼
탈바꿈했고, 여울은 그 말에 깜빡 속았다.

"응. 절대로 다치지 않을게."

여울은 저만 죽는 것이 아니라는 생각에 가슴 중앙으로 두 손
을 올려 고개를 끄덕였다. 확답을 받은 이록이 비튼 눈썹의 각도
를 바르게 하자 여울이 말했다.

"너와 내게 영향을 주지 않는 거면 이번만 도움을 주고 싶어."

"그러도록 해."

마음이 편하고자 하는 일이었다. 무균실로 이동한 여울은 호
스에 의지해 겨우 생명을 유지하는 유지환을 치료했다. 자연스
럽게 흘러가는 에너지 파동을 막지 않자 거무죽죽하던 혈색이
돌아왔다. 이만하면 됐다는 것을 본능적으로 알아차린 여울이
정기를 거둔 뒤였다.

유지환의 의식이 돌아왔다.

"유지환 씨. 정신이 드나요?"

"내가 어떻게……."

유지환이 마침내 말문을 텄을 땐 기적을 선사한 여울과 이록은 떠나고 없었다.

❖ * ❖

모든 게 제자리로 돌아왔다. 잔잔한 수면에 돌멩이가 떨어지기까지 평온한 시간이었다.

이록과 가볍게 산책을 하던 여울은 본가에 가지 않는 여호에게 집 반찬을 주려고 들른 자옥과 마주쳤다. 다정한 연인임을 보여 주듯 손을 잡은 두 사람을 본 자옥이 이록의 외모만 보고선 흐뭇하게 웃었다. 귀티 나는 차림새에 자옥은 이록의 평가를 높게 쳤다.

"여울아."

"엄마……."

여울은 자옥의 미소가 달갑지 않았다. 오랜만에 엄마를 본 여울은 애잔함이 들지 않고 도리어 타인 같은 거부감만 들었다.

"우리 여울이하고 연인 사이인가요? 나 여울이 친엄마예요."

"예. 연인 사이입니다."

이록은 웃음기 없이 차갑게 끄덕였다.

"직업은 뭔가요? 내가 이런 사람은 아닌데 일단 내 딸하고 사귀는 사이니까 물어볼 수 있죠?"

"같은 회사에 다닙니다."

"아, 그래요. 직급이……?"

"팀장입니다."

"나이는 어떻게 되죠?"

277

"엄마."

딸의 불편한 기색을 이해하지 못하는 자옥이 불만스러운 목소리로 여울을 타박했다.

"얘. 내가 못 할 말 했니? 네가 사귀는 남자가 뭐 하는 사람인지 알아야 할 것 아냐. 어휴. 딸이 이렇게 엄마 맘을 몰라요. 물어보는 거 실례 아니죠?"

자옥의 뻔뻔함에 여울은 불덩이를 삼킨 것처럼 속이 쓰라렸다.

"예. 아닙니다."

"아니라고 하잖니."

여울은 이록이 자기 편을 들어 주지 않자 서러웠다. 그런 여울의 마음을 이해한 이록이 그녀의 손등을 살포시 두드렸다. 마치 믿어 달라는 듯해 여울은 굳게 다문 입을 끝까지 벌리지 않았다.

"그래서 나이가?"

"여울이하고 같은 나이입니다."

"어머. 그렇군요. 능력 있네. 부모님은 뭐 하세요?"

"안 계십니다."

"아, 안타깝네요."

자옥의 표정에 실망감이 짙게 드리웠다.

"여울이랑 결혼할 생각인가요?"

"예. 허락하지 않으셔도 할 겁니다."

"좀 그렇네요. 이런 말 고깝게 듣지 말아요. 부모님도 안 계신데 가정을 이루기엔 여울이도 경제적인 뒷받침이 안 되어 있잖아요. 당장 결혼하지 않겠지만 걱정되는 건 어쩔 수가 없네요."

"경제적인 면은 염려하지 않으셔도 됩니다."

"어떻게…… 아, 부모님의 유산이 넉넉한가 봐요."

그렇다고 여긴 자옥이 표정으로 기쁨을 역력히 드러냈다. 그 태도 변화에 여울은 완전히 부모에게서 마음이 붕 떴다. 부모님의 마음을 이해하려고 했다. 그러려고 했으나 달라지지 않는 자옥의 본성에 여울은 부모에게 사랑받은 기억마저 퇴색될 정도로 모친에게 질려 버렸다.

"어우. 이럴 게 아니라 들어가서 이야기 더 할까요?"

"약속 있습니다. 그리고 어머님. 제가 여울이를 행복하게 해 줄 테니 앞으로는 신경 쓰지 않았으면 합니다."

무안을 주는 말에 자옥이 황당해하는 사이 이록이 여울의 손을 잡고선 돌아섰다. 그리고 고생 많았다면서 안아 주는 이록의 위로에 여울은 도리어 웃음이 나왔다. 온전한 내 편이 있어 슬프지 않았다.

✥   *   ✥

휴가가 이틀 남은 시점이었다. 한가롭게 뒹굴거리는 여울에게 여호가 물었다.

"이록이는 뭔데?"

"알면 깜짝 놀랄걸."

"내가 알던 세계가 일부였다는 것을 들었을 때보다 놀랄 일이 있겠냐."

동굴에서 나온 기점 후로 강욱의 실체를 마주한 여호가 가슴을 쫙 폈다. 감자칩을 바싹, 씹은 여울이 말했다.

"용."

"응?"

279

"용 몰라, 용?"

"……그건 전설 속에 등장하는 동물이 아니냐."

"유니콘급이 내 애인이지."

"그런데 다른 짐승 생각하면 안 어울리기는 하다. 본모습 봤어?"

"봤다 뿐이겠어. 타기도 했어."

"나만 놀랐냐? 왜 이렇게 덤덤해?"

여호의 말에 여울이 텅텅 빈 과자 봉투를 걸레 짜듯이 구기며 말했다.

"용인 줄 알고 봤으니까. 너도 강욱 씨의 본체를 봤다며?"

"용이랑 곰이랑 같냐. 한 글자라는 것만 같지 종이 다른데. 그래도 내겐 강욱 씨가 최고지만."

자부심이 깃든 목소리가 드높았다. 여울이 짐작하기엔 두 사람 사이에 묘한 기운이 돌고 있지만 굳이 파고들지 않았다. 마음이란 강요해서 되는 것도 아니고, 성인이니 알아서 할 문제라고 생각했기 때문이었다.

"두 사람 사이에 참견하지 않겠지만 엄마한테나 들키지나 마."

"아. 엄마."

여울의 말에 여호가 생각났다는 듯이 꺼내지 않으면 안 될 말을 화두에 올렸다.

"그렇지 않아도 말하려고 했는데 엄마가 널 찾아갔다며."

오늘 낮, 귀가 따갑도록 들었던 엄마의 잔소리를 상기한 여호의 표정이 어두웠다. 자신의 잘못처럼 구는 여호를 보면서 여울이 한숨을 내쉬듯이 말했다.

"응. 여전하시더라."

부모님 얘기만 나오면 속이 갑갑한 여울은 인상을 쓰면서 여호에게 말했다.

"너한테 하소연했지?"

"응."

자식 키워 봐야 소용없다는 소리를 2시간가량 들었던 여호가 절레절레 저으며 말했다.

"부모님은 내가 책임질 테니까 넌 네 생각만 해."

"너는?"

"어쩌겠어. 모시고 살지 못해도 생계는 책임져야지. 이러니 결혼 안 할 생각이야."

"가만히 있지 않으실 거야."

"압박이 들어오겠지만 어쩌시겠어. 자식 이기는 부모 없다잖아. 결국은 포기하시겠지. 받은 게 없다고 할 수 없으니까 노후는 책임질 거야."

"나도 보탤게. 그래도 낳아 주셨으니까 도리는 하려고."

"너는 충분히 다했어. 내가 못 했지. 그러니까 내게 맡기고 너는 네 삶 살아."

이제는 여호의 앞길이 이전처럼 걱정되지 않는 여울이 편안하게 웃으면서 의표를 찔렀다.

"그런 말은 취직이나 하고 말해."

"윽."

백수를 벗어나지 못한 여호가 공부하러 간다며 제 방으로 들어갔다. 이제야 느긋하게 티비를 볼 수 있겠다고 생각하던 여울의 마음도 잠시, 이록이 없자 허전했다. 혼자만의 시간을 갖고 싶어서 좀 떨어진 건데 얼마나 지났다고 이런 마음이 드는지.

이록이 곁에 없는 게 어느샌가 불편해진 여울은 에라 모르겠다, 라는 심정으로 자신의 집에서 나와 이록의 침실을 열었다.

여울이 올 줄 알고 있었던 이록이 누운 자신의 몸을 손으로 두드렸다. 여울이 그 탄탄한 몸에 올라타자 이록이 그녀를 껴안았다.

"아. 너무 많이 먹었나 봐. 배가 너무 불러."

"소화되게 마사지해 줄게."

이록이 여울의 배를 외설적이게 주물렀다. 쓰다듬는 건지 만지작거리는 건지 애매한 손길에 여울이 키들거리며 말했다.

"아, 회사 가기 싫다."

"계속 회사 다닐 거야?"

"안 다녔으면 좋겠어?"

"너와 하고픈 게 많아서 걸리적거리기는 해."

이록이 자신의 코로 여울의 코를 잇따라 문질렀다. 내 말을 들어 달라는 애교짓에 여울이 웃자, 이록이 맞댄 코를 더욱 비비적거렸다.

"나만 생각했으면 좋겠어."

"너만 생각하는데?"

"나만큼은 아니잖아."

이록이 여울의 코를 날카로운 이로 살짝 깨물었다.

깨물깨물.

"아이. 느낌이 이상해."

여울의 웃음소리에 이록이 나직하게 웃으며 물었다.

"너는?"

"응?"

"나와 하고픈 게 있을 게 아니야."

이록과 하고 싶은 게 많아서인지 바로 생각나지 않았다. 잠시 생각의 시간을 가진 여울이 말했다.

"……여행 가고 싶어."

"어디로?"

"어디든."

한국도 좋았고 외국도 좋았다.

"그럼 나와 갈 곳을 지금부터라도 생각해 봐."

나직한 숨소리를 들으며 여울은 유명한 명소를 떠올리다가 너른 그의 품에서 서서히 잠에 빠져들었다. 이어진 꿈속에서 여울은 이록과 소복한 눈을 밟으며 웃고 있었다.

그녀의 뒤로 호숫가가 보였다. 진짜처럼 생생한 꿈이라는 생각이 들었지만 근심 없는 제 표정에 여울은 아무렴 어떠냐는 생각이 들었다.

"힛."

행복한 꿈을 꾸는 여울이 히죽거리자, 이록도 웃었다.

"무슨 꿈을 꾸시나. 나도 초대해 줘."

행복이 밴 표정으로 이록은 여울이 깨지 않게 입을 살짝 맞추고는 눈을 감았다. 안온하게 젖어 드는 기분은 달콤했다.

-The End

에필로그

　회사로 복귀하기 전날 여울은 이록과 시간을 내 커플 시계를
맞추었다.
　"잘 어울린다."
　블랙 가죽 밴드가 매치된 시계를 착용한 이록을 보며 여울은
어깨를 으쓱거렸다. 그러자 로즈 핑크 계열의 시계가 착용된 손
위로 이록의 손목이 겹쳐졌다.
　"이러면 더 잘 어울리지?"
　대비되는 색상이 서로의 색을 죽이지 않고 도드라졌다.
　"너무."
　여울은 미소 위에 행복을 덧그리며 웃었다. 그 미소가 활짝 핀
장미처럼 아름다웠다.
　사랑스러운 여울을 껴안지 않고는 참을 수가 없어, 이록이 애
정 행각을 벌였다. 전혀 어색하지 않은 품에 자연스럽게 안긴 여

울은 이록만 존재하듯이 껴안았다.

행복했다.

이록은 여울이 사 준 시계를 하루라도 빼놓는 날이 없었다.

"팀장님. 못 보던 시계인데, 어느 브랜드 거예요?"

"브랜드는 모르겠고, 내 애인이 사 준 겁니다."

"옷! 커플 시계네요. 같이 맞췄다니 너무 로맨틱하시다."

이록이 손목의 각도를 비틀며 자랑하는 모습에 여울은 뿌듯하게 웃었다.

"잘한다. 내 짐승남."

비상계단에서 여울이 칭찬을 담아 이록의 엉덩이를 두드렸다. 애정을 담은 애칭과 스킨십에 이록이 자연스럽게 눈을 감자 여울이 발끝에 힘을 주었다.

촉촉한 입술과 더운 입김을 흘리는 입술이 교차되다가 금방 떨어졌다.

"여기까지."

깊어질 듯한 감각만 선사하며 여울이 올린 발을 내리자 이록의 입술이 불만인 것처럼 살짝 나왔다.

"이렇게 끝?"

이록이 연한 립스틱을 뭉개듯이 여울의 입술을 손가락으로 문질렀다. 이록의 손가락이 지나가는 부위에 열감이 은근하게 번지자 여울은 입술을 우물거렸다.

"하우."

회사만 아니었으면 탄탄한 상체로 넘어갔을 성적 긴장감에 여울은 난처한 숨을 얕게 흘렸다. 그러다 혀를 끄집어낼 듯이 깊숙이 들어오는 손에 여울은 저도 모르게 이록의 손가락을 깨물었

286

다. 그가 살갗을 긁는 듯한 탁성을 토했다.

"훗."

여울이 건들기라도 한 것처럼 이록은 이를 살짝 드러내면서 웃었다. 그 외설적인 모습에 여울의 목울대가 느릿하게 움직였다.

"밤, 밤에 기대해."

이록의 손가락이 누른 혀를 웅송그리던 여울이 침을 다급하게 삼키며 깨어나는 야수성을 진정시켰다. 서투른 조련이지만 따를 수밖에 없는 고삐였다. 이록이 반쯤 깨어난 야수의 눈을 느릿하게 감았다.

"그렇게 말하면 참을 수밖에 없잖아."

주인의 위를 넘보는 이록은 발톱을 감추며 복종하는 척했다. 주인과 함께 하는 밤이 무척 기대되는 이록의 입꼬리가 야릇하게 올라가자, 여울의 심장이 떠는 것처럼 진동했다.

여울은 제가 내뱉은 말을 혹독하게 치러야 했다.

그리고 열기가 다소 꺾인 밤.

이록은 물을 머금어 할딱거리는 입안에 흘려보냈다. 눈도 뜨지 못한 채 이록이 넘겨주는 물을 마시던 여울이 웅얼거렸다.

"나, 가고 싶어. 여행……."

이록이 자신과 하고픈 게 뭐냐고 묻던 날 찾아든 꿈.

이리로 오라는 듯이 마음을 설레게 하는 꿈이 자꾸만 생각난 여울은 내일이라도 떠나고 싶은 마음을 이록에게 전했다.

심장을 움켜쥐어 흔드는 여울의 명령에 취한 이록은 미소를 띤 입술을 열었다.

"본부대로."

✤ * ✤

며칠 끝날 여행이 아니라서 떠나기 전에 해야 할 일이 있었다.

딩동.

"어서 와."

"안녕!"

몇 주 만에 집에 놀러 온 여울을, 혜설과 은설 두 모녀가 격하게 반겼다.

"안녕하세요. 은설 엄마."

"히힛."

이록이 여울의 몸에 묻힌 그의 체향을 억지로 지운 덕분에 은설은 저번처럼 그녀를 무서워하지 않았다.

"여울아. 이것 봐."

여울의 손을 잡아당겨 자신의 방으로 초대한 은설이 상당히 들뜬 목소리로 말했다.

"짜안!"

못 보던 어린이 완구 세트에 여울의 시야가 쏠렸다.

"와아. 전부 은설 엄마 거예요?"

"응. 홍구가 사 줬어."

은설은 신나게 장난감을 자랑했다. 공주님 방으로 꾸며진 침실에는 각가지의 완구가 가득했다.

"돈 많이 썼겠는데."

따라온 혜설에게 한 말이었다. 혜설이 엘사 화장대에 앉는 은

288

설을 응시하며 대답했다.

"사 주지 말라고 해도 안 들어."

"다시 만나기로 한 거야?"

여울이 기쁜 어투로 묻자 혜설이 조용히 은설의 방을 나가더니 사정을 설명했다.

"언니가 병원에 입원했다는 소식을 전해 듣고 엄마를 맡길 사람이 홍구 씨밖에 안 떠올라서……."

그때부터 만난 모양이었다.

"그리고 문사영과 정이 많이 들었는지 우울해하는 모습을 보니 짠해 죽겠는 거 있지."

아차. 은설의 방을 닫던 여울은 속히 덧붙였다.

"말한다는 걸 깜빡했다. 문사영 죽지 않았어."

"죽은 게 아니었어?!"

"응. 이록이의 은거지에서 잠들어 있어. 그런데 만나지는 못할 거야. 언제 깨어날지 몰라서."

어쨌거나 기쁜 소식이라 혜설이 손뼉 치듯이 두 손을 겹쳐 잡고서 안도했다.

"그래도 살아 있잖아. 홍구 씨가 알면 기뻐할 거야. 항상 밝은 사람이 잘 웃지도 못하니까 나나 엄마나 내버려 두지 못했는데……! 잘됐다. 이 소식 들으면 힘이 나겠지."

미움을 훌훌 털어 버린 혜설은 홍구를 진심으로 위하고 있었다. 사랑이라고 볼 수밖에 없는 모습에 여울은 안도하며 미룬 말을 꺼냈다.

"혜설아."

"응?"

"나 퇴사할 생각이야."

"아, 아니. 왜? 다른 곳으로 갈 거야?"

깜짝 놀란 혜설은 쥐고 있던 유리병을 하마터면 떨어뜨릴 뻔했다.

"그건 아니고 이록이하고 여행 다니면서 내가 뭘 하고 싶은지 알아보려고. 여태 급하게 달렸으니까 쉬고 싶은 마음이 제일 크지만."

아등바등 살아야 하는 위기감 때문에 여울은 쉬고 싶어도 쉴 수가 없었다.

"부모님 노후 생각이나 내 앞길 문제 등…… 짐 같은 부담감을 내려놓을 생각이야. 전에는 그럴 수 없었지만 이젠 이록이가 있잖아."

이록을 생각하는 여울의 표정은 말랑말랑하게 풀어져 있었다.

"이록이에게 의지하면서 내가 하고 싶은 것부터 해 보려고. 그 첫 번째가 여행이야."

잠자코 듣던 혜설이 어둑한 표정을 지워 냈다.

"자주 못 본다고 생각하니 아쉽고 쓸쓸하지만 어쩌겠어. 언니를 응원하는 내가 자주 연락해야지."

"내가 더 많이 연락할게. 아, 나 오늘 밤 자고 갈까?"

"그래도 돼?"

"하룻밤만 자는 건데 뭐. 삐지면 달래 주면 돼."

"좋아. 오늘 밤 재우지 않겠어."

여울과 혜설은 마주 보며 키득거렸다. 영원한 이별이 아니기에 둘은 웃을 수 있었다.

"저, 퇴사하려고요."

여울이 의사를 밝히자 팀원들은 의외로 놀라지 않았다.

"저도 합니다."

"이록 씨도?!"

하지만 이록의 퇴사엔 놀라지 않을 수가 없었다. 여울과 이록이 연인 사이임을 알고 있었던 동료 직원들은 둘의 퇴사를 두고 다른 이유를 떠올렸다.

'결혼하는구나.'

결혼이 성사된 연인이 함께 회사를 때려치우는 일이 드물었기 때문에 놀란 그들이었지만 겉으로 드러내지 않고 저들끼리 납득했다.

'돈이 많으면 뭔들.'

다들 무슨 생각을 하는지 보이는 이록은 유능한 이를 꽂아 놓고 그들의 기억을 지우려고 했지만, 여울의 반대에 부딪혔다.

"불편하겠지만 피치 못할 사정이 아니라면 능력을 사용하지 않았으면 해."

인간과 짐승이 함께 사는 세상이었다. 인간이 될 수 없어도 인간답게 살아갈 수 있게, 여울은 이록이 인간 방식에 차차 적응했으면 하는 바람이었다.

여행지에서도 마찬가지였다. 멀지만 교통수단을 이용하고 각국의 사람들과 대화하면서 그렇게 그들의 기억에 우리가 기억되기를.

그런 여울의 마음을 완전히 이해하지 못해도 그녀와 함께한다는 것이 중요한 이록은 불평불만 없이 따랐다.

그리하여 둘이 퇴사하기까지 몇 달이 걸렸다.

본격적인 장마가 지나, 무더위가 한풀 꺾인 계절.

조각조각 흩어진 구름이 덮인 하늘 위로 여울과 이록을 태운 비행기가 떠올랐다.

❖ ＊ ❖

첫 스타트는 북유럽 핀란드였다.

"사진 찍자."

인증샷 찍기 좋은 명소에서 여울이 현지인으로 보이는 이에게 말을 걸었다.

「헬싱키 대성당 투오미오키르코가 나오게 사진을 찍어 주실 수 있나요?」

「좋습니다.」

현지인에게 핸드폰을 넘겨준 여울은 이록과 팔짱을 끼면서 그의 어깨에 머리를 비스듬히 기댔다.

찰칵.

「감사합니다.」

「부럽네요. 애인이 정말로 당신을 사랑하는 게 보여요. 즐거운 여행이 되길 바랄게요.」

「좋은 말씀 고마워요. 당신도 항상 행복하길 바랄게요.」

어색한 발음으로 감사 인사를 전한 여울이 화면에 찍힌 두 피사체를 보고서 입술을 얕게 깨물었다. 사진 속 이록은 정말 사랑스러워 죽겠다는 시선으로 그녀를 바라보고 있었다.

"정면을 봐야지!"

"널 보면 안 돼?"

"안 되는 건 아니지만, 좀 부끄럽단 말이야."

현지인이 부럽다고 한 말을 비로소 이해한 여울은 얼굴을 붉혔다. 정욕을 부추기는 사랑스러운 얼굴이었다. 이록의 배 속이 드글드글 끓었다. 어서 둘만의 장소로 가고 싶은 이록이 성대를 긁는 목소리로 말했다.

"더 구경할 게 있어?"

눈빛만 봐도 아는 이록의 마음이 전해지자 여울이 달아오른 얼굴을 저었다.

"숙소로 돌아가자."

이능을 자제하기로 한 탓에, 숙소로 가는 길이 멀게만 느껴졌다. 호숫가가 보이는 별장에 도착했을 땐 어둑한 밤이 되어 있었다.

"이록아! 밖을 봐! 눈이 와."

실내를 장식한 트리 전구가 어둠을 밝혀 눈바람이 몰아치는 바깥이 보였다. 창문에 달라붙은 여울은 바람에 실려 날리는 싸락눈을 구경했다. 벽난로 불을 지핀 이록이 차가운 창문에 손바닥을 대고 있는 여울을 뒤에서 껴안았다.

"그렇게 신기해?"

"응, 내일 아침 되면 쌓여 있겠다. 빨리 눈 밟아 보고 싶어."

"그건 안 되겠는걸."

이록의 손이 여울의 니트 안으로 들어갔다.

"훗. 왜……?"

배꼽 위로 올라가는 손이 부드러운 살결을 쓸자 여울은 곧장 반응하며 물었다.

"나 완전히 끝나지 않았어."

"하아. 뭐가?"

"발정기."

그 말에 여울은 직감했다.

'……아. 일주일 넘게 밖에 못 나겠구나.'

앞이 안 보일 정도로 눈바람이 거세지고 있었다. 그러나 기온을 훅훅 떨어뜨리는 추위는 별장 안을 뚫지 못했다. 사랑의 열기는 한여름처럼 자글자글했다. 살결이 치대는 소리가 야릇하게 사위를 감쌌다.

"하우. 아! 조금만 쉬고, 읏. 해. 나 바깥 구경하고 싶단 말이야."

"보고 있잖아."

두 손으로 창문을 짚고 있는 여울은 뒤에서 이록을 받아 내고 있었다. 땀 때문에 손이 미끄러지자 이록이 여울의 배를 받쳤다. 그리고 여울의 자세가 무너지지 않게 강약과 속도를 조절했다.

"이러면 느긋하게 즐길 수 있겠지?"

앞이 보이지 않는 게 흔들리는 몸짓과 시야로 번지는 열기 때문인지 아니면 거센 눈바람 때문인지 판별이 되지 않았다. 여울은 밭은 숨을 내뱉으며 칭얼거렸다.

"빠, 빨리……."

느릿느릿한 율동이 여울을 더 미치게 했다. 배 속에 뭉친 열기가 터지지 않고 고여 있기만 하자 여울이 자진해서 이록의 앞몸에 하체를 더욱 밀착시켰다.

"하. 작정했네."

"나 고파⋯⋯."

"이제 유혹할 줄도 알고. 큭. 뜻대로 해 줄게."

이록은 여울이 숨 막히게끔 몰아붙였다. 물이 범람하는 듯한 젖은 소리가 바투 붙은 몸에서 끊임없이 울렸다.

"나, 홋. 배고프다구⋯⋯."

낮과 밤이 바뀌어도 죽지 않는 야성에 지친 여울의 배가 홀쭉하게 들어가 있었다.

"응, 착하지. 조금만. 후."

둘이 만들어 낸 소음이 잦아든 후에서야, 여울은 음식이라고 불릴 만한 것을 우물거릴 수 있었다.

"아, 해야지."

아―

이록이 작게 벌린 입에 딸기를 넣어 주었다. 새처럼 받아먹던 여울은 노곤함에 의식이 흐려져 이로 잘근 씹은 과일의 즙을 저도 모르게 흘렸다.

주륵.

입가를 따라 붉은 액체가 흘러내리자 이록의 혀가 마중 나와 싹싹 핥았다.

"맛있다."

이록의 허기는 끝나지 않았다. 진심이 드러난 목소리가 여전히 탁해 있자 여울은 이록의 것으로 젖지 않은 곳이 없는 몸을 움찔거렸다. 맹수의 사냥에 도망갈 수 없는 여울은 다시 시작되는 몸짓에 매달리다시피 하며 쉰 목소리로 울었다. 정말로 짐승이 되는 기분이었다.

'황금?'

느리게 움직이는 황금 덩어리에 여울이 시야를 가늘게 좁혔다. 그러자 못 보던 게 보였다.

앙증맞은 두 눈이 깜빡깜빡 움직인다.

'눈이 푸른색이네.'

저절로 떠올려지는 얼굴이 아른거려 여울이 빙긋 웃는데 살아 있는 생물이 쏙, 그녀의 품에 안겼다.

"……!"

언제 정신을 놓았는지 눈을 뜨자 그녀는 이록의 품에 기댄 채였다.

"깼어?"

귀에 대고 속삭이듯이 이록의 목소리가 나긋하게 울렸다.

"수고했어."

그의 발정기가 해소되었음을 알린 이록이 고개를 살짝 내밀어 여울의 볼에 입을 맞추었다.

"많이 힘들었지?"

여울을 혼절하게 한 이록은 발라당 배를 보이는 짐승처럼 온순하게 굴고 있었다.

"미안하기는 한가 봐."

"좀 많이."

"넌 좀 맞아야 해. 어떻게 사람을 지독하게 잡을 수가 있어. 짐승."

296

안 욱신거리는 부위가 없었다. 다리 안쪽은 후들거려서 걷지도 못할 것 같았다. 투덜거려도 기분이 풀리지 않는 여울이 뒤통수로 이록의 가슴팍을 콩 때렸다. 그게 또 좋다고 이록이 웃으며 그녀의 어깨에 얼굴을 붙여 비비적거린다.

부드러운 머릿결이 이불 외엔 걸친 것이 없는 맨살을 건드리자 여울이 배를 살짝 접었다.

"간지러워."

웃음기가 낀 목소리가 듣기 좋은 이록이 매끈한 살결에 입술을 찍었다. 가볍게 입술을 누르다가, 도진 흥분에 이로 살짝 긁기도 하면서 붉은 흔적을 남긴다. 야릇한 감각이 다시금 이어지자 여울은 살짝살짝 몸을 떨었다. 고양이 혀에 핥아지는 기분이 이럴까.

그의 흔적이 짙게 남겨진 몸을 만족스럽게 쳐다보던 이록이 여울의 어깨에 턱을 괬다.

"후우."

여울의 귓가에 이록의 숨결이 빽빽이 흩어졌다. 처음은 야릇한 자극으로 돌아왔지만, 너무 피곤한 탓에 고른 숨소리가 여울의 정신을 가물가물 흐트러뜨리고 있었다.

"하암."

눈꼬리에 눈물이 맺혔다. 몽롱한 정신으로 여울은 멍하니 앞을 바라보았다. 눈바람이 잦아들어 보이는 호숫가가 석경으로 물들어 있었다.

'어디선가 본 것 같은데…….'

그 순간 무언가 떠오른 여울이 작게 탄성을 내질렀다.

"아!"

몇 달 전에 꿈에서 본 장면과 유사했다. 저 호숫가에서 이록과 웃을 앞날을 고대하며 여울이 빙그레 웃다가 정신을 들게 한 꿈을 더듬어 보았다.

'……태몽일까.'

새끼 용이 꾸물꾸물 기어와 자신의 품에 안기던 잔상이 눈앞을 아른거려 여울은 저도 모르게 아랫배를 쓰다듬었다. 가깝지도, 그렇다고 멀지도 않은 날, 아이를 안아 볼 수 있을 것 같은 예감이 들었다.

'남자아이일 것 같아.'

느낌이 그랬다. 이록을 많이 닮은 우리의 아기.

행복한 미소가 자연스럽게 그려지는 미래였다. 여울은 웃다가 순간 머릿속을 스치는 사실을 인지하고서 몸을 떨었다.

지독한 발열기에 맞춰 셀 수 없이 맞물려야 임신할 수 있을 것이었다. 너무나 좋았지만 그래서 문제였다. 할 때는 좋은데 하고 나면 고생이라서.

부르르 떨리는 진동을 느낀 이록은 여울이 감기 걸릴까 봐 얼른 이불을 덮어 주고는 그녀의 몸을 세게 그러안았다.

"사랑해."

춥지 않지만, 이록의 품에서 잦아드는 떨림에 여울은 눈을 감고 자신만 맡을 수 있는 체취와 따스한 온기를 감각적으로 느꼈다.

"나도. 사랑해."

❖ ＊ ❖

황금용, 여울이 꾼 꿈의 단편이 이록에게 흘러 들어왔었다.

'감정에 영향을 주는 꿈이라면 내게도 보이는 모양이군.'

그러한 사실이 퍽 마음에 든 이록이 눈가를 살며시 접다가, 꿈의 내용을 다시 상기하고선 웃음기를 거뒀다. 너무 가까운 미래가 아닐까. 새끼 용은 그가 우려했던 대로 그의 성향을 빼닮았다. 이름도 생각해 두지 않은 것이 태어나면 여울과의 시간이 줄어드는 건 물론 그와 그녀의 사이를 훼방을 놓을 것이었다. 그러니 100년이 지나서 태어났으면 했다.

'100년 후도 짧아. 200년 후에 태어나야 해.'

설마 몇 년 안에 태어나려고.

짐승의 촉이 불길하게 전신에 내리꽂혔지만 이록은 애써 부정했다. 눈이 감기지 않을 정도로 마음이 어수선해진 이록은 여울이 깨지 않도록 기척을 죽이고서 밖으로 나갔다.

호숫가에서 불어오는 바람으로 인해 풀잎이 나부끼는 소리가 쏴아아 울렸다. 마음의 안정을 찾아 주는 고요함을 느끼며 이록은 눈을 감았다.

어둠은 그의 또 하나의 눈이었다. 눈을 감고도 시꺼먼 길을 헤매지 않고 호수에 이른 이록은 눈을 떠 잔잔한 물결을 가만히 응시했다.

그의 기질을 짙게 타고난 자식이 대견하다고 해야 할지.

백룡의 자식은 모친의 형질을 타고나 인간의 수명대로 살다가 죽었었다. 여울과의 사이에서 태어난 그의 자식도 그러할 거라 여겼는데⋯⋯.

"그러지 않아서 머리는 만져 주고 싶군."

언제가 태어날 아이에게 딱 그 정도의 부성만 존재했다.

– ……음, 이록아……?

불현듯 이록의 귓가에 여울의 목소리가 잡혔다. 잠결에 자신을 찾는 여울의 목소리가 들리자 이록은 얼른 몸을 돌렸다. 빠르게 여울에게로 당도하자 그녀가 감기려는 눈가를 비비면서 물었다.

"어디 갔던 거야?"

"잠시 호숫가에 있었어. 걱정 말고 자."

재깍 여울의 옆에 드러누운 이록이 그녀의 손을 잡아 주자 잠기운에 잠식된 눈꺼풀이 빠르게 감겼다.

"일어나면…… 같이, 가……."

도로 잠든 여울이 그의 손을 놓지 않고 고른 숨결을 색색 내뱉었다. 한입에 삼켜질 작은 몸과 불그스름한 빛을 띠는 입술과 뺨, 그리고 솔잎처럼 촘촘한 속눈썹을 들어 올리게 하여 보고 싶은 눈동자.

그녀의 얼굴을 바라보는 것으로도 차가운 심장의 모양이 둥글둥글해지는 것 같았다. 부성애라는 게 어떤 건지 모른다. 자식을 어떻게 사랑해야 할지도 모르겠다. 그러나 잠든 그녀를 보면 드는 감정과 비슷하지 않을까.

"그렇다면 부성애가 뭔지 알 것 같기도 해."

그녀가 원하기만 한다면 세상 모든 것을 바칠 수 있는 이록은 보들보들한 뺨을 가볍게 쓸어 만지면서 웃었다.

"너에게만 영속되는 감정이 자식에게 갈지는 미지수지만."

부성애를 싹 틔운 것도 그녀니, 뭐든 줘도 아깝지 않을 마음 또한 여울 한정이었다.

'여전히 이해할 수 없는 표정이군. 하지만 이록, 너도 언젠가

내 마음을 알게 될 거다. 소중하고 소중해서 다 줘도 아깝지 않을 순간 또한.'

조각달 같은 과거를 추억하게 하는 유일한 친우.

백룡, 이소.

온전히 너의 말을 이해하게 되어서야, 나는 너를 떠올린다.

'넌, 네가 바란 행복을 마주했을까.'

무료한 삶을 빛나게 할 운명을 비로소 찾은 이록은 백룡의 존재를 소멸하게 한 단 하나의 소망을 이소가 어딘가에서 마주하기를 바랐다.

'나는 내 존재 가치를 찾았어. 나보다 모든 게 일렀던 너였으니 이번에도 그랬을 거라 믿는다.'

다시는 보지 못할 친우에게 전하지 못한 속내가 바람을 타고 조용히 흘러갔다.

❖ * ❖

[칼리언.]

[응? 제니. 왜?]

[내가 하고픈 말이야. 갑자기 하늘은 왜 봐? 새라도 발견했어?]

[아아, 누군가가 날 부른 것 같은 느낌이 들어서.]

아름다운 금발의 남자가 붉은 머리카락의 여자의 손을 잡으며 산뜻하게 웃었다. 백룡과 그의 반려는 전생의 기억을 고스란히 기억한 채 인간으로 환생했다. 하지만 다시 태어난 곳은 원래의

301

시간이 이어지지 않은 다른 차원 속 세계.

환생한 짝과 다시 만나기까지 오래 걸렸으나 서로를 기억하는 둘은 결국 영혼의 상대방을 찾아냈다. 그리고 부부가 생을 저버리면서 바란 아이도 기적에 가까운 운명으로 마주했다.

[칼리언. 제니!]

[엄마, 아빠라고 부르라니까. 지유.]

새 이름으로 살아가는 두 사람은 검은 머리칼인 여자아이의 손을 잡고서 같은 길을 걸었다. 자유로운 바람이 귓가를 스친다.

'이룩, 네 목소리가 들렸던 것 같아. 내가 봉인한 기억이 풀렸으려나. 그때쯤 너도 너만의 반려를 만났겠지.'

칼리언은 다시는 날지 못할 하늘을 올려보았다. 친우의 눈동자를 닮은 창공이 유난히도 빛나고 있었다.

'나는 행복해. 너도 행복해라.'

외전 1

2년 후.

여울은 이록과 뭐든지 함께했다. 계절이 바뀌면 다른 나라로 이동하는 철새처럼 겨울이 오기 전에 한국으로 돌아온 여울은 오랜만에 여호를 만나 최근의 근황을 전해 들었다.

"부모님에게 들켰다고?"

여울의 삶에서 빼놓을 수 없는 여호는 성별을 넘어 종족까지 다른 강욱과 비밀 연애 중이었다. 거기까지는 6개월 전, 여울이 전화로 접한 사실이었다.

"응……."

"어떤 반응인지는 안 들어도 알 만하다. 어떻게 하다가 들킨 거야?"

아일랜드 식탁에 앉아 있는 여호가 그를 쳐다보는 강욱을 보면서 이실직고했다.

303

"형이 내게만 다정해서."

"갑자기? 누군 초희귀 애인이 없는 줄 아나."

안 보일 뿐이지, 그녀 한정 다정한 짐승은 욕실에서 씻고 있었다.

"들어 봐. 들어 봐."

"자랑하기 있기 없기?"

"자랑 아니고! 내 말 끝까지 들어 보라고!"

여호가 박력 있게 아일랜드 식탁을 세게 쳤지만, 본전도 찾지 못했다.

"앗, 쓰읍."

강욱이 식탁을 내리치느라 벌게진 두 손바닥을 그에게로 끌어당겨 살피더니, 고개를 숙이고는 호오, 하고 입김을 불었다.

"……이런 걸 엄마가 봤단 말이네."

속이 울렁거려 여울은 마시던 커피를 내려놓았다.

"……응."

여호의 얼굴은 벌건 손바닥과 같은 빛을 띠고 있었다.

"그렇다고 보여 줄 필욘 없는데, 뭐 잘 알아듣기는 했어."

여호의 손을 아기 손처럼 애지중지하는 강욱을 본 여울은 비록 모친에게 애정은 없었지만 충격을 먹었을 그 마음을 십분 이해할 수 있었다.

"이 꼴을 본 엄마가 아버지한테 일렀겠고 두 분이 오셔서 드러누우셨겠지."

부모 입장에서 이런 장면을 보았다면 눈이 뒤집히고 돌아갔을 것이다.

'이록이보다 더해. 이록인 남이 있을 땐 그래도 자중하는 모습

304

을 보이는데.'

역시 내 남자만 한 맹수는 없다.

"이 정도까지는 아니었는데…… 오늘은 좀 과하네."

"곰탱이 맛탱이."

"뭔 맛 탱?"

"곰한테 푹 빠졌다고. 아니라고 잡아떼면 될 걸 두 분에게 정정당당하게 밝힌 너도 너다."

내가 널 몰라? 아무리 멀리 떨어져 있어도, 그리고 오랫동안 만나지 못한다고 해도 쌍둥이인 여호를 부모보다 더 잘 아는 여울은 혀를 찼다.

"엄마가 식음을 전폐해도 마음 약해지지 마. 엄만 네가 안 보는 곳에서 과자나 빵으로 배 채우고 계실 거야."

"그렇지 않아도 엄마 단식 투쟁하고 계셔."

"그러실 것 같더라니. 아버지가 강욱 씨를 따로 찾아가는 일 없게 단단히 못 박아 놓고."

"그래서 말인데. 형이랑 의논해 봤거든. 앞으로 어떻게 할지를 말이야."

불효자가 되는 것밖에 답이 없지 않나?

"형이 여자가 될 거래."

"……결론이 그리 나는 거야? 그보다, 될 수는 있고? 근본적인 문제가 해결되는 게 아니잖아."

길 가다가 누군가가 찬 빈 깡통에 맞은 것처럼 머리가 어질어질했다.

"성전환 수술을 말하는 게 아니야."

고개를 절레절레 젓던 여울이 그 말을 듣고서 찌푸린 눈을 크게 떴다.

"그럼? 수인 세계에선 성별도 바꿀 수가 있는 거야?"

"성공했다는 사례가 있습니다."

과묵한 강욱이 드디어 입을 열었다.

"어떻게 했대요?"

"쑥 한 심지와 마늘 스무 개를 백 일 동안 햇빛 없는 곳에서 먹으면 됩니다."

"그건 단군 설화……."

이걸 진짜 믿어야 하나 말아야 하나. 안 믿기에는 곰 인간이 버젓이 눈앞에 살아 있었다.

"사실이라고 쳐요. 그런데 여자 인간이 된 거지, 성별이 달라진 게 아니지 않아요?"

반신반의하는 여울을 보며 강욱이 테이블 위에 둔 여호의 손등을 감싸 쥔 채로 말했다.

"재료만 바꾸면 됩니다. 너구리 수장의 동굴을 복원 중에 발견된 고서에 상세히 적혀 있었습니다. 마늘 대신 달맞이꽃 40개와 영지버섯 10개를 복용하면 된다고 합니다."

"전형적인 방법이군."

샤워하고 나온 이록은 타월을 허리에 두른 채였다.

"……! 그리고 나오면 어떡해. 옷 입고 나와!"

"난 괜찮은데?"

"내가 안 괜찮단 말이야."

"매일 보잖아. 이보다 더한 것도 봤으면서."

이 에로 짐승이! 맞는 말이라서 더 부끄러운 여울은 이록이 더 이상 말을 못 하게 입을 막았다.

"수치심이라는 것 좀 배워 와."

이록의 몸에서 흘러내린 물방울이 근육의 형태를 더 두드러지게 하고 있었다. 보기만 해도 얼굴이 다 벌게질 만큼 낯부끄러운데 그녀 혼자만의 생각인 듯했다.

"난 괜찮은데."

"넌 또 뭐라는 거야."

"저도 괜찮습니다. 수인들은 인간화를 거칠 때 나신이 되니까요."

이래서 짐승, 아니 수컷들은. 저만 과민하게 반응하는 이 상황에 여울은 어이없어하면서 손등으로 제 뺨을 어루만지는 이록의 손길을 느꼈다. 뺨의 혈색이 선연하게 달아오른다. 복숭앗빛을 띠는 여울의 뺨을, 턱을 괸 이록이 응시하면서 여호를 불렀다.

"처남."

"케헥."

마시던 홍차가 여호의 입에서 분무기처럼 뿜어져 나왔다.

"켁켁."

여호는 입가를 틀어막고 고개를 숙였다. 강욱이 거칠게 들썩거리는 여호의 등을 두드려 주었다.

"내 오빠 놀리지 마."

여울은 자신의 뺨을 가볍게 두드리는 이록의 손등을 꼬집었다. 맞고도 좋은 이록이 빙그레 웃고선 여호를 보았다.

"익숙해져. 처남."

"……노력해 볼게."

여호를 놀리는 데 재미가 들린 이록이 키들거리며 여울의 손가락을 지분거렸다.

"언제 시작할 거지?"

이록은 저처럼 여호의 손가락을 만지작거리고 있는 강욱에게 시선을 던졌다.

"내일 시작할 수 있도록 비원 금재를 준비해 놓았습니다."

"정말 하겠다는 거예요?"

확고한 강욱의 대답에 여울은 이록의 손을 떼어 내겠다는 생각도 못 했다.

"여호를 행복하게 해 주기 위해서라면 못 할 것이 없습니다."

살신성인이 아니라 살신성성이다.

"형⋯⋯."

결연히 의지를 태우는 강욱을 보는 여호의 두 눈동자가 뿅뿅 소리가 나올 것처럼 커져 있었다.

"오빤 그래도 괜찮겠어? 사랑하는 사람의 성이 달라지는 거야."

다시 생각하라는 의미로 묻자 여호가 진즉 결심한 듯이 고개를 끄덕였다.

"성별이 중요한 게 아니니까. 내가 존경하고 사랑하는 사람이 바뀌는 게 아니잖아. 믿을 수 있고 무슨 일이 있어도 날 생각해 주는 형이라서 마음이 간 거야. 남자라서가 아니라."

"저도입니다."

견고한 두 사람을 보자 앞으로의 일을 걱정하지 않아도 될 것 같았다.

"그리고 내가 남자를 좋아했으면 저 몸을 보고 두근거렸겠지."

완벽한 골격을 이룬 이록의 몸을 바라보는 여호의 시선은 무덤덤했다. 상상하기도 싫은 일에 여울은 쓴 커피를 마신 것처럼 인상을 찡그렸다.

"그랬으면 큰일 나지."

✣ * ✣

호수가 내려다보이는 거실을 비추는 노을빛이 여울의 살색을 부드러이 감싸고 있었다.

"훗, 나 오늘 잘 수 있는 거야?"

불그스름한 빛이 물든 몸을 성스러운 보배처럼 받들고 있는 이록 때문에 여울은 온몸이 축축했다. 봉긋 솟은 둥근 열매를 깨무는 이록은 행동으로 그녀가 잘 수 없을 거라고 알려 주고 있었다. 손등으로 입을 가린 여울이 하아, 하고 달뜬 숨을 내뱉으며 지칠 줄 모르는 제 짐승의 등에 붉은 선을 그려 냈다.

그와 나누는 사랑이 익숙해진 여울의 육체는 이록에게 알맞게 여물어져 있었다. 야릇한 감각이 그의 거친 몸짓에 따라 팡팡 터지자 여울은 긴 교성을 내지르며 잠시 이성을 잃고야 말았다. 그 사실을 어느 순간 눈을 뜨고서야 알게 되었다.

서로를 마주 보게끔 그녀를 맞물려 안은 이록은 여울이 깨자마자 잽싸게 입술을 붙였다. 혼내지 말아 달라는 짐승 짓에 꽁한 기분이 사르륵 풀어진 여울은 이록과 부드러운 키스를 느긋하게 나누었다. 그러다 포개진 입술이 떨어지고 수려한 이목구비를 눈길로 그리듯이 쳐다보며 여울은 입을 열었다.

"내일 친구들 오는데 뭐 해 주면 좋을까."

"요리할 생각하지 말고 주문시켜. 근데 나, 밖에 나가야 해?"

친구들이 오면 이록을 잠시 내보내려고 했던 여울은 강욱의 애정 행각을 상기하고는 고개를 저었다.

"있어."

씩, 웃는 입꼬리가 키스할 것처럼 가까워지더니 서로의 코가 맞닿았다.

"내가 남자가 되면 어떡할 거야?"

여울은 동물들이 애정 표현하듯이 제 코를 비비는 이록에게 농담 삼아 물었다.

"네가 남자였어도 내 마음은 변하지 않아."

1초도 되지 않아 대답을 내놓은 이록은 여울의 얼굴을 자신의 가슴팍에 대게 했다. 심장을 꺼내서 보여 주지 못하니 이렇게라도 심장의 반응을 들려주는 것이다.

"너도 그럴 거야?"

"어?"

빠르게 뛰는 심장 소리를 듣던 여울은 이록의 얼굴을 쳐다보지 않고서 내리깐 눈을 슬그머니 옆으로 돌렸다. 당연히 그럴 거라는 말을 하지 않는 그녀를 보는 이록의 두 눈이 살벌해졌다.

"사랑 안 할 거란 말이지?"

희번덕거리는 이록의 눈빛이 느껴져 여울은 난처한 목소리로 웅얼거렸다.

"사랑할 거야. 사랑하겠지만……. 여자가 된 널……."

이록의 눈치를 보던 여울이 고개를 들어 올려 불만스럽게 올라간 그의 입술에 입을 맞추었다.

"그래도 이런 식의 사랑을 나눌 수 없으니까……."

사랑스러운 그녀가 사랑스러운 짓만 하니 이성을 유지할 수 있을 리가 없는 이록은 그대로 여울을 덮쳤다.

"아……! 이록아."

발정기에 돌입한 짐승 못지않게 이록은 자신의 반쪽 심장을 욕심껏 탐했다.

⁺ ＊ ⁺

　격한 정사로 여울을 잠재워 놓은 이록은 실오라기 하나 걸치지 않은 몸을 침대 헤드에 기댄 채 잘 쓰지 않는 핸드폰으로 강욱에게 메시지를 보냈다.

　[수고했다.]

　강욱이 애정 행각을 한 데엔 이록의 개입이 들어가 있었다. 여울이 타인을 덜 의식하도록 하기 위해서였다. 여울은 남들 있는 데선 이록과의 스킨십을 꺼려 하는 편이었다.

　타인의 이목을 신경 쓰지 않는 반짐승은 옆으로 누운 여울의 어깨에 코를 대고서 그의 체취가 밴 살 냄새를 맡았다. 이 짓을 사람이 있든 없든 할 이록은 여울의 몸에서 그의 냄새가 더 배도록 끌어안았다.

　종족으로 묶는 '냄새 묻히기'는 그녀와 자신이 한 몸임을 알리는 표식이었다. 감히 그녀를 넘볼 수인은 없을 것이다.

　그는 그녀의 살냄새도 흥분되게 좋았지만 제 냄새가 그녀의 몸에서 맡아지는 게 제일 좋았다.

　"네가 '남자'였다면 난 여자가 되었을 거야."

　성이야 바꾸면 되는 것을. 그에겐 어려운 일도 아니었다. 이록은 여울의 귓가에 입술을 붙여 제 심장을 건 맹세를 흘려보냈다.

　"날 사랑해 줘서 고마워. 너와 내 생이 마감되는 순간까지 행복하게 해 줄게."

311

그녀가 끝까지 그를 받아 주지 않았다면 그녀와 함께 이런 행복을 느끼지 못했을 터.

아이를 인질로 삼아 그녀를 억지로 제 곁에 두었을 자신을 알기에 이록은 여울이 스스로 그를 선택해 준 시대를 감사히 여겼다.

그와 그녀, 둘만 있어도 충분한데 다른 이를 끼게 할 마음 따윈 없다. 어떻게 하면 더 사랑받을 수 있을까 고민하는데 애새끼가 생기면 지금도 부족한 그녀의 사랑이 줄어들 거다.

그녀의 애정을 아이가 빼앗아 갈 것이라고 말해 주는 짐승의 촉을 무시할 수 없는 이록은 여울의 몸을 바르게 눕히고는 아직은 밋밋한 배를 노려보았다.

그녀의 배 속에 자리를 틀 아이가 그를 무진장 닮을 거라는 예감.

언젠가 예지몽도 꾸지 않았나. 그녀에게 말하지 않았지만 잊을 수가 없는 태몽. 여울의 품에 안긴 새끼 용이 어미가 보이지 않는 시야각에서 그에게 쏙 혀를 내밀었던 꿈자리.

저를 닮아 어미에게 집착하는 용 새끼를 이록은 결코 용납할 수 없었다. 태어나는 것까지는 막을 수 없지만, 훗날의 일을 최대한 미루고 싶었다.

어차피 영생에 가까운 몸.

이록은 여울의 아랫배에 고개를 기울여 그녀가 듣지 못하게 속삭였다.

"아주 늦게 태어날 줄 알아."

여울을 닮은 아이라면 몰라도, 제 핏줄임을 알리는 황금 용을 아직은 안아 보고 싶지 않은 이록은 그녀 몰래 피임하고 있었다.

딩동.

"어서 와."

오후 1시. 2년 만에 얼굴을 보는 친구들을 여울은 반갑게 맞이했다.

"수제 다쿠아즈 세트야. 받아."

"나는 인센스 홀더 세트. 향 좋은 스틱도 있으니까 화장실이나 침실에 놓아."

"내 건, 둘만 있을 때 풀어 봐."

"다들 고마워. 잘 쓸게. 다쿠아즈는 이따 후식으로 먹자."

집들이 선물을 이록에게 넘긴 여울은 10명이 앉을 수 있는 테이블을 채운 요리들을 보여 주었다.

"중식 양식 한식 다 시켰어."

"뭘 이렇게 많이 시켰어. 잘 먹는 우리의 식성을 알면서. 다 먹을까 걱정되네."

선아가 아이를 낳은 이후로 빠질 생각을 안 하는 자신의 옆구리를 꼬집으며 말했다.

"아침에 먹은 게 완전히 소화 안 돼서 배 좀 꺼트려야겠어. 집 구경부터 해도 돼?"

"나도 그 말 하려고 했잖아. 무슨 집이 이렇게 커."

"중문이 우리 집 거실만 해. 세 들어 살고 싶잖아."

들어올 때부터 끝이 보이지 않는 내부에 고개를 두리번거렸던 셋이었다. 여울은 흔쾌히 고개를 끄덕거렸다.

"1층부터 돌아보자."

"대체 방이 몇 개야?!"

"다 열어 봐도 돼."

"와, 화장실……. 변기만 없으면 화장실인 줄 모르겠다."

"난 이런 집에서 살아 보는 게 로망이야."

선아가 방마다 한강을 낀 뷰가 보이는 창틀에 두 손을 짚고서 지효의 말을 이어 받았다.

"서울 집값 너무 비싸. 이번 신축 아파트도 양쪽 부모님에게 손 빌리고도 대출 반 껴서 겨우 얻었어."

"집 문제 때문에 나도 예랑이랑 머리 맞대는 중이야. 집값이 싼 지방으로 내려갈까 싶기도 하고."

친구들의 대화에 끼지 못하게 된 여울은 뻘쭘해져 입을 다물었다. 그런 여울을 본 현아가 두 팔로 배를 감쌌다.

"나 꼬르륵 소리 난다. 밥 먹고 2층 구경하자. 아침부터 쫄쫄 굶었더니 배고파."

눈치가 없지 않은 지효와 선아가 여울의 양팔에 붙어 조잘거렸다.

"내가 좋아하는 양장피도 시켰지?"

"시켰지. 그리고 지효가 잘 먹는 갈비찜도 있어."

소외감 느끼지 못하게 저를 챙기는 친구들의 맘이 전해져 여울은 섭섭하지 않은 목소리로 선아에게 말했다.

"강하도 데려오지."

"다음에. 소통이 가능한 나이가 되니까 너무 재잘대. 시끄러워서 우리 대화 못 해. 조금 의젓해지면 데려올게."

아이를 키우느라 힘이 부치기는 해도 자식 사랑을 숨길 수 없는지 선아의 입꼬리가 부드럽게 말려 올라갔다. 지효 역시 결혼 준비로 힘들어 보여도 예비 신부의 행복이 자연스럽게 흘러나오고 있었다.

"하아아……."

행복해 보이는 두 친구와 달리 현아가 음식 먹다 말고 한숨을 내쉬었다.

"왜 그래? 현아야."

걱정된 마음에 여울이 묻자 현아가 왜 저러는지 알고 있는 선아와 지효가 웃었다.

"현아, 고백받았대."

"누구한테?!"

"그 왜 있잖아. 현아가 수습 기자일 때 갈궜던 선배래."

"그 사람이?!"

희소식이 아니었다. 선배 기자 때문에 많이 힘들어했던 현아의 사정을 아는 여울은 눈썹을 일그러뜨렸다.

"으, 싫겠다……."

"푸흣!"

"풋!"

"응? 왜 웃는 거야?"

싫어한 선배 기자의 고백으로 인해 현아의 근심이 깊어졌다고 생각한 여울은 선아와 지효의 웃음을 이해할 수 없어 고개를 갸웃거렸다.

"현아 말 들어 봐."

어리둥절한 여울의 시선을 받은 현아가 한껏 숙인 머리를 두 팔로 감싸 안으면서 중얼거렸다.

"좋아……."

"응? 내가 잘못 들은 거지? 좋다고?!"

부끄러워서 말 못 하는 현아를 대신해서 선아가 말했다.

"글쎄~ 정들었나 봐."

"놀리지 마."

고개를 든 현아의 볼이 꼬집고 싶게 잔뜩 부풀어 있었다.

"내가 미친 건 알지만…… 고백을 듣고 기쁜 걸 어쩌라고."

사랑에 빠진 현아의 얼굴이 귀여워 보였다. 여울은 웃지 않기를 노력하면서 친구의 고민을 들어 주었다.

"기자 선배에게 마음이 있는데 사귀는 건 고민이 되는 거야?"

"그런 것도 있고, 이 남자 아니면 날 좋아하는 사람이 없을 것 같아서……. 무엇보다 우리 직업 특성을 이해해 주는 사람 잘 없거든. 같은 기자가 아니면."

"마음이 있다면 사귀어야지. 뭘 고민해?"

선아와 지효가 응응, 하고 호응하자 현아가 주먹을 쥔 두 손으로 테이블을 쳤다.

"헤어지면 어떡해!"

이별부터 생각하는 걸 보니 그 남자를 많이 좋아하는 모양이었다.

"이별하면 우리 사이 엄청 껄끄러워진단 말이야. 내가 이직해도 선배가 다른 곳으로 가더라도 자주 부딪칠 수밖에 없고."

"왜 헤어지는 것부터 생각해."

그 말을 들은 현아가 아까부터 위화감 없이 끼어 있는 이록을 힐긋거렸다.

"선배와 나 잘 싸운다 말이야. 지금도 티격태격할 때가 많은데 연인이 되어 봐. 거의 매일이 싸움일 거야……."

여울은 현아가 왜 이록을 쳐다보는지 알 것 같았다. 이록은 생활 전반을 그녀에게 맞춰 주고 있었다. 이에 관해 한번도 싫증을 내지 않았던 이록이 스파게티를 포크로 돌돌 말아 여울의 입술에 댔다.

"먹어."

여울은 곧장 받아먹지 않고 자신을 알뜰히 챙기는 이록을 바라보았다. 그녀에게만 자상하고 헌신적인 이록을 놓쳤으면 엄청 후회했을 것이다. 이록이 없는 삶은 삭막했을 거고, 그를 그리워하며 살아갔을 게 분명했다.

그가 있어서 지금이 행복한 거라는 생각이 문득 든 여울은 이록에게 입을 맞추고 싶었다. 그래서일까. 스킨십이 자유로운 외국에서도 남이 있는 앞에서 이러면 이록의 손을 찰싹 때렸을 여울은 이록의 행동을 제지하지 않았다.

"아."

벌어진 입속으로 스파게티가 들어가자 이록이 뿌듯하게 웃었다.

"맛있어?"

"응."

"나도 먹여 줘."

"자."

신혼부부도 시샘할 만한 둘의 알콩달콩한 애정 행각을 지켜보던 지효와 선아가 참지 못하고 틱틱거렸다.

"여기요. 저희 있거든요."

"다 가진 것들이 염장을 지르네."

지효와 선아가 테이블을 탕탕 치자 여울은 이록의 입가를 닦아 주면서 윙크를 했다.

"미안미안."

"전혀 안 미안한 얼굴이거든."

"들켰네."

"웃지 마. 웃으면 침 못 뱉겠잖아."

툴툴거린 선아가 여울과 이록의 두 눈을 찌를 것처럼 가리켰다.

"야. 받아 줘. 저 둘은 천생연분인 거야. 사람 살아가는 거 다 비슷비슷해. 나도 남편하고 무진장 싸워. 머리만 뜯지 않았지 서로 대머리가 되길 빌 정도인걸."

"나도 예비 남편하고 많이 싸웠는데 파투 안 났어."

눈물 나는 친구들의 조언에 현아가 한 손으로 눈가를 쓸면서 거침없이 말을 쏟아 냈다.

"그걸 위로라고 하다니……. 근데 그 말에 위안받는 나도 나다. 그래. 이록이 같은 남자를 못 만나니 내 연애는 거기서 거기겠지! 결정했어. 죽이 되든 밥이 되든 연애는 하고 죽으련다. 근데 아까부터 말하고 싶었는데. 우리 가야 해?"

"응? 무슨 소리야?"

여울이 눈을 깜빡이다가 이록과 껴안고 있는 저를 인지하곤 붉은 기가 번진 얼굴을 저었다.

"아니야. 천천히 있다가 가!"

❖ * ❖

매일 밤 이록의 품에서 잠드는 여울은 이른 아침에 눈을 떠야 하느라 피곤했다. 용으로 변한 이록의 등을 타고 험해서 발길이 뚝 끊긴 깊은 산속에 내렸다.

미리 도착해 있던 여호와 강욱이 부둥켜안고 애틋한 행각을 벌이고 있었다.

"잘 부탁드립니다."

자신이 없는 동안 여호를 챙겨 달라는 강욱은 보면 볼수록 진국이었다.

'여호가 여자로 태어났어야 했는데.'

"혀엉……."

여울은 동굴 안으로 들어가는 강욱 뒤를 따라가려는 여호의 뒷목을 잡아챘다.

"따라가면 어쩌자는 거야. 못난 오빠. 얼굴 닦아."

여울이 준 손수건으로 여호가 눈물과 콧물을 닦았다. 그때, 여호의 배 속에서 우렁찬 소리가 나왔다.

꼬르륵—

"……밥 먹자."

"안 먹어."

"너도 단식하게?"

"배 엄청 고플 거라고! 100일 동안 달맞이꽃 40개와 영지버섯 10개만 먹어야 하는데 나 혼자 잘 먹고 잘 쌀 수 없어."

"더러운 소리 그만하고! 넌 네가 할 수 있는 일이나 해. 재편입한 대학 빨리 졸업할 수 있게 학점 관리나 하라고."

100일은 거뜬히 버틸 강욱보다 혼자 놔둘 수 없는 여호가 더 걱정이었다.

'잘못 태어난 게 맞아.'

누가 오빠고 동생인지. 태어난 순서가 바뀌었다는 생각을 버릴 수 없는 여울은 이록의 힘을 빌려 강욱이 나올 때까지 버티려는 여호를 강제로 끌고 내려왔다.

❖ * ❖

슬슬 겨울로 접어들어 피부에 닿는 온기가 차가웠다. 돌돌 목
도리를 두른 여울은 자신과 떨어지지 않는 이록을 달고서 혜설
의 집을 방문했다.

"언니 어서 와. 내 몸이 이래서 어딜 못 나가겠더라고."

홍구와 결혼한 혜설은 무려, 임신해 있었다. 해외에서 혜설의
결혼과 임신 소식을 접했던 여울은 박처럼 부푼 배가 걱정되었다.

"출산 예정일 언제야?"

"예정일은 원래 어제였어."

"뭐? 병원 안 가도 되겠어?"

"초산은 분만이 늦을 수 있대. 커피 마실래?"

"내가 할게. 앉아 있어. 뭐 마실래?"

"난 됐어. 화장실 자주 가게 돼서 목이 안 마르면 잘 안 마셔."

인테리어만 바꿔 주방 위치는 그대로였다. 이록과 제 것을 준비
한 여울은 거실 소파에 앉아 혜설의 배를 신기하게 쳐다보았다.

"많이 힘들지?"

무거워 보이는 배를 사랑스럽게 어루만지는 혜설이 빙그레 웃
었다.

"남편이 많이 도와줘서 생각처럼 힘들지 않아."

"홍구 씨는 안 보이네. 은설 엄마랑 어디 갔어?"

"놀이터 갔어. 내가 못 나가니까 그이가 더 많이 놀아 주고 있
어."

자상한 남편을 얻은 혜설에게선 부드러운 기운만 흘러나오고 있었다.

　"이렇게 행복한 적이 없어서 꿈이라면 깨지 않았으면 할 정도야."

　잠에서 깨어날 때면 이 현실이 전부 망상이 아닐까 하는 생각이 들 때가 있었다. 혜설의 마음을 충분히 공감하는 여울은 행복의 증거인 배를 바라보곤 말했다.

　"아이 태어나면 더 행복해질 거야."

　여울의 말에 혜설이 활짝 웃다가 갑작스레 입술을 깨물었다.

　"윽."

　"움직였어?"

　복중 아이의 발길질이라고 생각했지만 혜설의 낯빛은 파리하게 변해 있었다.

　"양수 터졌나 봐……."

✠ * ✠

　"귀엽다……."

　꼬박 하루 넘어서야 태어난 아이는 너무 작았다.

　"저 핏덩이가 뭐가 귀여워?"

　신생아실 창에 비친 이록의 얼굴은 찡그려져 있었다.

　"막 태어나서 그래. 보송보송해지면 엄청 귀여울 거야. 아, 하품한다……!"

　작게 벌어지는 세모 입이 너무 귀여워 여울의 가슴께가 간지러웠다.

321

"여울 씨."

은설의 손을 잡고 아이를 보러 온 홍구가 여울과 이록을 보고 선 경황이 없어서 하지 못했던 말을 전했다.

"감사합니다. 덕분에 아이도 혜설이도 무사할 수 있었어요."

"혜설이가 침착하게 대처한 덕분이죠. 전 허둥지둥한 것밖에 없어요."

오히려 이록의 도움으로 신속히 수인이 운영하는 병원으로 이송할 수 있었으니 감사 인사는 그가 받아야 한다.

"아닙니다. 혜설 엄마 혼자 있을 때 양수가 터졌다면 아찔했을 겁니다. 아내도 고맙다는 말 잊지 말고 전해 달라고 말했고요."

"혜설이 깨어났어요?"

"네. 곧 모유 먹일 시간이라서요. 들어가 보실래요?"

"다음에요. 언제 퇴원하기로 했어요?"

"산후조리원 시스템이 갖춰져 있는 병원이라 2주 동안 있을 예정이에요."

"그러면 다음 주에 온다고 혜설이한테 전해 주세요. 축하한다 는 말도요."

"예."

아빠가 된 기쁨에 홍구의 입가가 찢어질 것처럼 올라가 있었 다. 그리고 은설은 혜설을 닮은 아이를 가만히 쳐다보고 있었다.

"은설 엄마. 아이 예쁘죠?"

"응, 혜설이 닮았어. 혜설이도 저랬어."

혜설이를 낳았을 때를 기억하는 것인지 은설의 두 눈에 눈물 이 맺혀 있었다.

생명의 탄생을 기뻐하는 세 사람 속에서 이록만 감흥이 없었다. 그의 눈에는 전혀 귀엽지 않은 생물이었다. 그녀의 꿈에 찾아온 제 아이가 더 귀여웠다. 그렇다고 안아 보고 싶은 건 아니지만.

"어떻게 그렇게 작을 수가 있을까. 혜설이는 좋겠다."

남의 아이에게 푹 빠진 여울이 집에 와서도 공감 못 할 소리를 해 대자 이록의 표정이 조용히 일그러졌다.

"우리 아이가 더 귀여울 거야."

그 말을 해서는 안 되었는데, 여울의 관심을 돌리고자 그도 모르게 한 말에 그녀가 푹 한숨을 내쉬었다.

"내 아이니까 당연히 그렇겠지……."

근심이 섞인 여울의 표정을 마주한 이록의 심장이 철렁거렸다. 이록은 그녀가 슬픈 표정을 짓게 하고 싶지 않았다. 그러기 위해 다짐도 했었던 이록이 마음을 졸이면서 여울을 뒤에서부터 껴안았다.

"내가 뭘 잘못했어?"

"네 잘못은 아니고……. 왜 아이가 안 찾아오나 싶어서……."

남의 아이 이야기를 하게 놔둘걸. 이록은 난처하게 입술을 깨물었다.

"계속 몸을 섞었는데도 아이가 찾아오지 않잖아. 나한테 문제가 있지 않나 싶어서."

"내 탓이야. 내가 인간이 아니니까."

"종족이 달라서 아이가 빨리 들어서지 않는 거였구나……."

'피임약을 먹고 있다는 걸 들켜서는 안 돼.'

진실을 말하지 못하는 짐승의 등에 식은땀이 흘렀다.

"빨리 찾아왔으면 좋겠어."

"나만으로 부족해?"

이록이 여울의 몸을 그에게로 돌렸다. 그러자 여울이 바로 맞닿은 가슴에 얼굴을 묻었다.

"슬슬 걱정되는 건 사실이야. 나 아이는 낳고 싶어……."

"……."

"그리고 예전에 아이 꿈을 꿨거든. 그 이후로 빨리 아이를 안아 보고 싶은 마음에 조바심이 나네."

그녀가 원한다면 아이 역할도 할 수 있지만 그녀가 원하는 건 그런 게 아닐 터였다. 이록은 피임약을 끊어야 하나 치열하게 고민했다.

❖ * ❖

단풍잎 같은 작은 손이 여울의 품에서 꼼지락거렸다. 어느새 백일 상을 앞둔 아기는 못 본 사이에 하루하루 쑥쑥 자라나 있었다.

"정말 인형 같다. 어쩜 이렇게 귀엽니."

여울은 바동바동 움직이는 작달막한 다리와 팔을 홀린 듯이 쳐다보는 중이었다.

"끄웅."

혜설이 톡으로 보내 준 사진으로 봤을 땐 마냥 작다고만 느꼈는데 실제로 안아 보니 제법 묵직했다.

324

"눈은 왜 이렇게 맑아."

초롱초롱한 두 눈이 유리구슬처럼 맑아서 계속 쳐다보게 된다.

"언니 아기 가지면 더 귀여울 거야."

혜설의 말에 여울은 고개를 끄덕이면서 고사리 같은 손에 제 손을 쥐여 주었다.

"우어!"

무어라 웅얼거린 아이가 바로 답삭 잡아 온다. 손가락 하나를 잡은 아기의 손힘에 여울의 가슴이 뭉클거렸다.

"나도 빨리 내 아이를 안아 보고 싶다."

"임신 계획 아직 없는 거 아니었어?"

약간은 놀란 듯한 혜설의 반응을 이해하는 여울은 부쩍 생각이 많아진 고민을 털어놓았다.

"……가지려고 노력하는 건 아니지만 피임 안 하고 있는데 안 생기니까 걱정돼."

"아앙!"

잘 놀던 아이가 갑작스레 울음을 터트렸다.

"배고픈가 봐."

미안하다고 눈짓한 혜설이 칭얼거리는 아기를 받아 들면서 말했다.

"은호 재우고 올게."

도통 임신 징후가 보이지 않는 몸 때문에, 아기방에 들어가는 혜설의 얼굴이 피로해 보이는데도 부러웠다.

'왜 안 생기는 거지?'

횟수와 관계 일수에 따른다면 지금쯤이면 애 두 명이 있어야 했다.

'이 정도 했으면 생겨야 하는 거 아닌가.'

못내 심란했지만 이록 앞에서 티 내지 않으려 노력했다. 아이가 생기지 않아 걱정하는 심정을 고백한 탓인지 부쩍 이록이 제 눈치를 보는 듯했기 때문이다. 그래서 더는 내색을 안 할 뿐이지, 임신을 고대하는 마음은 변치 않았다.

'예전엔 아이를 가지고 싶은 마음이 없었는데.'

월경하지 않는 몸과 부모의 차별로 인해 결혼과 아이는 배제했던 삶이 이록을 만나 완전히 바뀌었다. 이록 덕분에, 상처가 아문 자리에 새살이 나기 시작했다. 지나가다 보이는 아이도 귀여운데 이록을 빼닮은 내 자식은 얼마나 예쁠까.

"언니."

은호를 재운 혜설이 중단한 대화를 자연스럽게 이어 붙였다.

"1년 지나도 안 생기면 그때 병원 가 봐. 피임 언제부터 안 했어?"

"······2년 된 것 같아. 무월경이기도 했고, 이록이와 나는 종족이 다르잖아. 아무래도 내 몸에 문제가 있는 것 같아서 불안해."

그녀 때문이 아니라고 이록이 말해 주었지만 쉽게 가시지 않는 불안감에 여울은 한숨을 내쉬었다.

"남편은 뭐래?"

"그다지 아이를 원하지 않아 보여."

이록은 천천히 가지고 싶은 모양이라, 임신을 바라는 그녀의 심정을 온전히 이해하기 힘든 듯했다.

"그래?"

"응."

일이 있다면서 따로 외출한 이록을 떠올리며 여울이 고개를 끄덕였다.

"내 생각일 수도 있는데…….."

"여보!"

"은호야!"

장 보러 나갔던 홍구와 은설이 요란스럽게 돌아오자 혜설이 자신의 입술에 손가락을 가져다 댔다.

"쉿. 은호 자요."

혜설의 말에 은설이 불만스럽게 볼을 부풀렸다.

"또? 은호는 맨날 자."

은설의 불만을 홍구가 다정한 목소리로 잠재웠다.

"아기는 자주 자요."

"은호 안 깨우고 보면 안 돼?"

"돼요. 손부터 씻고 들어가요."

재빠르게 손을 씻은 홍구와 은설이 아기 방에 들어간 지 몇 분만이었다. 은호 울음소리가 우렁하게 울렸다.

"으아앙!"

"혜설아!"

"여보!"

"하아. 이럴 줄 알았어. 언니 미안해."

"내가 은호 보고 싶다고 해서 찾아왔잖아. 은호 얼굴도 봤겠다, 나 가 볼게. 다들 널 찾는다. 나오지 마."

혜설이 마음 쓰지 않게 여울은 다음에 보자며 손을 흔들었다. 1시간도 채 떨어지지 않았는데 이록이 보고팠다. 빠르게 재촉해 집에 도착했지만 이록은 어디로 갔는지 아직 와 있지 않았다.

여울이 집에 도착했을 즈음, 이록은 그녀가 보면 안 되는 것을 뚫어지게 쳐다보고 있었다.

《임신출산대백과》

30분도 채 되지 않아 두꺼운 책이 덮였다. 임신 주수에 따른 산모와 태아의 변화를 적어 둔 것의 요약은 희생이었다. 아이를 가지는 것이 모체에 얼마나 부담을 주는지 낱낱이 알게 된 이록은 태어나지도 않은 아이가 원망스럽기까지 했다.

뭘 조심해야 하고 뭘 먹어서는 안 되는지 알아보려고 했던 것이, 출산 후의 과정까지 독파하니 아이가 없어도 되는 방향으로 결론 났다.

'어떻게 설득하지?'

임신을 간절히 바라는 여울의 마음을 돌릴 방안이 떠오르지 않자 이록의 미간 중앙에 날카로운 선이 침범했다. 쥐가 날 만큼 머리를 싸매는데, 그녀의 연락이 올까 챙긴 핸드폰에서 진동이 느껴졌다.

[어디야?]

저를 찾는 부름이 귓속과 머릿속으로 동시에 전해져 오자 이록은 언짢은 기색을 빠르게 없앤 직후 여울의 눈앞에 모습을 드러냈다.

갑자기 나타난 이록을 보고도 여울은 놀라지 않았다. 다른 게 궁금한 여울이 고개를 갸웃거렸다.

"어디 갔다 왔었어?"

"이거 사러."

이록은 여울의 의심을 피하기 위해 미리 준비한 꽃다발을 내밀었다.

"너무 예쁘다."

여울은 꽃밭에 둘러싸인 듯한 향기를 음미하면서 부드러운 미소를 머금었다.

"네가 주는 모든 게 내게 다 처음이야."

시간이 지나면 관계가 시들시들해지기 마련인데 이록은 그녀가 불안하지 않게 끊임없이 사랑을 표현했다. 매일이 특별한 날인 것처럼 그녀를 기쁘게 해 주는 이록이 있는데도 임신이 안 돼서 심란해하다니.

사람의 욕심은 끝이 없었다. 제가 이토록 욕심 많은 사람이라는 걸, 그를 만나 알게 되었다. 그의 목숨을 바라면 기꺼이 목을 내밀 이록을 알기에 때아닌 욕심을 부린 모양이다.

"너의 처음은 내게도 처음이야. 모든 감정의 시작도 너야."

그녀를 보는 이록의 시선은 변함없이 끈적거렸다. 전신을 그의 색으로 물들일 것 같은 눈빛에 여울은 왜 아이가 찾아오지 않는지 알 것 같았다.

"아이 때문에 내가 우울했던 걸 알고 있었구나."

이록은 고개를 끄덕였다.

"고마워, 내 남편. 덕분에 기운 차렸어요."

남편이라고 불리는 걸 좋아하는 이록의 입꼬리가 만족스럽게 올라갔다. 감정 표현도 그녀에게만 하는 이록을 사랑하지 않을 수가 없는 여울은 빛바래지 않을 감정을 담아 말했다.

"우리 아이가 엄마아빠를 질투하나 봐."

무슨 소리냐는 듯이 이록의 눈썹이 굼틀거리며 올라갔다. 여울

"내게 겁먹어서 오지 않는다고?"

동의하지 않는 미소였다.

"날 닮아서 시건방진 녀석이 잘도 그러겠어."

미래를 본 것처럼 말한다.

"아이가 널 닮을지 날 닮을지 어떻게 알아?"

말실수했다는 듯이 이록이 입을 다물었다. 수상하단 말이야.
여울은 눈가를 가늘게 좁히고선 이록을 추궁했다.

"내게 숨기는 거 있지? 빨리 실토해. 안 말하면 나 화낼지도
몰라."

여울이 이록의 팔까지 흔들어 가며 재촉하자 마지못한 목소리
로 그가 말했다.

"황금 용⋯⋯."

"용? 너도 용이 나오는 꿈을 꿨어?"

놀라워하는 그녀를 보며 이록이 고개를 저었다.

"그럼?"

"네 꿈을 봐서 알아."

"신기하다. 이제껏 내가 꾼 꿈들을 다 본 거야?"

"다 볼 순 없고. 네 기분에 영향이 미치는 예지몽이라면 나도
볼 수 있어."

"와, 태몽이란 말이네."

아이를 만날 수 있다는 것만으로도 안도한 여울은 제 배를 조
심히 짚으면서 물었다.

"언제 태어날까, 그건 알 수 없어?"

"없어."

"그래⋯⋯?"

여울은 아쉬워하며 배에 둔 손을 허리께로 떨어뜨렸다. 그러자마자 이록의 손이 그녀의 배를 누르듯이 덮었다.

"천천히 나와."

"널 닮은 아이인데 빨리 보고 싶지 않아?"

"널 닮으면 보고 싶을 것 같은데. 날 닮아서 별로."

아주 단호한 목소리라, 이록의 마음을 돌려놓기가 쉽지 않아 보였다.

이록의 마음에 작은 변화라도 심어 주기 위해 여울은 발꿈치를 들어 이록의 입술을 가볍게 눌렀다.

"난 널 닮은 아이가 좋아."

가벼운 키스로 금세 떨어지는 그녀의 입술 쪽으로 따라붙듯이 기울어지는 그의 고개.

"왜?"

"네가 내 남편이라는 걸 아이가 알려 줄 테니까. 너와 내가 만든 아이잖아."

이래도 싫어? 하고 묻는 여울의 말에 이록은 불끈하는 표정으로 입을 열었다.

"그건 좀 좋네."

"풋. 엄마는 준비되었으니까 빨리 아빠가 될 마음 가져요."

아이가 말하듯이 여울이 목소리를 귀엽게 내자 되레 이록은 거기서 꽂힌 모양이었다. 그가 그녀를 빠르게 침대로 옮겼다.

"아이 만들 준비는 언제든 되어 있어."

제 몸으로 넘어오는 짐승을 향해 여울은 두 팔을 벌려 두툼한 몸을 껴안았다. 짐승니에 온몸이 깨물린다.

"큭."

그를 위해 핀 꽃을 문 용이 승천할 것처럼 포효했다.

✤ ✳ ✤

[시간 되면 우리 집에 와 줘. 기쁜 소식 전할 게 있어.]

100일이 훌쩍 지난 어느 봄날, 잘 지내고 있는 여호에게서 메시지가 도착하자 여울은 고개를 갸웃했다.

"부모님의 허락을 맡았나?"

강욱은 성공적으로 변체했다. 부모님이 결사반대할 이유가 사라졌으니 그것 말고 생각나는 게 없었다.

[저녁에 갈게. 7시쯤.]

답장을 보낸 여울이 아파트 놀이터를 지나치는데, 그녀를 부르는 이들이 있었다.

"새댁."

오다가다 얼굴만 익힌 아파트 주민들이었다.

"네. 안녕하세요."

여울이 혼자 있을 때를 노린 주부들이 매일 붙어 다니던 이록이 근처에 있나 없나 확인하고선 다가왔다.

"새댁. 바빠요?"

"아뇨. 무슨 일이세요?"

"새댁과 친해지고 싶어서 그러지."

"시간 있으면 우리와 수다 떨고 가요."

한참 연세가 많은 분들이었다.

거절하기가 뭐한 여울은 어색하게 그들의 틈에 끼였다.

"이름이……?"

"은여울이라고 합니다."

"예쁜 이름이네요. 여울 씨."

"감사합니다."

"20대 후반으로 보이는데, 물어봐도 되겠죠? 몇 살이에요?"

"20대 후반 맞아요."

"남편분과는 동갑? 아니면 한두 살 연하인가."

벌써 나이 차가 나게 보이다니.

이건 좀 충격이다.

"동갑이에요."

"어디서 만났는지 궁금하네요."

불편한 질문이 계속해서 쏟아지자 여울의 표정이 살짝 굳었다.

"미안해요. 이 아파트에 젊은 부부가 잘 없는 데다가 남편분이 워낙 한 인물 하니 궁금해서요. 양해해 줘요."

다른 동 꼭대기 층에 사는 이들은 이름만 대면 알아주는 재벌가의 자제들이었다. 그러니 이 아파트의 펜트하우스에 사는 이록이 뭐 하는 사람인가 다들 궁금해하는 것이다. 해외에 있을 때도 종종 받아 본 질문이라 여울은 막힘없이 말했다.

"그이가 우리나라 사람이 아니라서요."

이록의 얼굴이 개연성이었다. 다들 의심하지 않고 여울의 말에 고개를 끄덕거렸다.

"그래 보여요. 그러면 회사가 외국에……."

"여보."

저 높은 층에서 여울의 목소리를 들었는지 이록이 기척 없이 나타났다. 호구조사에 들어가던 주부단이 당황해하며 슬그머니 여울에게서 멀어졌다.

334

"그, 그러고 보니 인덕션 불을 켜 놓고 왔네."

"저도 아이들 저녁 차려 주러 가야 하네요!"

"저도요! 같이 가요."

사람들이 쫙 빠져나가자 여울은 제 손을 잡아 오는 이록의 얼굴을 보면서 방긋 웃었다.

"곤란했는데 고마워."

그가 그녀를 위해 행한 것들을 당연하게 여긴다면 영속한 사랑은 모서리부터 마모될 것이었다. 그러다 보면 서로를 소홀히 여길 수 있기에 여울은 소소한 일이라도 그때그때 느낀 감정을 표현했다.

고마움을 잊지 않고 이록의 행동을 치켜세우자 그의 입꼬리가 위로 당겨졌다.

"이사할까."

오롯이 그녀를 생각한 마음에서 나온 말이었다. 한때는 그녀를 위한 이록의 행동이 오해를 불러일으킬 때도 있었다. 그와 차이 나는 격차에 쭈그러들었던 못난 자신을 보호할 수 있는 유일한 방어복인 것처럼 자존심을 앞세워 그를 밀어냈었다.

사랑만 하기에도 부족한 시간을 낭비하는 것임을 모르고서.

후회했을 땐, 그는 그녀의 곁에 없었다.

"이사한 지 몇 개월밖에 안 됐잖아. 점점 관심이 덜해질 거야."

이별의 다리를 건넜던 아픈 시간에서 중요한 것이 무엇인지 배운 여울은 이록의 마음을 곡해하지 않을 수 있었다.

"네가 원하는 곳이라면 나야 어디든 상관없어."

그가 있을 곳은 그녀의 곁이라며 다른 손까지 그러쥐고는 이마를 붙였다. 그녀밖에 보이지 않는 눈동자였다. 여울은 확답을 주듯이 입술을 붙이고는 속삭였다.

"여호가 오늘 자기네 집에 오라는데, 내일 갈까."

그녀의 사랑이 급한 그가 포개진 입술의 선을 야릇하게 끌어 당겼다.

"못 간다고 보내."

그렇게 침실에 틀어박혀 사랑을 나누느라 다음 날이 되어서야 여울은 밖으로 나올 수 있었다. 오랜만에 여호의 집을 찾은 여울 은 중대 발표를 들었다.

"우리 결혼하기로 했어."

강욱은 여자가 되었지만, 역변 수준은 아니었다. 남자의 우람 한 신체와 선이 가늘어졌다 뿐이지 얼굴 생김새는 큰 변화를 거 치지 않았다. 강욱을 본 사람이라면 강욱의 여성형이 아니라 그 의 여동생인 줄 알 것이었다.

"강욱 씨와 형제라고 생각 안 하셨어?"

여호가 강욱이 완성한 요리를 아일랜드 식탁에 나르면서 사정 을 설명했다.

"동일 인물이라고 생각 못 하시니까 의심은 하셨어. 의혹을 풀 어도 강욱 씨와 헤어지고 새 사람 만났다고 한 사람이 강서 씨니 까 말이야. 내 취향이라고 생각하시곤 충격 많이 받으셨지."

"용케 결혼 허락받았네."

"그 자리에서 못 박았어. 이 사람하고도 헤어지면 독신으로 살 겠다고 하니까 마지못해 승낙하신 거지. 그리고 결정적인 게."

여호가 개명한 강욱의 손을 잡고서 기쁜 소식을 전했다.

"임신했어. 강서 씨가."

"그래, 임…… 뭐? 임, 신했다고?"

너무 놀라, 말이 더듬어졌다.

"계획에 없는 임신이지만, 엊그제 확인해서 부모님에게 어제 허락받았어."

"어떻게……."

"어떻게라고 물으면 할 말이 없지."

여호가 부끄럽다는 듯이 붉어진 얼굴을 긁적였다.

"강서 씨와 첫날밤을 보냈는데 그게……."

불타올라 한 방에 성공했다는 것이다.

"……부럽다."

속내가 입 밖으로 나오고야 말았다. 여울의 속마음을 본의 아니게 듣게 된 여호가 생각 없는 말을 내뱉었다.

"가지면 되잖아."

"말처럼 쉬운 게 아니거든! 아무튼 축하해."

"고맙다."

오빠가 행복하니 됐다. 귀여운 아이와 행복할 두 사람의 앞날을 축복해 주는 여울의 시선이 닿지 않는 왼편, 이록은 그녀의 얼굴을 쳐다보지 못하고 있었다.

✣ * ✣

부럽다. 수없는 밤을 이록과 보낸 여울은 침대에 눕자마자 눈을 감은 이록을 지그시 응시했다.

'후, 실속이 너무 없는……. 아니야. 내 남자의 거기가 그럴 리 없어.'

여울은 고개를 저으면서도 번민을 떨치지 못했다.

은 그가 준 꽃을 안은 채 자신에게만 벌어진 너른 품에 안겼다.

그러자 냉큼 그녀를 안아 주는 손길. 그녀의 허리를 두 팔로 감은 그가 물었다.

"왜 아이가 질투해. 내가 더 질투하는데?"

"넌 또 왜?"

"태어나지도 않는 게 내 반려의 관심을 독차지하고 있잖아."

형체도 없는 아이에게 질투하는 것이 진심인지 귓가에 닿은 목소리가 불퉁했다.

"못 말려. 정말."

자기 새끼 상대로 질투하는 이록의 가슴팍을 여울이 찰싹찰싹 때렸다. 그러자 이록의 입매 선이 비틀어졌다.

"아이 때문에 남편을 때리고. 태어나면 나는 안 보이겠어."

수틀린 목소리가 당황스러운 여울은 냉큼 고개를 저었다.

"그럴 리가 없잖아."

"그거야 모르지."

"……네 아이잖아. 예뻐해 줘."

"그래, 네가 예뻐할 아이, 내가 줄 거잖아."

자식이 태어나도 그녀의 관심을 빼앗기는 건 용납 못 할 짐승은 아빠가 되려면 한참 멀어 보였다.

'너무 조급해하지 말자. 마음 비우면 언젠가 아이가 생기겠지.'

무한한 삶이었다. 언제고 찾아올 아이를 맞이할 준비는 천천히 하자고 생각하며 여울은 이록의 가슴에 손을 올렸다.

"이러니까 아이가 안 찾아오는 거지."

"내가 뭘?"

"네가 아이를 너무 질투하니까."

'근데 왜 안 되는 거냐고.'

종족이 달라서 임신이 어렵다는 것도 이제는 위안이 되지 않았다.

'피임이라도 하면 몰라…… 아!'

그 순간 여울의 머릿속을 강타한 옛 기억.

'뭐야?'

'피임약.'

'……뭐라고?'

'정자 죽이는 거.'

'그걸 네가 왜 먹느냐는 거야.'

'아주 독한 성분이 들어서 넌 먹으면 안 돼.'

'그런 거라면 너도 먹지 말아야지.'

'독성은 내게 통하지 않아. 그리고 내가 안 먹으면 넌 필시 내 새끼를 배게 될걸.'

왜 이제야 생각났는지.

'필시 아이를 밸 것이라고 그랬었어. 그런데도 안 생기는 건.'

의심이 확신으로 변한 순간, 여울은 이록의 어깨를 흔들었다.

"일어나."

세게 흔들어도 이록의 눈은 떠지지 않았다. 그에 여울은 직감적으로 깨달았다. 안 자고 있었구나.

"할 말이 있어. 피임약 먹었어, 안 먹었어?"

그녀의 표정을 살피면서 상체를 세우는 이록을 보니 듣지 않아도 알 수 있었다.

"먹고 있었구나⋯⋯."

"⋯⋯."

미안하다고 사과하지 않는 작태에 화내지 않으려던 것도 잊고 여울은 언성을 높였다.

"먹고 있었으면 말했어야지! 내가 임신 문제로 속 태울 때 말 안 한 의도가 뭐야!"

화가 난 그녀와 달리 이록은 덤덤했다.

"아직은 둘만 있고 싶어서."

"그래서 날 속였다고? 아이를 원치 않았다면 사실대로 말해야 했었어. 그렇지 않은 건 날 기만한 거야."

신뢰가 없었던 과거로 돌아간 것 같았다.

"잘못했어."

바들바들 떨리는 여울의 손을 이록이 잡았으나, 화가 난 여울은 그의 손을 뿌리치며 따졌다.

"잘못했다는 말로 넘어갈 생각 하지 마."

"그런 생각 안 했어."

이렇게 될 줄 알고 있듯이 이록은 담담하게 그녀의 화를 받아내고 있었다. 벌을 기다리는 죄수처럼 초연한 모습을 보자 여울의 분은 풀리지 않고 도리어 차오르기만 했다. 저만 이 문제로 심각하게 열을 올리는 것 같아 여울은 이록의 몸을 휘청거리게 할 만한 소리를 내뱉었다.

"당분간 건드리지 마."

"⋯⋯!"

여울이 손도 못 대게 하자 이록은 고통스러웠다. 그녀의 시야에 닿는 곳이라면 따라 서 있는 이록에게 시선도 주지 않고 여울은 침실로 향했다. 그녀가 화를 낼 거라고 생각했어도 이런 식의 고문은 예상 못 했던 이록은 한숨을 내쉬었다.

"접근 불가 금지령을 내리지 않는 것만으로도 다행인가."

이록은 허락된 침실 문을 열다가 문고리에 손을 떼지도 못한 채 굳었다. 여울은 이록의 인내심을 시험하는 침의를 입고 있었다.

그녀가 샀을 슬립은 살결이 비치도록 얇았다. 피임약을 복용하지 않겠다는 선언을 받아 내려고 하는 것이다.

의도가 명백히 보이는 유혹에 넘어갈 수 없는 이록은 피떡이 되도록 입술을 깨물었다. 여울의 몸을 스치기라도 했다간 억지로 가둔 정욕이 터질 걸 알기에 이록은 침대 끝에서 움직이지 않았다. 그러나 제 아이를 가지고 싶다는 반려에게서 농밀한 냄새가 피어올라, 고문도 이런 고문이 따로 없었다.

불끈거리는 어깨 위로 그녀의 손이 올라오자 핏줄이 터질 것 같은 두 눈이 목표물을 순식간에 좇았다. 등 돌린 자세를 바꾸지 않고선 고개만 돌리자 탐스러운 입술이 열린다.

"네가 만지는 건 안 돼."

작신작신 자신의 몸을 밟는 속삭임에 이록은 여울에게 뻗으려는 팔부터 단속했다. 근육 신경이 끊어질 것처럼 힘을 넣은 이록의 몸이 쇳덩어리처럼 딱딱해지고, 단단하게 뭉친 등에 여울의 몸이 달라붙었다. 부드러운 살결에 단단한 몸이 물러진다.

"참지 마."

목줄을 풀어 준 말에 이록이 여울에게로 달려들었다. 어제 하루 몸을 겹치지 않았을 뿐인데 굶주린 짐승이 다 되어 있었다. 며칠 못 한 것처럼 몰아치는 입맞춤을 받아 내던 여울이 진정하라며 그의 등을 토닥였다.

"천천히 해."

그게 될 리가. 그녀의 몸을 껴안으면 그의 뇌가 흐물흐물 녹는 것 같았다. 자제해야 한다는 이성마저 나갔다. 이렇게 원하는데.

제 명줄을 쥐고 있는 그녀를 하루라도 껴안지 않으면 죽을 것 같은데, 참을 수 있을 리가 없다.

"천천히 하고 있어."

대답할 정도의 이성을 힘겹게 붙들고 있기에 온몸에 구석구석 입술을 붙이고 있는 거지, 완전히 이성이 날아갔다면 그녀는 그의 밑에서 울었을 것이다.

"발정기가 아니라는 것에 감사히 여겨."

짐승 모드가 된 이록의 두 눈이 형광처럼 형형히 빛났다. 짝 냄새를 맡으면 시도 때도 없이 발정기 상태로 돌입하는 용이었지만 그녀의 몸 상태를 배려해 주기를 조절하고 있는 그였다. 한 번 고삐가 풀리면 그녀의 몸을 챙겨 줄 정신이 거의 없다고 보면 된다.

"그래서 내가 이러잖아."

여울이 이록의 복근을 짚은 손을 대범하게 아래로 내렸다.

"말 잘 듣는 짐승을 풀어 놨으니 뒷감당은 네가 해. 내 주인."

그때부터 여울은 혹독한 대가를 치러야 했다. 이록은 흘레붙듯이 여울의 몸에 자신의 자국을 남겼다.

"이록아……."

결국, 갈라진 목소리로 여울은 애원했다.

"내, 내가 잘못했어…… 흑."

격렬한 사랑이 끝나지 않았는데도 벌써 지친 여울이 눈물로 흠뻑 적셔진 베개 위의 머리를 흔들었다. 누가 잘못했는지 알 수 없게 그녀는 이록의 너른 몸에 갇혀 우는 신세로 떨어졌다. 제 주인을 섬겨야 할 노예가 신분 상승을 노리듯이 온몸으로 그녀를 함락시킨 이록의 얼굴은 지독히도 오만했다. 비뚤어진 애정과 음습한 욕망이 고인 몸으로 그녀의 소원을 들어주기 위해 스피드와 힘을 원 없이 가하자 그녀의 입술이 벌어지면서 붉은 과실을 내보였다.

탐욕적인 그는 열매를 취한 뒤에야 그녀의 몸을 누른 제 몸을 떨어뜨렸다. 폭격과도 같은 열기를 쏟아부었지만, 생명이 틀 수 없게 밖에 분출해 버렸다.

거친 숨이 잦아들어서야 여울은 이록이 엄한 곳에다 힘을 뺐다는 것을 알아차렸다.

"내가 원하는데! 아이 가지고 싶다는데 이렇게까지 해야겠어?"

이록과 사랑을 나누는 행위에 다른 의도가 섞여 있었던 여울은 싸늘하게 이록을 째려보았다.

"아이는, 안 돼."

이록이 단호하게 말하자 서러움이 밀려온 여울의 두 눈에 눈물이 순식간에 차올랐다.

"됐어. 네가 그렇게 싫으면 나도 네 아이 원하지 않아!"

여울은 이록에게서 등을 돌리고는 바로 귀를 막았다.

"내 말 끝까지 들어."

여울은 귀를 막은 두 손을 떼지 않았다. 그가 뭐라고 해도 듣지 않을 작정이었다. 이록은 어떻게 해야 하나 고심하다가 이내 한숨을 삼키고는 말했다.

"내일 다시 이야기하자."

✢ * ✢

마음도 몸도 지친 여울은 저도 모르게 잠들었다. 느지막이 깨어난 여울은 잠시도 눈을 감지 않은 듯해 보이는 이록의 시선을 마주하지 않고선 곧장 욕실로 향했다.

이록이 자신을 또 속였다는 것에 실망했던 상태였다. 그런데 기어코 아이를 가지지 않으려는 시도가 여울의 심장을 아프게 틀어막았다.

"아이가 싫은 게 아니야."

대화를 시도하려는 이록을 보고도 전날 밤 그녀가 느꼈던 실망감과 불쾌한 수치감이 사라지지 않았다.

"나중에, 내 마음 풀리면 그때 들을게. 지금은 들을 기분이 아니야."

이런 상태로는 대화를 이어 나가 봤자 감정풀이만 해 댈 것 같았다.

"바깥바람 쐬고 올게. 돌아오면 이야기해."

혼자만의 시간을 갖자는 그녀의 말에 이록은 잠잠히 서 있었다. 풀 죽은 개처럼 보이지만 이록의 본성을 아는 여울은 약해지려는 마음을 접고 외출했다. 발이 아프면 카페에 들러서 쉬기도 하고, 우울한 생각에 잠긴다 치면 시끄러운 곳을 찾아 돌아다녔다.

감정을 삭일 시간은 지루하게 흘러갔다. 깜깜한 밤이 되어도 공원엔 가족 단위의 사람들이 많이 있었다. 귀여운 아이를 안고

343

가는 젊은 부부가 스쳐 지나가자, 그녀의 고개가 돌아갔다.

이록에게 받은 게 많은데 아이까지 바라는 게 제 욕심인 것 같아 우울했다. 하지만 언젠가 생길 아이를 그가 싫어한다는 게 무엇보다 충격이었다.

"불안했어."

"왁……!"

뒤에서 나타난 이록 때문에 여울은 놀란 가슴에 손을 얹고선 안도의 숨을 내뱉었다.

"후, 뭐가 불안하다는 거야?"

이록과 말할 마음을 되찾은 여울이 묻자 하도 깨물어서 성한 곳이 없는 그의 입술이 열렸다.

"임신은 모체에 부담이 돼. 인간 아이를 가지는 것도 무척이나 힘든데, 너는……."

여울이 낳을 아이는 용이었다. 여울도 임신 과정이 아름답지 않다는 것 정도는 알고 있었다. 아이를 품으면 몸에 부담이 갈 수밖에 없고 변화를 겪는 신체를 보면서 우울해질 수도 있었다. 출산은 또 어떤가. 굉장히 아플 것이다.

그런 그녀를 걱정해서 임신을 원치 않았던 거였다. 둘에게서 태어날 아이를 싫어하는 게 아니었다. 이록이 뭘 걱정하는지 알게 된 여울은 제 감정만 요구한 것 같아 반성했다.

"내가 해 줄 수 없으니까……."

이록의 마음을 몰라줘서 너무 미안했다.

"왜 해 줄 게 없어. 이렇게 내 손을 잡고 아이를 낳는 것까지 지켜봐 줄 거잖아. 지금처럼 옆에 있어 주면 돼."

여울의 말에 이록이 딱딱한 눈가를 구겼다.

"임신하면 입덧이라는 것 때문에 고생하는 널 지켜보는 수밖에 없어."

아직 벌어진 일도 아닌데 이록의 표정은 심각했다. 괴로워 보이는 그를 보고도 여울은 웃음이 나왔다.

"오래는 하지 않을 거야. 입덧 약도 있다고 들었고, 잘 먹는 먹덧도 있대."

그래도 안심이 되지 않은 이록의 마음을 여울은 헤아리며 말했다.

"너무 걱정되면 아이 가지는 걸 미루자."

그 말에 이록의 표정이 겨우 펴졌다.

"이럴 거였으면 사실대로 말하지. 네가 아이를 싫어하는 줄 알고 기분이 상했던 거란 말이야."

"네가 낳아 줄 아이인데 싫을 리가."

분위기가 다시 누그러지자, 그녀의 마음이 돌아설까 불안했는지 기다렸다는 듯 답삭 안겨 든다. 서툰 사과의 몸짓에 이 맹수를 길들이는 법이 서툴렀음을 확인한 여울은 기운 빠진 웃음을 흘렸다.

"이러고 싶어서 돌아 버리는 줄 알았어."

"나도. 네 품이 그리웠어."

둘은 한 쌍처럼 붙어 서로를 향한 마음을 확인했다.

"사랑해 주고 싶은데."

이록처럼 사랑이 고팠던 여울은 침대로 가자는 목소리를 듣고서 웃었다.

"받아들일 준비 됐어. 안아 줘."

여울의 말에 이록의 숨결이 거칠어졌다. 침대에 여울을 눕히고도 이록은 곧장 달려들지 않았다.

"선물이 있어."

"선물?"

이록이 주는 건 뭐든 좋았지만, 그의 손에 들린 웨딩드레스는 생각도 못 한 선물이었다.

"입혀 주고 싶어."

하객이 없어도 되는 둘만의 성스러운 의식.

여울은 고개를 끄덕이고는 옷을 벗었다. 아름다운 나신이 드러나자 이록은 얕은 숨을 살짝 흘리더니 그녀에게 면사포처럼 얇은 드레스를 입혔다.

"나만 입어?"

그 순간, 이록이 손가락을 튕겼다. 그러자 그의 옷도 어느새 그의 몸에 들어맞는 예복으로 바뀌어 있었다.

"다른 여자들이 안 봐서 다행이야. 봤으면 기절했을걸."

그녀를 반하게 한 남자가 씩 웃고선 그녀의 손가락을 가져가 꽃반지를 끼웠다. 이름 모를 야생 꽃이었지만 하나같이 귀하다는 걸 알 수 있게 신비로운 빛을 띠고 있었다.

"이런 걸 언제 다……."

자신의 감정에 함몰되어 있었던 여울은 이록의 기습 이벤트에 심정지가 온 것 같았다. 형용할 수 없는 감정이 말을 앗아 갔다.

"나를 버리지 말아 달라는 공물이야. 신부는 신랑을 평생 사랑하고 아끼겠습니까."

여울은 저 자신을 낮추고 그녀를 떠받들어 주는 이록에게 활짝 웃었다.

"네. 평생."

여울의 대답이 떨어지자 이록은 달콤한 키스를 선사했고, 다디단 물을 받아먹은 여울은 이록의 손길에 의해 태초의 모습으로 돌아갔다. 판판한 배가 세상 무엇보다 거룩하듯이 소중하게 입을 맞춘 이록이 말했다.

"내 아이의 엄마가 되어 줘."

이록은 부드러운 배에 얼굴을 묻다가 순간 멈칫거렸다. 부자연스럽게 멈춘 몸짓이 피부 위로 전해져 여울은 배를 접고선 상체를 반쯤 세워 이록이 뭐 하는지 보았다. 이록은 그녀의 배를 지그시 쳐다보고 있었다.

"왜 그래?"

이록이 헛숨을 길게 토해 내고서 뒤로 물러났다.

"……눈치 없이 찾아와 있었네."

"뭐가?"

"우리 새끼."

그렇게 말하는 새끼는 사랑스럽다는 어감이라기보단 욕처럼 들렸다.

"나…… 임신한 거야?"

"임신 중이었던 거지. 기운이 너무 미약해서 미처 못 알아차렸어."

이록이 부부만의 시간을 기어코 방해하는 것을 노려보다가 한숨을 내쉬었다. 그 한숨의 의미를 알고 있는 여울은 픗 웃었다.

"우리 왜 싸운 거야."

"그러게 말이야. 쯧. 정말 마음에 안 들어. 이 녀석."

이록이 여울의 배를 손가락으로 콕콕 찔렀다. 여울이 배를 감쌌다.

"하지 마. 아이가 무슨 잘못이야. 따지고 보면 시도 때도 없이 날 가만히 안 둔 네 잘못이지."

벌써 아이를 싸고도는 여울이 못마땅한 이록이 눈썹을 구겼지만 생긴 아이를 어찌할 수 없으니 체념하곤 여울의 허벅지에 머리를 대고 누웠다. 그러고는 그녀의 배를 만지작거리면서 물었다.

"해도 될까?"

"자중하는 게 좋지 않을까……."

"아니야. 날 닮아서 끄떡없을 거야. 이건 좀 마음에 드네."

이록이 여울의 배에 입술을 묻고선 속삭였다.

"엄마 아프지 않게 조용히 있다가 나와야 한다."

부성애는 차차 생기겠지. 아이가 생겼다는 사실에 기쁨이 큰 여울은 무어라 중얼거리는 듯한 이록의 머리칼을 쓸어 주었다.

"내 아이 아빠. 대신 살살 해야 해요."

그녀의 말에 고개를 든 이록이 입꼬리를 올렸다. 그리고 바로 자세를 바꿔 사랑의 몸짓을 이어 나갔다. 그렇게 엄마 아빠를 놀라게 한 아이는 6개월 뒤 알로 태어났다.

❖ * ❖

황금 알은 거대한 금 같았다. 하지만 만져 보면 살아 있다는 것을 알 수 있게, 반들반들한 알은 따뜻했다.

여울은 제 잠버릇 때문에 알을 품고 자진 못하고 아침 낮 저녁 매일 만지면서 말을 걸었다. 엄마의 손길이 느껴지는지 알이 작게 꿈틀거렸다.

"태동을 이런 식으로 느끼는 사람은 나밖에 없을 거야."

정상적인 출산으로 낳지 못했지만, 아이를 사랑하는 마음은 변하지 않았다.

"아가, 엄마 아빠하고 산책할까? 삼촌 만나러 가는 거야."

두 팔로 겨우 드는 알을 여울이 들려고 하자 뒤에서 알을 쏙 뺏어 가는 손이 있었다.

"내가 들게."

이록이 한 팔로 알을 거뜬하게 안아 들었다. 그러자 알이 크게 흔들거렸다. 팔에서 빠져나올 것처럼 흔들거리는 알에 이록이 입술을 맞추었다.

"가만히 있자."

자상한 목소리가 좋은지 알이 잠잠해졌다. 여울은 마냥 신기했다. 아이가 그의 말을 듣는 것도 이록이 아이를 세심히 챙기는 것도.

부성애를 기대하지 않았는데 이록은 알이 태어나고부터 그녀보다 더 애정을 기울였다. 지금보다 알이 작았을 땐 품에 안고 다닐 정도였다.

'내가 안고 잘게.'

아이가 태어나도 이록이 싸고돌 것 같아 살짝 걱정이 들었지만, 그녀를 두고 아이와 경쟁하는 것보단 나았다.

알을 깨고 나면 아빠를 더 따를 아이는 먼 거리를 이동해도 잠잠히 있었다.

"멀미 안 할까."

"자고 있어."

용은 용끼리 통하는지 아이의 감정과 상태를 알려 주는 이록 덕분에 여울은 안심하고 그에게 아이의 양육을 맡길 수 있었다.

"아가. 삼촌이야."

사영의 본체인 뱀이 잠들어 있는 바구니에 알을 조심히 두자 온기가 전해지는지 크게 움직였다.

"기뻐하는 것 같은데. 그치?"

"신기해하네."

'싫어. 싫어. 나 집에 갈래.'

진실은 이랬지만 이록은 눈도 깜빡하지 않고 아이의 감정을 속였다.

"또 뭐래?"

"자기주장이 강하네. 엄마보고 쓰다듬어 달라고 해."

여울의 손이 닿는 순간, 알의 움직임이 멈췄다.

"너무 신기해. 너도 이랬을까 궁금하고."

"나보다 더 천재지. 난 이때의 기억이 없거든."

목소리는 덤덤했지만 숨길 수 없는 애틋함이 드러나 있어 여울은 알을 도로 안아 드는 이록의 품에 안기고는 빙그레 웃었다.

"빨리 태어났으면 좋겠다."

"아빠엄마가 기다리고 있어."

그녀의 말을 전해 주는 이록을 향한 사랑이 샘솟는 여울은, 오늘 밤도 같이 못 잘 아이에게 속삭였다.

"아가. 오늘도 아빠 엄마한테 양보해 줘."

알겠다는 듯이 흔들거리는 알을 보면서 여울이 행복하게 웃자 이록은 이 방법을 쓰기 잘했다고 생각했다. 혼자 놔두지 말라고 거칠게 몸을 쓰고 있는 아이에게 이록이 그의 감정을 담은 말을 보냈다.

'가만히 있어. 태어나고 내 품에 계속 있고 싶지 않으면.'

힘이 없는 새끼는 알 속에서 씩씩거렸다. 빨리 세상 밖으로 나가 아빠에게 당한 수모를 엄마에게 전하고 싶었다. 두고 봐.

그리고 6개월 뒤.

딱 12개월을 채웠을 때, 타조알보다 커진 표면에서 쩌적 소리가 났다.

'……깨어났군.'

이록은 자느라 부화의 소리를 듣지 못한 여울에게 알리지 않고 금괴 같은 알을 안아 들고선 침실을 나섰다.

거실 불을 켜지 않고 기다리자 알껍데기가 큰 조각을 이루면서 전체적으로 금이 가기 시작했다.

후두둑.

그리고 작은 표면부터 떨어졌다. 도와줄 수 있지만 그래서는 안 된다는 본능에 이록은 잠잠히 이 상황을 지켜보았다. 기다리는 시간은 지루하지 않았다.

어느 순간, 새끼가 완전히 알을 깨고 나올 것을 직감한 이록은 핸드폰으로 부화 과정을 담아냈다. 마침내 해가 뜰 무렵, 단단한 표면을 뚫은 공간에서 작은 손이 쭉 뻗어서 나왔다.

사람의 손이 아니었지만 제법 귀엽게 꼬무락거렸다. 그리고 더디게 시간이 더 흘러, 양수와 같은 액체를 뒤집어쓴 얼굴이 쏙 나왔다.

"푸항."

입에 들어찬 액체를 토해 낸 새끼 용이 두 눈을 깜빡였다. 그를 닮은 푸른 눈이었다.

"빡!"

자기가 원한 사람이 아니라는 듯한 표정이었다. 이록이 핏 웃고는 반들반들한 얼굴에 붙은 알 조각을 떼어 주었다.

"불만이면 빨리 인간의 언어를 써."

이록의 손가락이 닿는 눈가를 찡그리는 용이 분홍 혀를 보이면서 입을 벌렸다.

"푸르릉!"

인간의 말도, 용의 언어도 아니었다. 옹알이와 다르지 않은 발성이었다.

"뭐라는 건지 모르겠군."

빠직, 화가 났는지 이도 나지 않은 입 주변을 부풀리는 표정이 꽤 사납다.

"아부."

"이건 아빠라는 건가."

'아냐!'

머릿속으로 전달되는 텔레파시는 새끼 용이 알에서부터 종종 그에게 말을 거는 소통 수단이었다.

"잘 지내 보자."

내가 왜? 라고 알려 주는 표정이 변화무쌍해 지켜보는 것도 재미있었다.

"날 봤으니까."

"???"

그가 한 말의 의미를 아직 모르는 용이 고개를 갸웃거렸다. 이록은 점액질 때문에 더러운 아이를 안아 든 채 욕실로 들어갔다.

"빠악?!"

미지근한 물을 받아 놓은 욕조에 넣자 퐁당 빠진 새끼 용이 나오려고 허우적거렸다.

"푸아. 푸아!"

"……나도 이랬나."

배우지 않아도 알아서 수영할 줄 아는 개체이지만 이대로 놔두었다간 가라앉을 것 같아 이록은 제 두꺼운 팔로 아이를 감아 물에 뜨게 했다. 그러자 날카로운 손톱으로 그의 팔뚝을 할퀴면서 붙잡는다.

의지할 사람이 그밖에 없다고 매달리는 용 새끼를 보자 그간 끼고 산 정이 없다고 할 수 없는지 하찮고 귀여워 보였다.

"가만히 있어."

"빡!!"

"반항하면 네 엄마에게 안 데려다준다."

그의 협박이 먹혔는지 꼬리로 그의 팔뚝을 감아 왔다. 그러지 말라고 애교를 부리는 용을 보며 이록이 가소롭다는 듯이 웃었다.

"봐줬다."

깨끗이 씻기고 보송보송하게 말린 용을 자고 있는 여울의 품에 안겼다. 작은 것이 꾸물꾸물 그녀의 가슴에 올라가 꼬리를 말고 안착한다.

"으, 무거…… 응?"

반쯤 눈을 뜬 여울은 제 가슴 위에 있는 용을 보곤 다급히 일어났다. 작은 몸이 데굴데굴 아래로 굴렀다.

"아가ㅡ!"

팔을 뻗어 간신히 붙잡은 새끼 용이 그녀를 보면서 입을 헤 벌렸다.

"빡빡!"

굴러떨어진 게 재미난 놀이라도 되듯이 웃는 용에게 첫눈에 반한 여울은 둥글둥글한 몸을 부둥켜안았다.

"어떻게! 너무 귀여워! 언제 깨어난 거야?"

아이가 태어난 순간을 보지 못한 것이 몹시 아쉬웠다. 여울이 아이의 얼굴과 꼬리를 만지면서 묻자.

"30분 전에."

그녀의 관심이 새끼 용에게 돌아간 것이 달갑지 않은 이록은 단조롭게 말했다.

"깨우지!"

아이의 탄생을 그와 함께 보지 못해 안타까운 여울이 타박하자 이록이 핸드폰을 내보였다.

"동영상 찍어 놓았어."

무사히 잘 태어났으니 된 거 아니냐는 무심한 말투가 마음에 안 들었지만 아쉬운 건 그녀였다. 여울이 핸드폰을 가져가는 틈을 이용해 이록은 아기 용을 빼앗아 들었다.

"더 안고 있을래."

"씻고 와. 그동안 아이에게 밥 먹이게."

"우리 아기 배고프겠다. 근데 뭐 먹어?"

알을 낳았을 때 젖이 돌았지만, 모유가 끊긴 지금으로서는 아이가 음식을 먹어야 했다.

"닥치는 대로 먹여 보면 돼. 수인의 주된 식을 섭취할 수 있는지부터 확인해 보고."

"뭐어? 그러다 탈 나면."

"인간처럼 쉽게 탈 나지 않아. 사기가 많은 바깥에 나가야 하니 찍어 둔 영상 보고 있어."

그 말에 여울이 이록의 팔뚝에 달랑 안겨 있는 새끼 용을 쳐다보았다.

"엄마가 안 가도 괜찮겠어?"

"꾸우."

마음은 어미가 좋은데 아비의 품이 더 편안하고 안정감 있어 용은 뚱한 표정으로 고개를 끄덕였다. 각인의 효과였다.

사기가 많은 거리를 싸돌아다니며 알아낸 결과, 새끼 용은 인간의 음식을 먹어야 했다. 사기를 흡수할 수 있지만 입맛에 맞지 않는지 도로 뱉어 냈는데, 그나마 파장이 맞는 기운은 재물욕이었다. 2시간마다 배고프다고 계속 삑삑대는 어린 것의 입에 이록은 미음을 넣어 주었다.

"잘 먹네."

이가 날 동안 이유식을 먹어야 하는 새끼 용이 촵촵 소리를 내며 배를 채우는 모습만 봐도 여울은 뿌듯했다. 잘 먹는 아이가 대견했다.

"꺼윽."

트림까지 귀여웠다. 얼마 안아 보지 못한 새끼를 향해 여울이 팔을 뻗자 이록이 볼록한 배를 두드리면서 말했다.

"내가 재울게."

"힘들잖아."

씻기고 밥 먹이고 재우는 것까지 이록에게 다 맡길 수 없었다.

"전혀 힘 안 드니까 아이 양육은 내게 맡겨."

"끼유끼유."

고개를 흔들면서 내는 용의 울음소리를 이록이 가볍게 묵살했다.

"잠투정이야."

그게 아니라고 말하고 싶은데 인간 말을 할 수 없는 용은 눈물을 글썽거렸으나 여울의 눈에는 다르게 보였다.

"하품하네. 귀여워!"

……자고 일어나면 인간으로 변해 있었으면 좋겠다. 새끼 용은 해탈한 표정으로 눈을 감았다.

　"곰 세 마리가 한집에 있어, 아빠 곰! 엄마 곰! 아기 곰~ 엄마 곰은 무서워. 아빠 곰은 상냥해. 아기 곰은 너무 똑똑해~ 으쓱으쓱 잘 한다~ 으쓱으쓱 잘 한다~"

　양 갈래로 머리를 묶은 여자아이가 율동에 맞춰 노래하자 친척 어른들이 손뼉을 치면서 칭찬했다.

　"레아, 노래 정말 잘 부르네."

　"헤헤."

　"웃는 것도 저리 예쁘고. 가수 시켜도 되겠어. 언니."

　제 핏줄이 칭찬받자 자옥의 콧구멍이 벌름거렸다.

　"우리 레아 탤런트 시켜도 돼. 그 뭐야. 어딘지 기억 안 나는데 암튼, 유명한 엔터테인먼트에서 우리 레아를 보고 키즈 모델 선발 대회 나가면 우승할 수 있다고 몇 번이고 찾아왔어. 제 엄마를 안 닮고 애비 똑 닮아서 너무 예뻐."

손녀 자랑하는 자옥을 보며 그녀의 막냇동생이 웃었다.

"그건 아니다. 언니. 엄마 판박인데."

"넌 그 입이 문제야."

막냇동생을 타박한 자옥이 여호의 뽀얀 피부 빼곤 모친의 피를 진하게 이어받은 손녀를 허벅지에 앉혔다.

"레아야. 같이 놀 남자 동생 안 갖고 싶어?"

자옥이 손녀를 꼬드기자, 레아는 양 갈래 머리가 흔들리게 고개를 저어 댔다.

"아니."

"아니, 왜 안 가지고 싶어?"

"레아 동생 필요 없어. 아기는 너무 울보야. 그리고 레아, 아직 어려, 할머니랑 엄마 아빠 사랑 더 받을 나이야."

레아가 손가락 다섯 개를 펴고 두 손가락을 엎히자 자옥의 두 동생이 배꼽 빠지게 웃었다.

"얘 말하는 것 좀 봐. 커서 뭐가 되도 되겠다."

"내 손주들은 일곱 살이 되어도 조리 있게 말 못 했는데, 언닌 좋겠수다."

"요렇게 똑똑하고 애교 많은 손녀딸 하나로 만족해."

"손자가 있는 너희가 그리 말하니까 더 얄밉다."

두 동생을 째려본 자옥이 약간 헝클어진 레아의 머리를 다시 묶어 주면서 입에 붙어 버린 말을 내뱉었다.

"어휴, 내 팔자야. 딸내미는 부모하고 연 끊고 남은 아들은 제 아내밖에 모르고."

자옥의 한탄은 이번이 처음이 아니었다. 또 저런다 하고 넘긴 동생들은 못 들은 척 딴전을 부렸다. 김장 김치에 들어갈 재료들을 손질하면서 슬쩍 물었다.

"레아 엄마 온대?"

그렇지 않아도 며느리가 못마땅한 자옥이 손녀의 등을 살짝 밀었다.

"작은 텔레비전 보고 있어. 할머니 일하게."

"네에."

레아가 큰방으로 들어가자 자옥이 도마에 올려 둔 굴을 칼질하면서 말했다.

"와야지. 지가 바빠 봤자 우리 아들만 하겠어?"

"언니도 참. 변호사 며느리 바쁠 텐데 쉬라고 하지."

"아무리 바빠도 김장하는데 와야지. 그리고 내가 손녀를 봐 주는데 얼굴도 안 비치면 그게 어미야?"

왜 저리 열을 내는지 알고 있는 두 동생은 씨근덕거리는 언니를 보며 푸들거렸다. 강서는 시어머니가 잔소리한다 치면 유려한 언변으로 자옥과 명구의 입을 다물게 하는 며느리였다.

명구는 변호사 며느리가 최고다, 하고 띄워 주었지만 자옥에겐 당당한 며느리가 그저 눈꼴 시렸다. 어른 무서운 줄 모르고 어찌나 따박따박 말대꾸를 하는지.

강서의 진짜 나이를 알지 못하는 자옥은 시어머니 대접을 하지 않는 며느리가 그저 못마땅했다. 남들 있는 앞에서 혼쭐내고자 가족 행사에 일일이 참석시켰지만 도리어 나가떨어지는 건 자옥이었다. 레아 어미의 체력이 20대 청년 못지않게 팔팔했기 때문이었다.

"저 왔습니다."

왔구나! 강철 체력을 자랑하는 강서가 도착하자 자옥이 비장하게 얼굴을 굳혔다.

"엄마!"

큰방에서 제 엄마 소리를 들은 레아가 문을 열고서 강서에게
로 달려갔다.

"우리 딸, 어른들 말씀 잘 듣고 있었어?"

"응. 할머니들이 심심하지 않게 노래도 불러 줬어."

똥강아지처럼 귀여운 레아의 머리를 쓰다듬은 강서가 무뚝뚝
한 표정으로 집안어른들에게 인사드렸다.

"늦어서 죄송합니다. 뭐부터 시작하면 될까요?"

"일하고 오느라 힘들었을 텐데 커피 마시고 있어."

"커피 마실 시간이 어디 있어. 다 하고 마셔야지."

자옥은 이번에야말로 호된 시집살이로 어른 무서운 줄 알게
해 주겠다는 마음으로 독한 소리를 내뱉었다.

"우리가 재료 준비 다 했으니 50포기는 혼자 담글 수 있겠
지?"

"예."

어려울 것 없다는 표정을 보자 자옥의 두 눈에 오기가 불타올
랐다.

강서가 빠르게 50포기를 척척 무치자 자옥의 입에서 익익 소
리가 나왔다. 며느리를 쉬지도 못하게 일부터 시켰지만 정작 자
옥만 골병이 들 지경이었다.

이거 해라. 저거 해라. 입 아프게 명령하면 두 손인데 네 발이
달린 것처럼 신속히, 그리고 정확하게 집안일을 해내는 것이다.

"또 뭘 할까요?"

피곤한 기색 없이 다음 일을 기다리는 강서의 태연한 모습에

서 자옥은 끝내 뒷목을 잡았다.

"……없다. 가라."

"레아 봐 주셔서 감사합니다, 어머님. 이번 달 생활비와 용돈이에요."

강서가 건네는 두툼한 돈 봉투로 노년을 보내는 자옥은 자신의 패배를 5년 만에 깨달았다.

❖ * ❖

"할머니는 이기지 못할 싸움을 매번 엄마에게 건다니까."

어른의 기 싸움을 이해하지 못하는 레아가 같은 유치원에 다니는 제 사촌에게 어제 있었던 일을 털어놓았다.

"외숙모가 사람이 아니라는 걸 몰라서 그렇겠지."

냉소적인 목소리로 할 말 다 하는 남자아이는 이록의 피를 물려받은 아들이었다.

"네 엄마 정체 알면 무서워서 떠받들걸."

금을 녹인 듯한 찬란한 머리카락과 신비로운 파란 눈은 혼혈아치고는 독특해 아빠인 이록처럼 검은 머리칼로 본판을 가리고 있었다. 그렇다고 해도 아이들이 좋아하는 애니에서 나올 것 같은 비주얼에, 이루는 유치원에서 독보적인 인기를 누리고 있었다.

"이루는 할머니 안 보고 싶어?"

"내가 왜. 엄마를 괴롭힌 할망구인데."

누가 들으면 버릇없다고 할 말을 이루가 태연히 내뱉자 레아는 자신이 들은 말을 전했다.

"할머니랑 할아버지는 네가 보고 싶대."

"아쉬운 게 있으니까 내가 보고픈 거지. 그리고 그런 말 전하지 마. 네가 한두 살 먹은 어린애도 아니고 내가 기분 나빠할 걸 몰라서 그러는 거야?"

이루가 쏘아붙이자 레아가 울먹거리며 씩씩거렸다.

"너 나빠."

"넌 너무 멍청하고."

"씨이. 다들 왜 너 같은 애를 좋아하는지 모르겠어."

이루는 일곱 살이라고 볼 수 없게 조숙했다. 그 때문에 아이의 시각에서 볼 수 없는 말을 종종 내뱉고는 했었다. 그로 인해 어른들은 불편해했지만 또래 아이에게는 선망의 대상이었다.

여자아이들에겐 미래의 남편감으로 찍혔고, 남자아이들은 잘난 이루를 질투했었다. 하지만 대장 격인 남자아이가 이루에게 싸움을 걸어 참패한 이후로는 이루의 말은 아이들에게 법이 되었다. 물론 아이 싸움이 어른 싸움으로 번졌으나 이록을 본 태주 아빠가 언성 한 번 높이지 못하자 어린이들 세계에서도 힘의 우위가 갈라졌다.

"나도 그렇거든. 남자애들이 네 힘을 알면 괴물이라고 도망갈걸."

"이게 진짜. 맞아 볼래?"

"때려 봐. 때리면 나도 가만히 있지 않을 거야."

이루와 레아는 잘 지내다가도 별거 아닌 일로 싸울 때가 있었다. 부모들은 누구의 편을 들지 않고 공평하게 혼냈기에 둘은 자주 티격태격했다. 친남매처럼 서로를 노려보던 이루와 레아가 흥, 하고 고개를 돌렸다.

"······은호 오빠 보고 싶다······."

은설과 홍구의 아들, 은호는 재작년에 초등학교에 입학했다. 오빠와 형이라고 둘을 잘 중재하던 은호의 빈자리를 느끼며 레아가 이루를 힐끔거렸다.

"······이루야. 미안해."

"······나도, 미안. 내가 말이 너무 심했어."

여울로 인해 사회화된 이루가 레아의 사과에 기분을 풀고서 제 잘못을 인정했다.

"사과 받아 줘서 고마워."

"자."

이루가 화해의 의미로 준 둥근 구슬을 받아 든 레아가 고개를 갸웃거렸다.

"와, 예쁘다. 보석이야?"

"멜로 진주라는 거야."

"진주? 진주는 하얀색 아니야?"

"다 하얗지 않아. 진주에 따라 색이 달라."

"그렇구나."

"태국 여행 갔을 때 수영하다가 주웠어."

재물을 상징하는 어린 용에게는 값어치가 되는 것들이 저절로 굴러 들어왔다. 때문에 이루는 아무리 비싼 것이라도 길을 가다가 주울 수 있는 돌멩이처럼 느껴졌다.

"가지고 있어. 팔아도 되지만 비싼 거니까 은호 형한테 프러포즈할 때 줘."

"오. 그러면 되겠다. 엄마아빠 결혼반지처럼 만들어서 주면 은호 오빠도 더는 거절하지 못하겠지?"

작년에 은호에게 고백했다가 거절당한 슬픔을 딛고는, 레아가 진주를 소중하게 쥐며 딴딴딴 결혼 행진곡을 불렀다.

"은호 형이 왜 좋아?"

차였는데도 마음을 접지 못하는 레아가 이해되지 않은 이루였다.

"아빠 닮아서."

"……어디가?"

이름에 들어가는 '호' 한 글자만 같다는 것 외에 생판 남이니 생김새도 아예 달랐다. 의문에 싸인 이루의 눈앞에서 레아의 두 번째 손가락이 흔들거렸다.

"얼굴 말고. 내 이상형은 아빠처럼 착하고 말 잘 듣는 남자란 말이야. 그런 점에서 은호 오빠는 백 점이라고 할 수 있지."

"고작 그런 이유라고?"

"잘생겨서도 돼. 은호 오빠 초식계 미남이잖아."

"아, 그러네."

혼혈인지라 수인의 관점에서 의견이 일치한 둘의 목소리를 들은 두 선생이 속닥거렸다.

"요즘 아이들 너무 성숙한 것 같아요."

"……그냥 쟤네가 특별한 거예요."

❖ * ❖

"이루야. 아빠 오셨어."

유치원 선생이 이록을 보며 얼굴을 붉혔다.

익숙한 타인의 반응이 새삼스럽지 않은 이루가 자신을 데리러 온 이록을 올려다보며 같은 핏줄임을 알 수 있는 표정으로 말했다.

"오지 말라고 했잖아요. 나 혼자 집에 갈 수 있어요."

다른 애들은 엄마와 집에 가는데 저만 아빠가 데리러 오니 싫었다.

"더 크고 나서나 말해."

사납게 눈을 치켜뜨는 아들의 반항이 가소로운 이록은 제 무릎에 겨우 오는 새끼 용이 따라오든 말든 확인도 하지 않고서 뒤돌았다.

"이루야. 잘 가렴."

이루는 훤칠한 이록의 정수리를 목 아프게 올려다보면서 생각했다.

'엄마 앞에서는 세상 다정한 아빠 흉내 내면서.'

이루는 자상하지 않은 아빠를 택한 엄마가 조금은 원망스러웠다.

'삼촌이나 홍구 아저씨처럼 착한 아저씨가 아빠였으면 좋았을 걸.'

그렇지만 삼촌은 엄마랑 결혼할 수 없으니 홍구 아저씨가……

'……아니지. 홍구 아저씬 엄마하고 안 어울려.'

두 얼굴을 눈앞에 그려 본 이루가 냉큼 고개를 저었다. 못마땅하지만, 엄마와 어울리는 남자는 저 잘난 아빠였다.

'짜증 나.'

아빠의 실체를 엄마한테 일러바칠 수 없어 이루는 애먼 바닥을 세게 찼다. 다섯 살 되던 해였다. 엄마에게 고자질했다가 무슨 일이 일어났던가. 엄마에게 혼난 아빠와 같이 잠들어야 했었다!

"자."

얼굴은 구긴 이루는 집에 도착하자마자 손을 내미는 아빠의 손을 잡았다. 다정한 부자 연기를 할 시간이었다.

❖ ✱ ❖

"이루 오늘도 밥 많이 먹고 잘 놀다가 와."

"네. 엄마."

뒤에서 느껴지는 아빠의 시선이 따가웠다.

'어서 나와.'라고 압박 주는 시선을 느낀 이루가 엄마의 품에서 떨어져 아빠의 손을 잡았다.

부자는 여울이 없는 곳에서 약속이라도 한 듯이 서로의 손을 뗐다. 유치원 버스가 오는 곳으로 가자, 모여 있는 이들이 이록과 이루를 보고선 반갑게 인사했다.

"안녕하세요. 이루 아버지."

이록은 저를 향한 인사를 받고도 무성의하게 고개만 까닥거렸다.

이루가 첫 입학 했을 때 이록은 인간들의 인사를 아예 받아 주지 않았지만 이를 알게 된 여울이 그러지 말라고 한 뒤론 알은체라도 했다. 그러니 동네 엄마들은 무심한 인사도 격하게 기뻐했다.

절세미남이 미니미 아들을 데리고 나타나니 아침이 즐거울 수밖에 없는 엄마들은 아이돌을 덕질하는 것처럼 잘생긴 두 부자를 보았다.

그 과한 관심이 이록은 길가에 치이는 돌멩이처럼 아무렇지 않았지만 어린 이루는 상당히 귀찮고 짜증이 났다. 하지만 성깔대로 행동하면 엄마가 슬퍼한다는 사실을 알기에 이루는 짜증을 참아 내며 아빠에게 일렀다.

"오늘 데리러 오지 마요."

이록은 이루를 힐긋 쳐다보곤 알겠노라, 고개만 끄덕였다.

"이루 아버지, 마음 쓰지 마세요. 이루가 워낙 조숙하다 보니 자립심이 강해서 그래요."

"맞아요. 이루만큼 영리한 아이는 못 봤다니까요."

이루의 치기 어린 말을 들은 엄마들이 이록을 생각하는 말을 했으나, 정작 그는 아들의 반항에 다른 생각을 가지고 있었다.

'늦게도 독립하는군.'

이루가 원하는 대로 해 주고 싶다만 여울이 허락할 리가 없었다. 오늘 하루만 뜻대로 해 주자고 생각하며 이록이 심드렁히 대꾸했다.

"괜찮습니다."

무신경한 저음에 엄마들은 쓰러질 것 같은 현기증을 느꼈다. 요새 여울이 나오지 않아 이록의 목소리를 듣기 어려웠던 엄마들은 계 탔다고 생각하면서 슬쩍 운을 뗐다.

"이루 아버지. 저희 요 근처 카페에 갈 건데 혹시 시간이 되시면 함께해요."

"집에 들어가 봐야 합니다. 아내가 혼자 있어서요."

이러하니 이록의 아내 사랑을 모르는 이들이 없었다.

"그러시군요. 다음에 부인과 오셔서 수다 나눠요."

이루가 어느 정도 자라자 스킨십을 아들 눈치 보면서 허락해 주는 아내였다. 둘만 있을 시간이 1분 1초도 아까운 이록은 어느새 사람들 시야에서 빠르게 멀어졌다.

✤ * ✤

유치원 하교 시간.

"이루야. 정말 혼자 가도 되겠니?"

"네. 아빠에게 말해 두었어요."

"그렇지만 혼자서 집에 가는 건 안 돼. 집에 연락해 볼 테니까 있어 봐."

아, 귀찮게. 이루는 유치원 선생이 돌아오기 전에 냅다 도망쳤다.

"이루야, 아버지가 전화를⋯⋯."

그리고 이루가 사라졌음을 뒤늦게 눈치챈 유치원 선생은 기겁했다.

"원장님!"

한편, 유치원을 한바탕 뒤집어 놓은 이루는 버스 두 정거장을 지나면 나오는 집 방향으로 걷고 있었다.

'아빠처럼 강해지려면 체력을 키워야 해.'

인간의 피가 섞여 있어 내재된 강대한 힘은 성체가 되어야 쓸 수 있었다. 육체적인 힘을 기르고자 이루는 곧장 집으로 가지 않고 빙 둘러 가기 위해 주택가가 늘어선 샛길을 택했다. 그러나 신체적인 조건과 체력이 받쳐 주지 않자 생각보다 집에 가는 길이 멀게만 느껴졌다.

잠시 숨을 고르고자 이루가 담벼락에 쪼그려 앉을 때였다. 불길한 그림자가 머리 위로 늘어졌다.

"꼬마야."

흠칫, 이루가 고개를 돌렸다. 그러자 담과 담을 잇는 사이에서 나온 남자가 히죽 웃고 있었다. 안 좋은 느낌이 전신을 내리쳐 이루가 얼른 도망가려고 했지만, 성인 남자의 행동이 한발 빨랐다.

"어딜 가려고? 아저씨에게 말하고 가야지."

낯선 이에게 팔을 붙잡힌 이루가 거칠게 반발했다.

"이거 놔!"

"어린 것이 어른에게 반말하네. 네 엄마아빠 어디 있어?"

마스크를 쓴 남자가 주변을 두리번거리더니 씩 웃었다.

"없네?"

남자에게서 썩은 냄새가 진동했다. 이루도 잘 알고 있는 냄새였다. 누군가를 해친 악의 기운이었다.

'무서워⋯⋯.'

힘이 없는 이루는 너무나 두려웠다. 아빠에겐 한 입 거리도 안 되는 인간인데 이 어린 육체론 상대가 되지 않는다는 게.

"이 손 놓으라고, 아빠한테 다 이를 거야!"

믿을 사람이 이룩밖에 없는 이루가 앙칼지게 소리 높이자 남자가 이상한 소리를 내면서 웃었다.

"ㅎㅎㅎㅎ. 꼬맹아. 아빠를 불러오기 전에 혼나야겠구나."

검은 마스크를 내린 남자가 이를 드러내며 웃었다. 제게로 뻗어 오는 다른 한 손을 보며 이루는 눈을 감았다.

'아빠.'

보고 싶은 건 엄마인데.

"아빠!"

저 아저씨를 무찌를 수 있는 아빠의 얼굴이 가장 먼저 떠올랐다.

"크크, 아빠는 없단…… 커억."

고통스럽게 신음한 남자의 몸이 무너졌다. 붙잡힌 팔이 놓아지자 옆으로 넘어지는 이루를 받아 드는 몸이 있었다.

이루를 순식간에 안은 이록이 저를 보고 울먹이는 아들 녀석을 보면서 태연하게 말했다.

"아빠 왔다."

담담한 아빠의 얼굴에 이루의 감정이 복받쳤다.

"왜 이제 와!"

이루가 작은 두 손으로 이록의 어깨를 때렸다. 다른 이들이 그랬으면 손목을 분질렀을 이록은 이루가 때려도 가만히 맞았다.

"빨리 와도 뭐라고 하네. 우리 아드님은."

아빠가 날 구하러 왔다. 안도감이 휩싸이자 이루는 저를 단단히 안아 든 아빠의 목에 두 팔을 둘러 눈물을 터트렸다.

태어나서도 눈물을 보이지 않았던 이루가 그의 품에서 울자 이록의 단단한 몸이 경직되었다. 어떻게 해야 할지 알 수가 없는 이록은 제게 매달린 아들의 등을 천천히 토닥였다.

이게 맞나?

"너 뭐야!"

뒤에서부터 공격당했던 남자가 정신을 차리고는 휴대용 나이프를 이록에게 겨냥했다.

"얘 아빠."

이록은 끅끅, 울음을 그치지 못하는 아들이 저것을 보지 못하게 동그란 뒤통수를 손으로 받치며 써늘한 시선을 내비쳤다.

"내 얼굴 보고도 알아차리지 못한 거 보니 눈깔이 삐었나 보군. 그러니 한낮에 아이를 납치하려고 했겠지."

하등한 생물을 보는 듯한 시선에 남자는 어찌 된 일인지 꼼짝할 수 없었다. 힘겹게 눈동자를 굴렸지만, 사방은 개미 한 마리도 지나가지 않는 것처럼 조용했다. 지나가는 사람도 없는 한적한 거리. 몇 분 전만 해도 기회였던 것이 악재로 돌아왔다.

"아빠……."

그때 이록의 시선이 이루에게로 이동하자 남자는 겨우 몸을 움직일 수 있었다. 살고 싶다. 그 마음 하나로 뒤로 도망쳤지만, 뭔가에 부딪히고야 말았다.

"뭐, 뭐야."

눈에 보이는 건 텅 빈 길가인데 그 앞을 가로막는 벽이 있는 것처럼 나아갈 수 없었다. 두 팔로 보이지 않는 막을 더듬던 남자는 천천히 거리를 좁혀 오는 이록을 보면서 경악에 찬 눈으로 고개를 저었다. 저건, 인간이 아니다.

검었던 눈동자가 푸른색으로 빛나고 있었다. 죽음의 공포를 전신으로 느끼며 남자는 마지막일 비명을 질렀다.

"으아아악!"

이루는 제 두 눈을 가린 손이 떨어지자 쓰러진 남자를 보았다.

"죽었어?"

"아직은 살아 있어. 차라리 죽는 게 나을 테지만."

아들이 안 보이는 곳에서 쓱싹할 심산이었다. 이록이 이루를 내려놓으려 몸을 굽혔지만 그의 목을 두른 팔은 떨어지지 않았다.

"나, 나 안고 가."

"왜?"

"씨. 못 걷겠단 말이야."

"다쳤어?"

이루가 다쳤다고 생각하자 눈살부터 찡그려진 이록이 아들의 발을 들어 올려 보았지만 상처는 보이지 않았다.

"뭐가 문제……."

고개를 들자 이루의 얼굴이 분한 듯이 벌게져 있었다. 다리가 풀려 못 걷는 것을 알아 버린 이록은 귀여운 아들의 머리칼을 헝클어지게 만져 주었다.

"엄마 기다려. 가자."

"저건?"

"저딴 건 신경 쓸 필요 없어."

"왜?"

"아이니까."

"나 아이 아니야!"

"아이 맞아."

이루가 다 커도 그에게 아이일 것이다. 그리고 이록은, 여울이 낳은 제 아이를 사랑하지 않을 리 없었다.

✠ * ✠

엄마의 품에서 또 한 번 울었던 이루는 일찍 잠들었다. 그런 자식을 보는 이록의 눈빛은 다정했다. 부성애가 생기게 노력할 필요 없이, 알인 시절부터 품에 끼고 살았더니 어느샌가 진심으로 사랑하게 되었다.

이루가 잠버릇으로 차 놓은 이불을 도로 덮어 준 이록이 거실로 나오자, 여울이 눈물 젖은 얼굴로 다가왔다.

"이루 괜찮아?"

아들에게 무슨 일이 있었는지 알게 된 여울은 눈물투성이였다. 자식의 일을 나중에 알면 더 속상해할 여울을 생각해서 털어놓았지만, 그녀가 우는 모습을 보니 마음이 찢어졌다. 이록의 살기가 동굴에 감금되어 있는 인간에게로 뻗쳤다.

'강하게 키워야겠어.'

이루를 오냐오냐하며 키우지는 않았지만, 좀 더 큰 뒤에 수인의 힘을 직접 가르칠 생각만 했던 터라, 이쪽 교육으론 방관했었다.

이록은 여울의 눈가에 맺힌 눈물방울을 손가락으로 닦아 주었다.

"내일부터 태권도 학원 보내자."

"트라우마로 남으면 어떡해……."

그와 사랑을 나누느라 아이를 데리러 가지 못했던 여울은 이루에게 닥친 일이 자신의 탓인 것 같아 자책했다.

"너와 내 아이야. 심약하게 키우지도 않았어."

이록은 그녀가 죄책감을 가지지 않게 자신의 잘못을 실토했다.

"따지고 보면 내 잘못이지. 유치원과 집이 멀지 않으니 알아서 올 수 있다고 안일하게 여겼어. 다시는 이런 일 없도록 할게."

육식계 수인의 성장은 빨랐다. 그래서 안심했던 것이다. 이록이 아이에게 얼마나 최선을 다하는지 알고 있는 여울은 이록의 허리를 껴안았다.

"이루와 나, 너 없으면 안 돼."

나도 그래.

말로 전하지 않아도 이록의 감정을 느낄 수 있는 여울은 저와 아이를 거뜬히 껴안을 수 있는 든든한 품에서 눈을 감았다.

"잠 와?"

"아까 많이 자서 안 와."

"그럼 재워 줄게."

엉큼한 짓으로 여울을 잠들게 할 이록의 저의를 모르지 않는 그녀의 볼이 붉게 물들었다. 여전히 그를 보고 설레는 제 반려가 사랑스러운 이록이 여울을 침대에 눕히고서 잠옷을 벗기려고 할 때였다.

"하아……."

상의 단추를 풀던 이록의 동작이 일순 멈추었다. 왜 그러냐고 여울이 묻기 전이었다. 느닷없이 침실 문이 열렸다.

"엄마, 아빠……."

이곳에서 잘 작정인 듯 이루가 베개를 안고 들어왔다.

"이루야."

여울이 다급히 이록을 밀치자, 이럴 줄 알고 있었던 이록은 옆으로 비켜 이루를 못마땅하게 쳐다보았다. 아무것도 모르는 순진한 표정으로 이루가 침대로 올라왔다.

"꿈에 나쁜 아저씨가 나와요."

큰 충격을 받았을 아들이 안타까워, 여울은 이루를 꼭 안아 주었다.

"엄마아빠랑 같이 잘까?"

"그래도 돼요?"

이루가 동의를 구하듯이 이록을 쳐다보았다. 다른 때 같았으면 안 된다고 딱 잘라 말했겠지만 아들의 울음소리를 기억하는 이록은 한숨을 내쉬고는 그녀와 저 사이의 가운데를 톡톡 쳤다.

"이리 와."

이록의 허락이 떨어지자 이루가 활짝 웃으면서 둘 사이에 누웠다. 이록이 끌어 올린 이불이 세 사람을 덮었다. 아이를 사이에 두고 누운 이록은 가라앉지 않은 욕망 어린 눈빛으로 여울을 바라보았다. 그 뜨거운 시선에 여울의 얼굴이 진하게 달아올랐다.

"엄마."

"응?"

기울어지는 여울의 얼굴에 이루가 뽀뽀했다. 아들의 기습 공격을 받은 여울은 애정을 담아 귀여운 볼에 입을 맞췄다.

함박웃음을 지은 이루가 '부럽지?' 하는 시선으로 이록을 응시했다. 아들의 유치한 경쟁 심리를 귀엽게 봐준 이록이 입꼬리를 말아 올렸다. 그는 이루의 뺨에 입술을 가볍게 묻었다. 아빠의 뽀뽀를 처음 받아 보는 이루의 두 눈이 커다래졌다. 골려 주고 싶은 귀여움에 이록은 이루의 뺨을 살짝 꼬집었다.

"빨리 자."

무심하지만 애정이 녹아 있는 목소리였다. 이루가 아빠의 입술이 닿은 볼을 만지다, 올라가는 입꼬리를 훔치려 이불 안으로 쏙 얼굴을 숨겼다.

그런 아들을 보면서 여울이 빙그레 웃고는 속삭였다.

"사랑스럽지?"

"어."

사랑스러워. 너와 그리고 내 아이가.

자연스럽게 지어지는 다정한 미소와 함께 이록은 짧은 사이에 잠들어 버린 아들이 편하게 잘 수 있도록 이불을 살며시 내려 주었다. 이윽고 여울마저 잠들어서야 그도 눈을 감았다.

그가 영원히 사랑하고 아껴 줘야 할 내 아내. 내 아이.

평온이 깨지지 않은 하루가 지나갔다.

번외편

한가로운 오후였을 것이다. 그 사건만 없었다면 말이다.

사건 발생 4시간 전.

나른하게 눈을 뜬 이록은 땀이 식은 지 얼마 되지 않은 몸을 여울의 등허리에 붙인 채였다. 그는 보들보들한 어깨에 입술을 묻었다.

얇은 이불에 두 나신의 실루엣이 은근하게 내비치고 있었다. 언제 쳐들어올지 모를 이루가 있었다면 어림도 없지만, 초등학교에 입학한 아들을 레아의 집에 맡긴 부부는 오랜만에 적나라한 아침을 맞이했다.

이루를 데려오기 전에 할 일이 있는 이록은 늑장을 부리지 않고 일어났다.

여울을 배불리 먹이곤 다시금 탐할 생각뿐인 한 마리의 수컷은 제 암컷을 깨우지 않고 늦은 아침을 준비했다.

377

육아 8년 차.

웬만한 음식의 간을 맞출 줄 알게 된 이록은 몇 분 안에 프렌치토스트와 시원한 커피를 준비했다. 그에게 밤새도록 시달려 꼴랑 2시간밖에 자지 못한 여울은 아기처럼 새근새근 잘도 자고 있었다.

"여울아."

"……."

"이루 데리러 가야지."

이록은 다정한 목소리로 여울의 의식을 침범했다.

"으응……."

미친 듯이 잠이 오는 와중에도 이루 생각을 하지 않을 수 없는 여울은 노곤한 단잠을 힘겹게 떨쳐 냈다. 밥 먹자고 깨우면 '안 먹어. 더 잘래.' 하고 잘 게 뻔한 그녀였다. 아내를 깨우는 법을 통달한 이록은 속셈 있는 미소를 남몰래 지으며 여울의 입에 작게 찢은 토스트를 물렸다.

"우음."

여울은 멍한 상태로 계속해서 이록이 주는 것을 받아먹었다. 그래도 커피가 들어오자 몽롱한 정신이 차차 돌아오기 시작했다.

"하암, 몇 시야?"

"9시 반 안 됐네."

"뭐야. 더 자도 되잖아."

왜 이리 일찍 깨웠냐는 불만 섞인 시선이다. 여울이 자지 않고도 언제나 매끈한 얼굴인 남편을 째려보았지만, 그녀가 화내는 것도 흥분이 되는 이록의 앞에선 무용지물이었다. 이록의 입꼬리가 야릇한 느낌을 자아내며 올라갔다.

"혼자만 먹으려고 그랬어?"

이록은 여울이 똑똑히 볼 수 있도록 제 아랫입술을 할짝거렸다.

"나도 배 채울 시간을 줘야 할 거 아냐."

이록의 허기는 성욕과 직결되어 있어 여울의 얼굴이 선명하게 달아올랐다.

"많, 많이 했잖아!"

이록은 먹기 좋게 무르익은 여울의 얼굴에 시선을 떼지 않고서 설탕 덩어리가 묻은 입술로 고개를 내렸다.

"그래도 부족하게 느껴져."

갈망에 젖은 색은 음탕했다.

"착한 내 부인님. 벌려 줄 거지?"

"아……!"

설탕처럼 달달한 그녀의 신음이 그의 입속으로 빨려 들어갔다.

이록의 웃음 또한 여울의 타액과 섞여들어 서로의 목구멍으로 흘러 들어갔다.

그에 여울의 얼얼한 아래가 가려웠다. 미약과 같은 증상을 유발하는 이록의 타액에 여울의 온몸이 화상을 입은 듯이 홧홧거렸다. 간지럽지 않은 부위가 없었다.

맞물린 입술 끝에 은빛 실이 매달려 떨어졌다. 가는 손가락이 여울의 입술 끝을 문질러 타액을 훔쳤다. 서로의 것이 뒤섞인 타액은 진득거렸다. 이록의 눈빛도 한층 짙어졌다.

여울은 그가 뭘 할지 알 것 같았다.

"기대돼?"

여울은 대답하지 않겠다는 듯 입술을 깨물었다. 반항 아닌 반
항이었다.

"기대 안 되나 보네."

이록의 입꼬리가 선득하게 올라갔다. 그의 승부욕을 불타게
한 것 같았다. 긴장한 그녀의 입술이 벌어졌다.

이록이 이제 무엇을 할지도 예측되지 않아 여울은 마른침을
삼켰다. 가랑이가 여전히 간지러웠지만 두 다리를 붙였다. 그런
그녀를 보고 이록은 픽 웃었다. 얼마나 버틸지 두고 보자는 듯했
다. 이록이 두 손가락을 탁 소리 내어 튕겼다.

허공에서 순백의 드레스가 내려왔다. 옷장에 고이 보관해
두었던 드레스가 눈앞에 드러나자 여울은 어리둥절했다. 이걸
왜……?

여울은 이록의 머리를 들여다보고 싶었다. 여의주로 인해 서
로의 감정을 느낄 수 있었지만 이록의 머릿속까지는 전부 알아
낼 수 없었다.

다만, 이록의 감정만큼은 생생히 전해졌다. 그녀를 탐하겠다
는 욕망이 응어리진 감정은 폭주할 것처럼 날뛰고 있었다. 뚜렷
한 그의 신체 일부를 보지 않더라도 알 수 있었다. 승천하듯이
위로 향한 입술이 벌어졌다.

"내가 뭐 하는지 똑똑히 지켜봐."

이록은 드레스를 쥐고서 여울을 돌려 세웠다.

"가만히 있어."

이능을 쓰지 않고 그녀에게 치렁치렁한 드레스를 입혔다. 살
갗에 부드러운 안감이 스쳤다. 이내 등 뒤의 지퍼가 올라갔다.

그러나 이내 부욱, 찢기는 소리가 들렸다. 드레스 치마가 찢어진 것이다. 이록의 손힘에 종이처럼 찢어진 드레스 자락이 딱 그녀의 중심부만 가렸다. 이록이 노린 것이 무엇인지 깨달은 순간, 그녀의 몸이 위로 들렸다.

전신 거울 앞에 선 그가 그녀의 몸을 야릇하게 훑었다. 커다란 손이 가슴을 가리는 천을 손쉽게 내렸다. 여울의 발이 바닥에 닿게 그녀를 내려 준 이록이 야릇하게 웃었다.

야릇한 분위기가 감도는 공기에 그녀의 가슴 중앙이 딱딱해졌다. 빳빳하게 세워진 것처럼 한층 커진 정점이 탐스럽게 부풀어 있자 머금지 않을 수가 없었다. 이록은 자신의 잇자국이 점처럼 콕콕 찍혀 있는 뽀얀 가슴을 한입에 삼켰다.

"흐으응."

여린 정점이 이록의 입속에서 괴롭힘당하자 여울은 가냘픈 신음을 토해 냈다. 이렇게 세워진 채로 그에게 가슴을 내어 주게 된 적은 없었다. 색다른 경험이 불러들인 쾌감에 중독될 것 같았다. 아파야 정상인데 이제는 웬만한 자극에 적응된 몸이 무서울 지경이었다.

여울은 이록의 머리칼을 뜯을 것처럼 움켜쥐었다. 더 빨아 달라는 몸짓에 이록의 코가 젖무덤에 뭉개졌다. 가슴에 훅훅 닿는 이록의 숨결이 용암 같았다.

"아직 시작도 안 했는데."

이록이 말랑한 가슴에서 고개를 치켜들었다.

"혼자 가면 어떡해."

눈가가 붉어진 시선을 내리자 가슴골을 핥고 있는 이록이 보였다. 양 가슴이 그가 새로이 문 흔적으로 얼룩덜룩했다.

"놀리지 마."

"아, 입 놀리지 말고 바로 박아 줘?"

그녀의 흥분을 높이기 위해 그가 이죽거렸다.

"잇."

매끈한 입술이 얄미운 말만 하자 괘씸했다. 가슴 부위를 떠나지 않는 이록의 입을 살짝 때리려 여울이 팔을 들어 올렸다.

"안 되지."

원래라면 맞아 줄 이록이 단단히 벼른 것처럼 그녀의 손을 잡아챘다.

"매 맞는 놀이는 나중에 하자."

오늘 그는 작정한 것 같았다. 이럴 때의 이록을 자극해서는 안 되었다. 이록은 짐승의 탈을 쓴 인간이 아니었다. 한없이 다정한 남편이지만 몸을 섞을 때는 주인도 몰라보는 맹수였다. 이록의 품에서 벗어났다가는 콱 물릴 것이었다.

잡아먹힌다는 말이 빈말이 아니게끔 죽어나겠지.

"뒤돌아."

그와 몸을 섞으면서 순종할 때를 체득한 여울은 구분하게 몸을 돌렸다.

엉덩이로 느껴지는 물건이 허벅지 사이를 비집고 들어왔다. 단단한 성질을 가진 뭉툭한 것이 자신의 자리를 찾는 것처럼 예민한 지점을 문댔다.

오일을 바르는 듯한 기분이었다. 젖은 물기는 이록만 내보내는 것이 아니었다.

"허리 똑바로 세워."

몇 분간 이록의 돌진이 맹렬했다. 봐주지 않을 것을 예고하듯이.

"아…….."

작게 벌어진 입술에서 허망한 탄성이 흘러나왔다. 당장이라도 아래를 꿰뚫을 것 같은 기세와 달리 이록의 허리가 물러났기 때문이었다. 여울은 고개를 돌려 원망이 밴 눈빛으로 이록을 쏘아보았다.

이록이 씩 웃는 순간이었다. 그녀의 왼쪽 다리가 위로 들렸다.

"아!"

아까와 다른 신음이 터졌다. 묵직한 것이 단번에 아래를 차지했다.

욕심껏 그녀를 가지는 시간. 두 몸이 맞물리는 소리가 완벽히 차단되지 못한 문틈으로 새어 나오고 있었다.

❖ * ❖

오늘 데리러 가겠다고 이루와 기약하지 않았다면 부부의 시간은 2시간 내로 끝나지 않았을 것이다.

"왔어?"

급한 호출이 오면 아파트 단지에 있는 동물병원으로 달려가야 하는 여호가 편한 차림으로 문을 열어 주었다.

"푸딩인데 레아 좋아하는 맛으로 사 왔어."

"엄청 좋아하겠네. 점심 먹고 주면 되겠다."

"강아 씨는?"

"급한 일 처리하고 오는 중이야. 모인 김에 다 같이 점심 해결하자."

"강아 씨 피곤하잖아. 다음 주말엔 우리가 레아 돌보니까 그때 외식해."

"그래. 그럼. 이루야, 부모님 오셨다. 레아도 인사하러 나와야지."

"저 아까부터 있었어요. 외삼촌."

어느새 신발까지 신은 이루를 본 여호가 크핫, 하고 웃음보를 터트렸다.

"빠르기도 하다. 네 아들. 누굴 닮았는지 알 만해."

"칭찬으로 들을게."

여울은 자신의 허리를 껴안는 이루의 머리를 쓰다듬었다.

"레아하고 안 싸우고 놀았지?"

"네. 엄마."

"낼 못 보니까 인사해야지."

"잘 놀고 간다. 학교에서 보자."

"엉. 잘 가. 고모랑 고모부도 안녕히 가세요!"

기운차게 팔을 들어 손을 흔드는 레아에게 웃어 준 여울은 팔 꿈치로 이록의 옆구리를 슬쩍 찔렀다. 그리해서야 이록이 무뚝 뚝하게나마 레아의 인사를 받아 주었다.

"그래."

차를 타고 이동하는 길이었다.

"레아랑 뭐 하고 놀았어?"

여울은 뒷좌석에 탄 이루가 심심하지 않게 고개를 돌려 아들 의 시선을 맞추었다.

"엄청난 걸 만들었어요. 나중에 깜짝 놀라게 해 드릴게요."

뒷좌석을 차지한 이루는 바리바리 뭐가 들어간 듯 빵빵한 가방을 껴안고선 고양된 목소리로 대답했다.

"벌써 기대되네."

여울은 어린 아들의 말을 가벼이 여기지 않고 진심으로 상대해 주었다. 엄마의 호응이 좋을 나이인 이루가 신이 난 듯 두 다리를 가볍게 흔들었다. 그때까지도 이록은 몇 시간 뒤에 그에게 일어날 이변을 눈치채지 못하고 있었다.

❖ * ❖

이루가 또래 아이들보다 독립적이라고 해도 부모의 관심과 손길이 갈 수밖에 없었다. 아들의 점심을 챙겨야 하는 여울이 식사를 준비할 동안, 이록은 이루에게 실전에서 사용할 수 있는 기술을 가르치고 있었다.

"야얍!"

내재된 방대한 힘을 견딜 수 있는 육체가 완성될 때까지 인간의 싸움 방식을 습득해야 했다. 이루는 몸을 쓰는 훈련과 사기 제어 방식을 틈틈이 이록에게서 배우는 중이었다.

"다시 해."

이루가 순식간에 일격을 날렸으나 그래 봤자 아이의 몸놀림이었다. 이록은 이루의 공격을 거뜬히 피했고, 몇 번이고 반복되는 헛손질과 헛발이 먹히지 않자 이루는 바닥에 드러누워 포기를 선언했다.

"못하겠어요. 안 할래!"

"이렇게 끈기가 없어서야."

"익! 아빠는 어른이잖아요! 체격 차이로 어떻게 이겨요!"

"난 너처럼 작았을 때도 성체 수인을 이겼다."

"그거야 아빠는 혼혈이 아니니까⋯⋯."

"방어만 하는 내게 한 방도 먹이지 못하는데 위험할 순간이 닥쳐오면 어떻게 네 몸을 지키려고?"

"⋯⋯."

이록이 한없이 물러지는 대상은 아내밖에 없었다.

"내가 없으면 네 엄말 네가 지켜야 해. 그때도 상대가 어른이란 이유로 빠르게 포기할래?"

"⋯⋯아니요."

"네 엄마는 인간이야. 그리고 넌 내 아들이지. 소중히 여기는 사람을 지킬 힘을 터득하기 위한 거름이니 대답할 기운을 끌어모아 다시 일어나."

"네."

자식에겐 엄격한 아빠지만 누구보다 강인한 이록을 존경하는 이루는 다시 공격할 자세를 취했다. 이루가 여울에게 달라붙지 않으면 의외로 좋은 아버지인 이록은 방식을 달리해서 아들의 공격을 한 손으로 받아 내 주었다.

"헉헉."

반격하지 못했어도 이록과 몸을 부딪친 것으로 성과가 있다고 생각한 이루는 거친 숨을 몰아쉬면서 말했다.

"물 가져다드릴까요?"

이제껏 아들을 상대하면서 땀 한 방울 흘리지 않았던 이록이 고개를 까닥거리자 그의 턱에 맺힌 땀이 아래로 떨어졌다.

그걸로 만족한 듯 이루가 입꼬리를 씰룩거리면서 방을 나서자

이록은 가볍게 웃었다. 거실에서 들려오는 여울의 기척에 신경
을 기울이는 그에게 빠르게 다가온 이루가 물이 넘칠 것 같은 잔
을 건넸다.

"드세요!"

"왜, 안 나가고?"

이록이 잔을 받았는데도 이루는 멀뚱히 그를 올려다보고 있었
다.

"그야 잔을 갖다 놓으려고요."

꿍꿍이가 있는 눈동자였다. 밖에선 의젓하지만 부모와 있을
때면 무장해제가 되는 이루는 이 나이 때처럼 장난을 좋아했다.

'이 물에 뭔가를 탄 모양이군.'

저와 다르게 커 가는 아들이 특별해진 이록은 이루의 장난질
을 받아 주었다.

"어때요?"

물을 깔끔히 비워 내자 냉큼 물어보는 이루의 표정은 기대감
으로 상기되어 있었다.

"어떻긴. 물맛이지."

"그거 말고요. 몸에서 느껴지는 기운이라든가."

"그런 게 있을 리가."

물에 무슨 장치를 해 놓았어도 그에겐 해가 되지 않았다. 세상
에 존재하는 독은 이록에게 통하지 않았고, 극독이라고 하여도
미미한 증상만 나타날 뿐이었다.

"에이. 뭐야."

허탈해하는 목소리가 괘씸해 이록은 이루의 머리를 힘주어 꾹
꾹 눌렀다.

"아야. 아파요. 아프다고요!"

"뭘 탔기에 이리도 실망하는지 이 아비가 알고 싶은데."

"치잇, 안 알려 줄래요. 어차피 별 반응 없잖아요."

"밥 다 되었어!"

"앗, 엄마가 불러요!"

종종 못된 장난을 걸어오는 이루였지만, 자신을 닮은 아들을 혼낼 기분은 들지 않았다. 이록은 교묘히 자신의 손아귀에서 빠져나가는 이루의 깜찍한 짓을 봐주며 여울이 있는 거실로 움직였다.

⁜ * ⁜

사위가 어둑해진 밤은 이록의 세상이었다.

"……!"

부부의 밤놀이는 불장난처럼 매일이 새롭고 짜릿했다. 여울은 새빨간 눈가로 제 육체를 함락하는 이록에게 애원했다. 그만해 달라고.

자신의 것을 무기로 삼아 여울을 괴롭히는 이록은 흥분을 참지 못해 그녀의 코를 꽤 아프게 깨물었다.

"아야."

"찡그리는 것도 예쁘네."

기어이 눈가에서 눈물을 빼놓는 이록이 한순간 미워진 여울은 이록의 등을 찰싹 때렸다. 하지만 철판처럼 탄탄한 등판을 때린 그녀의 손바닥만 벌게졌다.

그게 못내 분한 여울은 이록이 자신의 살결에 그의 흔적을 남길 때마다 주먹을 풀곤 손톱을 세웠다. 그녀가 그의 등을 할퀴자, 날개뼈가 널찍이 벌어진 부위에 붉은 자국이 길게 새겨졌다.

그럴수록 돌아오는 건, 격양된 숨결과 거친 몸짓이었다.

"훗, 그으만…… 내가, 졌어……."

숨이 넘어갈 것처럼 여울은 할딱거렸다. 맥이 잡히는 쇄골에 입을 맞추는 그의 입술 선은 위로 한껏 올라가 있었다.

"더 해도 되는데?"

"안 할래애. 못 하, 겠단 말이야. 이록아아……."

범람하는 쾌락이 몹시도 거대해 겁이 날 정도였다. 제가 무슨 말을 하는지도 알지 못한 상태로 이록을 애타게 부르다가 어느 순간 정신을 놓고야 만 여울이 눈을 가늘게 떴을 땐 해가 중천에 떠 있었다.

흐리멍덩한 시야 사이로 그녀의 가슴팍에 안겨 있는 작은 아이가 보였다. 당연히 이루인지 알고 등을 토닥이던 여울은 제 아이에게 있어서는 안 될, 검은 머리카락을 뒤늦게 인지하고서 깜짝 놀랐다.

"누, 누구?!"

황급히 몸을 뒤로 물린 여울이 품에 안긴 아이의 어깨를 밀어냈다. 그러자마자 키들거리는 웃음소리 뒤로 어린 음색이 울렸다. 아이가 얼굴을 들어 보인다.

"날 이루로 착각할 줄 알았어."

"이록아?!"

이루로 착각할 만큼 이목구비가 비슷했지만 누가 봐도 이록이었다.

"응, 네 남편이야."

"어떻게!! 어떻게 된 거야?"

그녀가 잠든 사이에 무슨 일이 일어났던 건지. 영문을 몰라 놀란 심장은 진정되지 않았다. 정작 작아진 이록은 큰 문제가 아니라는 듯이 태연해 보였다.

"어제 이루가 준 물이 문제인 듯해."

그녀가 깨어나길 기다린 듯 이록은 이루의 옷으로 갈아입은 상태였다. 하지만 8살인 이루의 옷도 지금의 이록에게 큰 듯이 헐렁했다.

사건의 발단은 이랬다. 레아와 집안 창고에서 놀던 중, 이루는 밀봉된 박스를 구석에서 발견했다.

"보물 상자 같아! 안에 뭐 있나 꺼내 보자!"

"건들면 어른들한테 혼날 건데?"

"도로 닫아 놓으면 되잖아. 안 들키면 돼."

레아의 호기심을 말리기엔 이루도 저 안에서 느껴지는 심상치 않은 기운이 궁금했다. 내심 기대하며 열어 본 결과.

"……이게 뭐야. 책이잖아."

레아는 무척이나 실망했지만 이루의 심장은 두근거렸다. 먼지 하나 없는 양장본에서 거대한 에너지 파동이 느껴졌기 때문이다. 이루가 두꺼운 책을 펼쳤다.

"한글로 기록되어 있네."

"그러면 뭐 해. 재미없는 게 적혀 있을 건데."

"그렇지 않아. 이거 봐."

이루가 손가락으로 가리킨 문장을 레아가 더듬더듬 읽었다.

"시, 간을…… 돌리는 법……? 우아! 진짜 시간을 돌릴 수 있는 거야?"

"과거로 돌아가는 게 아니야."

"그러면?"

"읽어 보니까 어른을 아이로 변하게 할 수 있는 식이 적혀 있어."

양쪽으로 펼쳐진 페이지를 두 손으로 짚고 있는 이루의 두 눈이 반짝였다. 이걸 본 순간, 떠오른 얼굴은 이록이었다.

"만들어 보자."

"진짜 해 보려고?"

"구하기 어려운 재료도 없고 제약이 걸려 있지도 않아. 어렵지 않게 완성할 수 있어. 비율이 중요한가 본데, 그거야 계량 저울로 하면 돼."

맛은 보장하지 못할 테지만 제 아버지의 미각으로는 물과 다르지 않게 받아들일 것이다. 되든 안 되든 이루는 레아가 구해오는 4원소에 에테르라고 칭하는 제 기운을 불어넣었다. 그러자 물이 금빛으로 일렁거리다가 서서히 투명한 빛을 띠게 된 물약이 완성되었다.

"……그 위험한 걸 어떻게 아빠한테 먹일 생각을 해!"

이 과정을 모조리 알게 된 여울은 처음으로 이루를 혼냈다.

"흐윽!"

그녀는 제 아들이 지닌 능력의 위험성을 깨달았다. 위험천만한 비술을 실현을 해내는 아이인데 혼을 내지 않으면 또다시 이런 일을 벌이리라.

"죄송해요……. 잘못했어요오……."

엄마가 자신에게 화냈다는 것에 충격을 받은 이루의 두 눈이 빠르게 젖어 들자, 마음이 편치 않은 여울은 이루를 껴안아 주면서 음울하게 이록을 쳐다보았다.

"어떻게 해, 이록아……."

여울은 이록이 원상태로 돌아가지 못할까 봐 걱정하고 있었다. 하지만 그녀의 걱정이 무색하게도 이록의 몸을 구속하는 기운은 불안정했다. 겁에 질린 것처럼 이리저리 날뛰고 있는 에너지는 가만히 놔두면 자연히 소멸할 것이었다.

"내일이면 되돌아올 거야."

이록은 아이답지 않은 미소로 웃었다.

"하아아……! 다행이다."

몸의 시간을 계속 역행시키는 제약이 걸려 있었다면 그는 무슨 수를 동원해서라도 원래대로 돌아갔을 것이다.

'그러니 혼나지 않은 거야. 아들아.'

여울에게 안긴 이루를 눈빛으로 밀쳐낸 이록은 그녀의 품에 파고들고서 싱긋 웃었다. 하지만 그의 여유로운 미소는 단 몇 분 만에 자취를 감추었다.

"……뭐 하는 거야?"

"사진 찍으려고. 내일이 되면 못 보는 모습이잖아. 저장해야지!"

여울은 이록에게 버리지 않은 이루의 옷을 입히고는 다양한 포즈를 요구했다.

"윙크해 봐. 그리고 꽃받침도."

여울이 원하는 자세를 취하고 있지만 이록의 입꼬리는 부자연스럽게 씰룩거렸다.

"너무 귀여워!!"

여울은 두 팔로 들리는 이록을 껴안으며 말랑한 볼에 그녀의 얼굴을 비볐다. 어린애로 취급받는 게 좋을 리가 없는 이록은 뚱한 표정을 숨기지 않고서 그녀의 스킨십을 받았다.

더 가관인 것은.

"저보다 작네요. 내가 형이 된 기분이에요."

자기 키보다 작아진 아버지의 머리를 쓰다듬는 이루였다.

"저랑 싸워요."

"싫다."

"지금이라면 이길 수 있는데."

"못 이겨."

"이길 수 있거든요. 그렇죠? 엄마."

"그럼. 우리 이루가 이기지. 아빠는 지금 어리니까."

살아오면서 느껴 보지 못한 굴욕감을 체험한 이록은 여울에게 안긴 채로 부들부들 떨었다. 그러나 진심으로 아들을 상대할 수 없는 노릇이었다.

종일 놀림감이 될 것 같아 이록은 둘의 관심을 다른 곳으로 돌렸다.

"심심해. 나가자."

"그럴까? 그런데 아는 사람들 만나면 어떡하고?"

"내 형제 자식이라고 해."

"맞아요. 제 사촌 동생이라고 하면 되죠."

이록과 이루가 형제라고 해도 아무도 이상하게 여기지 않을 것이었다. 엄마와 아들 둘로 보이는 세 사람은 가는 길마다 뜨거운 관심을 받았다.

"아이들이 너무 귀여워요! 혼혈인가 봐요."

"네."

아들과 남편 칭찬이 싫은 여자가 어디 있을까. 여울은 뿌듯한 표정을 짓고서 낯선 사람들 상대하는 이루와 이록을 흐뭇하게 쳐다보았다.

"얘, 몇 살이니?"

몇몇 사람들에게 돌아가면서 강제로 머리를 만져진 이록은 불만 어린 얼굴로 대답하지 않았다. 수치심. 이런 것이었나.

왜 그렇게 아들이 타인의 손길을 싫어했는지 비로소 알 것 같았다. 이렇게 되고서 이루의 마음을 이해하게 된 이록의 얼굴이 붉어졌다. 그러나 다른 이들이 보기엔 영락없이 삐친 다섯 살이었다.

❖ * ❖

카페 안.

"뭐 마실래?"

"전 딸기 스무디요."

"커피."

"커피는 안 돼. 이루와 같은 거로 해. 딸기 스무디 두 잔하고 아포가토 주세요."

"네. 알겠습니다. 합해서 13,500원입니다."

준비된 음료를 받아 들고, 여울과 이록은 이루가 잡아 둔 자리에 앉았다. 이루는 딸기 스무디를 마시면서 빨대에 입을 대지도 않는 이록을 보았다.

"왜 안 마셔요? 아빠."

타인을 의식하는 작은 목소리가 불만스러운 이록이 한숨을 내쉬었다. 그때 벌어지는 입술 사이로 숟가락이 미끄러지듯이 들어왔다. 차가운 아이스크림이 이록의 입천장에 닿았다.

"어때? 맛있지?"

"응, 한 입만 더."

"시원해서 맛있게 느껴지나 보다. 자, 아."

이록은 작은 입을 자연스럽게 벌렸다. 괜히 집에 나와서 무슨 고생인가 싶었던 그는 여울이 디저트를 떠먹여 주자 심통을 죽였다.

"전 다 마셨어요. 놀다 와도 되죠?"

이루는 카페 한편에 구비된 책을 읽고 싶어 하는 눈치였다.

"갔다 와."

여울에게 허락 맡은 이루는 보고픈 책을 꺼내 들고선 어른들 틈에서 조용히 책을 읽었다.

"진짜 누구 아들인지. 키만 비슷했어도 쌍둥이라고 사람들이 착각할 거야. 머리카락과 눈동자 색만 같으면 나도 헷갈릴 것 같아."

"하는 행동은 다르잖아."

신장 차이 때문에 의자 위에서 일어난 이록이 여울의 입술에 입을 맞췄다. 성인이라면 야했을 접촉도 작아진 이록이 하니 몹시도 귀여운 애교로 보였다.

여울은 손가락으로 이록의 볼을 콕콕 찔렀다. 이록이 눈살을 찌푸렸지만 그만둘 수 없었다.

"하지 마."

"내가 하지 말라고 할 때 그렇게 해 댔으면서."

이록의 의사를 무시하고선 말랑말랑한 볼을 마음껏 만져 댔다. 그러자 이록의 볼이 새끼 복어처럼 부풀어졌다.

"화가 난 표정도 귀엽잖아. 그대로 있어."

여울이 핸드폰을 들자 이록은 질색하며 얼른 의자에서 내려왔다.

"이루 데리고 올게."

황급히 도망가는 이록이 귀여워 여울은 피식피식 웃었다. 남편을 닮은 아이를 더 낳고 싶었지만 이록이 원하지 않을 게 분명해 살짝 아쉬워하는 그녀에게 어떤 남자가 말을 걸었다.

"저, 안녕하세요."

"네? 아, 네. 안녕하세요."

"제가 이런 적은 없는데, 연락처 알 수 있을까요?"

객관적으로 나쁘지 않은 남자였지만 이록 말고 다른 남자가 눈에 들어올 리가 없는 여울은 단호하게 말했다.

"죄송하지만 저 유부녀예요."

"아이 둘과 있는 거 봤어요. 하지만 이모로 보이던데요?"

"이모가 아니라 친엄마예요."

물론 한 아이의 엄마지만. 그것까지는 말할 이유가 없었다.

"그러지 말고……."

"엄마!"

"엄마!"

다다닥, 뛰어온 이록과 이루가 여울의 허리에 매달려 남자를 노려보았다.

"못생긴 게."

"뭐라고?"

"형. 우리 아빠 무서운 분이시니까 빨리 몸을 피하는 게 좋을 걸요."

이록과 이루가 여울의 앞을 가로막아 남자의 시선을 받아 내자 그가 어처구니없다는 듯이 웃었다.

"꼬맹이들이 참 버릇없네요."

"내 자식은 내가 알아서 키울 테니까 그쪽은 신경 *끄고* 가 주세요. 내가 싫다잖아요."

여울이 인상을 쓰며 말하자 남자는 뭐라 꿍얼거리곤 뒤돌았다.

살기등등한 기세로 이록은 조용히 인상을 찡그렸다. 원래의 그였으면 저 남자는 감히 그에게 말도 붙이지 못하고 도망갔을 거였다. 하지만 어린아이인 이 모습으로는 남성을 내쫓기는커녕 무시만 당했다.

타인에게 만만하게 보이는 이 상태로는 여울을 지킬 수 없었다. 물론 초현실적인 힘을 쓰면 해결될 일이나, 제어가 미성숙한 몸뚱이론 사람들이 많은 공간에서 자유롭게 쓸 수가 없었다.

✤ ＊ ✤

이록의 기분을 알지 못한 여울은 서랍장을 뒤적거려 이루가 다섯 살 무렵에 입었던 것을 찾아냈다.

"이거 입어 보자."

"그걸 내가 왜 입어."

"오늘만 입어 줘. 으응? 이록아. 내 부탁이야."

여울은 손가락 하나를 들면서 완곡하게 부탁했다. 그때 또다른 목소리가 끼어들었다.

"저도 보고 싶어요!"

'넌 또 왜…….'

모자에게 둘러싸인 이록은 갈등하다가 초롱초롱한 두 눈빛을 무시할 수 없어 결국 고개를 끄덕였다.

그가 약해질 수밖에 없는 두 존재였다. 아내와 아들을 위해 못할 것이 없는 이록은 용 파자마를 갈아입고 나왔다. 용에게 잡아먹힌 것처럼 이록이 꼬리를 질질 끌고 오자 여울은 코피가 나올 것 같아 고개를 숙였다.

"웃지 마."

여울은 바닥을 치면서 웃었고, 이루도 버릇없이 이록을 뒤에서 껴안았다.

"엄마, 사진 찍어요. 아빠가 날 괴롭힐 때마다 봐야겠어요."

힘을 쓰면 이루를 떨치는 건 일도 아니지만 그러다가 아들이 다칠 수 있었다. 건방진 아들의 치근거림을 참아 주는 건 그 때문이었다.

"찍는다."

나중에 찍힌 사진들을 삭제할 생각으로 이록은 방긋 웃었다.

"벌써 9시네. 이루야. 자러 들어가야지."

"잠이 안 와요. 더 놀면 안 돼요?"

"누우면 잠 올 거야."

"그러면 아빠랑 같이 자면 안 돼요?"

"그래. 둘이서 자면 되겠다."

여울이 손뼉까지 치며 반기자 이록은 충격을 받은 채로 굳었다.

"······같이 안 자?"

"셋이서 같이 잘까."

"······둘이서 잘게."

이록은 어질어질한 기분을 떨치지 못하고 이루와 같이 잠자리에 들었다. 여울 없이는 눈을 감을 수 없는 이록의 두 눈에는 핏발이 서 있었다.

"안 자요? 동화책 읽어 줄까요?"

후, 이록이 숨을 거칠게 내뱉었다. 지금까지 그는 많이 참았다.

"내일 내가 어떻게 나올지 상상이 안 되나 보지?"

"······지금 자려고 했어요."

이불을 목 끝까지 끌어 올린 이루가 황급히 눈을 감았다.

피곤하다······. 이록은 왜인지 뻐근한 듯한 목을 휙휙 돌렸다. 피곤했는지 그새 잠든 이루는 잘 때만큼은 세상에서 두 번째로 귀여웠다.

귀여워서 봐준다. 이루의 숨소리를 듣고 있는데 그의 몸속에서 활개치던 활력이 빠르게 사라지는 게 느껴졌다.

자정이 넘은 시각, 벽에 드리운 그림자가 완전한 성인의 실루엣을 갖추었다. 본 모습을 찾은 이록은 미리 벗어 둔 용 파자마를 밟고서 그녀가 홀로 자고 있는 침실을 찾았다.

한편, 여울은 막 잠든 참이었다. 그녀의 위로 그림자가 드리우자 여울은 본능적으로 눈을 떴다. 이록이 그녀의 머리맡에 두 팔을 내린 채 웃고 있었다.

"오늘 즐거웠어?"

"이, 록아……. 내 말 좀,"

"알아. 같이 재미 볼 시간이잖아."

이록이 뭘 할지 알려 주는 점령에 여울의 두 눈동자가 인형 옷을 벗은 짐승의 아래에서 흔들리게 될 몸처럼 격동했다.